DOMENICO DARA

MALINVERNO

oder Die Bibliothek
der verlorenen Geschichten

DOMENICO DARA

MALINVERNO

oder Die Bibliothek
der verlorenen Geschichten

ROMAN

Aus dem Italienischen von
Anja Mehrmann

Kiepenheuer & Witsch

Für Rosy, meine Frau

1

Im Augenblick meiner Geburt
war ich zwölf Jahre, fünf Monate und einhundertvierundsechzig
Stunden alt. Wir werden nämlich nicht an dem Tag geboren, an
dem wir das Licht der Welt erblicken, nicht in dem Moment, in
dem uns fremde Arme in den unendlichen und unergründlichen
Lauf der Geschichte hineinziehen, sondern viel früher. Wir werden geboren, wenn der Gedanke an uns sich in den Geist bislang
freier Männer und Frauen geschlichen hat, wenn der Name eines
noch nicht existenten Wesens am verschwommenen Horizont
eines möglichen Lebens auftaucht. Wir sind eher aus Gedanken
denn aus Fleisch gemacht, und diese Gedanken werden uns von
denen ins Blut geträufelt, die uns wollen, sodass wir nicht nur die
Haarfarbe und die Nachgiebigkeit des Blicks oder des Herzens
erben, sondern auch die Illusionen, Hoffnungen und Sehnsüchte
unserer Vorfahren, die diese ihrerseits in ferner und noch fernerer
Vergangenheit geerbt haben, über Generationen von *homini erecti*
und *rudolfensi* hinweg bis zurück zum ersten Menschen. Jeder von
uns trägt die Geschichte der gesamten Menschheit in Miniatur-
form in sich.

Als Möglichkeit, Vermutung, Entwurf gab es mich also exakt
seit dem Abend, an dem mein Vater auf den Gedanken kam, dass
die Geburt eines Sohnes seine einzige Möglichkeit war, die Tatsache zu vergessen, dass er selbst niemandes Sohn gewesen war.
Und es lag an Monsieur de Balzac, dass sich unter einer Vielzahl

anderer Möglichkeiten ausgerechnet mein Leben abzuzeichnen begann. An Balzac lag es und an Curzio Verbicaro, Klempner in vierter Generation und leidenschaftlicher Mime, der es sich in jenem Sommer in den Kopf gesetzt hatte, sein zerlumptes Ensemble eine von ihm selbst geschriebene Kurzfassung des *Vater Goriot* aufführen zu lassen.

Vito saß in der zweiten Reihe neben seiner Mutter, und als er den alten Goriot die Liebe zu seinen Töchtern beteuern hörte oder sah, wie er sie weinend umarmte, war er gerührt, ohne zu wissen, warum. So etwas kam hin und wieder bei ihm vor. Vito Malinverno, mein Erzeuger, konnte von einem Vater nur träumen, denn seiner war gestorben, als er noch klein war. Wenn es aber auf dieser Welt etwas gab, das sein Gefühl der Verlassenheit mildern oder gar heilen konnte, so war allein die maß- und bedingungslose Vaterliebe Goriots imstande, die Liebe des verhinderten Sohnes aufzuwiegen. Und in diesem Augenblick, an einem Sommerabend, an dem über Paris die Totenglocken läuteten, während Eugène de Rastignac im schwarzen Umhang den Friedhof Père Lachaise überquerte, genau in diesem Augenblick, in dem zwischen Timpamara und der Lichterstadt Paris wer weiß wie viele unbekannte Goriots starben, wurde ich in die Geschichte der Menschheit hineingeboren.

Die Kirchturmuhr zeigte 6.26 Uhr, als ich am 30. November 1935 zur Welt kam, drei Wochen nach Alain Delon und einen Tag vor Woody Allen, obwohl ich alles andere als eine gelungene Synthese der beiden darstellte.

Es war keine günstige Zeit zum Geborenwerden. Italien hatte Äthiopien angegriffen, woraufhin die als Demokratien verkleideten plutokratischen Mächte ein Embargo gegen das Land verhängten. Ich kam gleichzeitig mit der Politik der Autarkie zur Welt, in Zeiten wirtschaftlicher Knappheit, in denen der Pflug die Erde umwälzte und das Schwert sie verteidigte, zwischen Malventee und Schals aus Lanital, Braunkohlenrauch und Zichorienkaffee, umgeben von Kaninchenzüchtern und begeisterten Rizinusöl-Konsumenten. Ich kam zu einer Zeit existenzieller Knappheit auf die Welt. Als Einzelkind – wenn auch nur für sehr kurze Zeit und nur in diesem Leben – kam ich aufgrund einer körperlichen Unausgewogenheit mit einem lahmen Bein zur Welt, physisches Zeichen der unausgeglichenen Zeit, die die Welt durchmachte, und der Blindheit der Natur, die gleichzeitig Leben und Tod verteilte und dabei gelegentlich eine falsche Wahl traf.

Mein angeborener Mangel wurde nicht sofort bemerkt. Als Vito Malinverno mich kurz nach meiner Geburt in den Arm nahm, begriff er, dass er sich nicht getäuscht hatte, dass die Liebe zu meinem kleinen Leib ihm Trost spenden würde, denn die Menschen können ein unglückliches Schicksal nur mildern, indem sie dafür sorgen, dass ihre Lieben es nicht wiederholen müssen. Vierzehn Monate dauerte es, bis sie mein Hinken bemerkten, denn solange man mich auf dem Arm trug, unterschied ich mich nicht von anderen Kindern. Wenn ich schlief, wenn sie mich anzogen oder mich festhielten, sodass meine Füße den Boden berührten und ich hüpfen konnte, war ich wie alle anderen auch, so lange eben, wie ich im egalitären Reich der Luft schwebte. Bis ich meine ersten Schritte versuchte, die so schwerfällig und verzögert waren wie bei einer Mondlandung.

Ich fiel hin.

Mein Vater ließ mich für einen Augenblick los, ich tat den ersten Schritt, und dann fiel ich hin. Ein Schritt nur und schon hatte ich es verpatzt. Da es mehrere Tage so weiterging, brachten sie mich zum Arzt im Ort, der ein Maßband an meine Beine legte wie an einen Tisch aus Tanganjika und dann von minimaler Ungleichheit sprach, zwei Striche auf dem Band nur, das linke Bein war kürzer. Fortan war ich anders als die anderen Kinder.

»Kann man denn nichts dagegen tun?«, fragte mein Vater.

»Nein, gar nichts.«

Und Vito kam nach Hause wie von einer Beerdigung, er drückte mich an seine Brust, weil er mich nun noch mehr liebte als zuvor. Nun musste sich seine ohnehin umfassende Liebe um weitere zwei Zentimeter ausdehnen und das fehlende Fleisch ersetzen. Sobald ein Liebender am anderen ein Abbröckeln oder eine Unzulänglichkeit entdeckt, kennt er kein anderes Ziel mehr, als auszugleichen und zu verschönern, denn vielleicht brauchen wir die Liebe ja, um uns unentbehrlich zu fühlen, als Kitt für die Sprünge im Fensterglas, als Flicken für den Riss im Gewebe, als Stich, der zwei Stückchen Leder zusammenhält.

Mein Name ist Astolfo Malinverno. An jedem anderen Ort der Welt wäre dies ein einprägsamer, ja extravaganter Name, ein Name, bei dessen Nennung die Klassenkameraden zu lachen anfangen oder dich hinterrücks verspotten, sobald du die Bar betrittst. Zum Glück aber schlug ich in Timpamara Wurzeln, dem mir angemessenen Ort, was wiederum bestätigt, dass bei Geburten Prophezeiungen von Gerechtigkeit in Erfüllung gehen.

In diesem Dorf befand sich die älteste Papierfabrik Kalabriens.

Eröffnet wurde sie in der Mitte des neunzehnten Jahrhunderts von Don Gaetano Caccuri, dem damaligen Präfekten der Provinz, der sich nach eingehender Prüfung und Analyse der Umgebung für diesen Flecken Erde entschied, offiziell wegen seines Waldreichtums und der Klarheit der Gewässer, tatsächlich aber, weil er sich in Catàra Casabonas Schönheit verliebt hatte, für deren Jungfräulichkeit er seine Ehefrau und die Töchter verließ. So verdankte das Schicksal der Timparaner seinen glücklichen Verlauf der verborgenen zierlichen Anmut der Tochter eines stinkenden Gerbers, und vielleicht war auch dies die Erfüllung einer seltsamen Prophezeiung.

Zu Beginn des zwanzigsten Jahrhunderts, als die Zeit Catàras Reize zerstört hatte und die Sintflut, die in regelmäßigen Abständen auf diesen Landstrich niederging, das halbe Dorf vernichtet hatte, zog sich der Präfekt zurück und verkaufte die Überreste der Papierfabrik an Saverio Settingiano, einen reichen Industriellen aus der Hauptstadt, der beschlossen hatte, seine Gewinne in die Fabrik zu investieren. Offiziell, weil sie nach wie vor eine unverzichtbare Ressource für die kalabrische Wirtschaft darstellte, tatsächlich jedoch, weil er sich in Angelica Saracenas blühenden Brustkorb verliebt hatte, deren vollbusiger Opulenz zuliebe er seine Gattin und die Kinder verließ, eine Tatsache, deren Bekanntwerden dafür sorgte, dass sich sämtliche Industriellengattinnen fortan hüteten, ihre Ehemänner in dieses Dorf zu schicken.

Ganz sturer Fabrikbesitzer, beschloss Settingiano, das Nützliche mit dem Angenehmen zu verbinden, indem er die Fabrik um eine Papierpresse erweiterte. Innerhalb weniger Jahre machte sich Timpamara von Marina di Amendolara bis Melito di Porto Salvo einen Namen als Papierdorf. Jede Woche wurden dort zentnerweise Zeitschriften, Zeitungen, Plakate, Reklamezettel, Aktendeckel, Dokumente und vor allem Tausende und Abertausende alter Bücher der Makulatur anheimgegeben.

Der neue Betriebsteil verschaffte der Gemeinde einen gewissen Spielraum und verhinderte, dass die besten jungen Leute in den Strudel der Abwanderung gerieten, der die Nachbardörfer leerte und austrocknen ließ.

In dieser Gegend, die traditionell über zahlreiche Gerber verfügte, wurde es nahezu als Erleichterung empfunden, Fasern anderer Art zu zerkleinern, und die Fügsamkeit des Papiers glättete die Schwielen der alten, von Säure verätzten und vom Gewicht der Hacken hart gewordenen Hände. Auch die rauen Seelen der Männer machten geheimnisvolle Verwandlungen durch.

Alles begann, als ein Arbeiter die Seiten betrachtete, ehe er sie zum Einweichen ins Wasser warf. Anfangs war es nur ein Foto in einer Zeitschrift, dann die Sportnachrichten, und schließlich reichte für die Lektüre des ganzen Artikels die Zeit nicht mehr, sodass er ihn herausriss und mit nach Hause nahm, wahrscheinlich, um ihn sich dort von seinen Kindern vorlesen zu lassen. Und so erkannte man die Arbeiter, die an der Presse eingesetzt wurden, im Lauf der Zeit an dem Stückchen Papier, das aus einer Hosen- oder Jackentasche hervorlugte. Von einzelnen Blättern war es nur ein kleiner Schritt zu ganzen Büchern, und da die Papierpresse manchmal wochenlang nur Letztere erhielt, wurden die aus Zeitungen herausgerissenen Artikel ersetzt durch lose Buchblöcke, umgearbeitete Kapitel, Erzählungen ohne Einband. Nach dem Abendessen setzten sich die Arbeiter auf die Couch, nahmen die zerknitterten Seiten und lasen sie oder ließen sie im Kreis der Familie vorlesen. Auf diese Weise verbreitete sich wie ein Virus das Laster des Lesens im Dorf. Waren es nicht die Hände der Arbeiter, die Worte auf Papier aussäten, so war es der Westwind, der vom Meer heranwehte und die Blätter auf den Lastwagen, in den Einweichbecken oder den Stapeln auf dem Hof erfasste und sie durch die Luft flattern ließ, Schwärme französischer Romane, Scharen von Büchern zur Traumdeutung, Möwen, auf deren Flügeln *Die Elenden* zu lesen war, Schwalben, die Gullivers Abenteuer im Schnabel hielten und Fragmente von Platons *Dialogen*, vermischt mit Platanenpollen. Überall in Timpamara, auf Fensterbrettern und Bänken, auf Kofferräumen und Müllsäcken, ja sogar auf den Hüten der Damen, konnte eine Seite aus einem Roman landen. Wenn jemand sie aufhob, las er sie, und wenn sie ihm nicht gefiel, warf er sie nicht weg, sondern legte sie irgendwo ab, im Blumenkasten auf dem Bürgersteig oder, mit einem Stein beschwert, auf einer Stufe, damit jemand anderes sie aufhob. Wenn sie ihm hingegen zusagte, nahm er die Seite mit nach Hause und bewahrte sie auf. Sie lasen alles, und sie hoben alles auf, diese Timpamaraner, fast so, als wollten sie der zerstörerischen Bestimmung der Papierpresse etwas entgegensetzen. Die Maschine löschte die Bücher aus, sie dagegen erhielten sie am Leben.

Um den Verlockungen des Schlafs zu widerstehen, waren die Arbeiter der Nachtschicht dazu übergegangen, ganze Seiten auswendig zu lernen, während sie das Papier in den großen Wannen einweichten. Den Inhalt verwendeten sie alsbald in ihren Gesprächen auf der Piazza oder in der Bar – einmal wurde ich Zeuge, wie ein »*Ecco*, die volle, gar grausame Rache ist mein« à la Alfieri beim Kartenspiel eingeflochten wurde –, aber auch in vertraulichen Gesprächen. Torquato Buonvicino etwa verwendete die folgenden Worte, die jenen aus *Sturmhöhe* ähnelten, um die Vergebung seiner betrogenen Ehefrau zu erlangen: *Du allein bist mein fester Gedanke, und wenn die Welt unterginge und du bliebest, würde ich weiter existieren; doch hätte die ganze Welt Bestand und du wärst nicht da, so müsste ich sterben.* Und auch gegen den menschlichen Willen schienen diese Worte oftmals wie Mikroben unter die Haut zu dringen, sich in den Blutkreislauf einzuschleusen und im Körper aufzulösen, um sich endlich im Kopf festzusetzen und aus dem Mund wieder herauszukommen, sodass ein Fremder, der zufällig vorbeikäme und die Timpamaraner reden hörte, erstaunt wäre, weil niemand mehr Dialekt sprach, sondern alle sich eines differenzierten, geschliffenen Italienisch befleißigten.

Eines Tages begannen diese Geschichten auch das Leben der noch ungeborenen Kinder zu zeichnen, und zwar als Rocco Scandale seinem Vater einen bösen Streich zu spielen beschloss, indem er seinem Sohn nicht dessen Namen gab, sondern ihn Victorùgo nannte, exakt in dieser Schreibweise, mit dem Akzent auf der vorletzten Silbe.

So war es nun mal, das Leben in Timpamara: Wenn es jemandem gelang, der Monotonie der Tage einen kräftigen Stoß zu versetzen, machten es ihm alle anderen nach. Von diesem Zeitpunkt an fühlten sich die Timpamaraner frei, mit Traditionen und Brauchtum zu brechen und ihre Kinder nach den Helden auf dem Papier zu benennen. Das führte zu einer Serie von Marcelprousts, Volfangos, Faustinos, Werthers, Marcaurelios, Fiammettas, Ortis und Brüdern namens Gargantua und Pantagruel. Die Namen variierten je nach Herkunft der Bücher, die zur Papierpresse gebracht wurden. Wenn Lastwagen von einer auf Noten spezialisierten, aber bankrotten Buchhandlung eintrafen, florierten in Timpamara die Walküren, Brunhildes, Armidas, Othellos, Desdemonas, während die Pleite und die darauffolgende Makulierung der Bestände eines Verlags für Atlanten eine Welle von Adelaides, Ginevras, Gorizias, Loiras, Galizias, Cracovias und Lisbonas nach sich zogen.

Aus diesem Grund war Astolfo Malinverno ein Name wie jeder andere auch, allerdings nicht für mich selbst. Als Achille Serrasanbruno in der Schule seine Arroganz mit seinem Namen eines griechischen Helden rechtfertigen wollte, der all seine Feinde einschließlich der Hinkenden und Lahmen besiegt hatte, entgegnete ich darum schüchtern, aber bestimmt, dass es in der Geschichte von Helden nur so wimmelte, die Schlachten und Kriege gewonnen hatten. Aber keiner, nicht ein Einziger von ihnen, hatte jemals einen Fuß auf den Mond gesetzt.

2

Ich bin der Bibliothekar von Timpamara.
Der erste, um genau zu sein. Und immer noch der einzige.

Anfangs hatte sich die Bibliothek mitten im Dorf befunden, an dessen tiefstem Punkt, an dem die drei Hauptstraßen des Ortes zusammentrafen, direkt gegenüber der Kirche des heiligen Acarius, des aus Noyon übernommenen Schutzheiligen, der die Kranken von der Melancholie heilte.

Inzwischen sah die Bibliothek mit dem gut sichtbar angebrachten Messingschild und den auf Regalbrettern aneinandergereihten Büchern, auf die man durch die Balkonfenster einen Blick werfen konnte, tatsächlich wie eine Bibliothek aus. Als ich das erste Mal einen Fuß hineinsetzte, war das noch nicht der Fall. Ich war vierunddreißig Jahre alt. Ich betrat die Bibliothek gemeinsam mit Terenzio Feroleto, dem damaligen Gemeinderat. Er führte mich dorthin, weil er gesehen hatte, wie ich in der Eisenwarenhandlung meines Onkels, in der ich seit dem Schulabschluss beschäftigt war, Ciceros *Briefe an Atticus* las. Feroleto hatte vierzehn Acht-Millimeter-Mutterschrauben bei mir bestellt. Deren Gesamtgewicht von einhundertsiebenundzwanzig Gramm genügte, um die Waagschalen meines Schicksals neu auszubalancieren.

»Liest du gern?«, hatte er mich unvermittelt gefragt.

Eine Woche später war er mit einigen Dokumenten zurückgekehrt. »Nimm dir fünf Minuten Zeit und füll diese Formulare aus.«

Und während ich schrieb, erklärte er meinem Onkel, der Bürgermeister habe sich in den Kopf gesetzt, die Bibliothek zu öffnen, und nun suchten sie nach der richtigen Person dafür. Diese Person war möglicherweise ich, denn es gab ein Gesetz, das die Arbeitsaufnahme von Leuten mit körperlichen Gebrechen förderte, wie ich eines hatte.

Einen Monat später wurde ich als Gemeindebeamter der Besoldungsstufe sechs mit den Aufgaben eines Bibliothekars eingestellt, vierundzwanzig Wochenstunden mit sämtlichen Vergünstigungen, die in dem betreffenden Gesetz vorgesehen waren.

Ich erinnere mich noch an den unangenehmen feuchten Modergeruch, der in der Luft hing, als ich die Bibliothek das erste Mal betrat.

Die Trostlosigkeit der Umgebung, die jeden anderen entmutigt hätte, wirkte auf mich stimulierend, denn sie erlaubte mir, alles nach meinem Geschmack einzurichten. Ich fing an, die Räume zu putzen, zwei Zimmer im Erdgeschoss und eines im ersten Stock. Ich staubte die Regale ab und entsorgte unbrauchbare Gegenstände.

Eine Woche später kamen zwei Gemeindearbeiter vorbei, um den Putz von den Wänden zu entfernen, neuen aufzubringen und sie weiß zu streichen. Ich nutzte die Gelegenheit und ließ mir dabei helfen, die einundzwanzig Bücherkisten aus dem Kellergeschoss heraufzutragen.

Unbekannte Titel und Schriftsteller, deren Namen ich noch nie gehört hatte. Sorgsam nahm ich jeden Text in die Hand, wischte den Staub ab und blätterte die Seiten im Schnelllauf mit dem Daumen durch. Ich las die Zusammenfassung der Handlung auf der Rückseite, bei einigen Büchern sogar das Inhaltsverzeichnis, und am Ende stellte ich sie ins Regal, ihren Standort im Universum.

Zuletzt öffnete ich den Karton, der jahrelang direkt an der Wand gestanden hatte und von der Feuchtigkeit beschädigt worden war.

Darin befanden sich vergilbte Bücher, die mit ihren aneinanderklebenden Seiten und Einbänden, die zerbröselten wie uralter Putz, sterbenden Körpern ähnelten. Ich hatte sie in ein gesondertes Regal gestellt wie abgelaufene und zum sofortigen Verzehr bestimmte Kekse vom Rummelplatz, in der Hoffnung, dass Luft und Sauerstoff, die Nähe ihrer Artgenossen und meine Achtsamkeit ausreichen würden, um die Zersetzung ihres faserigen Fleisches hinauszuzögern.

Einen Monat später wurde die Eröffnung der Gemeindebibliothek von Timpamara in großem Stil gefeiert, mitsamt Musikkapelle, Ansprache des Bürgermeisters und Sektempfang.

Seitdem verläuft mein Tag als Bibliothekar nach dem immer gleichen Muster. Er beginnt am Nachmittag, wenn ich nach dem Essen aus dem Haus gehe und die siebenhundertsechsundvierzig Meter zurücklege, die mein Zuhause von meinem Arbeitsplatz trennen. Ich halte die Bibliothek vertragsgemäß von Montag bis Samstag zwischen vierzehn und achtzehn Uhr geöffnet. Tatsächlich schließe ich sie niemals pünktlich. Zu Hause wartet niemand auf mich, darum verspäte ich mich gelegentlich und lasse auch das Abendessen aus. Ginge es nach mir, würde ich dort zwischen den Büchern wohnen. Kaum gehe ich zur Tür hinein, habe ich den Eindruck, nicht mehr zu humpeln. Das stimmt nicht, aber es fühlt sich so an. Es ist, als gäbe es in diesen Räumen weder hinkende Menschen noch schnellfüßige, weder zurückzulegende Entfernungen noch einzuhaltende Zeiten. Es war, als gliche die Sprache alles einander an. Die Bibliothek ist mehr als eine Zuflucht für mich, sie ist meine Höhle, meine Fruchtblase. Hier fühle ich mich weniger allein, und was Einsamkeit ist, weiß ich genau.

In den meisten Nachbarorten gibt es nur deshalb eine Bibliothek, weil diese zu den kommunalen Pflichtaufgaben gehören. Sie sind in Schlössern oder Herrensitzen untergebracht, mal mit Wappen, mal mit Friesen geschmückt und bleiben wochen-, monate-, ja manchmal sogar jahrelang geschlossen, um zu altern und zu zerfallen wie Weinfässer, die man draußen stehen lässt. Meistens gibt es nicht einmal einen Bibliothekar, und die Schlüssel verwahrt der Gemeindesekretär oder der Telefonist. Möglicherweise verbergen sich literarische Raritäten in den Tiefen der staubigen Regale, zumeist aber handelt es sich um unbrauchbare oder nicht mehr lesbare Bücher, die nur zur Dekoration dienen.

Die Bibliothek von Timpamara hingegen lebt und atmet wie ein menschlicher Körper. Jeden Tag kommt jemand, oftmals sogar Fremde, um Bücher auszuleihen oder zurückzubringen, um Platz zu nehmen und Tageszeitungen oder Wochenblätter zu lesen oder auch nur um in dem Saal im Erdgeschoss ein wenig zu plaudern, vor allem an schönen Tagen, an denen ich die Tür weit offen stehen lasse.

Sie haben mich immer den Lahmen genannt. In Timpamara musste man nur dieses Wort aussprechen, schon dachten alle an Astolfo Malinverno, den Sohn von Vito Malinverno und Catena Seminara der Fantasievollen. Und der Lahme wurde ich auch noch genannt, als ich die Arbeit in der Bibliothek aufnahm. Aber jetzt nicht mehr. Abgesehen von einigen böswilligen Menschen, nennen mich alle den Bibliothekar, und wenn sie kommen, um Bücher zu holen oder mich um Empfehlungen zu bitten, sagen sie: »Verzeihung, wären Sie bitte so freundlich« zu mir – Worte, die mir zuvor nicht geläufig waren.

Ich mache alles, was auch andere Bibliothekare tun. Ich informiere mich über Neuerscheinungen, erstelle Listen zu erwerbender Bücher, die ich nach der Anschaffung katalogisiere, ich überprüfe den Zustand des Materials, kümmere mich um die Ausleihe, empfehle passende Lektüren, räume Zeitungen und Illustrierte weg.

Gleichwohl gibt es eine Aufgabe, die nur für die Bibliothekare von Timpamara gilt, also nur für mich. Hin und wieder muss ich zur Papierpresse gehen und in den dort angehäuften Büchern nach brauchbaren Exemplaren suchen, die wieder in Umlauf gebracht werden können. Es gibt eine Art Übereinkunft zwischen dem Bürgermeister und dem Eigentümer der Fabrik, nach der ich an einem oder zwei Freitagen im Monat im Papier herumstöbern und mitnehmen darf, was vielleicht noch verwendet werden kann.

Dies waren die einzigen Augenblicke, in denen sich dank der Lektüre die Eintönigkeit der Tage verflüchtigte. Ich lernte neue, bisher unvorstellbare Welten kennen und las seltsame, außergewöhnliche Geschichten, ohne zu ahnen, dass ich elf Jahre später selbst eine derartige Geschichte erleben sollte.

An jenem Nachmittag – es war vier Uhr, ich weiß es noch wie heute – ordnete ich gerade die Tageszeitungen, da kam der Gemeindediener an und händigte mir einen Umschlag aus, in dem sich folgende Mitteilung befand:

Betreff: Interne bereichsübergreifende Versetzung aufgrund zwingenden dienstlichen Erfordernisses

AUFGRUND der unfallbedingten vorzeitigen Pensionierung des derzeitigen Wärters des Gemeindefriedhofs, Graziano Melicuccà, und aufgrund der Tatsache, dass vorgenannter Gemeindefriedhof nach Aussage des Fachreferenten einen Beamten zur Führung des Registers benötigt, das keinem Angestellten höheren Ranges übertragen werden kann, auch nicht vorübergehend,
WIRD FESTGESTELLT, dass die steigende Zahl der Todesfälle die Situation noch verschärft und die Notwendigkeit, alle Friedhofsdienstleistungen in vollem Umfang zu erbringen, in noch höherem Maße als üblich besteht,

UND IM HINBLICK AUF die dringende Notwendigkeit, Maurerarbeiten und weitere Anpassungen auf dem städtischen Friedhof vorzunehmen,

mit sofortiger Wirkung BESCHLOSSEN, dass der werte Empfänger dieses Schreibens mit dem heutigen Datum seinen Dienst auf dem Friedhof antritt, und zwar für den Zeitraum, der für die Führung des Registers unbedingt notwendig ist.

Ich dachte sogleich, es müsse sich um einen Fehler handeln, doch auf dem Umschlag stand tatsächlich Astolfo Malinverno, und zwar nicht mit der Bezeichnung »Bibliothekar«, die mir geschmeichelt hätte, sondern mit dem verhassten Wort »Beamter«, noch dazu unter Angabe meiner Besoldungsstufe, die die niedrigste war. Weil mir schwindelig geworden war, setzte ich mich hin.

Auf diese Art verändert sich ein Leben in einem einzigen Augenblick, während man zu Bett geht, zu Abend isst oder ein Buch an einen anderen Platz stellt. Denn Veränderungen kommen immer plötzlich, und diese Abruptheit ist womöglich gar nicht so übel, weil sie einem allzu viele Grübeleien und schlaflose Nächte erspart oder das kaum merkliche Erschauern des Körpers wie beim ersten sommerlichen Bad im Meer, bei dem man zuerst die Füße und dann die Beine eintaucht, ehe man sich mit den Händen die Schultern, das Gesicht und den Nacken in der Hoffnung benetzt, die Kälte des Wassers zu mildern, während man tatsächlich doch nur umso länger friert.

Im Sitzen, den Briefbogen in der Hand, tauchte ich aus dem eiskalten Wasser auf. Ich sah mich um, auf einmal kam mir alles fremd vor. Mit übermenschlicher Anstrengung erhob ich mich, um zum Rathaus zu gehen und eine Erklärung zu verlangen.

Der Bürgermeister ließ mich fast eine halbe Stunde warten.

»Guten Tag, Malinverno, nehmen Sie Platz, ich habe bereits mit Ihrem Besuch gerechnet.«

»Ich habe also richtig verstanden, es handelt sich nicht um einen Fehler.«

»Sie wissen doch, was dem armen Graziano passiert ist. Er hat sich beim Birnenpflücken das Rückgrat gebrochen, und wir brauchen dringend einen Friedhofswärter! An Arbeit mangelt es auf dem Friedhof nie. Und da habe ich sofort an Sie gedacht, Malinverno, denn Sie scheinen mir dafür besser als jeder andere geeignet zu sein.«

»Aber die Bibliothek ...«

»Sehen Sie sich doch mal um«, fiel mir der Bürgermeister ins Wort. »Die Mitarbeiter hier brechen vor lauter Arbeit fast zusammen, sie kommen sogar vorzeitig aus dem Urlaub zurück. Sie hingegen ... Sie öffnen die Bibliothek nachmittags für vier Stunden, was soll ich sagen, nur vier Stunden am Tag, das ist halb so lange, wie die anderen arbeiten. Ich weiß, dass Sie viel zu tun haben, weil Timpamara das Papierdorf ist und viele hier ständig lesen, und natürlich könnten Sie mich fragen, warum nicht der Gemeindediener? Tja, was soll ich sagen, der hatte schon vier Infarkte, was bleibt mir also übrig? Kann ich jemanden nach vier Herzinfarkten auf den Friedhof schicken? Das wäre aber gar nicht schön! Also, lieber Astolfo, im Grunde sind Sie doch ein Beamter wie jeder andere, was fehlt Ihnen denn schon? Ein Bein ein paar Zentimeter kürzer als das andere, das ist alles. Sollen die Leute etwa glauben, dass Sie sich für etwas Besseres halten? Ihr Gehalt steigt selbstverständlich entsprechend den zusätzlichen Arbeitsstunden. Betrachten Sie es als Beförderung.«

»Aber die Bibliothek ...«

»Sie verlieren Ihren Posten ja nicht, das fehlte noch, Kultur ist das Wichtigste überhaupt. Morgens um acht schließen Sie den Friedhof auf, bleiben bis mittags dort und tun, was Sie tun müssen, aufräumen, sauber machen … das sehen Sie dann schon. Und nachmittags um halb drei, nach einem schönen Mittagessen und einem wohlverdienten Nickerchen, gehen Sie zu Ihren geliebten Büchern zurück, bis Sie um sechs erst die Bibliothek und dann den Friedhof abschließen. Was wollen Sie mehr? Ist das nicht eine großartige Idee? Sicher, Sie können auch ablehnen, aber Sie verstehen schon … Wer außer uns sollte Ihnen mit Ihrem kleinen Problem eine Arbeit geben? Glauben Sie mir, es ist viel einfacher, als es aussieht, schließlich hat sich noch kein Friedhofswärter totgearbeitet. Morgen früh fangen Sie an, denn heute ist dank Beschwörungen und Berührung intimer Körperstellen noch niemand gestorben. Gehen Sie, Malinverno. Und schauen Sie beim Gemeinderat vorbei, der ist mit dem Friedhof viel vertrauter als ich.«

Er schob mich sanft zur Tür hinaus, wo ich stehen blieb und mich, den Brief noch immer in der Hand, verwirrt umsah.

Nach einigen Minuten tauchte der Gemeindesekretär in seiner Bürotür auf. »Malinverno«, sagte er, kaum hatte er mich erblickt, »der Gemeinderat ist außer Haus und hat diesen Umschlag für Sie hinterlassen. Glückwunsch zu Ihrer neuen Aufgabe, ich bin mir sicher, dass Sie damit gut zurechtkommen werden.«

Und als wäre ich nicht mehr da, ging er zurück zu seinem Schreibtisch.

Soweit mein linkes Bein es zuließ, beeilte ich mich, das Rathaus zu verlassen, denn ich hatte allmählich das Gefühl, keine Luft mehr zu bekommen. Ich hatte keine Lust, erneut den abschüssigen Weg zur Bibliothek auf mich zu nehmen, deshalb ging ich in Richtung Misconì, dem Brachland an der Dorfgrenze, um mich unter einen wilden Apfelbaum zu setzen und über die sonderbaren Launen des Schicksals nachzudenken. Während das Leben von Jean Valjean von einem Stück Brot und einem silbernen Kandelaber, das von Akakij Akakijewitsch Bashmachkin von einem Mantel und die Liebe zwischen Evaristo und Candida von einem

Fächer abhingen, war mein Leben durch eine Birne vom rechten Weg abgekommen.

Ich öffnete den Umschlag. Darin befanden sich ein großer Schlüsselbund, ein Blatt Papier mit den Öffnungszeiten des Friedhofs und ein frisch hektografiertes Exemplar der *Kommunalen Vorschriften zur Überwachung und Pflege des städtischen Friedhofs.* Ich wollte es nicht lesen. Ich ärgerte mich weniger über die Aufgabe an sich, denn auf den Friedhof geschickt zu werden war überhaupt kein Problem für mich, es war das Gleiche, als hätte man mich ins Einwohnermeldeamt oder ins Bauamt versetzt. Lästig war mir vielmehr, dass möglicherweise die regelmäßigen Abläufe meines Lebens gestört werden würden.

Mit Veränderungen war ich noch nie gut zurechtgekommen, sie erschreckten mich, und darum versuchte ich, mich auf die einzige mir bekannte Art abzulenken. Ich holte *Madame Bovary* aus der Tasche und verließ augenblicklich die feindliche Gegend von Timpamara, um in die starre, träge von Yonville-l'Abbaye zu gelangen. Dieser Lektüre widmete ich mich regelmäßig immer dann, wenn ich Trost brauchte, wenn ich also das Bedürfnis hatte, meine Traurigkeit mit der Traurigkeit der Welt zu verdünnen, sie zu zerstäuben und mich als Teil der träumenden und leidenden Menschheit zu fühlen.

Den ganzen Tag lang war ich aufgewühlt, und abends fiel es mir schwer, in den Schlaf zu finden. Noch zehn Stunden und ich würde mich meiner neuen Aufgabe widmen müssen, ohne die geringste Ahnung, wo ich anfangen sollte. Ich würde das Tor öffnen, und dann? Was genau tat ein Friedhofswärter? Musste ich den Beerdigungen beiwohnen? Vielleicht auch noch die Gräber ausheben? Und so kam es, dass ich widerstrebend das Exemplar der kommunalen Vorschriften öffnete, so beklommen wie Charles Bovary, dem Héloïse, seine eifersüchtige Ehefrau, verbietet, das Haus der schönen Emma auf dem Pachtgut Les Bertaux zu betreten.

3

Um fünf vor acht erschien ich
vor dem Friedhofstor. Niemand war zu sehen. Ich wartete vor dem
verschlossenen Eingang, und mit mir warteten die Witwen Longo-
bardi und Pentone. Nach einer Viertelstunde trafen der Gemeinderat und der städtische Angestellte Cornelio Benestare ein.

»Da sind wir, Malinverno, bereit für Ihre Feuertaufe. Geben Sie
mir bitte den Schlüsselbund.«

Ich reichte ihm die zweiundzwanzig Schlüssel. Benestare fand
sofort den richtigen, und sie öffneten das Tor. Die beiden alten
Frauen traten hinter uns ein, wobei sie mich anstarrten und im Flüs-
terton miteinander sprachen.

»Eine kleine Übergabe muss sein, und da wir auf den klugen Rat
des armen Graziano verzichten müssen, bleibt uns nichts anderes
übrig, als uns dem lieben Cornelio anzuvertrauen. Er hat Graziano
vertreten, wenn er krank war oder in Urlaub gefahren ist. Beher-
zigen Sie seine Worte, ich habe leider eine wichtige Besprechung
und muss Sie jetzt allein lassen«, sagte der Gemeinderat.

Cornelio arbeitete den ganzen Tag im Bauamt. Er hatte es ebenfalls eilig.

»Hast du die Friedhofssatzung gelesen?«

»Ja.«

»Gut, dann vergiss sie wieder, sonst wirst du nämlich verrückt.
Komm mit.«

Gleich links hinter dem Eingang lag die Leichenhalle, die

nahezu vollständig von einem Eisentisch in der Mitte ausgefüllt wurde. Auf einem Regalbrett an der hinteren Wand standen einige Gegenstände. Rechts, halb hinter der Tür versteckt, befanden sich ein Tischchen und ein Stuhl.

»Der Sarg wird bis zur Beerdigung auf den Metalltisch gestellt«, sagte Cornelio. »Die Fenster müssen sommers wie winters geöffnet bleiben, die Luft muss zirkulieren können, denn wenn sich der Leichengeruch einmal in den Kleidern festgesetzt hat, wird man ihn nicht mehr los. Hier«, fuhr er fort und deutete auf einen Kasten in der Mauer. »Das ist der Schalter für die Sirene. Sie muss zehn Minuten vor der Schließung betätigt werden, jeden Tag.« Wir gingen wieder hinaus. »Anstatt mit der Sirene kannst du die Schließung des Friedhofs auch mit dieser Glocke ankündigen, das geht so«, sagte er und zog kräftig an der Schnur, die an dem Klöppel hing.

Mithilfe eines weiteren Schlüssels öffnete Cornelio einen großen, vollgestopften Geräteschuppen aus Metall, der als Lager für verschiedene Werkzeuge diente: Schaufeln, Hacken, Gießkannen und Wasserschläuche bildeten ein derartiges Durcheinander, dass man glauben konnte, es habe kürzlich ein Erdbeben stattgefunden.

»Hier drin befindet sich alles, was du brauchst, um die Wege und Beete in Ordnung zu halten. Ein Friedhofswärter ist in erster Linie ein Gärtner. Verstehst du etwas vom Gärtnern?«

»Nein.«

»Das ist schlecht, du wirst es schnell lernen müssen. Schneide die trockenen Zweige ab, gieß die Beete, und wenn du verwelkte Blumen herumliegen siehst, wirf sie weg. Aber nur, wenn sie auf dem Boden liegen, auf keinen Fall darfst du Blumen aus den Vasen auf den Gräbern nehmen, selbst wenn sie schon stinken, das bringt nämlich Unglück. Bist du abergläubisch?«

»Nein.«

»Tja, wenn du hier arbeitest, musst du es werden. Das heißt, du darfst nicht mehr unter einer Leiter hindurchgehen und musst die Straßenseite wechseln, wenn du einer schwarzen Katze begegnest ... Sorg dafür, dass sich links vom Eingang immer volle Gießkannen befinden. Einmal täglich überprüfst du, ob die Grünbehälter voll sind, und wenn ja, leerst du sie in den Container an der Straße. Wenn keine Beerdigungen anstehen, ist im Grunde nur wenig zu tun, aber täusch dich nicht, irgendeiner stirbt immer. Eine letzte Sache noch: Wenn du den Friedhof verlässt, musst du dich stets vergewissern, dass das Vorhängeschloss eingerastet ist, versuch es aufzuziehen, um ganz sicherzugehen. Ich weiß nicht, ob und wozu es nütze ist, aber das Tor muss nachts immer abgeschlossen sein. Und jetzt zur heikelsten Aufgabe.«

Cornelio Benestare machte sich auf den Rückweg zur Leichenhalle. Wir traten ein, und er bedeutete mir, mich dem Tischchen hinter der Tür zu nähern. Er öffnete die Schublade und holte eine Art Notizbuch heraus: »Dies ist das Wichtigste von allem, das Sterberegister. Andere Dinge kannst du ruhig mal vergessen, aber das hier nicht. Hier musst du jeden Verstorbenen vermerken, wirklich jeden, denn wenn sein Name hier fehlt, ist es, als wäre er überhaupt nicht gestorben. Trag die Daten ein, wie du es hier siehst, in derselben Reihenfolge: laufende Nummer, Nachname, Vorname, Geburtsdatum, Todestag. Die laufende Nummer muss jedes Jahr wieder auf null gesetzt werden. Alles klar?«

»Was Sie mir gesagt haben, ist klar. Das Problem besteht in all dem, was Sie mir nicht gesagt haben.«

»Um alles andere kümmerst du dich zu gegebener Zeit. Hier sind die Schlüssel. Wenn du Fragen hast, komm zur Gemeindeverwaltung, und ansonsten benutz deinen gesunden Menschenverstand, und verlass dich auf die Erfahrung von Marfarò, dem Bestatter.«

Als Cornelio fortging und mich mit den Schlüsseln in der Hand zurückließ, fühlte ich mich wie ein Waisenkind. Auf der Suche nach etwas, womit ich mich weniger allein fühlen würde, sah ich mich um, und das Regal an der hinteren Wand zog meine Aufmerksamkeit an. Überall herrschte ein großes Durcheinander, doch dort waren die Gegenstände zwar verstaubt, aber immerhin sorgfältig angeordnet. Eine Sanduhr, ein alter Kassettenrekorder, eine weiße Feder, ein kleiner Klappspiegel, ein phrenologischer Kopf. Die Gegenstände waren aufgereiht wie die Bücher in meiner Bibliothek, aber nach einem Katalogisierungsprinzip, das ich nicht verstand. Ich suchte nach einem Lappen, und als ich keinen entdecken konnte, holte ich mein Taschentuch heraus und staubte den Kopf ab, den seltsamsten Gegenstand von allen. Es handelte sich um eine Nachbildung des menschlichen Schädels, auf der die mit jeder einzelnen Sinnesfunktion verknüpfte Hirnregion markiert war. Der leicht glänzende Kopf bestand aus Craquelé-Porzellan vom Typ Staffordshire. Auf den Schädel waren einige unregelmäßig umrissene Bereiche aufgedruckt. In jedem Bereich war der Teil des Gehirns vermerkt, in dem der Ursprung einer bestimmten Emotion oder Empfindung, einer Gabe oder eines Mangels lag. Über dem linken Ohr zum Beispiel befand sich die Destruktivität, aus irgendeinem Grund gleich neben dem Verlangen nach Flüssigkeiten; über dem linken Auge standen Ordnungssinn und Farbensehen dicht nebeneinander, und unter dem Auge war die Sprache zu finden, während das gesamte Gebiet um das rechte Auge herum für Literatur zuständig war. Überall auf dem Kopf gab es Punkte, an denen praktisch jeder Moment unseres Lebens bereits vorbereitet war, angeordnet wie auf einem Schachbrett, und da ein Punkt fehlte, hatte ihn jemand mit Filzstift hinzugefügt: *Wahnsinn*. Die Resignation lag gleich dahinter, ein Stückchen oberhalb des Genicks auf der Linie der Halswirbelsäule, in dem Bereich, der für alle Formen der Liebe zuständig war – Liebe zu Kindern, reproduktive Liebe, kindliche Liebe und Liebe zu Tieren –, angrenzend an den Patriotismus.

Ich stellte den Schädel in das Regal zurück. Während ich das bizarre Sammelsurium wieder vervollständigte und dabei noch immer das kombinatorische Wunderwerk des Keramikkopfes betrachtete, dieser Mikrokarte der universellen Ordnung, wehte mich eine Erkenntnis an – phrenologische Entsprechung in der linken Schläfenregion, zwischen Leichtsinn und Pflichtgefühl –, und ein einziger klarer Gedanke ließ sich in der Mitte meines Gehirns nieder: Es ist sinnlos, sich zu beklagen, in Selbstmitleid zu versinken und Trübsal zu blasen. Von heute an bin ich der Hüter all dessen, was mich umgibt, und wenn ich diese Aufgabe nun einmal übernehmen muss und es keine naheliegende Alternative gibt, sollte ich sie auf die bestmögliche Weise erledigen.

Es war der Augenblick des Mutes und der Gewissheit, die häufig ein und dasselbe sind, und darum grenzten die beiden Gefühle auch genau in der Mitte des phrenologischen Kopfes aneinander.

Ich holte den Reisigbesen aus der Ecke und fing an, die Leichenhalle zu fegen und die nutzlosen Dinge zu entsorgen, die mein Vorgänger angesammelt hatte. Eine halbe Stunde später schien der Raum nicht mehr derselbe zu sein, und ich war mit meiner Arbeit sehr zufrieden. Ich ging hinaus. Ich wollte jeden Winkel dieses Ortes erkunden, so, wie ich es im Lauf der Jahre auch mit der Bibliothek gemacht hatte, denn es gab mir immer schon ein Gefühl der Sicherheit, die Welt um mich herum in Ordnung zu bringen.

Bis zu diesem Tag war der Friedhof für mich nur einhundertsechsunddreißig Schritte lang gewesen, die Entfernung zwischen dem Tor und unserer Familienkapelle. Einhundertsechsunddreißig meiner schleppenden Schritte; ich weiß nicht, wie vielen regelmäßigen Schritten das entspricht. Seit ich vierzehn Jahre alt war, ging ich einmal im Monat dorthin. Auf der Höhe der Säulen neben dem Eingangstor blieb ich stehen, stellte die Füße nebeneinander und fing an zu zählen. Einhundertsechsunddreißig Schritte, immer dieselbe Strecke, einschließlich Allerseelen dreizehnmal im Jahr. Dem entsprach auch eine exakte Zeitspanne, insgesamt acht Minuten und dreiunddreißig Sekunden, was mit dreizehn multipliziert eine Stunde achtundvierzig Minuten und neunundzwanzig Sekunden ergab. Exakt die Zeit, die ich pro Jahr auf dem Friedhof verbracht hatte, ehe ich dessen Wärter wurde.

Ich vermaß mein neues Gebiet, indem ich die Begrenzungslinien des Friedhofs entlangging, bis ich wieder am Ausgangspunkt ankam. Dann kehrte ich in die Leichenhalle zurück und nahm an dem Tischchen Platz. Ich öffnete das Sterberegister, das Cornelio zurückgelassen hatte. Seite um Seite all diese Namen zu lesen wirkte auf mich genauso wie der Anblick des Bilderrahmens im Gemeindehaus, in dem mittels alter Fotografien der Soldaten gedacht wurde, die in den Krieg gezogen waren. Es weckte mein Erstaunen angesichts einer Menschheit, die verschwunden war, ohne Spuren zu hinterlassen. In der mittleren Schublade lag ein großes aufgerolltes Blatt Papier. Ich breitete es aus. Es handelte sich um die Karte des Friedhofs mit sämtlichen nummerierten Grabstätten und den Buchstaben, die die Abschnitte kennzeichneten. Für einen Moment glaubte ich, hier wiederhole sich das Raster des phrenologischen Kopfes wie eine Bestätigung, dass jedes Ding auf dieser Welt einen passenden Platz im Universum hat, auch die Gedanken und Gefühle, auch die Toten.

Und das Gleiche galt für mich, Astolfo Malinverno, den einzigen Bibliothekar und Friedhofswärter in Personalunion, den die Menschheit je gesehen hat.

Zwei Tage später sah ich sie zum ersten Mal.

Von der Peripherie zum Zentrum. Das war schon immer meine Art, die Welt kennenzulernen. Man fängt an den Außengrenzen an und fährt fort, indem man sie einkreist, bis man ins Zentrum eines wunderschönen Gebietes gelangt. So ähnlich ist es auch beim Menschen. Zuerst betrachten wir seine Augen, die Hände, die Art, wie er geht, und dann versuchen wir nach und nach, ihm unter die Haut zu kriechen, uns in die Windungen des Gehirns zu schleichen, seine Gedanken zu erraten. Die Ordnung des Kosmos zu respektieren.

In der Gewissheit, das Gelände des Friedhofs bald bis in den letzten Spalt, bis zum letzten Grasbüschel zu überblicken, ja sogar jede seiner täglichen Veränderungen vorherzusehen, stieß ich zwischen die Grabsteine vor.

Es blies ein heftiger Wind, und die Wege mussten gesäubert werden. Ich sammelte so viel Laub ein, dass es zwei große, schwere Säcke füllte. Nur mit Mühe gelang es mir, sie hinter mir herzuziehen, darum stellte ich sie zwischendurch immer wieder kurz ab und blieb stehen, um mein Bein auszuruhen. Während einer dieser Pausen, in denen ich meine Position auf der Welt mithilfe der Wasserflecken markierte, die die Säcke auf der Erde hinterließen, erschien sie mir.

Weil sie hinter einer Mauer versteckt war, die ein wenig weiter hervorragte als die anderen, hatte ich sie nie zuvor gesehen.

Sie hatte wunderschöne braune Augen, die durch die Wimpern schwarz wirkten, und ihr Blick war offen und von aufrichtiger Kühnheit. Die üppigen Lippen waren stellenweise rissig, als hätte sie sich angewöhnt, sich in Momenten des Schweigens darauf zu beißen. Ihr Hals ragte aus einem umgeschlagenen weißen Kragen heraus, ein Scheitel folgte der Wölbung ihres Kopfes und teilte die glatten, glänzenden Haare in zwei schwarze Hälften, die jeweils aus einem Guss zu bestehen schienen. Sie fielen ihr in sanften Wellen über die Schläfen, ließen nur ein winziges Stück von ihrem Ohr sehen und waren hinten zu einem dicken Knoten zusammengefasst. Zwei leuchtende Ohrgehänge lugten zwischen den Strähnen hervor. Ich trat näher. Die Augen waren schwarz und blau, so als hätten Farbschichten einander überlagert, die in der Tiefe dunkel waren und zur Oberfläche der Emaille hin immer heller wurden.

Das Foto, nur dieses eine, prangte in der Mitte des Grabsteins. Umgeben vom verwaschenen Grau des Steins. Kein Name, kein Geburtsdatum, kein Todesdatum. Von dem Bild schien etwas wie ein trauriger herbstlicher Hauch verblühender Welten auszugehen, die Wehmut verschwendeter Leben und ungelebter Träume. Ein alter Schnappschuss aus unbestimmter Zeit, und dennoch war das Gesicht klar umrissen und von magnetischer Wirkung. Es brannte sich dermaßen in meinen Geist ein, dass ich bei der Wiederaufnahme meiner Lektüre nur in die vor Enttäuschung triefenden Seiten eintauchen musste, damit die Gesichtszüge der Unbekannten fast automatisch die Identität von Flauberts Heldin annahmen. Und darum hatte Madame Bovary für mich von jenem Moment an das Gesicht, das auf diesem Foto zu sehen war, die verwandte Seele eines Menschen, der für den Himmel gemacht, aber zum Leben auf der Erde verdammt war, lahm an der Seele, wie ich es am Körper war.

So gab ich ihr für immer den Namen, den ich so sehr schätzte: Emma Rouault, begraben auf dem Friedhof von Timpamara.

4

Der Philosoph und Kartograf Dikaiarchos
hatte die großartige Idee, sich unsichtbare Linien vorzustellen,
die sich senkrecht über den Globus ziehen und jedem Punkt auf
der Erde einen eindeutigen Namen geben. Da ich mir im Atlas
häufig die Längen- und Breitengrade anschaute, die wie ein Spinnennetz Meere und Festland einhüllen, kam es vor, dass ich den
Kopf hob, um zu überprüfen, ob man diese menschengemachten
Maße tatsächlich sehen konnte wie die Kondensstreifen eines
Flugzeugs oder die Flugspuren von Vögeln, ob das Streben nach
dem angemessenen Ort eine Erfindung oder eine Entdeckung war.
Ich spürte das Koordinatennetz über mir, wenn ich die Entfernungen zwischen den Orten meines Lebens zurücklegte und die
Räume durchquerte, vom Haus zum Friedhof und vom Friedhof
zur Bibliothek. Mir gefiel die Vorstellung, dass jeder Schritt einen
genauen Ort auf der Welt hatte, dass die von der Unvollkommenheit meines Beins vorgeschriebenen zeitweiligen Pausen innerhalb
eines bereits von Menschen definierten und beschriebenen Kar-
rees Erde stattfanden, so als besäße der korrekte Standort aus sich
selbst eine Bedeutung. Auch meine Bibliothek funktionierte auf
diese Art. Sie bestand aus in verschiedenen Welten und früheren
Zeiten geschriebenen Büchern, die nun jedoch auf einem hölzernen Regal in einer bestimmten Ordnung nebeneinanderstanden.
Genauso auf dem Friedhof: Benachbarte Gräber ergaben seltsame Kombinationen; zwei, die zu Lebzeiten Feinde gewesen

waren, fanden sich nebeneinander in demselben Schatten wieder oder im Gegenteil: Mann und Frau wurden nach einem gemeinsam verbrachten Leben voneinander getrennt und verstreut wie Samen, geworfen von einer unsichtbaren Hand. Und dennoch fiel in diesem alles umfassenden alphanumerischen Gitternetz hin und wieder etwas durch die Maschen.

Das Grab der schönen Emma zum Beispiel.

Sofort sah ich auf dem Friedhofsplan nach, um der Lage einen Hinweis auf ihre Identität zu entnehmen, aber an der Stelle des Grabes oder vielmehr der Kennnummern, die sämtlichen anderen Grabstätten zugewiesen waren, fand ich nur ein weißes Kästchen, was auf eine noch zu vergebende Grabstelle schließen ließ. Diese Abwesenheit überraschte mich, es war, als wiederholte sich auf dem Papier die Anonymität des Grabsteins und als versuchte die Welt mit allen Mitteln, die Identität dieser schönen, zerbrechlichen Frau zu verschleiern. Und dennoch gab es sie. Die kleine leere Fläche stellte eine Möglichkeit dar wie die Stellen, die Mendelejew in den ersten Versionen des Periodensystems für die noch nicht entdeckten Elemente frei gelassen hatte, jene, die in der Natur existierten und nur darauf warteten, erkannt zu werden. Die Anonymität verstärkte die Faszination, die Emma auf mich ausübte.

Wie jeder Zeuge mit einem Minimum an Selbstachtung hinterließ auch ich eine Spur meiner Einsichtnahme und versah das weiße Kästchen mit der Zahl, die ihm in aufsteigender Reihenfolge zukam, Nummer 1543; ich übertrug die Angabe in die Übersichtsliste, sechzehnte Zeile: 1543 *Emma Rouault,* und für einen Augenblick schlüpfte ich in das Gewand eines Zeichners von Längen- und Breitengraden, der Positionen auf der Erde zuweist, ein Wächter umherwandernder Seelen.

Es war ein Anfang. Ein Name. Ein Platz auf der Welt. Eine Einsamkeit, die weniger schmerzlich wurde. Und um ihr Gesellschaft zu leisten und selbst in Gesellschaft zu sein, ging ich hin und wieder bei Emma vorbei und betrachtete sie schweigend, wie man manchmal Bilder und Sonnenuntergänge betrachtet. Wenn ich Zeit hatte, setzte ich mich auf einen kaputten Stuhl, den ich gegenüber dem Grab aufgestellt hatte, und las ihr aus ihrem Roman vor, als könnte sie mich tatsächlich hören. Sie wurde zu einer alltäglichen Präsenz für mich, und zwar nicht nur auf dem Friedhof. Der Gedanke an sie und ihre vergessene Geschichte begleitete mich überall, in der Bibliothek, zu Hause, bei meinen kurzen Besuchen in der Bar.

Die Unachtsamkeit, die aus jeder Besessenheit folgt, griff in das Räderwerk meiner Tage und verlangsamte ihren Lauf: Ich kochte ein Ei, bis es platzte, ließ die Haustür offen stehen, verpasste einen Termin beim Schuhmacher, der mir Schuhe nach Maß anfertigen sollte.

Manchmal brannte ich morgens bei der Ankunft auf dem Friedhof dermaßen darauf, sie zu sehen, dass ich das Tor öffnete und sofort zu ihr ging, wie um mich zu vergewissern, dass es sie noch gab. Und wie jeder Seelenhüter, der auf sich hält, versuchte auch ich, diesen Winkel des Friedhofs zu verschönern, indem ich einen großen Efeu auf ihr Grab pflanzte, den ich mitsamt Wurzeln aus einer Wiese gerissen hatte. Ich brachte ein paar Nägel an und sorgte dafür, dass die Kletterpflanze sich um den Grabstein herumranken würde. Der blumige Rahmen reichte jedoch nicht aus, um das Wesen des Gesichts zu verändern, das sehr blass war und dessen Augen eine unbestimmte Traurigkeit verrieten, dieselbe, die mich während meiner gesamten Kindheit begleitet hatte, angedeutet in den desillusionierten Blicken der einzigen Frau, die ich bis dahin geliebt hatte: Catena Seminara, meine Mutter, die nicht mehr im Reich der Lebenden weilte.

Sie war nachts gestorben, in aller Stille. Ich war zwölf Jahre alt. Sie schlief ein und starb. An meiner Seite.

Der Tod hatte ein Los gezogen, und es war auf meine Mutter gefallen.

Zwei Menschen, die nebeneinander schliefen, die im selben Moment die Augen geschlossen hatten, jedoch vom Schlaf getrennt worden waren. Nur einer der beiden hatte sie wieder aufgeschlagen, so als würde jedes Mal, wenn der Tod zugreift, ein anderes Leben verschont. Am Abend zuvor hatte es keinerlei Anzeichen oder Verdachtsmomente gegeben, keine besondere körperliche Belastung, keinen aussetzenden Herzschlag, keine stockenden Atemzüge. Nur das gewohnte Gute Nacht, der Kuss, die Decke hochgezogen bis zum Hals, der mütterliche Arm, der schützend meine Hüfte umfing.

Wer weiß, um welche Uhrzeit ihr Herz stehen blieb, wovon sie gerade träumte, in welcher Abfolge universeller und himmlischer Bewegungen ihr Schweigen eingeplant war.

Ich schlief immer an ihrer Seite, wenn mein Vater Nachtschicht an der Altpapierpresse hatte. Noch nie war ich vor ihr aufgewacht. Als ich ihren Arm spürte, begriff ich darum sofort, dass etwas passiert sein musste. *Mammà, Mammà.* Mit Mühe hob ich ihren Arm an und näherte mich ihrem Gesicht. *Mammà!* Ich schüttelte sie mehrmals, immer stärker, bis ich es schließlich wagte, ihr eine leichte Ohrfeige zu versetzen, bis ich mich traute, mit zitternden Fingern ihre Lider anzuheben. *Mammà, Mammà.* Ich legte den Kopf auf ihre Brust, um auf ihren Herzschlag zu horchen, während ich sie im Arm hielt. Ich schloss die Augen und dachte: *Jetzt fängt es wieder an zu schlagen, gleich fängt es an, jetzt.*

Genauso war es mir einige Jahre zuvor ergangen, als ich ihre Herzschläge klar und deutlich gehört hatte. Ich war noch klein. In der Dunkelheit, in der einem alle Geräusche viel lauter vorkommen, tauchte ich in den regelmäßigen Klang ein, doch es war ein zerfasertes Schlagen, beinahe ein Echo, ein schwacher Ton, ein Geräusch, so leise, als wolle es gleich wieder verklingen, ein

Schlag und dann Stille, ein Schlag und gleich darauf die Stille, und diese Abwesenheit war es, die mir Angst machte, das Aussetzen des Klangs, das Warten auf seine Rückkehr oder vielmehr die Bestürzung angesichts seines möglichen Ausbleibens, des fortwährenden Vergessens, denn wenn mir schien, dass die Stille einen Augenblick länger angehalten hatte, als meine Hoffnung reichte, bewegte ich den Körper meiner Mutter wie den einer kaputten Puppe, und wenn der Herzschlag wiedereinsetzte, war der Albtraum nicht zu Ende, sondern nur unterbrochen. Jedes Klopfen ging seiner Abwesenheit voraus, und jedes Aussetzen schien über die Zeitspanne der Hoffnung hinaus anzudauern, und ich konnte einfach nicht fassen, wie der Körper eines Menschen, sein aus Handlungen, Worten, Gedanken, gebauten Häusern, vollgeschriebenen Bibliotheken, interstellaren Errungenschaften bestehendes Leben, wie die ganze Menschheit von ihren Ursprüngen bis zum heutigen Tag und darüber hinaus, wie einfach *alles* von einem derart schwach wirkenden Muskel abhängen konnte.

All das ging mir in dem Augenblick durch den Kopf, in dem der Stillstand des Herzens sich mit dem unendlichen Kreisen der Himmelskörper vereinte. Das war der Tod, und ich hatte ihn mir derart intensiv ausgemalt und so sehr gefürchtet, dass er mir beinahe natürlich vorkam. So heftig hatte ich mich vor dem Ende der Schläge, vor dem Schmerz und der Tragödie des Verschwindens meiner Mutter gefürchtet, so oft hatte ich bei der Vorstellung geweint, neben ihrem leblosen Körper zu liegen, dass ich nun sozusagen vorbereitet war, geübt, als wäre diese Dimension nur die Verlängerung meiner Übungen in Abwesenheit und Einsamkeit.

Es würde sich nicht mehr in Bewegung setzen, das Herz von Catena Seminara. Nie wieder. Und mit Tränen in den Augen entfernte ich mich von ihr, setzte mich auf einen Stuhl und betrachtete sie eine Weile, so schön, dass sie zu schlafen schien, so schön, wie ich sie niemals mehr sehen würde.

Wenn ich sie in der Familienkapelle besuchte, ob mit meinem Vater, meinem Onkel oder später allein, trat ich jedes Mal an ihr Grab und küsste ihr Foto. Ich drückte ein Ohr an den Marmor und dachte: *Jetzt fängt es wieder an zu schlagen, gleich fängt es an, jetzt* ...

Meine Mutter lebte durch die Geschichten, die sie las, und hätte sie die nötige Bildung gehabt, sagte sie, hätte sie selbst welche geschrieben, aber da sie dazu nicht in der Lage war, hatte sie von Jugend an Bücher in ihrem Kopf geschrieben. Die Figuren hatte sie vor Augen, sämtliche Dorfbewohner nämlich, denen sie begegnete und denen sie heimlich Geschichten andichtete. Es war ein schönes Leben, denn es war, als lebte auch Catena in einem Buch. Wir bestehen eher aus Gedanken als aus Fleisch, und diese Gedanken werden uns von denjenigen ins Blut geträufelt, die uns gewollt haben, denn ich habe nicht nur die Haarfarbe oder den hingebungsvollen Blick geerbt, sondern auch die Illusionen und Träume und die Leidenschaft für Geschichten.

Meine Mutter kannte und erzählte die Geschichte jedes Mannes und jeder Frau, denen sie begegnete, jedes Wesens, von dem irgendwo die Rede war. Sie erzählte die Geschichte aller Nachbarn, jedes schlagenden Herzens, sogar die Geschichte der Tiere auf der Straße oder flüchtig berührter Gegenstände, die Geschichte des aufgehobenen Steins, der weggeworfenen Tüte Milch und der ganzen Welt. Und auch die von Pancrazio Calanna, der zwei Häuser weiter wohnte. Abends kam er immer spät nach Hause. Wir lagen dann bereits im Bett und hörten, wie er den Schlüssel ins Schloss schob und langsam die quietschende Tür hinter sich zuzog.

»Weißt du, warum er so spät nach Hause kommt?«, hatte meine Mutter mich eines Abends gefragt.

Mit diesem Tonfall kündigten sich ihre Geschichten immer an.

»Pancrazio ist in Wahrheit ein Fischer, der den ganzen Tag im Boot am Jachthafen verbringt. Aber er fischt nicht, sondern sucht nach einem bestimmten Gegenstand, nach einer Kette, die seine Tochter in dem Sommer verloren hat, in dem sie starb. Seitdem wirft er jeden Tag die Netze aus in der Hoffnung, diese Kette wiederzufinden, und solange wir ihn müde den Schlüssel umdrehen hören, wissen wir, dass sein Netz leer geblieben ist.«

Tagsüber war ich diesem Mann nur wenige Male begegnet, und er schien mir alles andere zu sein als einer, der aufs Meer hinausfuhr.

»Ist das wahr, *Mammà*, ist Pancrazio wirklich ein Fischer?«

Catena strich mir übers Haar und sagte: »Wir sind es, die entscheiden, was wahr ist und was nicht, wir allein. Wenn du ihm das nächste Mal begegnest, sieh ihn dir genau an, und wenn du glaubst, dass er ein Fischer ist, wirst du einen Fischer sehen. Betrachte die Menschen immer aufmerksam, Astolfo, beobachte sie, schau dir ihre Besonderheiten an, denn keiner von uns trägt seine wahre Geschichte ins Gesicht geschrieben, sondern sie versteckt sich an unsichtbaren Stellen unter der Haut.«

Knapp einen Monat später hörten wir auf der Straße jemanden rufen, Pancrazio Calanno sei tot aufgefunden worden.

Seit einiger Zeit schon hatten wir nicht mehr gehört, wie er den Schlüssel ins Schloss schob. Er war verschwunden. An jenem Tag hatten die Wellen seinen Körper an den Strand von Pietragrande gespült.

Catena nahm mich mit zur nächtlichen Totenwache. Es war beinahe Morgen, als wir wieder im Bett lagen.

Bevor ich einschlief, beugte sich meine Mutter über mich und fragte: »Hast du Pancrazio gesehen?«

»Ja.«

»Und was ist dir aufgefallen?«

Ich hatte sein Gesicht nicht sehen können, nur seinen Körper, der ausgestreckt auf einem Bett lag, angezogen und ohne Schuhe.

»Er hatte nackte Füße.«

»Nicht nur das«, fügte meine Mutter hinzu, während sie das Licht löschte. »Seine rechte Hand war zur Faust geschlossen.« Ich hatte nicht mehr die Kraft gehabt, sie nach dem Grund zu fragen. »Astolfo, mein Lieber, am Ende hat er es geschafft. Er hat die Kette gefunden.«

Aus dem Mund meiner Mutter, die mir die Welt erzählte und sie zum Leben erweckte, als existierte sie nur in Wörtern und durch Wörter, lernte ich das Leben kennen. Und ich lernte, Geschichten zu lieben, und begriff rasch, dass Menschen und Bücher im Grunde dieselben Begebenheiten erzählen.

5

Trotz anfänglicher Vorbehalte und Zweifel
brachte mein neuer Beruf als Friedhofswärter nicht die erwarte-
ten Dramen mit sich, ganz im Gegenteil. Bereits nach wenigen
Wochen ließen sich die beiden Aufgaben nahezu perfekt miteinander in Einklang bringen.

Morgens um acht ging ich zum Friedhof, und in den folgenden
vier Stunden konnte ich mir aussuchen, was ich wann tun wollte.
Wenn die Glocken der Mutterkirche zur Mittagsstunde läuteten,
ging ich nach Hause, wusch mich und zog mich um. Ich aß etwas
und ruhte mich ein Stündchen in meinem Sessel aus, ehe ich wieder losging und um Punkt halb drei die Bibliothek öffnete.

Dort blieb ich bis um sechs, denn dann war es an der Zeit, den
Friedhof zu schließen. Wenn ich eine Arbeit unterbrochen hatte,
kehrte ich in die Bibliothek zurück, andernfalls ging ich nach Hause.

Zwei Welten, die unvereinbar schienen, waren durch mich miteinander in Kontakt gekommen. Unvereinbar für die Menschen
in Timpamara jedenfalls, die es daher anfangs nicht versäumten,
ihre Verblüffung zum Ausdruck zu bringen.

»Sag mal, Astolfo, stimmt es, dass sie dich zum Friedhofswärter
ernannt haben?«, fragte mich an meinem ersten Arbeitstag Aga-
memno, der Barista, während er mir einen *caffè* zubereitete.

»Ja, aber wahrscheinlich nur vorübergehend«, antwortete ich
und empfand in diesem Augenblick selbst die Vorbehalte, mit
denen die meisten Leute einem Friedhofswärter begegnen.

»Und wie schaffst du es, von den Büchern zu den Toten überzugehen?«

»Sag ich doch, diesen Job hätten sie *mir* geben sollen«, meldete sich Godot zu Wort, der seit seiner Geburt auf der Suche nach Arbeit war.

An Gehässigkeiten fehlte es nicht, und Wagners Unheil abwehrende Geste, wenn er mich die Straße überqueren sah, fasste sie alle zusammen. Er schob sich eine Hand zwischen die Beine und drückte zu, als müsse er eine Kuh melken. Doch für die Einwohner von Timpamara blieb ich immer der Bibliothekar, auch wenn sie mich beim Abschließen der Kapelle sahen.

Die Ordnung meines gleichmäßig zwischen Friedhof und Bibliothek aufgeteilten Lebens geriet jedoch durcheinander, sobald jemand starb.

Da es städtischer Brauch war, Verstorbene nachmittags zu beerdigen und zur ewigen Heimstatt zu geleiten, musste ich die Bücher gelegentlich sich selbst überlassen. Hielt sich in der Bibliothek niemand auf, war das kein Problem, wenn doch, musste ich den Betreffenden allerdings hinauskomplimentieren. Das Buch ließ ich ihm in diesem Fall nach Hause bringen, selbst wenn es zum Präsenzbestand gehörte. Dann schloss ich ab und hängte ein Schild an die Tür mit der Aufschrift:

Wegen Trauerfall geschlossen
Nach der Beerdigung wieder geöffnet

Auch wenn die Timpamaraner inzwischen wussten, dass die Bibliothek im Fall eines Totengeleits geschlossen blieb, tauchte doch hin und wieder irgendein Schussel dort auf, und dann war es gut, wenn er darauf hingewiesen wurde.

Als reichte es nicht aus, dass ich die beiden Orte miteinander verband, kam eines Tages Carlemilio Gimigliano, ein Mann von unglaublicher Pedanterie, auf die Idee, das Gleiche zu tun. Ich stand gerade mit Marfarò, dem Bestatter, an der Grube, in die der Sarg des armen Marcello Soriano hinabgelassen wurde, da tauchte Gimigliano atemlos keuchend hinter mir auf.

»*Buonasera*, Malinverno.«

Ich sah sofort, dass er ein Buch in der Hand hielt. Indem ich auf den Sarg inmitten der schluchzenden Angehörigen deutete, forderte ich ihn auf, die Stimme zu senken. Gimigliano bekreuzigte sich, machte einen Schritt auf mich zu und flüsterte mir ins Ohr:

»Ich muss Ihnen das Buch zurückbringen.«

Ich starrte ihn an und begriff, dass er es ernst meinte.

Noch einmal zeigte ich auf den Sarg, der inzwischen auf dem erdigen Grund angekommen war, und setzte eine Miene auf, wie um zu fragen, ob er dies für den passenden Augenblick hielt, sein Anliegen vorzubringen.

Noch leiser als zuvor flüsterte er: »Genau in einer Minute läuft die Leihfrist von einem Monat ab.«

»Kommen Sie später in der Bibliothek vorbei«, raunte ich ihm zu.

Marcellos bester Freund warf die erste Handvoll Erde in das Grab.

»Ich kann nicht. In fünfzehn Minuten beginnt meine Schicht an der Papierpresse.«

»Dann kommen Sie halt morgen vorbei.«

Hätte ich nur nichts gesagt! Seine Miene verfinsterte sich, und seine Augen wurden so schmal, dass sie beinahe bedrohlich wirkten. »Morgen ist es zu spät. Jetzt! Sonst heißt es noch, Carlemilio Gimigliano hat sein Wort gebrochen!«

Und damit drückte er mir das Buch in die Hand, bekreuzigte sich in Richtung des Pfarrers und ging davon.

Nicht alle waren derart genau wie Gimigliano. Sertorio Pedace zum Beispiel hatte das Buch, das er sich geliehen hatte, das *Hand-*

buch der Wildpflanzen: Wie man sie erkennt und wie man sie zubereitet
BOT GIA 01, auch nach einem Jahr noch nicht zurückgegeben.

Ich hätte es ihm eigentlich nicht aushändigen dürfen, da es sich um einen Präsenztitel handelte, aber ich machte eine Ausnahme von der Regel, weil der Mann es sehr eilig hatte und ausgesprochen überzeugend auftrat: »Höchstens ein paar Tage, dann bringe ich es Ihnen zurück, ich schwöre es bei den Gebeinen meines Vaters.« Er wurde nie wieder gesehen. Ich malte mir aus, wie der Mann durch Wiesen und Felder streifte, um die Illustrationen mit den echten Pflanzen zu vergleichen. Es war praktisch unmöglich, ihm im Dorf zu begegnen. Als ich ihn daher auf dem Friedhof sah, ging ich auf ihn zu und sagte: »*Buongiorno*, Sertorio, wie geht es Ihnen?«

»Ach, was soll ich sagen, ich lebe noch.«

»Wir haben uns seit Monaten nicht mehr gesehen, und ich habe Sie eigentlich wegen dieses Buches in der Bibliothek erwartet.«

»Welches Buch?«

»Das Pflanzenbuch, erinnern Sie sich?«

Pedace legte die Finger an die Schläfe, um seinem Gedächtnis auf die Sprünge zu helfen.

»Ach ja, stimmt, Sie haben recht, das hatte ich ganz vergessen. Aber warten Sie mal, es müsste draußen in meiner Ape liegen. Wenn Sie sich einen Moment gedulden, gehe ich es holen.«

Als er von seinem dreirädrigen Kleintransporter zurückkam, konnte ich in dem Bündel bunten Papiers, das er in der Hand hielt, nur mit Mühe den Ratgeber aus dem Vorjahr erkennen. Er reichte es mir.

»Man sieht, dass ich es benutzt habe, nicht wahr?«, sagte er und klang beinahe zufrieden.

Der Einband war nicht mehr vorhanden, die äußeren Seiten waren halb herausgerissen, die im Inneren an den Ecken verknittert, und an manchen Stellen ragte ein trockenes Blatt oder ein

Grashalm als Lesezeichen hervor. Überall waren erdige Fingerabdrücke verteilt.

»Wissen Sie was, Sertorio, ich schenke es Ihnen, wir haben in der
Zwischenzeit ein weiteres angeschafft«, log ich.

»Wirklich? Danke, vielen Dank, wenn Sie wüssten, wie nützlich
dieses Buch für mich ist!«

Er nahm es mit zum Grab seines Vaters, um dort den mitgebrachten Strauß Wildblumen abzulegen. Und als ich am Nachmittag in der Bibliothek die Karteikarte des Buches zerriss, dachte
ich, dass im Grunde alles, was wir im Leben bekommen, nur eine
Leihgabe ist, die wir früher oder später zurückgeben müssen, dass
uns nichts wirklich gehört, so als wäre das Universum eine große
Bibliothek, in der Einsamkeit, Freude und Bedauern verliehen und
auf genau geführten Karteikarten vermerkt werden in dem Wissen,
dass all unsere Gegenstände, unsere Empfindungen und Atemzüge
eines Tages auf einen anderen übergehen werden.

Auch Emma unterlag diesem Naturgesetz. Im Leben hatte sie
jemandem gehört, vielleicht nur sich selbst, jetzt hingegen gehörte
sie mir. Sie war mir von einem Bibliothekar empfohlen worden,
der die Bedürfnisse der Menschen genau einzuschätzen wusste.

Als ich eines Morgens zum Gruß bei ihr vorbeischaute, genügte
mir ein Blick in ihre Augen, um zu wissen, dass es nicht mehr
ausreichen würde, sie nur auf dem Friedhof zu betrachten. Ich
stellte mir ihr Foto auf dem leeren Nachttisch in meinem Zimmer vor, und der Gedanke bereitete mir Wohlbehagen. Ich würde
weder der Erste noch der Letzte sein, der sich ein solches Andenken mit nach Hause nahm. Für einen Moment fühlte ich mich wie
der Angestellte im Leichenschauhaus von Paris, der das Lächeln
der Unbekannten aus der Seine vor sich sah und sofort auf den
Gedanken kam, einen Gipsabdruck von ihrem Gesicht zu nehmen, um sie für immer bei sich zu haben. Ich hatte in der Rubrik
»Vermischtes« in der Zeitung *Domenica del Corriere* davon gelesen.

Mir hingegen genügte es bereits, ein Foto von Emma in meiner Nähe zu haben.

Vergeblich versuchte ich, mit beiden Händen den Metallrahmen zu lösen. Ich ging in den Geräteschuppen und holte einen flachen Schraubendreher. Ich schob ihn zwischen Bilderrahmen und Zement, holte das Foto heraus und nahm es in beide Hände. Einen Moment lang hatte ich gehofft, auf der Rückseite zu finden, was vor der Welt verborgen worden war, einen Namen, ein Datum, vielleicht auch nur ein paar Initialen, doch stattdessen erblickte ich nur Reste von aufgeklebtem schwarzem Karton wie bei einem Bild, das aus einem Album gelöst worden war. Meine Hoffnung war zugleich die Befürchtung gewesen, dass ein Name und die Gewissheit einer Identität Emma und alles, was ich mit ihr erlebt hatte, auslöschen würden. Im Grunde war ich also erleichtert. Ich steckte Foto und Rahmen ein und nahm beides mit in den Lagerraum. Unterwegs begegnete mir ein Fremder. Er fiel mir nicht etwa auf, weil er fremd war; wegen der Bibliothek, die Leser von überall her anzog, kamen schließlich dauernd Fremde nach Timpamara. Er fiel mir auf, weil er eine große, schwere Tasche aus schwarzem Leder an einem Riemen über der Schulter trug und anstelle von Blumen ein Notizbuch mit einem daran befestigten Stift in der Hand hielt.

Er betrat den Friedhof offenbar zum ersten Mal, denn einige Meter hinter dem Tor blieb er kurz stehen und sah sich suchend um.

Ich ging auf ihn zu.»Guten Tag, kann ich Ihnen helfen?«

Der Mann hatte zurückgekämmte Haare, glänzende Haut und dunkle Augen. Er lächelte.»Nein, danke, ist nicht nötig«, sagte er und verschwand hinter den ersten Grabkapellen.

Um die Mittagszeit nahm ich die Fotografie von Emma und ging zu Marfarò.

Seit drei Generationen waren die Marfarò als Bestatter tätig. Der jüngste, Geremia, litt unter anderem an einer Armutsphobie. Er lebte in der irrationalen Angst, dass die Leute plötzlich aufhören könnten zu sterben, was seinen Ruin bedeutet hätte. Dies war das Erste, das er mir am Tag nach meiner Einsetzung als Friedhofswärter erzählte.

»Hoffen wir, dass Sie mir Glück bringen.«

»In welcher Hinsicht?«

»In der Hinsicht, dass Sie seit vielen Jahren Waise sind. Wir wollen hoffen, dass das etwas zu bedeuten hat.«

»Ich verstehe immer noch nicht.«

»Hoffen wir, dass Sie mir Glück bringen und die Leute weiterhin sterben. Dass es also keine Kontraindikationen und keine Aufschübe gibt, denn in letzter Zeit macht die Wissenschaft allzu große Fortschritte. Lesen Sie denn nicht die Zeitung? Die durchschnittliche Lebenserwartung steigt von Jahr zu Jahr, heißt es … Und was haben all die Ärzte in Timpamara zu bedeuten, wozu sind sie nütze? Ich vertraue auf Sie, Malinverno, denn mit Ihrem Vorgänger habe ich durchaus die eine oder andere Durststrecke erlebt. Noch besser wäre es natürlich, wenn Sie nicht lahm, sondern bucklig wären!«

Es musste sich um eine instinktive, erblich bedingte Angst handeln.

»Von den Toten kann man nicht leben hier in Timpamara. Die sind keine sichere Bank.«

Und darum war Marfarò im Lauf der Jahre nicht untätig geblieben. Vor dem Bestattungsinstitut hatte er einen Stand mit tagesfrischen Eiern eingerichtet, für Festtage hatte er eine Zuckerwattemaschine gekauft, an Weihnachten verkleidete er sich als Sackpfeifenspieler. Vor allem aber arbeitete er als Drucker, fotografierte bei Geburtstagen und fertigte Passfotos an.

Nun betrat ich zum ersten Mal sein Atelier.

»Was kann ich hier und heute für den Friedhofswärter tun?«

Ich holte das Foto aus der Tasche und reichte es ihm.

»Davon hätte ich gern eine Kopie.«

Er nahm das Bild, setzte seine Brille auf und betrachtete es. Für einen Moment dachte ich, ich hätte leichtsinnig gehandelt, und befürchtete, dass er sie womöglich erkannt hatte.

»Und wer ist diese schöne Frau?«

»Das Bild hat mir jemand auf dem Friedhof gegeben, ein Verwandter, ich habe gesagt, ich würde mich darum kümmern.«

»Wird sofort erledigt.«

Er stellte das Foto auf eine Staffelei, griff nach der Kamera, stellte die richtige Entfernung ein und drückte dreimal auf den Auslöser. Dann gab er mir das Bild zurück.

»In ein paar Tagen ist es fertig. Sollen wir es so lassen oder möchten Sie es künstlerischer haben?«

Die Frage war alles andere als rhetorisch. Mit ausgeprägtem Sinn für Bilder begabt, retuschierte er die Schwarz-Weiß-Fotografien, die er in seinem Atelier ausdruckte, mit bunten Farben, und das Endergebnis waren Kunstdrucke, die aussahen wie missglückte Illustrationen in einem Reiseführer. Die Grabsteine von Timpamara waren voll davon. Man muss die Toten verschönern, sagte er oft, und das tat er, vielleicht zu sehr, nein, ganz bestimmt zu sehr, zum Beispiel, indem er dem kahlen Giasone Bonifati schwarze Haare verpasste oder die riesige Nase von Roccabernarda verkleinerte. Aus Blonden machte er Rotschöpfe, aus Weißhaarigen solche mit schwarzen Haaren, aus der Laune des Augenblicks verteilte er blaue Augen und künstliche Muttermale, volle Lippen und dichte Wimpern.

Vielen Leuten gefielen diese Veränderungen, denn sie empfanden die unechte Schönheit als Ritus, der ihren Lieben das überirdische Leben erleichtern würde, so wie die alten Ägypter ihre Leichen mumifizierten und parfümierten in der Hoffnung, sie seien dadurch bei der Überfahrt in den Hades geschützt. Die ästhetische

Vollkommenheit war die Münze in der Tasche, mit der das Wege-geld in die Ewigkeit gezahlt werden sollte.

Emma hingegen würde bleiben, wie sie war: schwarz-weiß. Ich ging zum Friedhof zurück und brachte das Foto an seinem ursprünglichen Ort an.

Ich liebkoste es, und bevor ich ging, küsste ich es zum ersten Mal, vielleicht, weil ich es zuvor in Händen gehalten hatte.

6

Geboren unter dem Einfluss Balzacs
und benannt in Anlehnung an Ariost, war meine Begegnung
mit Geschichten in den mütterlichen Chromosomen angelegt
und stand in den Papierstürmen geschrieben, die Timpamara
peitschten und es nach fernen Abenteuern duften ließen. Stürme,
so unbeugsam wie Schicksale, die das Leben von Männern und
Frauen bewegten wie Seiten, die man umblättert. Das Ergebnis
war Nahrung für die Fantasie.

Für jemanden wie mich, der durch die Lektüre von Liebesgeschichten zu lieben gelernt hat, der jede Geste mit einer Passage
aus einem Buch verband, der die Grenzen von Timpamara nicht
kannte, dafür aber die schwebende Insel Laputa, für jemanden, der
sich an der Sonne von Ogygia gewärmt hatte, jemandem wie mir
also fiel es leicht, sich in ein Foto auf einem Grabstein zu verlieben
wie in eine Illustration, die ohne Beschriftung neben dem Text
steht.

Vor allem, wenn dieses Gesicht dem einer lieben Frau ähnelte,
deren Geist ebenso wie der meine von Büchern verdorben worden
war.

Emma wurde praktisch sofort zum Mittelpunkt meines Lebens.
Meine Gedanken und Taten, sogar meine Träume drehten sich um
diese Fotografie. Die kahlen Äste begannen sich mit Kristallen zu
überziehen entsprechend Stendhals Grundsatz, dass nichts visio-
närer ist als die Liebe.

Sie kam mir derart lebendig vor, dass ich mit ihr sprach. Ich erzählte ihr von den Büchern, die ich las, ich rasselte die Namen der jüngst Verstorbenen herunter, ich nahm sie mit in meine Träume und küsste sie dort. An jedem Tag meines an Zuneigung armen Lebens glaubte ich, sie sei die Frau, die ich lieben würde, wäre ich jemals dazu in der Lage. Womit ich mir passend zum Rest meiner Existenz bestätigte, dass es die Dinge, die ich begehrte, auf dieser Welt nicht gab.

Ich war so fest von Emma Bovarys Identität überzeugt, dass ich gut zwanzig Tage nach unserer ersten Begegnung – nachdem ich gesehen hatte, wie der Steinmetz einen Grabstein mit Vor- und Nachnamen aufstellte, nachdem ich bemerkt hatte, dass die Anonymität, die unter anderen Umständen gnädig sein mag, in Bezug auf den Tod eine Mischung aus Trauer und Verlassenheit mit sich bringt –, gut zwanzig Tage später also eines Morgens ein Stück Kreide nahm und über das Foto der unbekannten Frau schrieb: *Emma Bovary geb. Rouault.* Dort, wo sich Flaubert *Sta viator! Amabilem coniugem calcas* gewünscht hätte, brachte ich als Grabinschrift an:

Hier ruht jene, die, erstickt vom Leben,
nur in Trugbildern atmete.

Hinsichtlich der Haltbarkeit dieser Buchstaben machte ich mir keine Illusionen. Ich würde das Stück Kreide in der Tasche behalten und sie erneuern, Tag für Tag, denn die Wiederholung kann das Schicksal von Gegenständen und Geschichten verändern, die von Beginn an dem Vergessen geweiht sind.

An jenem Tag hörte meine Emma Bovary geborene Rouault damit auf, durch die Vorhölle der schwebenden und vergessenen Seelen zu irren, um in den liederlichen Kreis derer aufzusteigen, die im Leben Wunsch und Wirklichkeit verwechseln.

Ich wischte mir die Hände an der Hose ab und tauchte sie in den Eimer Wasser, den ich mitgebracht hatte. Ich ertrug keinen Kreidestaub an den Händen. Das war von jeher so gewesen, bereits in der Schule störte mich alles, was mit der Tafel zu tun hatte, vor allem der Tafelwischer aus Filz. Ich empfand Ekel vor dem quietschenden Geräusch, das er auf der Schieferplatte erzeugte, während er jedes Mal eine Spur hinterließ, die mal so weiß wie eine Wolke war, mal wie ein zugeschneiter Brombeerstrauch aussah oder an eine Rauchfahne erinnerte, so als gäbe es auch für die Anwesenheit von Streichungen eine eigene Grammatik des Vorhandenseins. Aller Sorgfalt zum Trotz gerieten mir immer wieder ungehorsame Körnchen weißen Pulvers unter die Fingernägel. Ich hob Piniennadeln vom Boden auf und versuchte, mir die Nägel zu säubern, merkte aber bald, dass ich mir die Hände einseifen und sie in Wasser tauchen musste. Als ich nun den Hauptweg zum Eingang einschlug, stand dort noch jemand und wusch sich die Hände.

Genau wie die Schlüssel, die Werkzeuge, die Haufen aus aufgewirbeltem Staub, wie die welken Blumen, der Geruch der erloschenen Grablichter und die runden Zapfen, die von den Zypressen fielen, gehörte auch der Wiederauferstandene, wie Elea Maierà von allen genannt wurde, zum festen Inventar des Friedhofs.

Schweigsam wie die Marmorskulpturen, die die Gräber schmückten, und menschlichen Tatsachen gegenüber ebenso gleichgültig wie gegenüber den Zapfen, die neben ihm auf den Boden fielen, betrat er den Friedhof gegen neun Uhr, setzte sich neben die Grube, die sie ihm am Morgen seines Todestages gegraben hatten, und blieb bis zum Mittagessen dort sitzen.

Er hatte für dieses kleine Stück Boden bezahlt, das seine einzige Habe war, nicht einmal ein Haus besaß er, nur dieses Loch, und er wollte, dass es für immer offen blieb. Ich hatte ihn zwar nie dabei gesehen, aber manchmal waren seine Schuhe derart mit Schlamm bespritzt, dass er vermutlich sogar hineingestiegen war.

Es war an einem Augusttag drei Jahre zuvor. Timpamara lag unter einer Hitzeglocke, die vom Meer herkommend über dem Ort haltgemacht hatte.

Bis dahin war Elea allgemein für seine übergroße Knollennase bekannt gewesen, die einem Vogelnest ähnelte, einem Gipfel, einem Felsvorsprung, und wehe, man zog ihn damit auf! Wer das tat, lief Gefahr, Eleas Jähzorn zu wecken und mit ein paar Zähnen für seine Frechheit zu bezahlen.

Elea war dabei, Tomatensetzlinge anzupflanzen. Es war noch früh am Tag, aber er schwitzte schon, als hätte man ihn mit einem Eimer Wasser übergossen; er blinzelte, sein Mund war vor Anstrengung verzerrt. Für einen Moment hielt er inne, und ihm war, als dränge die Erde, die seine Stiefel bedeckte, in seine Adern ein. Er wurde starr wie ein Weinstock, und der stechende Herzschmerz, unter dem er sich krümmte, bis er schließlich hinfiel, war seine Ernte, das Abtrennen des Traubenbüschels.

Hilfe kam sofort, aber sein Herz hatte aufgehört zu schlagen.

Sein Bruder begann, seinen Tod zu beweinen. Sie betteten Elea auf den großen Holztisch in der Zibibbolaube, schickten nach dem Bestatter, dem Priester und dem Arzt, und während sie warteten, wischte ihm seine Mutter mit einem nassen Lappen sorgfältig den Staub aus dem Gesicht.

Nach zehn Minuten traf der Arzt ein und stellte mit wissenschaftlicher Genauigkeit den physischen Tod fest, während Pfarrer Don Pallagorio den seelischen beweihräucherte. Marfarò ging los, um die Todesanzeigen zu drucken, denn angesichts der Hitze würde das Begräbnis noch am selben Nachmittag stattfinden.

Der Körper des Unglücklichen wurde in den offenen Sarg gelegt und wie üblich in die Leichenhalle des Friedhofs gebracht. Man legte ihn auf den großen, kalten Metalltisch in der Mitte, den Graziano Melicuccà, der sechzehnte Friedhofswärter, vorzeigbar hergerichtet hatte.

Dort bewegte Eleas Leichnam zweieinhalb Stunden nach dem Weinkrampf des Bruders eine Hand. Sie verjagte eine Fliege, die sich an seinen Ohrmuscheln gütlich tat. Nur sein dreizehnjähriger Neffe Langhedòc sah es und wurde weiß wie der Atlasstoff, auf dem der Leichnam ruhte. Erschrocken rief er: »Er hat sich bewegt, er hat sich bewegt! Er hat die Hand gehoben!« Sein Vater nahm den Jungen in den Arm. »Ihr müsst entschuldigen, er hing sehr an seinem Onkel.« »Nein, nein, wenn ich es doch sage, er hat sich bewegt, ich schwöre!«, schrie er, am ganzen Körper bebend, und da führte der Vater ihn hinaus.

Alle Anwesenden waren von dieser Reaktion überrascht und betrachteten nun den Toten, als suchten sie nach einer Bestätigung für die Vergeblichkeit jener Tränen. Und wie erschrocken waren sie, als sich Elea auf einmal mit geschlossenen Augen und ansonsten reglos selbst eine heftige Ohrfeige versetzte, um eine weitere Fliege zu verjagen, die ihm auf die linke Wange kotete.

Die Tante schrie auf, das Gesicht der Mutter verwandelte sich in eine verzerrte Maske. Der Bruder näherte sich vorsichtig dem Leichnam, legte ihm eine Hand aufs Bein und machte Anstalten, ihn zu schütteln, worauf der Tote jedoch nicht reagierte.

»Das ist nur eine natürliche Reaktion des Körpers wie bei den abgetrennten Beinen von Fröschen, wenn man sie unter Strom setzt«, verkündete er.

Niemand wagte zu atmen. Auf der Suche nach warnenden Vorzeichen starrten alle auf den Sarg. Bis unbemerkt eine dritte Fliege, die liederlichste, in das linke Loch einer Nase kroch, die angesichts ihrer Größe an eine Festung erinnerte, und dort ein urwüchsiges Niesen auslöste.

»Diese Scheißfliegen!«, sagte der Tote und richtete sich ruckartig auf.

Alle schrien erschrocken auf und umarmten ihren Nebenmann, bis sich der Bruder angesichts der sphinxartigen Miene des Wiederauferstandenen auf diesen stürzte, um ihn zu umarmen. Lautstark beschworen sie das Wunder und wurden von Aufregung ergriffen wie die Ordensschwester Lúcia dos Santos bei der Erscheinung der Muttergottes.

Die Nachricht verbreitete sich in Windeseile, und alle kamen zum Friedhof gelaufen, um den Toten zu sehen, der ins Leben zurückgekehrt war. Wie der Aussätzige in der Antike, wie Tabitha aus Jaffa, wie Paulus und Eutychus, Kapaneus und Lykurg, Hippolytus und Tyndarus, Hymenaios und Glaukos, Sohn des Minos.

Alle betrachteten das Wunder als Segenszeichen des heiligen Acarius, und für den Rest des Abends wurde Elea zum Auferstandenen, den man im Triumphzug durch den Ort trug wie die Statue der Madonna.

Die Freude währte allerdings nur zwei Tage, denn am übernächsten Tag starb die zehnjährige Tochter von Pascal Laganadi. Sie stürzte bei Nivera in den Abgrund, an dessen Rand sie mit ihrem Hund gespielt hatte.

Eine Woche später wäre sie zur Erstkommunion gegangen. Sie hatten ihr bereits das weiße Kleid gekauft, und selbiges zogen sie ihr nun an, denn anstatt das Mädchen erstmals vom Leib Christi essen zu lassen, bediente sich Gott selbst ihrer als Hostie.

Von höchster Aufregung ging die Stimmung im Dorf in mutlose Verzweiflung über. Denn als sie das Mädchen in den kleinen von Blütenblättern umkränzten weißen Sarg legten, als ob sie nur schliefe, weil ein Tod durch Genickbruch keinerlei für Menschen sichtbare Zeichen hinterlässt, starrten alle die kleine Artemisia mit der Hoffnung im Herzen an, dass auch sie von einem auf den anderen Moment aufwachen würde wie Elea, auch sie, denn nicht einmal mit Wundern ist man jemals zufrieden.

Der Vater zögerte das Schließen des Sarges so lange wie möglich hinaus.

»Sie hat sich bewegt, sie hat sich bewegt, habt ihr gesehen?«, rief er immer wieder mit tränennassen Augen. »Meine Tochter hat sich bewegt, seht ihr? Der Fuß, habt ihr es auch gesehen?«

Als der Moment zum Schließen des Sarges gekommen war, sträubte sich Pascal, indem er sich mit ausgebreiteten Armen davor aufbaute. »Wartet, bitte, wartet noch ein bisschen, sie hat sich bewegt, ich habe es genau gesehen, jetzt steht sie auf, meine Tochter, jetzt kehrt sie zu ihrem Vater zurück, mein kleines Herz.« Er hob einen Arm an, ein Bein, drückte sanft ihre Wange. Selbst Marfarò, der in dieser Hinsicht einiges erlebt hatte, spürte, wie ihm das Herz brach. Er näherte sich dem Sarg.

»Signor Laganadi, wir können nicht mehr warten ... Der Leichnam ...« Und ihm versagte die Stimme.

Der Vater schwieg. Marfarò sah sich um, begegnete dem Blick von Pascals Bruder und gab ihm zu verstehen, dass sie weitermachen mussten.

Zu dritt hielten sie ihn fest, während Marfarò den Sarg zuschraubte und dabei seine Arbeit verfluchte, vielleicht zum ersten Mal.

In diesem Augenblick, als kein Licht mehr Artemisias engelgleiches Gesicht erhellte, wurde Elea zu einem Verdammten.

Es dauerte nicht lange, bis in Timpamara die beiden Ereignisse miteinander in Verbindung gebracht wurden, und bald hieß es, bei den Geschehnissen um Elea Maierà handele es sich nicht um ein Wunder, sondern um das Werk des Teufels, der sich ein junges Leben schnappen wollte. Die unnatürliche Wiederkehr des Mannes hatte die Berechnungen des Universums durcheinandergebracht, und nun gab es eine Zahl zu korrigieren. Mit seiner Rückkehr ins Leben hatte Elea die Kleine zum Sterben verurteilt.

Einige Wochen später hatten alle den Wiederauferstandenen vergessen und dieser wiederum die Welt, auch weil er seit seiner Rückkehr nicht mehr er selbst war. Der einst so mürrische, jähzornige Mann war fügsam, ängstlich und einsam geworden. Sein Sehvermögen musste sich extrem verbessert haben, das Licht derart blendend für ihn geworden sein, dass er von nun an eine schwarze Sonnenbrille trug, die seine kolossale Nase zum Teil verdeckte und von der er sich fortan nicht mehr trennte. Nach der Wiedererweckung sprach er fast ein Jahr lang eine andere Sprache, und es dauerte eine Weile, bis die Leute begriffen, dass er, Überbringer einer verkehrten Weltsicht, die Wörter rückwärts sprach. Er, der ein lebender Toter oder ein toter Lebender war, verstand zwar die geradlinige Sprache der Menschen, gab sie aber wieder wie ein Spiegel, umgekehrt eben, als Verteidiger eines umgestürzten Systems. Nur ein einziges Mal wurde er wieder normal, und da studierte er ein Blatt mit Palindromen, bis er ein perfektes, absolut vollkommenes fand, dass er ständig und bei jeder sich bietenden Gelegenheit zum Besten gab: *Nebel sei dies Leben.*

Dann, genau ein Jahr später, Elea waren inzwischen sogar die Sprüche über seine Nase egal, verstummte er für immer.

7

Die Menschen, denen ich begegne,
wenn sie an der Bar etwas trinken oder fluchend Karten spielen,
wenn sie ein Buch aufschlagen oder um tote Freunde weinen, sie
leben ein doppeltes Leben wie wir alle. Jenes, das uns gegeben
wurde, das im Tempo der anderen abläuft und uns über die Haut
und das Gesicht gleitet. Und dann das andere Leben, das wir uns
aussuchen und welches in die einsame Zeit projiziert wird, das
Leben, das durch unser Inneres strömt, durch unser Blut, die Sin-
nesorgane, den Kopf. Die Mehrheit wählt das erstgenannte Leben
und versteckt das andere unter einer schweren schwarzen Decke;
sie ertränkt es, unterdrückt es und schlägt es in Stücke.

Ich hingegen zog es vor, dieses innere Leben an die Oberfläche
kommen zu lassen, es zur Einfriedung meiner Existenz zu machen,
und vielleicht besteht meine Andersartigkeit gerade darin, dass
ich vermischt habe, was der Rest der Menschheit säuberlich zu
trennen versteht. Ich habe es vermischt auf die Art von Madame
Bovary oder Don Quijote, die ihre Zeit der Zeit der Welt aufzuer-
legen versuchten.

Emmas Porträt, einsam, ausgeschlossen, abgeschieden, bestätigte die extreme Entscheidung: Wer nicht in der Zeit der Welt
lebt, gehört auch nicht zur Welt. Sie schien dort begraben worden
zu sein, an diesem abgelegenen Ort zwischen den äußeren Grabrei-
hen, damit niemand sie bemerken sollte, wie um sie vor neugieri-
gen Blicken zu schützen. So war es bis zu dem Tag, an dem ich vor

dem Mittagessen zu ihr ging, um sie zu begrüßen, und den Müller an ihrem Grabstein antraf.

Regungslos, knotig wie eine Platane, stand er da, die Hände auf dem Rücken verschränkt, und starrte auf das Foto vor sich.

Eifersucht wehte mich an. Ich brauchte eine Weile, um mich wieder zu fassen, war aber nicht umsichtig genug, mich rechtzeitig zu verstecken.

Er blieb, wo er war, den Blick starr auf die Fotografie gerichtet. Wer weiß, warum ich das Bedürfnis hatte, mir die Haare zu richten und die Erde von der Hose zu wischen; vielleicht kam es mir ungehörig vor, mich in Gegenwart eines Rivalen in diesem Zustand zu zeigen. Ich griff nach der Gießkanne, die in der Nähe stand, denn das schien mir eine gute Tarnung, und indem ich hin und wieder ein paar Pflanzen am Wegesrand goss, näherte ich mich dem Grab.

»Guten Tag«, grüßte ich ihn.

Er antwortete höflich, ohne jedoch den Blick von der Fotografie abzuwenden. Er schaute tatsächlich gezielt auf Emma, dabei hatte ich für einen Moment gehofft, es handele sich um einen Perspektivfehler, aber nein, er starrte ihr tatsächlich mit unerträglicher Intensität ins Gesicht.

Die Miene des Müllers wirkte traurig, was normal war, da er nur eine Woche zuvor seine Frau verloren hatte. Jeden Tag brachte er Blumen an ihr Grab, aber nun war er stattdessen hier, an diesem Platz, fehl am Platz.

Um meine Anwesenheit zu rechtfertigen, begann ich, den Stein auf dem Nebengrab zu polieren, während ich nach einem Vorwand suchte, um ihn anzusprechen, was sich jedoch als überflüssig erwies.

»Es ist traurig, namenlos begraben zu sein.«

Ich stellte mich neben ihn, und endlich konnte auch ich Emma in die Augen sehen, die mir noch melancholischer vorkamen als sonst.

»Sie ist nicht die Einzige, es gibt noch sechs andere anonyme Frauen hier auf dem Friedhof.«

»Haben Sie sie gezählt?«

»Auch das gehört zu meiner Arbeit. Aber diese Signora hier ... kennen Sie sie?«

Erneut richtete der Müller den Blick auf die Fotografie. »Ich weiß nicht, ihr Gesicht kommt mir bekannt vor, aber im Lauf eines Lebens begegnet man vielen Menschen.« Dann schien er auf einmal die Kreideschrift zu bemerken: »Vielleicht gibt es ja doch jemanden, der sie gekannt hat ... Emma Rouault«, entzifferte er mühsam Buchstabe für Buchstabe, »aber vielleicht ist es auch nur ein Dummejungenstreich.«

Er verabschiedete sich und ging mit gesenktem Kopf davon.

Ich sah ihm nach, bis er hinter der Ecke verschwunden war, und hatte immer noch das Gefühl, dass etwas nicht stimmte. Der Müller in diesem abgelegenen Teil des Friedhofs, ausgerechnet vor diesem Foto, dem er eine Aufmerksamkeit widmete, deren Gegenstand einzig und allein seine jüngst verstorbene Frau sein sollte.

Ich nahm das Stück Kreide und zog die Buchstaben nach, doch an diesem Tag kam mir der Vorgang unnatürlicher vor als sonst.

Cornelio Benestare hatte recht gehabt, als er am ersten Tag bei der Erklärung meiner Aufgaben als Friedhofswärter gesagt hatte, dass ich auftretende Probleme von Fall zu Fall lösen würde.

Ich war selbst überrascht, wie gut es mir gelang, mich den Erfordernissen anzupassen, Lösungen für alle möglichen Anliegen zu finden und eine manuelle Geschicklichkeit an den Tag zu legen, von deren Existenz ich zuvor nichts gewusst hatte.

An jenem Nachmittag kehrte ich anlässlich der Beerdigung von Adelchi Mandatoriccio früher als nötig auf den Friedhof zurück. Auch Leute zu begraben wurde mir allmählich zur Gewohnheit, aber an diesem Tag geschah etwas Neues.

Marfarò, der Bestatter, ging nach der Hälfte des Beerdigungsritus fort, angeblich wegen dringender Verpflichtungen. Er versicherte uns, einer seiner Arbeiter würde kommen und den Sarg mit Sand und Erde bedecken.

Aber es kam niemand.

Wir warteten eine halbe Stunde, die Angehörigen und ich, aber vergebens.

»Und jetzt?«, fragte mich der Sohn.

Alle sahen mich an, und es dauerte einen Augenblick, bis ich begriff, was sie von mir wollten.

In der Hoffnung, dort jemanden zu sehen, schaute ich zum Hauptweg hinüber.

»Es wird allmählich spät«, fügte der Bruder hinzu.

Mir fiel keine Ausrede mehr ein. Und da ich der Friedhofswärter war, nahm ich die Schaufel und fing an, Erde auf den Sarg zu werfen, und machte weiter, bis kein Holz mehr zu sehen und der Boden wieder eben war. Die Verwandten ließen die Blumen, die sie in Händen hielten, auf den letzten Aushub fallen und gingen fort.

Mit meinem schmerzenden Bein blieb ich vor dem frischen Erdhaufen stehen, und auf einmal überkam mich ein vertrautes Gefühl. Ganz langsam, Stück für Stück, tauchten jede Besonderheit, jedes Bild, jedes Wort und schließlich die Erkenntnis wieder auf, dass dies nicht meine erste Beerdigung gewesen war.

Ich war ein Kind. Eine Schildkröte hatte sich unter einem Strauch verkrochen, wo Fraccanzio Martirano, der mit der Sense das Gras mähte, sie nicht sehen konnte, und er spaltete den Panzer und den Körper fast in zwei Teile.

Wir wohnten neben dem Tierarzt des Dorfes, der in diesem Augenblick unserer kleinen Hündin half, ihre Jungen zur Welt zu bringen, und dorthin lief nun Fraccanzio, in der Hand etwas, das in ein weißes Taschentuch gehüllt war.

Eine herzzerreißende Szene: Der Panzer war in zwei Hälften

geteilt, und das Erste, was mir ins Auge fiel, war die Tatsache, dass er entgegen meiner bisherigen Vorstellung nichts vom Körper Getrennntes war wie die Gehäuse, die Schnecken einfach auf dem Boden zurücklassen. Im Gegenteil, der Panzer war eins mit dem Körper, in seinem Inneren zirkulierte Blut, er war an die Nerven und Muskeln angewachsen wie eine Haut. Aber was mich aus der Fassung brachte, war vor allem der Schnabel, der sich öffnete und schloss wie zu einem stummen Schrei, entsetzlicher als jeder Schrei, den je ein Mensch oder Tier ausgestoßen hatte.

Der Tierarzt nahm die Schildkröte in die Hand, warf nur einen Blick auf den verletzten Bereich und sagte dann kopfschüttelnd: »Da ist nichts mehr zu machen.«

»Sie leidet, die Arme, setzen Sie wenigstens ihren Schmerzen ein Ende. Diese Schildkröte gehört meiner Tochter, ich habe sie ihr zur Geburt geschenkt, wie soll ich ihr das jemals beibringen? Was soll ich nur tun? Wie tötet man eine Schildkröte?«, fragte Fraccanzio.

»Wie jedes andere Lebewesen auch«, antwortete der Mann der Wissenschaft, »man muss dafür sorgen, dass das Herz stehen bleibt.«

An dem Holzpfahl, der den Laubengang stützte, hingen die Hanffäden, mit denen mein Vater die Zweige zu binden pflegte. Der Tierarzt nahm einen und reichte ihn Martirano.

»Sie wollen doch wohl nicht sagen, dass … nein, nein das kann ich nicht, niemals.«

»Dann geben Sie sie mir.«

Fraccanzio sah das Tier ein letztes Mal an und dachte an die Trauer seiner Tochter, der er den Vorfall verheimlichen würde, denn Schildkröten fallen manchmal auch außerhalb der Saison in Winterschlaf und graben sich dermaßen tief in die Erde ein, dass sie den Rückweg nicht mehr finden. Zögernd gab er ihm das Tier.

Der Doktor nahm es und legte ihm den Faden um den Hals.

Mein Vater hielt mir eine Hand vor die Augen, aber der Spalt zwischen Mittel- und Ringfinger war nicht ganz geschlossen, ein kleiner Lichtschimmer blieb, winzig nur, die Haut des einen Fingers streifte die des anderen und spann schwarze Fasern um sich herum, wodurch der Anblick einem Traum, einem Schatten, einem Fliegennetz ähnelte, und von dort aus erkannte ich undeutlich, wie der Doktor der Schildkröte den Faden mehrmals um den Hals wand, die Enden ergriff und fest daran zog. Ich sah, wie der Schnabel des Reptils offen blieb bis zum Schluss, bis der Doktor ihn dem toten Tier aus Mitleid schloss, wie man es bei Menschen mit den Augen macht, so als wäre der Tod erst vollständig, wenn es keinen Spalt mehr gibt, wenn alles versiegelt ist, so als böten Öffnungen dem Leben eine Möglichkeit, mit einem Flossenschlag in den Körper zurückzukehren.

Als mein Vater seine nutzlose Hand von meinem Gesicht nahm, legte Fraccanzio Martirano das Tier gerade in das kleine Leichentuch zurück, während der Arzt sein Augenmerk erneut auf die Hündin richtete, die ein mürrisches Bellen von sich gegeben hatte. Mit einem energischen Handgriff zog er den Welpen aus ihr heraus, der nicht atmete, und versetzte ihm einen kräftigen Klaps gegen die Brust, woraufhin das Junge zu bellen anfing.

Da fiel mein Blick auf die Hände, die kurz zuvor noch die tödlichen Fäden gezogen hatten, und ich staunte über diese Körperteile, die innerhalb weniger Sekunden Leben und Tod zu schenken vermochten. Genau diese Hände stelle ich mir seitdem immer vor, wenn jemand sagt, dass Gott das Leben gibt und es auch wieder nimmt.

Danach legte Fraccanzio die Schildkröte in einen Beutel, aber anstatt sie zu beerdigen, warf er sie in eine Hecke wie einen Apfelstrunk.

Ich wartete, bis alle weggegangen waren, dann holte ich den Beutel mithilfe eines Rebmessers und eines Besenstiels wieder heraus. Bei der Vorstellung, dass der kleine Körper darin eingeschlossenen war, glaubte ich zu ersticken. Im Garten grub ich ein kleines Loch, legte das Tier auf ein Stück Karton, faltete ihn zusammen und schaufelte das Loch wieder zu.

Die Beerdigung der Schildkröte war die erste in einer langen Reihe von Bestattungen: elf Bienen, vier Wespen, drei Eidechsen plus ein Eidechsengerippe, sechs Küchenschaben, eine Grille, eine Maus, zwei Schmetterlinge, unzählige Fliegen, die sterbende Schwalbe, die ich am Fuß eines Olivenbaums aufgehoben hatte und nicht am Leben erhalten konnte. Jedes Tier bekam ein Grab und ein Kreuz. Und einen Sarg. Zu diesem Zweck bewahrte ich alle möglichen Behältnisse auf: Streichholzschachteln, quaderförmige Sardellenbüchsen und runde Pfefferminzbonbondosen, in denen immer ein Körnchen Zucker zurückblieb, was das Ableben versüßte, oder Thunfischdosen, die es klebrig gestalteten.

Ich war bereits seit einigen Wochen als Friedhofswärter tätig und bewegte mich regelmäßig zwischen Kreuzen und Marmor, doch erst jetzt, angesichts der frischen Erde auf Adelchis Grab, erinnerte ich mich auf einmal an mein kindliches Bedürfnis, Tiere zu beerdigen, als wäre in mir bereits eine Art Berufung zum Tode verankert, die nur auf den richtigen Moment, den passenden Vorwand gewartet hatte, um sich zu zeigen. Meine Kindheitserinnerungen, das vorzeitige Ableben meiner Eltern, meine neue Arbeit: Alles drehte sich um dieses endgültige Ereignis. Ich dachte, dass manchmal nur die verpasste Gelegenheit unsere Neigungen durchkreuzt, dass das Talent eines Menschen ein ganzes Leben lang bestehen kann, ohne erkannt zu werden, allein deshalb, weil es an wohlwollenden Vermutungen mangelt. Das Eisen enthüllt seine Natur nur dann, wenn es sich einem Magneten nähert.

Im Weggehen bemerkte ich den Fremden mit der großen schwarzen Tasche. Ich beobachtete ihn, hielt mich seinem Blick jedoch verborgen. Er blieb vor immer neuen Grabsteinen stehen, dann an einsamen Orten, unter den letzten Pappeln im alten Teil des Friedhofs, in der Nähe der Einfriedungsmauer, zwischen den schmalen Wegen, die die Grabkapellen voneinander trennten. Er schrieb etwas in sein Heft, dann stöberte er in der schwarzen Tasche, die auf dem Boden stand. Schließlich zog er weiter, um mit denselben Tätigkeiten wieder von vorn anzufangen. Irgendwann sah ich, wie er Kopfhörer herausholte, sie aufsetzte und sich umschaute. Vielleicht hörte er Musik, oder er sonderte sich einfach von den Geräuschen der Welt ab, um sich auf seine Gedanken zu konzentrieren. Er kam mir wie ein Künstler vor, ein Musiker oder vielleicht ein Dichter, der auf dem Friedhof nach Inspiration suchte, ein Epigone der Grabespoesie nach Art eines Guiseppe Luigi Pellegrini, Aurelio Bertola oder Bernardo Laviosa, und obwohl ich gern gewusst hätte, was genau er da tat, vermied ich es, ihn anzusprechen, um ihn in einem Moment der Inspiration nicht zu stören. Und auch, weil ich schnell zurück in die Bibliothek musste.

8

Eine Stunde später besuchte mich dort Marfarò. Anfangs war es seltsam, ihn zwischen Platon und Dostojewski zu sehen, aber dann gewann die Vertrautheit die Oberhand. Ohne es zu wissen, wurde er zu einem weiteren Element der Vermischung zwischen den Welten, die sich Tag für Tag überlagerten und ineinander übergingen.

»Sie hätte ich ja eher auf dem Friedhof erwartet«, sagte ich in gespielt spöttischem Ton zu ihm.

»Ich bin gekommen, um mich zu entschuldigen. Wie man hört, sind Sie bei der Beerdigung auch ohne mich zurechtgekommen. Ich war wegen einer überaus dringenden Aufgabe verhindert, und wer weiß, wo dieser unselige Parmenide abgeblieben ist, der das Loch eigentlich zuschaufeln sollte!«

Marfarò ließ den Blick schweifen, nickte dann energisch und näherte sich dem Schreibtisch, an dem ich saß.

»Sie haben es sich wirklich schön gemacht hier«, sagte er und nahm ein Exemplar des *Abenteuerlichen Simplicissimus* in die Hand, Sigel DL CG1, das Bogotà Gizzeria soeben zurückgebracht hatte.

»Hier, zur Wiedergutmachung.«

Er schob eine Hand in die Jackentasche und holte ein weißes Papiertütchen hervor, das er vor mir auf den Schreibtisch legte.

Ich öffnete es vorsichtig, zog langsam die Fotografie heraus, etwa so, wie es die Spieler in der Bar machen, wenn sie den Trumpf ausspielen müssen. Ich versuchte, meinen Herzschlag unter Kontrolle zu bekommen, während ich zusah, wie sich unter meinen Händen allmählich, Zentimeter für Zentimeter, Emmas Gesicht wieder zusammensetzte. In meinen Gefühlen wollte ich schwelgen, sobald ich allein war, darum legte ich die Fotografie sofort in die Schublade zurück.

»Wenn ich es nach meinen Vorstellungen hätte bearbeiten können, wäre das Bild natürlich besser geworden. Ein bisschen Farbe auf den Wangen, vielleicht etwas Zinnoberrot auf den Lippen, das hätte nicht geschadet. Wenn Sie also wollen … noch ist Zeit.«

»Nein, Marfarò, danke, machen Sie sich keine Umstände, den Angehörigen wird es gefallen.«

Erneut sah er sich um und machte dann Anstalten, den Raum zu erkunden. Er näherte sich den Regalen, berührte das Holz der Bretter, ja er schlug sogar ein paar Bücher auf. Aus dem Raum im Erdgeschoss drangen Stimmen zu uns herauf.

»Wie ich sehe, mangelt es hier nicht an Besuchern«, sagte er.

»Das stimmt.«

Er schien in Gedanken versunken.

»Aber wo geht man hin, wenn man in Timpamara ein Buch kaufen will?«

»Nirgendwohin, es gibt keine Buchhandlung. Am Kiosk kann man ein paar Titel finden, aber nichts Besonders. Der nächste Buchladen befindet sich in der Provinzhauptstadt.«

Marfarò führte etwas im Schilde.

»Na schön, dann gehe ich mal wieder …«, sagte er, als wäre ihm plötzlich eingefallen, dass er dringend etwas erledigen musste.

»Danke noch mal für das Foto.«

Er winkte ab. »Ach, keine Ursache. Im Gegenteil, es hat mir gutgetan, hierherzukommen.«

Ich wartete, bis er den Raum verlassen hatte, und vergewisserte mich, dass mir niemand zusah, dann zog ich die Schublade auf und holte das Foto heraus, wobei ich die Hände unter dem Schreibtisch versteckt hielt. Ich konnte nicht glauben, dass ich tatsächlich Emmas Bild vor mir sah. Es war sogar ein bisschen größer als das auf dem Grabstein. Um keine Abdrücke darauf zu hinterlassen, liebkoste ich ihr Gesicht nur mit dem Fingerknöchel.

Ehe ich am Abend zu Bett ging, nahm ich den versilberten Rahmen von der Kommode, entfernte den Farbdruck des heiligen Acarius und legte stattdessen Emmas Bild hinein. Es war perfekt. Ich polierte es mit einem Lappen und stellte es auf die staubige leere Spanplatte des Nachtschränkchens – Farbton Walnuss, Größe dreißig mal dreißig –, ein leerer Raum, der gefüllt worden war, ein neuer Bestandteil des Periodensystems der Elemente.

Und eine Erleichterung.

Das Gefühl, nicht allein auf der Welt zu sein.

Es schien ein ruhiger Morgen zu werden. Elea hatte mich zum brachliegenden Teil des Friedhofs begleitet, und während ich das Gras mähte, half er mir, es in Säcke zu füllen und sie zu den Mülltonnen am Eingang zu bringen.

Als wir uns für einen Moment an die Friedhofsmauer lehnten, um auszuruhen, kam Sacrapante Pietrafitta angelaufen, atemlos und mit verzerrtem Gesicht.

»Haben Sie den Fremden gesehen?«

Seine Stimme ließ Elea erschrecken, und er wich ein Stück zurück.

»Von wem sprechen Sie?«

»Von dem Kerl, der mit einer großen schwarzen Tasche hier herumläuft, in der sich Gott weiß was befindet.«

»Was ist passiert?«

»Das fragen Sie mich? Sie sind doch der Wärter hier und dürfen nicht einfach jedem Zutritt gewähren.«

»Aber ich kann die Leute doch nicht am Tor aufhalten ...«

»Wenn er die Totenruhe stört, aber schon! Das müssen Sie sogar!«

»Wollen Sie mir jetzt sagen, was passiert ist oder nicht?«

»Ausgerechnet vor dem Grab meiner seligen Mutter! Genau da habe ich ihn stehen sehen, vor ihrem Foto, er hat etwas geschrieben, und dann hat er die Tasche auf die Marmorplatte gestellt, verstehen Sie? Auf den Marmor. Als er mich kommen sah – ich habe vor Wut geschäumt, das können Sie mir glauben –, da hat er seine Sachen gepackt und ist abgehauen. Ich habe ihm hinterhergerufen, dass er stehen bleiben soll, aber er hatte Angst, das habe ich gesehen, er ist einfach verschwunden. Und jetzt sagen Sie mir, wer das ist und warum er so etwas macht.«

»Ich habe keine Ahnung, von wem Sie sprechen«, log ich, um Zeit zu gewinnen, was zugleich eine Art war, den Fremden zu verteidigen.

»Drehen Sie eine Runde auf dem Friedhof, dann finden Sie ihn. Sagen Sie ihm, wenn ich ihn noch einmal vor dem Grab eines meiner Verwandten sehe, nimmt die Sache ein böses Ende.«

Als Sacrapante gegangen war, schaute ich zur Tür hinaus und dachte, dass nun der Moment gekommen war, in Erfahrung zu bringen, welches Geheimnis hinter dem Mann mit der Reisetasche steckte.

Am Nachmittag, nachdem ich Emmas Foto erhalten hatte, beendete ich in der Bibliothek zwischen zwei Ausleihvorgängen die Lektüre von Dostojewskis Novelle *Weiße Nächte*. Diese Liebesgeschichte, die meiner so sehr ähnelte, lastete schwer auf meinem Herzen. Darum ging ich nach Betriebsschluss auf den Friedhof mit dem Wunsch, Emma zu sehen.

Es war ein auf melancholische Weise sonniger Tag. Wie Dostojewskis jungem Träumer nach der letzten Nacht kam mir nun alles in Timpamara wie plötzlich gealtert vor: die baufälligen Häuser, die kurz vor dem Zerfall stehenden Alabastersäulen, die schwarz angelaufenen Dachgesimse.

Es war nicht zu ändern, ich hatte eine Schwäche für nächtliche und verzweifelte Liebesgeschichten. Einsam ging ich dahin und fragte mich, wie mein Leben wohl verlaufen wäre, hätte sich Emma eines Tages als reale Person vor meinen Augen materialisiert, als meine Seelenverwandte wie Nastenka auf der Uferpromenade in Petersburg, und sei es nur für vier Nächte.

Wenn es wirklich geschehen wäre, hätte ich sie auf die Art des Träumers geliebt, im Bewusstsein des bevorstehenden Endes, das echte Leidenschaften immer begleitet, im Bewusstsein, dass es sich um eine menschliche Angelegenheit handelt, die als solche dem Verschwinden und der Auflösung geweiht ist. Spürte Julia an jenem Abend auf dem Balkon tatsächlich nicht das Herannahen der Tragödie, während Romeo zu ihr hinaufkletterte? Und die letzte Nacht, in der Nastenka weinte ... kann es sein, dass der Träumer den Grund ihrer Tränen nicht verstand? Waren es nicht gerade das Zittern, die Vorsichtsmaßnahmen, die Zweifel und Ängste, die jene Augenblicke unvergesslich machten?

Wenn sich Emma in der Gegend von Timpamara wieder auf der Erde niederließe, in einer Straße ähnlich einer Uferpromenade, in einer wegen des späten Sonnenuntergangs schlaflosen Nacht, hätte mein Herz keine Chance. Oder in der Bibliothek inmitten der Bücher, zwischen meinen Geschichten, dem passenden Ort für Erscheinungen.

Zu einer beliebigen Stunde würde sie eintreten, unbemerkt wie ein Luftzug unter der Tür, einer dieser winzigen Vorgänge, die das Universum zumeist übersieht.

Sie tritt ein, während ich lese. Ich erkenne sie an der Stimme, mit der sie mich grüßt. Als ich den Blick hebe und sie sehe, beginne ich zu zittern. Ich habe das Gefühl, dass sich etwas ankündigt, eine Möglichkeit, also halte ich mich zurück und warte auf das Zeichen, das auch endlich kommt, und zwar in Form eines sprechenden Titels:

»Ich möchte bitte *Madame Bovary*.«

Ich sehe sie an und weiß nicht, was ich sagen soll.

»Gestern lief der Film im Fernsehen, und da bin ich neugierig auf das Buch geworden.«

Eine nach Liebe dürstende Frau, die unbedingt wissen will, wie viele Wörter dieses Buches sich mit den Seiten ihres Tagebuchs überschneiden, das sie jeden Abend wieder in die Schublade zurücklegt.

»Ich hole es Ihnen sofort.«

»Und was lesen Sie da?«

Ich zeige ihr den Einband.

»Ist es interessant?«

»Sehr.«

»Dann lese ich es vielleicht, wenn ich mit dem hier fertig bin.«

Der Satz gefällt mir, weil er eine künftige Gewohnheit andeutet. Während ich zu dem Regal mit französischer Literatur gehe und mein Hinken zu überspielen versuche, denke ich an Charles.

Wenn sich Emma anfangs – natürlich nur anfangs! – in ihn verlieben konnte, darf vielleicht auch ich mir ein kleines bisschen Hoffnung machen.

Ich nehme das Buch, FL GF1, und gehe zum Tresen zurück.

Ich spüre ihren Blick auf meinem schwächelnden Bein.

»Ein Unfall in meiner Jugend«, sage ich, wie um mich zu entschuldigen, als ob Hinken aufgrund eines Unfalls weniger blamabel wäre als ein angeborener Defekt, der wie ein Brandmal die zufälligen Ereignisse markiert, die sich der Vorsehung des Universums widersetzen. Wer weiß, was Emma tatsächlich dachte, als sie zum ersten Mal Hippolyt sah, den jungen Mann mit dem Klumpfuß.

»Das hier ist die beste Übersetzung. Es ist wichtig, gut übersetzte Bücher zu lesen«, sage ich, als ich ihr das Buch überreiche.

»Danke«, versetzt sie und geht fort, während so etwas wie die Aura einer Erscheinung in der Luft zurückbleibt.

Und ich stellte mir weiterhin Dinge vor, fantasierte und glaubte etwas zu erleben, das niemals geschehen würde.

Wer weiß, ob es nicht eines Tages passiert, dachte ich auf dem Weg zum Grabstein Nummer 1543, nachdem ich vergeblich nach einem Eimer mit Schwamm gesucht hatte.

Und nun verwandelte sich eine alltägliche, tausendfach wiederholte Handlung, das Betrachten des Fotos einer toten Frau mit den dazu passenden Gedanken, in ein Ereignis.

Denn schon von Weitem – ich war gerade in den Pfad eingebogen, der zu ihrem Grabstein führte – erblickte ich die Veränderung der Welt. Sie war bunt und diesseitig. Eine Distel mit einer violetten Blüte stand in einer gläsernen Vase auf dem Boden direkt vor dem Stein. Es war unglaublich.

Eine Blume vor Emmas Grabstein.

Die gläserne Vase hatte jemand von Arcangela Longobuccos Grab genommen. Seit Jahren legte dort niemand mehr Blumen nieder, und so traurig leere, schmutzige Vasen auf Gräbern auch sein können, diese hatte durch unbekannte Hände endlich ihre ursprüngliche Funktion wiedererlangt. Und das war nicht die einzige Neuheit, denn dieselbe Hand, die die Blumengabe gebracht hatte, hatte die Kreideschrift ausgelöscht. Es gab keine Emma Rouault mehr, ihre Geburts- und Todesdaten und auch die wohlwollende Inschrift waren verschwunden. Alles weg. Der endgültige Beweis, dass die Blume für sie, und nur für sie, gedacht war.

Ich bemerkte einige schwarze Fädchen auf dem Zement und stellte mir vor, wie der Unbekannte mit dem Pulloverärmel über den Stein gerieben hatte, bis das Gewebe aufgeraut war, aber umsonst, denn Kreide hinterlässt immer eine Spur, nicht nur auf der schwarzen Tafel. Und da dachte ich an den Eimer, der nicht an seinem Platz stand, an den Unbekannten, der ihn mitgenommen, den Schwamm eingetaucht und energisch alles fortgewischt hatte.

Es war, als hätte diese Tat Emma für einen Augenblick auch aus meinem Geist gelöscht.

Da stand ich vor dem Foto einer unbekannten Frau und vor einer blühenden Distel, die für sie gepflückt worden war.

Ich überlegte, wer das gewesen sein konnte.

Ein Verwandter, der für ein paar Tage ins Dorf zurückgekehrt war.

Eine mitleidige Besucherin.

Die Seele der Verstorbenen, die die Nase voll hatte von dem literarischen Affentheater.

Ein Verliebter.

Prospero Altomonte, der Müller.

9

In den ersten Wochen meiner neuen Tätigkeit
gab es zu Marfaròs Freude an jedem zweiten Tag eine Beerdigung.
»Sie werden sehen, an diese Dinge gewöhnt man sich schnell«,
flüsterte der Bestatter mir zu, als er sah, wie gerührt ich angesichts
des herzzerreißenden Schluchzens der Witwe von Bruzzano Zef-
firio war.

Es mag stimmen, dass es Dinge gibt, an die man sich nie gewöhnt,
aber sicher war, dass ich bei dem folgenden Begräbnis, dem von
Anatolio Corigliano, das genau einen Monat nach meiner Amts-
übernahme stattfand, nicht gleichgültig bleiben konnte.

Ich wusste, dass es ihm nicht gut ging, darum war ich überrascht,
als ich ihn am Vortag in die Bibliothek hatte kommen sehen.

Seine Schritte waren schwer, und als wollte er sich selbst zum
Weitergehen nötigen, legte er sich eine Hand auf die Brust.

In der Vergangenheit hatte sich Corigliano praktisch durch
sämtliche Bibliotheksbestände gearbeitet. Alles verschlingender
Leser, der er war, lieh er sich fünf Bücher auf einmal aus und gab
sie nach wenigen Tagen zurück, um sofort neue mitzunehmen.

Im Alter von sechzig Jahren schlug er sich als kinderloser, pensionierter Junggeselle mit einem starken Gefühl von Unvollständigkeit herum. »Stellen Sie sich eine Eidechse ohne Schwanz
vor«, hatte er einmal zu mir gesagt. Bald darauf beschloss er, die
Geschichte seines Lebens aufzuschreiben.

Warum einer, der sein Leben lang als Versicherungsvertreter

gearbeitet hatte, an einem bestimmten Punkt auf die Idee kam, schreiben zu wollen, ist eines der kleinen menschlichen Wunder, die jeden Tag geschehen, und trotzdem benötigen auch unvorhergesehene Wunder Saatgut, Attraktionen, Magnete, vielleicht in Form einer zaghaften Erinnerung an die Schulzeit, einer Buchseite, die sich dem Gedächtnis eingeprägt hat, die frisch gekeimte Vorstellung, dass man eines Tages vielleicht von mir spricht, ein Same, der dann fallen gelassen und im Erdreich vergraben wird, bis ein heftiges Gewitter ihn wieder an die Oberfläche spült. Und da Corigliano mit dem Schreiben nicht vertraut war, beschloss er als guter pragmatischer Geist, das Handwerk in der Werkstatt der Meister zu erlernen, indem er ständig las, denn man kann sich nicht einfach mir nichts, dir nichts als Künstler versuchen.

Am Anfang bat er mich um die einfachsten Bücher, hob den Schwierigkeitsgrad aber von Mal zu Mal leicht an, bis er ungefähr vier Jahre vor seinem Tod äußerst zufrieden mit den Bänden von Prousts *Auf der Suche nach der verlorenen Zeit* in die Bibliothek zurückkehrte.

»Astolfo, endlich weiß ich, was ich mit der Zeit anfangen will, die mir noch bleibt. Ab heute kann ich auf weitere Lektüre verzichten, vor diesem Buch verblasst jedes andere. Mir ist ein Licht aufgegangen. Ich wollte mein Leben aufschreiben, wusste aber nicht, wie, ich konnte meine Gedanken nicht ordnen, wusste nicht, was zuerst und was später kommen muss, aber jetzt weiß ich, dass ich vorgehen kann, wie es sich ergibt, nicht ich entscheide, sondern meine unwillkürliche Erinnerung.«

Von seiner Autobiografie hatte er mir bereits erzählt, vielleicht hatte er irgendwann auch angefangen, sie zu schreiben, aber nach der Lektüre von Proust widmete er sich dieser Aufgabe mit Leib und Seele, als wären die vielen tausend Seiten des französischen Schriftstellers nur eine etwas kompliziertere Gebrauchsanweisung für ihn gewesen.

Er kam weiterhin einmal pro Woche mit einem Zettel voller Notizen in die Bibliothek. Er nahm sich ein Wörterbuch, öffnete es und begann zu korrigieren. Bei einem dieser Besuche beobachtete ich, wie er mit winziger Schrift seine Korrekturen auf dem Zettel vermerkte, und ich dachte, dass Anatolio Corigliano womöglich eine Reinkarnation von Marcel Proust war. Was die beiden verband, waren der umfassende, ehrgeizige Plan für ihr Werk und die physische Ähnlichkeit ihrer Mittelscheitel und der leicht hängenden Lider.

»Wie geht es mit dem Buch voran?«

Er antwortete mit dem rätselhaften Satz und der zufriedenen Miene des Fischers, der stets ein volles Netz aus dem Wasser zieht:

»Die verlorene Zeit ist nicht für immer verloren.«

Anatolio starb unter folgenden Umständen: Aufgrund einer eher leichten Harnvergiftung hatte der Arzt ihm Bettruhe verschrieben, und eine Woche lang blieben seine Besuche aus.

Aber am Tag vor seinem Tod betrat er die Bibliothek mit verhärmterer Miene als üblich. Er hatte ein umfangreiches Manuskript in der Hand, über den Daumen gepeilt sechshundert Seiten, die er mir sofort auf den Schreibtisch legte.

»Es geht Ihnen nicht gut.«

»Tja, keine Ahnung, bis vor Kurzem war alles in Ordnung. Aber heute Morgen habe ich meine Geschichte beendet. Darf ich mich setzen?«

Ich schob ihm den Stuhl hin und fragte ihn, ob er ein Glas Wasser wolle.

»Einen Schluck nur. Tatsächlich bin ich auf einen Schluck vorbeigekommen, aber der hat nichts mit Wasser zu tun.«

Er deutete auf die Regale.

»Meine Quelle ist das letzte Hundertstel der *Wiedergefundenen Zeit*. Holen Sie mir bitte das Buch.«

Ich näherte mich der Abteilung Fremdsprachige Literatur. Die

Bände der *Suche* waren von Weitem an ihrem Umfang und dem Einband aus purpurrotem Kunstleder zu erkennen.

»Ich war mir sicher, dass ich das Ende auswendig weiß, aber heute Morgen habe ich es wiederholt und hatte das Gefühl, dass ich etwas vergessen oder verwechselt habe. Ich glaubte es genau zu kennen, und plötzlich löst sich diese Gewissheit in Nichts auf. Also habe ich Kartoffeln zu Mittag gegessen und mich danach auf den Weg hierher gemacht. Ich will ehrlich sein: Schon auf der ersten Stufe hatte ich das Gefühl, in Ohnmacht zu fallen. Und während ich mich so dahinschleppte und mir besagtes Ende auswendig vorzusprechen versuchte, um zu verstehen, wo der Fehler lag, genau da – ich weiß, es scheint, als hätte das nichts damit zu tun, aber das hat es eben doch –, genau da hebe ich den Kopf und sehe wie eine Erscheinung Augustina vor mir, Augustina Cardinale, die Tochter des Köhlers. Sie tauchte genau in diesem Moment am Fenster auf, nicht früher und nicht später, genau in diesem Augenblick, an demselben Ort und auf dieselbe Weise wie viele Jahre zuvor, als ich sie als junges Mädchen zum ersten Mal sah. Und sie kam mir so jung und schön vor wie damals, ich hatte dasselbe Ziehen in der Herzgegend, und auf einmal wurde mir klar, dass ich in sie verliebt war, und zwar schon immer. Es reichte, sie zu sehen, schon spürte ich, dass mein Herz so heftig schlug wie an jenem Tag, und auf einmal begriff ich, dass ich alles falsch gemacht hatte, dass sie der fehlende Teil meines ansonsten nutzlosen Lebens war. Und infolgedessen«, fuhr er auf das Manuskript tippend fort, »ist auch die Beschreibung dieses Lebens gescheitert. Es war ein verdrehter, ungelenker Versuch. Alles, was ich in diesen Jahren gelesen, geschrieben und erlebt habe, ist das Bild dieser Frau nicht wert, die mich anlächelt.«

Mit dem Buch in der Hand trat ich zu ihm. Seine Ohnmachtsanfälle schienen häufiger zu werden. Ich schaute konzentriert auf den Einband wie ein Kind auf einen gelben Schmetterling, den es fangen will.

»Ich habe nie den Mut gefunden, es ihr zu sagen. Ich kam mir zu hässlich für sie vor, einfach unpassend. Seit Jahren schreibe ich jeden Tag, und den wichtigsten Teil habe ich ausgelassen, meine innige, aber unbewusste Liebe. Zu viele Wörter, viel zu viele. Ein einziger wertvoller Satz hätte gereicht: Ich liebe Augustina.«

Ihm schien schwindelig zu sein, denn er hielt sich den Kopf.

»Würde es Ihnen etwas ausmachen, mir daraus vorzulesen? Das Ende, nur den letzten Teil.«

Ich schlug das Buch auf, und Corigliano schloss die Augen.

»*Das Datum, zu dem ich das Geräusch des Glöckchens an der Gartentür in Combray gehört hatte* ...«

»Weiter unten, ab *Ein Gefühl der Ermüdung und des Grauens befiel mich bei dem Gedanken* ...«

Ich las den Text bis zum letzten Satz:

»*... einen im Gegensatz dazu unermesslich ausgedehnten Platz – da sie ja gleichzeitig wie Riesen, die, in die Tiefe der Jahre getaucht, ganz weit auseinanderliegende Epochen streifen, zwischen die unendlich viele Tage geschoben sind – einnehmen in der ZEIT.*«

Corigliano machte ein Gesicht, als wollte er sagen: »Was bin ich doch für ein Dummkopf!«

»Ich konnte mich an alles erinnern, an den Klang der Glocke, das Kreuz aus Metall, die Riesen, an alles, bis auf den letzten und wichtigsten Teil, *in der ZEIT*. Ich wollte meine Autobiografie aus Koketterie und Dankbarkeit genauso enden lassen wie dieses Buch, darum habe ich seit Tagen immer wieder das Ende gelesen. Aber jetzt habe ich es mir anders überlegt. Was ich geschrieben habe, ist das Herzklopfen von vorhin nicht wert, denn die Erinnerung funktioniert wie das Leben, wir stopfen uns den Kopf mit unwichtigen Dingen voll und übersehen die wenigen, die tatsächlich wertvoll wären. Ich bin hergekommen, um das Ende zu suchen, und ich habe es gefunden, aber nicht in diesem Buch. Sondern auf der Straße.«

Erneut schien ihm schwindelig zu werden. Ich stellte mir vor, wie er im Geist eine himmlische Waage betrachtete. In der einen Waagschale lag sein ganzes Leben, in der anderen das Lächeln von Augustina Cardinale. Er hatte das Gefühl, alles falsch gemacht zu haben, und sah zu, wie sich die zweite Schale unerbittlich senkte.

Mühsam stand er auf, und ich reichte ihm den Arm.

»Es ist nur eine leichte Magenverstimmung, die Kartoffeln, sie waren noch nicht ganz gar. Weiter nichts.«

»Ihr Manuskript?«, fragte ich und deutete darauf.

Er betrachtete es mit kaltem Blick.

»Zu schwer, um es wieder mitzunehmen. Und außerdem weiß ich nichts mehr damit anzufangen. Was darin steht, ist eine einzige große Lüge. Tun Sie mir den Gefallen und verbrennen Sie es.«

Sie fanden ihn zu Hause vor dem Sofa liegend. Tot.

Er war tot. Für immer? Wer kann das sagen? Sicher, weder spiritistische Erfahrungen noch religiöse Dogmen beweisen, dass die Seele überlebt. Was man sagen kann, ist, dass in unserem Leben alles auf eine Art passiert, als hätten wir das Licht der Welt mit einem Bündel Verpflichtungen erblickt, eingegangen in einem früheren Leben. Die Umstände unseres Lebens auf dieser Erde sind kein Grund, uns zur Güte verpflichtet zu fühlen, zu behutsamem oder höflichem Verhalten. All diese Verpflichtungen, bei deren Nichteinhaltung in diesem Leben keine Strafen drohen, scheinen zu einer anderen Welt zu gehören, gegründet auf Güte, Sorgfalt, Opferbereitschaft, eine Welt, die ganz anders ist als diese und deren wir uns bedienen, um auf dieser Erde geboren zu werden, ehe wir vielleicht dorthin zurückkehren, um erneut unter der Herrschaft jener unbekannten Gesetze zu leben, denen wir gehorcht haben, weil wir ihre Lehre in uns tragen, ohne zu wissen, wer sie dort aufgezeichnet hat.

Also ist die Annahme, dass Corigliano vielleicht nicht für immer gestorben war, gar nicht so unwahrscheinlich.

Ja, wir setzten ihn bei, legten den Leichnam in die Erde, aber in der Nacht zuvor wachte sein Manuskript wie ein Engel auf dem von der Straßenlaterne beleuchteten Schreibtisch in der Bibliothek. Es schien ein Symbol der Wiederauferstehung für den zu sein, der nicht mehr war. Denn sollte Anatolio leibhaftig wiederauferstehen, und sei es nur für zehn Minuten nach seiner Beerdigung, würde er beglückt sehen, dass die letzte Blume, die auf die ausgehobene Erde gefallen war, die allerletzte, die mit dem stärksten Duft, aus der zitternden und trauernden Hand von Augustina Cardinale stammte, der Tochter des Köhlers. Und wer weiß, warum sie ihr Leben lang unverheiratet geblieben war.

Vielleicht hatten auch andere gesehen, wie sie die Blume warf, aber nur ich erkannte die Liebesgeste in der weißen Rose, die sie fallen ließ wie ein Zeichen tödlicher Reue. Der Anblick rief mir die Distel vor Emmas Grab ins Gedächtnis. Ich ging hin.

Obgleich die Annahme, es handle sich um einen Verwandten auf der Durchreise, die wahrscheinlichste zu sein schien, ein Emigrant, der nach vielen Jahren in Argentinien oder Kanada ins Dorf zurückgekehrt war, wollte mir der Gedanke nicht aus dem Kopf gehen, dass es sich in Wirklichkeit um einen ehemaligen Geliebten handelte, der nach Jahren wiederaufgetaucht war. Verwandte bringen Chrysanthemensträuße mit, eine einzelne Blume aber bedeutete etwas anderes.

Diese Vermutung führte geradewegs zum Müller Prospero Altomonte, dem schweigsamen großen Kerl und einzigen menschlichen Wesen, das je vor diesem Grab stehen geblieben war. Ich dachte an meine unbeantwortet gebliebene Frage: *Kennen Sie die Frau?*

Und warum hatte Altomonte auf einmal diese Blume dort hinterlassen? Vielleicht hatte er sie im Traum weinen sehen, von allen verlassen und zur Namenlosigkeit verdammt, *auch du hast mich verlassen, auch du, der du mir geschworen hast, es sei für immer.* Dann war die Distel das unverhoffte Aufblühen eines Schuldgefühls, wiederbelebt von einem Traum oder vielleicht von einem alten Brief, den er unter einem Sack Mehl gefunden hatte.

Warum nach so vielen Jahren ausgerechnet an diesem Tag?

Als ich erneut daran dachte, wie ich Prospero vor dem Grabstein hatte stehen sehen, fiel mir eine Kleinigkeit wieder ein, deren Bedeutung mir jetzt erst klar wurde: der mit schwarzem Stoff überzogene Knopf, den er zum Andenken an seine Frau trug. Er war wie ein Wahrheitssiegel. Da sie nun gestorben war, konnte er seiner Geliebten die Ehre erweisen.

Blieb nur noch diese seltsame Blume zu entschlüsseln. Einer derart verwegenen Wahl musste notgedrungen ein geheimes Motiv zugrunde liegen, wie es sich für gewöhnlich verliebte Menschen ausdenken, immer bereit, Symbole in der Welt zu entdecken, und vielleicht sollte die dornige Blume die Schwierigkeit jener Geschichte zum Ausdruck bringen.

Bestimmt führte diese ungewöhnliche Pflanze direkt zu einer Liebesgeschichte, denn Verwandte, auch die ärmsten, bringen niemals Disteln mit.

Die Beerdigung hatte länger gedauert als vorgesehen, darum humpelte ich danach eilig zur Bibliothek, nahm das Schild von der Tür und setzte mich hinter den Schreibtisch. Dort erkannte ich, dass meine Eile durch etwas anderes motiviert gewesen war.

Coriglianos Manuskript lag noch dort. Er hatte angeordnet, es zu verbrennen, aber manchmal ist es gut, wenn ein Letzter Wille nicht erfüllt wird. Ich machte es wie Max Brod und Lucius Varius Rufus mit den Werken von Kafka und Vergil.

Ich nahm es und fing an zu lesen. Ein interessanter, ja bemerkenswerter Text, wenn man seinen Ausgangspunkt bedachte. Die fiktive Autobiografie von Anatolio Corigliano ab dem Moment seiner Geburt bis zu der Woche vor seinem Tod war gleichzeitig die Geschichte von Timpamara, von einem privilegierten Beobachtungspunkt aus erzählt, der vermutlich einzigen Versicherungsagentur im Dorf. Die Lektüre hielt zahlreiche Überraschungen bereit, aber beim dritten Kapitel musste ich eine Pause einlegen, weil es Zeit für den Feierabend war.

Der Karton, der als Einband diente, war weiß. Ich nahm eine Schreibfeder und schrieb in möglichst gleichmäßiger Schönschrift darauf: Anatolio Corigliano (Marcel Proust), *Von der für immer verlorenen Zeit.* Man verbrennt einfach keine Manuskripte. Unten auf dem Buchrücken vermerkte ich das Sigel FL MP 2 und stellte das Manuskript in das Regal für französische Literatur, neben die *Suche nach der verlorenen Zeit,* wo es ebenfalls sehr gut zur Geltung kam.

Coriglianos verhinderte Liebe ließ mich mit einem lästigen Gefühl des Scheiterns zurück. Wir hatten das gleiche Schicksal, er und ich, Augustina und Emma, was wenig änderte, im Grunde war es für uns beide eine verpasste Chance, die einzige, wenn auch auf unterschiedliche Art.

An jenem Abend betrachtete ich mich vor dem Zubettgehen lange im Badezimmerspiegel. Ich stellte mir vor, auch Emma wäre hier, um mich zu beobachten, und ich kam mir unzulänglich vor, denn was sollte Madame Bovary mit einem Bibliothekar anfangen, der Tote unter die Erde brachte? Wäre sie mir auf der Straße begegnet, hätte sie mit Sicherheit den Blick abgewendet oder, schlimmer noch, sie hätte mich angesehen und einfach stehen lassen wie jemanden, auf den die Welt getrost verzichten kann.

Bei anderen Gelegenheiten wäre ich aufgrund dieses Minderwertigkeitsgefühls mit gesenktem Kopf zurückgewichen, aber meine persönliche Herzensdame hatte Licht in dunkle Ecken gebracht und die Dunkelheit verfliegen lassen. Darum überwand ich mich entgegen meiner Gewohnheit, gleich nach dem Aufstehen zu duschen. Ich zog mich aus und stellte mich unter den Wasserstrahl. Dann trocknete ich mich ab, kämmte mir die Haare und betrachtete mich erneut im Spiegel.

Ich mochte mich nicht, hatte mich noch nie gemocht, vor allem jetzt nicht, wo ich allmählich graue Haare bekam, doch meine recht ordentliche Erscheinung erschien mir immerhin ausreichend. Nur eine Sache fehlte.

Ich öffnete die Schublade unter dem Waschbecken und holte einen alten Schuhkarton heraus, in dem ich Schuhcreme, alte Zahnbürsten, längst abgelaufene Medikamente und endlich auch das fand, wonach ich suchte. Es war noch in das Geschenkpapier eingeschlagen, in dem mein Onkel es mir viele Jahre zuvor unter den Weihnachtsbaum gelegt hatte.

Ein Fläschchen Parfüm mit Kiefernduft. Ich nahm den Verschluss ab, schnupperte daran und sprühte mir etwas auf die Haut.

Ich ließ das Fläschchen offen stehen und ging zu Bett. Bevor ich das Licht löschte, betrachtete ich Emmas Augen. Hätte sie gesehen, wie ich mich parfümierte, hätte sie mir vielleicht einen etwas längeren Blick gegönnt, denn manchmal kann sich Liebe auch durch Würdelosigkeit verraten.

Das war es, was Anatolio Corigliano mir gezeigt hatte.

Ihm galt an diesem Abend mein letzter Gedanke.

Man sagt, dass immer etwas bleibt von den Menschen, die wir kannten und die nicht mehr sind: Erinnerungen vor allem, aber auch Gedanken, Fotos und manchmal Manuskripte. Und doch spürte ich, dass in diesem Augenblick das Gegenteil geschah, das heißt, der Tod eines Menschen, den ich gekannt hatte, nahm für immer einen Teil von mir selbst mit sich.

Die Traurigkeit, die ich empfand, bevor ich die Augen schloss, besiegelte diesen Eindruck: Corigliano und seine verpasste Liebe hatten meine Überzeugung ins Wanken gebracht, dass sich die Kreise im Lauf des Lebens schließen können. Stattdessen bestätigte mir sein Tod, dass die Menschlichkeit unserer Handlungen vielleicht gerade in ihrer vorherbestimmten Unvollständigkeit besteht.

10

Der Erste, den ich zu töten beschloss, war Pinocchio.

Meine Hände öffneten die Tür der Bibliothek und das Tor zum Friedhof, sie ordneten die Bände auf den Regalen und die Blumenkränze, schrieben etwas ins Ausleih- und ins Sterberegister. Aber es gab noch einen anderen, tieferen Grund, der die beiden Welten miteinander verband: Für mich waren und sind diejenigen Bücher vollkommen, die mit dem Tod des Protagonisten enden.

Meine Lektüre hängt stets von dieser Forderung nach Perfektion ab, sodass ich mir angewöhnt habe, die Titel der vollkommenen Bücher in ein Heft zu schreiben und jedes Mal genau anzugeben, wie der Protagonist oder andere wichtige Figuren zu Tode kamen.

Sie sammeln alles, die Menschen: Sepiaschalen, Haare, gelbes Laub, Misserfolge; Krammer sammelte Zufälle, Nabokov Schmetterlinge, Vradolkskij die Bürsten der Tausenden Frauen, die er geliebt hatte. Ich sammelte gern Tote aus Papier.

Wenn ich ein unvollkommenes Buch ausgelesen hatte, also eines, das nicht mit dem Tod der Hauptfigur endet, hinterließ das ein lästiges Gefühl mangelnder Erfüllung, ja geradezu Enttäuschung in mir. Das Gleiche passierte bei der Geschichte von Pinocchio.

Das in ein Kind verwandelte Stück Holz machte mir ein für alle Mal klar, dass ich es nicht mochte, wenn die Welt am Ende in Ordnung kam und die Harmonie wiederhergestellt wurde.

Diese Marionette hatte mir noch nie gefallen.

Als er sich den Fuß verbrannte, hoffte ich, dies würde sein Ende sein, aber wie immer tauchte das rettende Idealbild der blauen Fee auf. Wäre es nach mir gegangen, ich hätte diesen undankbaren Sohn ertrinken oder im Maul des Hais verschwinden lassen.

Jahre später machte ich eine wundersame Entdeckung: Collodi hatte anfangs wie ich gedacht. In der ersten Fortsetzungsausgabe stirbt Pinocchio, vom Fuchs und der Katze am Ast einer Eiche aufgehängt, und der Autor wählt Worte, die passender nicht sein könnten: »*Ach, mein Väterchen. Wärst du doch hier!« Damit war seine Kraft zu Ende. Er schloss die Augen, öffnete den Mund, streckte die Beine, schüttelte sich noch einmal und blieb starr und steif an der Eiche hängen.*

Später musste er den Text ändern, aber sein ursprünglicher Gedanke war ein gewaltsamer Tod als Ergebnis eines verkehrten Lebens, denn wer undankbar ist, macht sich schuldig und muss die Strafe auf sich nehmen. Pinocchio starb, weil man im Leben für seine Schuld immer büßen muss.

Noch schrieb ich nicht den Tod der Marionette nieder, wie ich es sehr viel später tun würde, aber das Bedürfnis, mir vorzustellen, wie die Figuren in den Büchern starben, blieb bestehen und wirkte sich auf alle Geschichten aus, die ich in jenen Jahren las. Ich malte mir aus, wie Fogg und Passepartout sich im indischen Wald verlaufen, wie Zanna Bianca unter Jim Halls Schlägen zusammenbricht, wie das Herz von Ebenezer Scrooge aus lauter Angst vor dem Geist der Zukünftigen Weihnacht zerspringt, wie Otto Lidenbrock und Axel ihrer Explosion zum Opfer fallen und Alice in einen Schlaf versinkt, aus dem sie nie wieder aufwachen wird.

Durch meine Vorliebe für das perfekte Ende waren meine beiden Berufe auf unauflösliche Weise miteinander verbunden. Hatte ich bislang, auch aufgrund der Erziehung durch meine Mutter, die Bibliothek als Krönung meiner Berufung empfunden und die Aufgabe auf dem Friedhof mit Zweifeln und Vorbehalten betrachtet, wurde mir bald bewusst, dass auch mein neuer Auftrag das

Ergebnis eines kontinuierlichen Weges war, ja so etwas wie einer Veranlagung entsprach. Der Gedanke, für diese doppelte Aufgabe bestimmt zu sein, hatte vielleicht nicht das volle Bewusstsein, zumindest aber das Liebäugeln mit der Idee zur Folge, dass auch ich ein von den Naturgesetzen vorgesehenes Element, dass ich bedacht und berechnet worden war, denn im Grunde ist es doch das, wonach wir Menschen suchen: der richtige Platz auf dem universellen Schachbrett.

Oftmals weiß man nicht, warum und wann eine Besessenheit entsteht, aus welchem verborgenen Grund die Gedanken auf schwindelerregende Weise um einen Gegenstand, ein Wort, einen Duft, einen Menschen, eine Handlung, eine Erinnerung, ein Ereignis zu kreisen beginnen, warum ausgerechnet um dieses und um kein anderes.

In meinem Fall dagegen sind die Fakten bekannt. Die Arbeit auf dem Friedhof führte mir kontinuierlich vor Augen, wie sehr mein Leben vom Tod geformt worden war.

Denn ich habe ihn allzu früh kennengelernt, den Tod. Er kam mit mir auf die Welt. Wurde mit mir geboren. Umarmte mich. Er war das Geisterkind.

Das erste Mal sah ich ihn – oder erinnere mich, ihn gesehen zu haben, was dasselbe ist –, als der Sarg meiner Mutter in unsere Grabkapelle eingemauert wurde. Sechs Grabstätten, drei rechts, drei links, und davor, unter einem Nebenaltar aus Marmor, eine kleine Nische mit der Asche meines Großvaters, Mansueto Malinverno.

Ich stand neben meinem Vater auf der Schwelle und beobachtete, wie der Sarg in die Öffnung manövriert wurde. Ich sah die Handgriffe des Maurers, der den Kalkputz mischte und ihn auf den Rändern der Grabnische verteilte, und im Stillen zählte ich die Backsteine, die nötig gewesen waren, um diesen leeren Raum zu ummauern, einen nach dem anderen, und ich kam zu dem Ergebnis, dass fünfundsiebzig gereicht hatten, um die mütterliche Ewigkeit zu besiegeln. Als ich zu Ende gezählt hatte, schaute ich nach links und erblickte das Foto eines Neugeborenen. Dieses Porträt ließ mich stutzen, und für einen Moment lenkte es mich von meinem Schmerz ab. Ich blickte den Maurer an, der immer noch die Ziegel verputzte, sah das verweinte Gesicht meines Vaters, die Verwandten, die zusammengedrängt vor der Kapelle standen, aber dann schweifte mein Blick erneut zu dem Kind.

Ich hätte gern danach gefragt, aber die Sache war so seltsam, dass ich befürchtete, nur ich allein hätte das Bild gesehen, der Schmerz hätte es mir vorgegaukelt, und Vito würde sagen: »Da ist niemand.« Darum bekam ich nun Angst und drückte seine Hand noch fester. Ich blickte zum Himmel hinauf und dachte: »Es ist nicht mehr da, es ist nicht mehr da«, aber als ich mich umdrehte, war das Foto nach wie vor zu sehen.

Wenige Tage später ging ich mit meinem Vater erneut zu der Kapelle, einen Strauß rote Nelken in der Hand. Als ich eintrat, war das Bild des Kindes immer noch da, und erneut wurde ich von Furcht ergriffen. Ich klammerte mich an meinen Vater, überzeugt, Dinge zu sehen, die es nicht gab, aber bevor wir gingen, sah ich, wie er das Foto meiner Mutter und dann, ganz kurz nur, das Porträt des Kindes liebkoste.

Es ist doch kein Gespenst, dachte ich, und dann stellte ich die lange zurückgehaltene Frage: »Wer ist das, Papà?«

Mein Vater erwachte aus seiner Erstarrung. Er zögerte einen Moment, dann sagte er: »Ein Kind, das du kennengelernt hast, als du klein warst, und das dich lieb hat, sehr sogar.«

»Aber es ist tot!«

Mein Vater kniete nieder und nahm mich in die Arme. »Es ist dein Schutzengel.«

Ich näherte mich dem Bild und betrachtete es eingehend. Es

war, als blickte ich in einen Spiegel, aber diesmal, ohne mich zu fürchten, denn die noch in der Luft hängenden Worte meines Vaters hatten mir jede Furcht genommen. Als ich das Foto von Nahem anschaute, las ich den Namen, der in kleinen Buchstaben daraufstand, Notturno Malinverno, und dachte an irgendeinen Cousin.

Von da an übernahm ich die Gewohnheit meines Vaters, das Bild des Kindes bei jedem Besuch zu küssen.

Und dann starb mein Vater.

Als ich wenige Tage nach seinem Tod mit seinem Bruder, der mich bei sich aufgenommen hatte, die Familienkapelle betrat und das Foto des Neugeborenen liebkoste, sagte der Onkel Folgendes: »Dein armer kleiner Bruder.«

Es traf mich wie ein Schlag ins Gesicht, und an meiner Miene erkannte er, dass er einen Fehler gemacht hatte.

»Haben sie dir nichts davon gesagt?«

Stumm und regungslos stand ich da.

»Du bist jetzt groß, Astolfo, groß und allein. Vielleicht ist der Moment gekommen, dass du es erfährst.«

Und dann erzählte er mir die ganze Geschichte.

Ich hatte nie zuvor davon gehört, auch im Haus gab es nicht den kleinsten Hinweis auf seine Existenz.

Er war mein Zwillingsbruder und bereits tot geboren worden. Vor mir.

Ich dachte an die letzte Nacht mit meiner Mutter. Zwei Menschen liegen Arm in Arm im Bett, einer lebt, der andere stirbt; zwei Söhne werden gleichzeitig geboren, einer atmet, der andere nicht.

Von dem Toten gab es nicht einmal eine Fotografie. Die Ereignisse hatten sich derart überstürzt, dass niemand daran gedacht hatte. Und wer würde auch ein Foto von einem leblosen Neugeborenen machen?

Tatsächlich hatte mein Zwilling direkt nach der Geburt nicht einmal einen Namen bekommen.

Unsere Mutter wollte ihm keinen geben:»Was nützt es, einem toten Kind einen Namen zu geben?«

Es war besser, ihn zu vergessen, kein Name, kein Bild, ein ausgelöschter Albtraum.

Aber das war nicht möglich. Man musste dem Jungen einen Namen geben, um ihn für tot erklären zu können, so als könnte man nicht anonym sterben.

Catena wusste nicht, was tun.»Ich habe mir nur Astolfo ausgedacht, wie sollen wir ihn denn jetzt nennen?«

»Den Namen eines Toten«, beschloss der Vater,»ein Name, der sein dunkles Schicksal verrät«, fügte er hinzu, während er um das arme Wesen weinte.

»Dann also Notturno«, sagte die Mutter schluchzend.»Nennen wir ihn Notturno.«

Als er begraben werden sollte – der Sarg war bereits verschlossen –, fragte der Bestatter nach einem Foto für den Grabstein.

Die beiden sahen einander ratlos an.

»Und wie sollen wir ihn ohne Bild bestatten? Wollt ihr vergessen, wie sein Gesicht aussah? Wollt ihr euch versündigen?«

Und diese Worte, die normalerweise aus dem Mund des Pfarrers kamen, wirkten wie eine Totenglocke in der Nacht.

»Aber wie sollen wir das machen? Wie denn, wenn der Sarg schon verschlossen ist?«

In diesem Moment, erzählte mir mein Onkel, begann ich zu weinen.

»Sind die beiden Zwillinge?«, fragte der Bestatter, der einen Geistesblitz hatte.

Catena nickte.

»Dann fotografiert doch den Bruder, die zwei sehen schließlich genau gleich aus, oder?«

»Was reden Sie denn da, so was bringt Unglück!«, protestierte meine Mutter.

»Ach was, Unglück. Es ist viel schlimmer, ihn ohne Foto zu bestatten, glauben Sie mir, mit solchen Sachen kenne ich mich aus. Ein Bild aus Lebzeiten wird sein Leben verlängern, das ist genauso, wie wenn man von den Toten träumt.«

Ja, Marfarò senior kannte sich aus, und vielleicht war es besser, zu tun, was er sagte.

Sofort wurde ich nach Hause gebracht. Man zog mir das bestickte weiße Kleidchen an, das für die Taufe gekauft worden war, legte mir das Goldkettchen mit dem schimmernden Kruzifix des *signoriddio* um den Hals, meine wenigen Haare wurden geglättet und auf meinem Kopf verteilt wie venezianischer Stuck, und dann setzte man mich auf ein Laken auf dem Sofa, wo der Fotograf die Aufnahme machte.

Und so wurde auf dem Grabstein des verstorbenen Neugeborenen das Gesicht des lebenden Zwillings angebracht, vielleicht der einzige Mensch auf der Welt, der sich selbst als totes Kind sehen konnte, der einzige auch, der sich selbst Blumen ans Grab bringen und das unwahrscheinliche Schicksal Mattia Pascals nachvollziehen konnte.

Es war wie ein Vorzeichen, so als hätten sie mir bereits damals die Staatsbürgerschaft des Jenseits verliehen.

Alle Menschen, die mir nahestanden, schienen zu sterben, und darum schlich sich die Vorstellung in meinen jugendlichen Geist, dass ich es war, der diese Trauerfälle verursachte.

Das Ende verbarg sich in den Regenerationsfalten des Lebens, im Schlaf, der uns überleben lässt, im Atem, ohne den es uns nicht gäbe, und sogar in den Lebensmitteln, die uns ernähren. Unvermittelte, ganz gewöhnliche Tode: meine Mutter im Schlaf, Notturno bei der Geburt, mein Vater beim Abendessen.

Er saß mir am Tisch gegenüber, die Gabel in der Hand, eine

unvollendete Ansprache, ein zerbrochenes Wort, *morgen fr…*, ein Einatmen, dem kein Ausatmen folgte, ein Bissen, der im Mund blieb, ein aussetzender Wimpernschlag.

Die ganze Nacht hielt ich bei meinem Vater Wache, und in diesen Stunden war es, als wäre er nicht tot, denn er war da, bei mir, ich konnte ihn berühren, als bemäßen sich Gefühle nach dem Zwischenraum zwischen zwei Körpern, als geschähe der Übergang nicht beim Aussetzen des Atmens, beim Stehenbleiben des Herzens, sondern erst, wenn die Leiche weggebracht wird.

Ich nahm ihm die Gabel aus der steifen Hand, schloss ihm die Augen, gab ihm einen Kuss auf jedes Lid und machte mich auf, der Menschheit zu verkünden, dass Vito Malinvernos Herz aufgehört hatte zu schlagen.

Ich wurde zur Waise, und mein Leben veränderte sich, aber stärker noch veränderte sich mein Verhältnis zur Liebe.

Bei meiner Mutter hatte ich mehr gelitten, aber das Hinscheiden meines Vaters war in verschiedener Hinsicht härter und schwieriger für mich, und das nicht nur wegen des Szenarios von Einsamkeit und Verlassenheit, das sich nunmehr vor mir auftat.

Waisen haben ein anderes Verhältnis zum Tod, denn solange wir im Aufeinanderfolgen der Generationen – welches der wahre Maßstab unserer Sterblichkeit ist, das Vorher und das Nachher – jemanden vor uns haben, der seinen Körper scheinbar zu unserem Vorteil opfert, fühlen wir uns hinter diesem vorbestimmten Klumpen Fleisch geschützt wie hinter einem Schild. Erst die Großeltern, dann die Eltern, Barrieren zwischen uns und dem Jenseits.

Wir werden mit dem Gefühl der Ewigkeit geboren, weil es sterbliche Menschen gibt, die vor uns da waren. Dann sterben die Großeltern, und auf einmal halbiert sich dieses Gefühl, aber noch gibt es Schutz für uns, eine Art Schleier. Doch wenn unser zweiter Elternteil stirbt, wenn das letzte Bollwerk fällt, steht nichts mehr zwischen uns und dem Ende, keine Generation, keine Hecke, keine Mauer. Jetzt sind wir selbst an der Reihe.

Sind wir Eltern, ist das kein Opfer, denn wir bieten uns gern als Schirm für unsere Nachkommenschaft an, sind wir hingegen alleinstehend, bekommt alles eine andere Bedeutung. Das Verschwinden des Vaters und der Mutter sind Glockenschläge, die unsere Sterblichkeit verkünden. Und nach Vito Malinvernos Hinscheiden war ich der Nächste in der Reihe. Ich war wehrlos und musste mich schützen, ein Rezept finden, mich abschirmen. Und dann dachte ich, dass der Beruf des Friedhofswärters ein Segen war, genau wie damals, als ich Bibliothekar wurde, denn vielleicht war die Nähe zum Tod genau das Richtige für mich. Durch die nachbarschaftliche Nähe würde er mir selbstverständlich und vertraut erscheinen.

Auf dieselbe Art, wie ein Schwarm von Heringen die Form seines Feindes annimmt in der Hoffnung, dessen Angriff zu überleben.

11

Der Gemeinderat ließ mir durch den Gemeindediener
mitteilen, dass ich das Sterberegister ins Rathaus bringen sollte,
weil die Provinzverwaltung jemanden zur Inspektion geschickt
hatte.

Ich nahm das Register in die Hand und ging die Namen der verstorbenen Timpamaraner durch, Männer und Frauen aus Fleisch
und Blut, die zu einer geordneten Buchstabenfolge geworden
waren. Ich blätterte das Buch durch, als wäre es ein Roman und die
Namen und Daten Einträge in einem Lexikon literarischer Figuren. Und dabei fand ich sie. Virginia Platanìa, Ehefrau des Müllers
Altomonte, beigesetzt in der Grabnische Nummer 1412.

Ich fragte mich, warum ich dort nicht längst nach Spuren
gesucht hatte, um die Angelegenheit zu rekonstruieren, nachdem
ich ihren Mann an Emmas Grab gesehen hatte.

Die Nische befand sich in demselben Abschnitt, in dem auch
Elea Maieràs leeres Loch lag, der sich in diesem Moment tatsächlich dort aufhielt. Er saß auf dem Rand der Grube und ließ die
Füße über seiner verhinderten Ewigkeit baumeln. Er grüßte mich
mit einem Kopfnicken.

Hätte ich neben Virginia Platanìas Stele eine Distel gefun-
den, wäre dies das Ende meiner Zweifel und der endgültige
Beweis gewesen, nach dem ich suchte. Aber es gab dort keine
Disteln, ja nicht einmal Chrysanthemen oder Lilien. Nur einen
Strauß Feldblumen mit ein paar Grashalmen dazwischen. Er war

frisch, konnte frühestens am Nachmittag zuvor gepflückt worden sein. Donna Platanìa war nicht schön gewesen, vor allem im Vergleich zu Emmas lieblichem Gesicht. Beim Betrachten ihres Fotos wurde mir bewusst, dass ich mich kaum an sie erinnern konnte. Sie hatte außerhalb des Dorfes als Krankenschwester gearbeitet und nach dem Dienst ihrem Mann in der Mühle geholfen. Manchmal hatte ich sie mit Mehl auf Kleidung, Gesicht und Haaren gesehen, wenn ich zufällig dort vorbeikam. Bei näherem Hinsehen schien sogar der Pullover, den sie auf dem Foto trug, mit Mehl bestäubt zu sein. Es gibt Arbeiten, die sich einfach nicht abstreifen lassen, und das galt wohl auch für meine. Im Dorf wurde erzählt, dass Melicuccàs Vorgänger, Eraclito Ferruzzano, fünfzehnter Wärter des Friedhofs von Timpamara, nach zwanzig Ehejahren und zwanzig Jahren als Friedhofswärter von seiner Frau verlassen wurde, weil sie sich in den Gedanken hineingesteigert hatte, er rieche nach Tod, auch wenn er sich umgezogen, abgeseift oder gar das Haus verlassen hatte. Ich hätte nicht zu sagen vermocht, ob der Tod einen eigenen Geruch hatte. Ich hatte gelesen, man nähme einen Geruch ähnlich dem des Todes wahr, wenn man längere Zeit kräftig mit den Fingern einer Hand über den Rücken der anderen rieb und dann an der Haut roch. Ich arbeitete erst seit Kurzem als Fried- hofswärter und kannte den Verwesungsgeruch noch nicht, denn wenn Sie ihn einmal wahrgenommen haben, hatte Marfarò gesagt, vergessen Sie ihn nie wieder. Putrescin und Cadaverin heißen die übel riechenden Substanzen, fügte er hinzu, Putrescin und Cada- verin, wiederholte er mit angeekelter Miene. Wenn ich zum Tor hinausging, hielt ich mir hin und wieder eine Hand vor die Nase und atmete tief ein, wobei ich befürchtete, dass sich früher oder später jener Geruch auch auf meine Haut übertragen würde. Wie Gipspulver. Oder Mehl.

Ich bückte mich, um den Duft des Sträußchens einzuatmen. Es

war keine Distel, aber die ebenfalls wild wachsenden Feldblumen waren womöglich ein kleiner Hinweis darauf, dass Prospero sie zusammen mit den Disteln gepflückt hatte.

Ich ging zur Leichenhalle zurück, und mir fiel auf, dass ich dem Müller schon länger nicht mehr begegnet war. Manchmal hatte ich einen anderen Weg von der Bibliothek zum Friedhof eingeschlagen, um an seiner Wohnung vorbeizukommen, die im oberen Stockwerk der Mühle lag.

Das Register lag offen auf dem kleinen Tisch. Wieder las ich den Namen Virginia Platanìa, und während mein Blick auf dem weißen Rand am Ende der Zeilen verweilte, fiel mir ein Vorwand ein, um den Müller bei sich zu Hause zu besuchen und vielleicht ein paar Hinweise bezüglich seiner Verbindung zu Emma zu sammeln.

Darum verließ ich den Friedhof an diesem Morgen eine halbe Stunde früher als sonst, das Sterberegister unter dem Arm.

Als ich die Mühle betrat, war niemand dort.

»Darf ich hereinkommen?«

Zögerlich ging ich weiter, und als ich das mutmaßliche Lager erreicht hatte, sah ich den Müller in einem alten, ausgeblichenen Ledersessel neben dem großen Fenster mit den Vorhängen sitzen, die Hose des Overalls aufgekrempelt bis über die Knie. Er schlief mit dem rechten Arm auf der Rückenlehne, während der linke gebeugt auf dem Bein lag. Zwischen Fenster und Sessel befand sich ein Holztischchen mit einer Balkenwaage und einer Keramikstatue, die zwei Liebende darstellte. Rundum standen Mehlsäcke jeder Größe und Farbe, die aussahen wie heruntergelassene Hosen eines Zyklopen. Leere Säcke hingen über der Sessellehne, ein altes Netz war wie ein Vorhang an der Wand angebracht; eine kaputte Leiter, wurmstichige Schaufeln, Siebe jeder Form und Größe hingen an der Wand oder waren auf dem Boden gestapelt, und zu seinen Füßen, neben dem Tischchen, lag ein halb leerer Jutesack, dessen Faltenwurf an den Kopf eines bärtigen Riesen erinnerte.

Ich blieb regungslos stehen, einerseits, um den Müller nicht zu wecken, andererseits, weil der Anblick mich wegen seiner Ähnlichkeit mit einem vertrauten Bild verwirrte, das ich jedoch noch nicht identifizieren konnte.

Ich beschloss, draußen zu warten, bis er aufwachte, aber es dauerte nicht lange, da erschien keuchend und schweißgebadet Ippolito Curinga mit einem leeren Sack.

Er hängte sich an den Glockenschwengel und läutete viermal in ohrenbetäubender Lautstärke, bevor er im Lager verschwand. Ich hörte Geschrei und ging noch einmal hinein. Ippolito hielt den offenen Sack unter ein großes weißes Rohr, aus dem der Müller Mehl herausfallen ließ, indem er einen Hebel betätigte. Als der Sack voll war, verschloss Ippolito ihn mit einer Schnur, lud ihn sich auf die Schulter und verschwand in derselben nachlässigen Haltung, in der er gekommen war.

Prospero gähnte und rieb sich mit dem Handrücken die Augen. Als er mich sah, nahm sein Gesicht einen gereizten, herausfordernden Ausdruck an.

Ich hielt das Sterberegister wie einen Schutzschild vor meinen Körper.

»Entschuldigen Sie, dass ich Sie zu Hause störe, aber es ist dringend.«

»Worum geht's?«

Prospero Altomonte hatte sich für seine fünfundsechzig Jahre gut gehalten. Er war kräftig und hager und hatte ein klares Gesicht; ein Frühaufsteher, Liebhaber der Jagd und geschätzter Kaninchenzüchter.

»In dem Register fehlt Ihre Unterschrift.«

Ich machte Anstalten, noch im Stehen das Heft zu öffnen, aber der Müller ging auf ein Brett zu und wischte mit einer energischen Armbewegung die darauf befindlichen Gegenstände hinunter.

»Legen Sie es hier ab.«

Ich empfand leichten Ekel, als ich das Mehl auf dem Tisch sah und mir die weißen Flecken auf dem schwarzen Gewebe des Einbands vorstellte.

»Ich dachte, es reicht, wenn ich im Register der Gemeinde unterschreibe.«

»Nein, wir brauchen Ihre Unterschrift ebenfalls, sehen Sie?«, sagte ich und deutete auf die Namenszüge anderer Angehöriger von Verstorbenen, die ich vor dem Verlassen des Friedhofs rasch gefälscht hatte.

Er nahm einen Stift aus einer abgewetzten Jacke, die über einer Stuhllehne hing, packte ihn wie ein Schwert, zielte mit dem linken Zeigefinger und brachte seine unleserliche Schrift zu Papier.

»Da, fertig.«

Ich klappte das Register zu und hob es auf, wobei ich darauf achtete, dass es nicht mit meinem grauen Hemd in Berührung kam.

»Entschuldigen Sie, dass ich hergekommen bin, aber ich muss es heute noch abgeben.«

»Oh, gar kein Problem, im Gegenteil …« Er verließ den Speicher und kam mit einer Zwei-Kilo-Tüte Mehl zurück.

»Hier, nehmen Sie, für Ihre Mühe.«

Die Geste rührte mich, und für eine Sekunde vergaß ich, dass Prospero vielleicht ein ehemaliger Liebhaber von Emma war, der Mann, der sie vor mir gehabt hatte, das Element, das meinen Platz im Periodensystem der menschlichen Wesen und ihrer Handlungen eingenommen hatte. Daran erinnerte mich die Natur, nachdem ich mich verabschiedet hatte und hinausgegangen war, um das Register ins Rathaus zu bringen. In dem verwilderten Gemüsegarten hinter der Mühle ragte nämlich zwischen unordentlichen Feldblumen ein wilder Busch hervor.

Dornig.

Grün.

Eine Distel.

Der Anblick des im Müller'schen Chaos schlafenden Prospero verstörte mich nach wie vor wegen der Ähnlichkeit mit einem mir bekannten Bild, an das ich mich allerdings noch immer nicht genau erinnern konnte. Auf der Straße. Zu Hause. Auf dem Weg zu meiner nachmittäglichen Arbeit. Stets war es da, in greifbarer Nähe, und dennoch entzog es sich mir. Ich hoffte, die Bibliothek würde mir das Erinnern aufgrund einer Art analogen Vergleichs erleichtern, aber die ersehnte Erkenntnis blieb aus.

Es war ein Tag, an dem ich eine Wahl treffen musste. In der halben Stunde nach dem Mittagessen hatte ich *Der Fremde* von Camus zu Ende gelesen, und wie so oft fiel es mir schwer, mich für das nächste Buch zu entscheiden. Diese Entscheidung traf ich mit demselben Verantwortungsbewusstsein wie jede andere in meinem Leben, selbst die kleinste, so als könnte jeder Zwischenstopp, um einen *caffè* zu trinken, über die Zukunft meines Lebens entscheiden. Für jeden Roman, den man liest, gibt es einen anderen, den man außer Acht lässt, der vielleicht in Vergessenheit gerät und nie mehr gelesen wird, weil die Wahl in jenem Augenblick nicht auf ihn fiel. Und vielleicht war genau dieser Roman das Buch unseres Lebens. Die Vorstellung, ein wichtiges Ereignis für immer versäumt zu haben, lud eine ansonsten unbedeutende Handlung auf tragische Weise auf.

Zwischen den einzelnen Büchern fuhr ich mit der Lektüre von Coriglianos Manuskript fort, aber dessen Größe ließ es unpraktisch erscheinen, es mit nach Hause zu nehmen. Darum wanderte ich an diesem Nachmittag zwischen den Regalen der Bibliothek umher, betrachtete Buchrücken, Einbände und Titel, um herauszufinden, ob etwas meine Aufmerksamkeit auf sich zog. Ich vertraute auf mein Gefühl. Die richtige Geschichte zum richtigen Zeitpunkt. Aber sucht man sich Bücher tatsächlich aus? Warum hatte ich zum Beispiel ein paar Monate zuvor *Fuhrmann Henschel* von Hauptmann, DL GH 1, und nicht *Der Turm* von Hofmanns-

thal, DL HH 1, aus dem Regal genommen, das gleich daneben-
stand?

Bei der Auswahl von Lektüre gibt es verblüffende Umstände,
so als wäre ein Buch ein Orakel, das dem Leser in Herz und Geist
zu blicken versteht und sich ihm daraufhin spontan anbietet, als
wollte es ihm etwas zuflüstern.

»Hast du schon einmal die Stimme der Bücher gehört?«, hatte
mich meine Mutter eines Tages gefragt. »Nicht die Wörter, die
du liest. Ich meine tatsächlich ihre Stimme, den Klang des
Papiers.«

Ich sah sie erstaunt an, denn ich verstand ihre Schrecken erre-
genden Fantasien, die literarischen Figuren, die zu Nachbarn wurden und umgekehrt, aber dass Papier sprechen sollte, kam mir
dann doch übertrieben vor. Vielleicht wurde sie allmählich krank
im Kopf.

»Aber wir müssen den richtigen Tag dafür wählen«, sagte sie
abschließend.

Dieser Tag kam eine Woche später. Es ging ein sehr starker Wind,
der die Widerstandskraft jedes Pflanzenblattes auf die Probe stellte.
Mamma nahm mich bei der Hand, wie wenn wir einander als irdischer Ballast dienten, und ging mit mir zur Papierpresse. Hätte sie
die Straße nicht gefunden, hätten die Seiten, die der Wind durch
die Luft wirbeln ließ, uns gezeigt, dass wir in der Nähe der Fabrik
angelangt waren.

Als mein Vater uns erblickte, kam er uns entgegen.

Bei starkem Wind pflegten die Arbeiter die Papierberge mit
speziellen Netzen abzudecken, denn andernfalls wäre ganz Timpamara unter einem Haufen Zellulose begraben worden. Er gab
uns ein Zeichen, ihm zu folgen. Wir gingen an den Hallen mit den
Wannen vorbei, passierten das Lagerhaus und blieben vor einem
kleinen Depot stehen. Vito stieg eine lange Außenleiter aus Metall
hinauf, und wir taten es ihm nach. Ich hörte eine Reihe von trocke-

nen Geräuschen, etwa so, wie wenn jemand auf Papiertüten klopft. Ich konnte mir nicht erklären, woher diese Laute stammten. Doch als ich oben ankam, wurde mir auf einmal alles klar.

Auf der rechten Seite der großen Betonplatte, die das Dach darstellte, war eine Reihe alter Bücher zu sehen, in deren Seiten der Wind blätterte. Dabei gab das Papier Geräusche wie trockenes Laub von sich, auf dem herumgetrampelt wird, wie Regen, der gegen Fensterscheiben trommelt, wie brennendes Holz. Immer wieder ein anderes Geräusch, je nach der Intensität der Böen und der Anzahl von Seiten, die umgeblättert wurden.

»Ich mache mich wieder an die Arbeit«, sagte mein Vater und stieg vom Dach hinunter.

Meine Mutter, die vom Wind zerzausten Haare im Gesicht, legte sich auf dem Dach neben die Bücher wie jemand, der am Strand ein Sonnenbad nimmt.

»Komm her.«

Ich legte mich in ihre ausgebreiteten Arme.

»Jetzt schließ die Augen und hör zu.«

Und so machte ich dank meiner Mutter an einem windigen Tag in Timpamara Bekanntschaft mit der Stimme der Bücher.

Mein Vater hatte sie als Geschenk zum Hochzeitstag in diesen Winkel geführt. Es war der windigste Ort in der Papierverwertung, und er hatte dort alte Bände angehäuft, die von Brisen und Strömungen aufgeblättert wurden und wie ein kleines Orchester klangen, in dem sich die tiefe, feierliche Stimme Dantes von der hellen Lorenzo de' Medicis oder der wütenden von Cecco Angiolieri unterscheiden ließ.

»Aber diese Stimmen hört man nur, wenn Wind geht, oder?«, fragte ich meine Mutter auf dem Heimweg.

»Auch wir, Astolfo, reden nur, wenn jemand in unserer Nähe ist. Wenn wir allein wären, würden wir nicht sprechen.«

In der Bibliothek funktionieren diese Stimmen anders, vielleicht auf Ultraschallebene wie Hundepfeifen; sie sind Aufrufe, die die Leser anlocken und verhexen.

Mir gefiel die Vorstellung, dass es so etwas wie eine Verbindung zwischen Büchern und Menschen gab, dass eine Art Plan existierte, der ihr Zusammentreffen vorbereitete und wie bei meiner Begegnung mit Emma beschloss, wann die Zeit dafür reif war.

Wenn alle Teile akkurat ineinandergriffen, wurde aus dem richtigen Buch im richtigen Augenblick schließlich das Buch des Lebens, das liebste, das einen Platz in einem besonderen Regal erhielt und bei Bedarf eingenommen wurde wie eine Dosis Blutverdünner für Herzkranke.

12

Die zweite Blume vor Emmas Grab.
In einer gläsernen Vase, neben der vom ersten Mal.
Lila. Veilchenblau. Brombeerfarben. Eine weitere Distelblüte.
Eine Woche nach der ersten. Ich sah sie, sobald ich in den Weg eingebogen war. Erst vierzig Minuten zuvor hatte ich das Tor geöffnet. Ich dachte, dass die Distel noch nicht lange dort stehen konnte, deshalb eilte ich zum Ausgang zurück und musterte die wenigen Besucher auf der Suche nach Anzeichen von Schuldbewusstsein. Innerhalb einer Zeitspanne, die mir wie eine sehr lange Minute vorkam, erreichte ich das Tor. Nach Luft ringend, blieb ich stehen, das Bein tat mir weh, und ich verweilte dort mindestens eine halbe Stunde. Die einzige Person, die in dieser Zeit den Friedhof verließ, war die Witwe Cellara.

Obwohl ein Friedhof eine begrenzte und abgeschlossene Fläche umfasst, gibt es dennoch etwas, das ihn einem Labyrinth ähnlich macht: die elementaren Muster der Wege, gerade und gleichmäßig wie die Maschen eines Netzes. Jedes Ding, das sich selbst gleicht, beschwört nämlich das Bild der Unendlichkeit herauf; die Kapellen, die wie Wände die Sicht versperren; die schmalen Seitengänge, die aussehen wie Schießscharten, Auswege, Lücken in der Zeit. Und in diesem Labyrinth war unerwartet und unangekündigt jemand aufgetaucht, von wer weiß woher eingedrungen.

Ein Gefühl von Verwundbarkeit überkam mich. Auf einem Friedhof kann man sich leicht beobachtet fühlen, wenn die Augen der Porträts auf den Grabsteinen einem zu folgen und mit einem mitzugehen scheinen, aber an diesem Morgen kam es mir tatsächlich so vor, als beobachte jemand mich und meine Reaktion, vielleicht derselbe, der die Distel hinterlassen hatte.

Bis zur Mittagszeit betrachtete ich das Kommen und Gehen der Leute, die Blumen, die sie in Händen hielten, vor allem, wenn sie die Richtung zu Emmas Grab einschlugen.

Nur eines war gewiss: Die erste Distel war nicht versehentlich dort hingestellt worden.

Den ganzen Tag konnte ich an nichts anderes mehr denken. In der Bibliothek suchte ich nach Informationen über diese Pflanze und fand eine Legende, die sie mit einem sizilianischen Hirten in Verbindung brachte, dessen Tod Mutter Erde derart betrübte, dass sie eine Pflanze mit lauter Dornen gebar. Der Dornenreichtum der Distel als Symbol des Schmerzes über den Verlust.

Am Nachmittag widmete ich mich zwischen einer Ausleihe und einer Leseempfehlung Coriglianos Autobiografie, die mich wegen ihrer Originalität und der tiefgründigen Überlegungen, die die verschiedenen Anekdoten begleiteten, immer wieder verblüffte. Doch inzwischen las ich sie nicht nur unter einem literarischen Blickwinkel, sondern auch als Chronik und Dokument, in der Hoffnung also, früher oder später auf eine Anspielung auf Emma zu stoßen, natürlich nichts Offensichtliches, eher ein Wort oder ein Ereignis, das sich auf sie zurückführen ließ, etwa der geheimnisvolle Tod einer Fremden oder ein wahrer Kriminalfall, bei dem die Leiche nie gefunden wurde, die Beisetzung einer armen Frau, die sich nicht einmal einen Grabstein leisten konnte. Noch war ich auf nichts gestoßen, aber ich war erst bei der Hälfte des Buches angelangt und hatte noch Hoffnung.

Eine Viertelstunde später als üblich brach ich auf, um den Friedhof zu schließen.

Wer über seltsame Begebenheiten mit mir sprechen wollte, und das kommt auf einem Friedhof häufig vor, wartete normalerweise bis zur Schließung, da um diese Uhrzeit nur noch wenig Betrieb war.

So geschah es auch an diesem Abend. Wie eine in den Boden gepflanzte dorische Säule stand Marcantonio Parghelìa vor dem Tor. Er hielt etwas im Arm, das in eine grüne Decke eingeschlagen war. Schon von Weitem sah er mich kommen und stieg aus seinem dreirädrigen Kastenwagen.

»Haben Sie einen Augenblick Zeit? Ich muss mit Ihnen sprechen. Aber nicht hier.«

Ich gab ihm ein Zeichen, mir zu folgen, und wir gingen in den Geräteschuppen.

»Ich höre?«

Der Mann befreite sich von dem Gewicht in seinen Armen. Bei dem Geräusch, mit dem es auf dem Holzboden landete, und weil ich die Gewohnheiten des Mannes kannte, begriff ich.

Marcantonio Parghelìa, pensionierter Schiffszimmermann und Witwer, strich häufig mit seiner kleinen weißen Promenadenmischung umher, die vielen anderen Hunden ähnelte, abgesehen von der Tatsache, dass sie Marcantonio hieß, genau wie ihr Herrchen. Parghelìa war wegen dieses Namens, den sein Vater auf einer herbeigeflogenen und zu seinen Füßen gelandeten Seite aus der Papierpresse gefunden hatte, dermaßen stolz und hochmütig, dass er seinen Kindern ständig in den Ohren lag, auch sie müssten ihre Nachkommen so nennen. Das taten sie aber nicht, und er empfand diesen Ungehorsam als Schande. Wenn man ihn nach dem Grund für den ungewöhnlichen Namen des Tieres fragte, antwortete Marcantonio, dass Hunde besser als manche Halblinge waren, die sich von ihren Ehefrauen erdrücken ließen.

Aber auch Tiere sterben, und Marcantonios weißes Fell begann sich bereits gelb zu verfärben wie die Seiten eines Buches. Die Flecken wurden immer größer, wucherten wie manche Efeuarten außerhalb der Saison, beschwerten seine Schritte und behinderten seine Atmung.

Am Morgen zuvor hatte der Hund den Geruch des bevorstehenden Todes in der Luft erschnuppert und sich in die Arme seines Herrchens gekuschelt, der begriffen hatte, was vor sich ging, und nun leise zu weinen begann, die Wange an das geliebte Fell geschmiegt, um es zu befeuchten in der Hoffnung, dass auf dieser ausgetrockneten Landschaft noch einmal das Leben erblühen möge.

Marcantonio der Hund starb am Abend mit offenen Augen wie ein von Erstaunen überwältigter Mensch, den Blick fest auf seinen treuen Gefährten gerichtet, der weinte wie ein verhinderter Vater, einsam und verzweifelt.

Parghelìa schlug die grüne Decke auf, und vor meinen Augen tauchte die gelb verfärbte Hundeschnauze auf.

»Sie wissen ja, dass dieser Hund wie ein Kind für mich war. Fast zwanzig Jahre lang hat er mir Gesellschaft geleistet, sogar nachts, wenn er sich zu meinen Füßen auf das Bett legte. Heute Nacht konnte ich einfach nicht schlafen, was ich auch versuchte. Und wissen Sie, was ich schließlich gemacht habe? Ich habe den Hund geholt, tot und in die Decke gewickelt, wie er war, habe ihn ans Fußende des Bettes gelegt und die Augen geschlossen. Ich weiß nicht, was ich heute Abend tun werden. Wenn ich könnte, würde ich ihn bis zum letzten Tag meines Lebens bei mir behalten, aber wir Lebewesen sind schlecht gemacht. Wir sind nicht nur dem Tod geweiht, sondern müssen auch noch verrotten, zu Unrat werden wir, zu verwurmten Leichen. Schon heute hat er gestunken, Marcantonio *mio*, nach einem Tag schon, als wären wir darauf programmiert, gleich nach dem Tod zu verschwinden wie ein Ärgernis.

Warum können wir nicht wie dieses Blatt sein, das ich in der Tasche habe, gelb und gefleckt, aber immerhin vorhanden? Oder wie der Ast, der draußen an der Wand lehnt? Oder meinetwegen auch wie Blumen, die getrocknet werden und jahrelang halten? Stattdessen muss ich mich heute von meinem Hund trennen, weil die Natur beschlossen hat, dass Tote sofort verderben müssen. Und heute Morgen hatte ich angefangen, ein Grab auf dem Land auszuheben, unter dem Maulbeerbaum, weil es schön ist, sich im Sommer in seinem Schatten aufzuhalten, aber als ich fertig war und Marcantonio in seine Decke wickelte, um ihn zu beerdigen ... da war ich wie gelähmt. Ich konnte es einfach nicht. Ich musste an seine Augen denken, denn wenn ich manchmal abends weinte, hat er mit mir geweint. Ich konnte ihn nicht begraben. Nicht einmal meine Kinder haben mit mir geweint, verstehen Sie? Marcantonio war kein Hund, sondern ein Mensch, der nur nicht sprechen konnte, und wie ein Mensch soll er auch beerdigt werden.«

Ich hatte mich immer schon gefragt, was nach dem Tod eigentlich aus den Haustieren wurde, aus Hunden und Katzen, bis mir eines Tages jemand erzählte, dass sie in der Erde vergraben wurden. Man hob einen Graben aus, und dort wurden sie hineingeworfen wie im Krieg gefallene Soldaten, eingewickelt in einen Lumpen wie Marcantonio, vielleicht aus Anstand, vielleicht um ein letztes Mal den Anschein von Schutz zu erwecken. Wenn man an all die Hunde und Katzen dachte, die im Lauf der Jahrzehnte in solchen Gräben gelandet waren, musste man annehmen, dass es kein Stück Land oder Obstgarten mehr gab, das nicht als Friedhof gedient hatte, und sei es nur für einen Tag. Die Frage ergab also durchaus Sinn.

»Ich bitte Sie nicht, ihn neben den anderen Toten zu beerdigen, das wage ich nicht, aber wenn Sie eine abgelegene Ecke für ihn finden ... das würde mir schon reichen, weit weg von den anderen Gräbern, aber doch innerhalb dieser Mauern.«

Er ließ den Blick über den Friedhof schweifen. Ich war der Wärter und damit verantwortlich für dieses ausgedehnte Stück Erde, das nicht zur Erde gehörte, und ich konnte entscheiden; ich, der ich nie irgendetwas entschieden noch Entschlüsse gefasst hatte, nicht einmal für mich selbst, ich konnte nun wählen.

»In Ordnung!«

»In Ordnung?«

Parghelìa war überrascht. Er hatte bereits darüber nachgedacht, was er noch vorbringen könnte, um mich zu überzeugen. Seine Hand steckte in der Hosentasche, vielleicht hatte er mir als letzten Versuch Geld anbieten wollen, und nun überraschte ihn mein Entgegenkommen.

»Ja, in Ordnung. Nehmen Sie ihn, wir gehen.«

Ich hatte an ein kleines Areal im Westteil des Friedhofs gedacht, etwa dreißig Quadratmeter direkt neben dem Gelände, das für die jüngsten Sterbefälle vorgesehen war.

Der Schiffszimmermann bedeckte Marcantonios Schnauze, und wir gingen hinaus. Ich holte die Schaufel aus dem Geräteschuppen, und als wir an der vorgesehenen Stelle ankamen, wollte ich zu graben anfangen, aber der Mann hielt mich zurück: »Ich mache das, es ist meine Aufgabe!«

Er legte den Hund auf die Erde.

Als er das Loch für tief genug hielt, hob er schweigend und mit schmutzigen Händen die grüne Decke hoch und ließ sie vorsichtig in das Grab hinunter. Er hielt einen Augenblick inne, betrachtete sie und fing dann an, sie mit Erde zu bedecken. Mit den Füßen ebnete er den Boden ein. Er sah zu den nächstgelegenen Grabsteinen hinüber und erblickte einen Strauß weiße Chrysanthemen in einer Vase.

»Meinen Sie, ich kann eine davon nehmen?«

Ich schwieg. Parghelìa griff nach einer Blume und legte sie auf den kleinen Hügel aus frischer Erde. Seine Augen glänzten, seine Stimme klang gerührt.

»Glauben Sie, dass Tiere eine Seele haben, Malinverno? Ich meine, werden wir auch sie nach dem Tod wiedersehen?«

Mit dieser Frage hatte ich nicht gerechnet.

Ich dachte eine Weile darüber nach, dann sagte ich:»Der Herr hat Noah nicht befohlen, die Menschen zu bewahren, sondern die Tiere. Und er hat sie in die rettende Arche steigen lassen, weil durch jedes Tier ein Teil seines Lebensatems strömt. Vielleicht in anderem Umfang als in uns Menschen, aber er ist da, und das ist meiner Meinung nach Grund genug.«

Parghelìa nahm meine Worte schweigend in sich auf und hielt den Blick auf die Blume auf dem Grab gerichtet.»Ich weiß nicht, wie sich die Dinge entwickeln werden, und ich habe viel von Ihnen verlangt. Darf ich trotzdem noch eine letzte Bitte an Sie richten?«

»Natürlich.«

»Sie sind jünger als ich, und wenn alles nach Plan verläuft, sterbe ich vor Ihnen, so wie meine Frau vor mir gestorben ist, weil sie ein Jahr älter war. Wenn Sie also irgendwann mich beerdigen müssen – falls Sie dann noch in Timpamara sind –, dann möchte ich hier, genau hier, beigesetzt werden, an der Seite der Menschen, aber neben meinem Hund, hier an der Schwelle zwischen dem Menschen- und dem Tierfriedhof. Wir sind zwar immer von Grenzen und Hindernissen umgeben, aber manchmal reicht es, einen Arm auszustrecken, um sie zu überwinden und außer Kraft zu setzen. Ist es möglich, sich diese beiden Meter Boden zu reservieren? Auch gegen Bezahlung ...«

»Ich kann es Ihnen nicht versprechen, aber wenn ich noch hier bin und der Platz noch frei ist ...«

»Kann ich ihn jetzt kaufen?«

»Da müssen Sie zur Gemeindeverwaltung gehen.«

»Das mache ich gleich morgen früh.«

Weinend ging er davon, mit hinkender Seele wie all jene, die gerade einen Teil ihres Selbst hergeben mussten.

13

Am nächsten Morgen schlug ich Artikel 43
der *Kommunalen Verordnung für den Pflege- und Wachdienst des
Städtischen Friedhofs* auf: »Die Beisetzung von Hunden und / oder
anderen Haustieren innerhalb des Friedhofsgeländes ist aus keinem Grund möglich.« Ich nahm einen Stift und fügte ein Stern-
chen hinzu. »43 (1): Ausgenommen von dieser Bestimmung sind
Ausnahmen, die der Friedhofswärter im Einzelfall für angeraten
hält.«

Ich schloss die Kladde und ging hinaus. Ein paar Minuten später
sah ich den Fremden mit der schwarzen Reisetasche den Friedhof
betreten.

Angesichts von Sacrapante Pietrafittas Drohungen beschloss ich,
ihn anzusprechen.

Ich folgte ihm von ferne. Als er vor der Reihe von Grabkapellen im wenig besuchten südlichen Teil des Friedhofs stehen blieb,
schien mir der richtige Moment gekommen.

Mit meinem gänseartigen Gang watschelte ich die Abkürzun-
gen entlang und hatte ihn innerhalb kurzer Zeit eingeholt. Ich
versuchte, einen Blick in das Heft zu erhaschen, aber er klappte es
sofort zu. Es stand nur sehr wenig darin.

Um meine Anwesenheit zu rechtfertigen, hatte ich eine Ast-
schere und einen leeren Sack dabei.

»Guten Tag.«

»Guten Tag«, sagte der Fremde und schloss die Reisetasche wieder, die er gerade geöffnet hatte. Mit meiner Ankunft hatte er offenbar nicht gerechnet.

»Entschuldigen Sie meine Neugier, aber Sie sind nicht aus Timpamara ... besuchen Sie hier einen Verwandten?«

»Nein, ich mag einfach Friedhöfe. Ich hoffe, das ist kein Problem für Sie ...«

»Ich würde Ihnen gern eine Frage stellen, wenn das nicht zu indiskret ist.«

»Selbstverständlich. Schließlich sind Sie hier der Hausherr.«

»Sind Sie Musiker?«, fragte ich, während ich einen trockenen Ast abschnitt.

Er schien überrascht.

»Hin und wieder sehe ich Sie Kopfhörer tragen.«

Der Mann deutete ein Lächeln an. »Tja, Musiker ... das wäre vielleicht besser.«

»Besser als was?«

»Besser als das, was ich tue.«

»Und was tun Sie?«

Er bückte sich, um das Heft in eine Außentasche der Reisetasche zu stecken.

»Was man mit Kopfhörern halt so macht, ich höre zu ...«

»Sind Sie ein Dichter? Hören Sie beim Schreiben gern Musik?«

»Nein, ich bin kein Dichter, ich höre nur um des Zuhörens willen zu.«

»Klassische Musik, nehme ich an.«

»Nein, Töne, einfach nur Töne.«

Ich wartete ab, ob er noch etwas hinzufügen wollte, aber stattdessen fing er wieder an, in seiner Tasche zu kramen.

»So etwas bleibt nicht unbemerkt. Niemand taucht einfach mit einer Reisetasche hier auf, stellte sich vor ein Grab und setzt sich Kopfhörer auf. Ein Dorfbewohner hat es bemerkt und eine Erklärung von mir verlangt.«

»Hat sich jemand beschwert?«

»Ja, tatsächlich, es hat sich jemand beschwert.«

»Der *Signore* von neulich, nehme ich an. Ich habe mich erschrocken, aber ich tue doch nichts Unrechtes.«

»Vielleicht ist er nicht der Einzige. Sie müssen zugeben, was Sie da tun, ist nicht gerade üblich … hier auf dem Friedhof …«

»Da haben Sie recht, aber ich wollte niemanden stören.«

»Mich stören Sie ja nicht, aber offensichtlich gibt es da ein paar überempfindliche Angehörige.«

»Wollen Sie damit sagen, dass ich besser nicht mehr herkommen soll?«

»Nein, absolut nicht, ich bitte Sie nur um etwas mehr Zurückhaltung.«

»In Ordnung, ich passe in Zukunft besser auf.«

Er blieb stehen, wartete, dass ich mich entfernte, und als er mich nicht mehr sah, öffnete er die schwarze Reisetasche und setzte sich die Kopfhörer auf – was ich sah, weil ich mich hinter einer Grabkapelle versteckt hatte.

Bei der Rückkehr zum Lagerraum traf ich Marfarò an, der dort auf mich wartete.

»Ich möchte Ihnen ein Geschäft vorschlagen.«

»Mir?«

»Sie sind der richtige Mann, um eine Firma zu gründen.«

»Sind Sie sicher?«

»Todsicher«, antwortete er.

»Als ich Sie neulich in der Bibliothek besucht habe, kam mir eine Idee.«

Ich erinnerte mich noch an die Frage, die er mir gestellt hatte: wo man Bücher kaufen könne.

»Wissen Sie, wie das erste Gesetz des Marktes lautet?«

»Mit Wirtschaft kenne ich mich nicht aus.«

»Man muss die Lücken füllen. Wenn etwas fehlt, muss es hinzugefügt werden.«

»Ich kann mir schon denken, was Sie damit meinen.«

»Ist das keine gute Idee?«

»Das könnte es vielleicht sein, ganz allgemein gesprochen, aber hier in Timpamara ... Ich weiß nicht.«

»Warum? All die Leute, die zu Ihnen in die Bibliothek kommen, würden auch Bücher kaufen.«

»Vielleicht kommen sie aber auch gerade deshalb zu mir, weil sie sich keine Bücher kaufen können.«

Die Antwort brachte ihn aus dem Konzept.

»Daran habe ich gar nicht gedacht.«

Enttäuscht lud er die letzten Kränze auf seine Ape. »Übrigens«, sagte er, ehe er wegfuhr, »Gioconda, die Lehrerin, ist gestorben.«

Wenn ich an sie dachte, sah ihr Gesicht noch immer genauso aus wie bei meiner letzten Begegnung mit ihr am Tag des Schulabschlusses. Ihre Augen blickten gerührt, während sie zu meinem Onkel sagte, es sei eine Schande, dass ich nicht auf die Universität gehen könne, dass sie noch nie einen so guten Schüler wie mich gehabt habe. Sie schenkte mir ein in blaues Geschenkpapier eingeschlagenes Buch und sagte: »Öffne es zu Hause und trage es immer bei dir.«

Für diese Geste liebte ich sie.

An jenem Nachmittag öffnete ich in der Bibliothek die oberste Schublade auf der rechten Seite des Schreibtisches. Das Buch lag darin, ein Streifen blaues Papier diente als Lesezeichen. Gerührt nahm ich es in die Hand: *Der sinnreiche Junker von der Mancha, in der Übersetzung von Ferdinando Carlesi, mit Abbildungen von Gustave Doré.* Trag es immer bei dir, hatte sie gesagt. Und daran hielt ich mich.

Im Lauf der Zeit hatte ich mich oft gefragt, warum sie mir ausgerechnet dieses Buch, diese Einladung zur Nähe, geschenkt hatte.

Und nun, viele Jahre später, hatte ich kaum von ihrem Tod erfahren, da holte mich eine derart offensichtliche Tatsache ein, dass ich überrascht und bewegt war, weil ich sie nie zuvor in Betracht gezogen hatte: Gioconda hinkte, sie hinkte wie ich. Obwohl schön wie ein Engel, verließ sie das Haus nur, um zur Schule zu gehen, und wenn der Unterricht zu Ende war, ließ sie sich nirgendwo mehr sehen. Auf einmal erhellte diese Erinnerung alles, ihre Aufmerksamkeiten, ihre Fürsorglichkeit, die Blicke voller Komplizenschaft, die bedingungslose Bereitschaft zur Verteidigung. Wir waren gleich, und sie wollte mich vor der Welt in Schutz nehmen, wie es vielleicht niemand für sie getan hatte. Dieses Buch, davon bin ich überzeugt, dieses Buch war in Verbindung mit ihren Worten das uneinnehmbarste Bollwerk, das sie mir schenken konnte. Trag es immer bei dir.

Als ich mich in den Sommerferien in die Lektüre vertieft hatte, war es mir nicht gelungen, die Bedeutung dieser Worte voll und ganz zu ermessen. Aber jetzt verstand ich sie, jetzt wusste ich: *Er erfüllte nun seine Phantasie mit solchen Dingen, wie er sie in seinen Büchern fand, als Bezauberungen und Wortwechsel, Schlachten, Ausforderungen, Wunden, Artigkeiten, Liebe, Qualen und anderen Unsinn. Er bildete sich dabei fest ein, daß alle diese erträumten Hirngespinste, die er las, wahr wären, daß es für ihn auf der Welt keine zuverlässigere Geschichte gab.* Es existierte eine Realität jenseits des lahmen Fußes, jenseits der erlittenen Foppereien, der Einsamkeit, des Schweigens, jenseits der Absonderung von der Welt. Bücher boten Zuflucht vor den Verzerrungen der Natur.

Ich blätterte in dem Roman und hielt mich bei den Illustrationen auf, die ich als Junge bis ins kleinste Detail studiert hatte. Als mein zerstreuter Blick auf einer Gravur von Doré landete, der den Edelmann in seiner Bibliothek im Sessel sitzend beim Vortrag aus einem Buch zeigte, umgeben von den ritterlichen Gespenstern seiner Lektüre, genau in diesem Augenblick schloss sich ein kleiner

Kreis in meinen Gedanken. Es war dasselbe vertraute Bild, das ich wenige Tage zuvor mit dem Anblick des schlafenden Müllers in Verbindung gebracht hatte.

Unwillkürlich hatte ich auf diese Art meine beiden Lieblingsfiguren, Madame Bovary und Don Quijote, einander angenähert. Mir gefiel die Vorstellung, dass die beiden sich womöglich mochten, so ähnlich waren sie sich in dem Versuch, sich eine Fantasiewelt aufzubauen, um ein unbefriedigendes Dasein zu überleben, genau das, was ich mit meiner Lektüre mache, genau das, was jeder vernünftige Mensch tut, wenn er auf tausend andere Mittel zurückgreift.

Hätte ich mich auch auf das Schreiben von Geschichten verstanden, hätte ich an diesem Nachmittag in meiner Bibliothek die Episode ihrer denkwürdigen Begegnung niedergeschrieben:

Don Quijote und Sancho Panza treffen in Yonville ein und werden von Monsieur Homais aufgenommen, der sie über seine neue Kräutermischung in Kenntnis setzt, weil diese in der Lage ist, ihre von Kriegswaffen stammenden Wunden innerhalb eines Tages vernarben zu lassen. Dort sieht Don Quijote eines Abends Emma im schwachen Lichtschein der Lampe verträumt am Fenster sitzen. Er verliebt sich in sie, geht zu ihr und erzählt ihr von seiner Liebe und von den Königreichen, die auf ihn warten; er verneigt sich vor ihr und nennt sie Dulcinea del Toboso. Emma dreht sich um, sieht Charles' gewichste Stiefel auf dem Boden liegen, schließt das Buch, das sie in Händen hält, und steigt auf Rosinante. Ich sehe sie zusammen wegreiten, diese beiden Wesen, Symbole jenes schuldigen Teils der Menschheit, der zu viel träumt und das Leben selbst für einen Traum hält.

Durch das runde Fenster meiner Besenkammer unter dem Dach kann ich sie sehen, denn auch ich gehöre zu dieser Geschichte. Ich war schon immer dort in Yonville.

Darf ich mich vorstellen: Mein Name ist Hippolyt, ich bin der

Stalljunge der Herberge. Ich habe einen Klumpfuß und bin heimlich in die Signora Bovary verliebt, seit ich sie das erste Mal gesehen habe. Ihretwegen habe ich beschlossen, mich operieren zu lassen in der Hoffnung, normal zu sein und ihr Herz zu erobern; nur ihr zuliebe habe ich mich ihrem Ehrgeiz unterworfen, den Doktor Charles Bovary, ihr Ehemann, in die Tat umsetzt. Denn obwohl ich einen Klumpfuß mit faltiger Haut habe, mit vertrockneten Sehnen und einem dicken großen Zeh, mit schwarzen Nägeln, die den Hufnägeln eines Pferdes ähneln, verstand ich es doch, umherzuspringen wie ein Reh. Aus Liebe zu ihr ließ ich mir die Achillessehne durchschneiden und ertrug die entsetzlichen Krämpfe des angeschwollenen, faulenden Fleisches, nur damit sie an jedem Tag zu mir kam, mir Mut machte, mich sogar streichelte. Wenn ich ihre Hand auf der Stirn spürte, schloss ich die Augen und war glücklich, gleichgültig gegen den aufsteigenden Wundbrand und den Gestank verrottenden Fleisches. Sie wollten meinen verdrehten Fuß begradigen, und am Ende wurde er amputiert. Sie war es, an die ich dachte, als ich spürte, wie die Klinge Muskeln und Nerven durchschnitt und das ganze Dorf von meinen herzzerreißenden Schreien erschüttert wurde, die dem Klagen eines geschächteten Tieres ähnelten. Sie war es, die mir ein Holzbein im Wert von dreihundert Francs schenkte, überzogen mit Korkeiche und mit federnden Gelenken ausgestattet, ein komplizierter Mechanismus, verborgen unter einer schwarzen Hose, die in einem Lackschuh endete. Nach und nach begann ich wieder zu arbeiten, verlor aber jede Hoffnung, ihr Herz zu erobern. Mir blieb nur, sie anzuschauen, wenn sie zu ihren heimlichen Treffen das Haus verließ, sie anzusehen, immer wieder anzusehen. Nachdem ich ihr vom Arsen bereits verdunkeltes Gesicht auf der Bahre ein letztes Mal betrachtet hatte, verließ ich Yonville.

Denn ich weiß, dass man sich auch aus der Ferne in eine Frau verlieben kann, indem man sie beobachtet, sie sich vorstellt, an sie denkt und von ihr träumt. Es braucht nicht viel, damit sich ein Mensch verliebt, der es nötig hat. Manchmal reicht bereits eine Fotografie.

An jenem Abend sah ich sie zum ersten Mal.

Bevor ich den Friedhof schloss, war ich zu Emmas Grab gegangen, hatte mich ihm jedoch von der Seite genähert, die meinem üblichen Weg gegenüberlag. Und als ich um die Ecke gebogen war, stand sie dort in der Seitengasse, die den Hauptkorridor mit der Ruhestätte meiner Geliebten verband. Von hinten, so als entfernte sie sich von dem Gravitationszentrum, in dessen Mitte ich mich befand. Von hinten, die Taille schmal in dem hochgeschlossenen Kleid, die Haare zum Zopf gebunden, die Schuhe aus schwarzem Lack. Ich hatte das Gefühl, dass ich sie an meinem Platz vor dem Foto angetroffen hätte, wenn ich nur eine Minute früher gekommen wäre.

Seit ich Friedhofswärter war, hatte ich nur den Müller diesen abseits gelegenen und vergessenen Pfad betreten sehen. Und nun diese fliehende Frau.

Ich wartete darauf, dass sie sich umdrehte, damit ich sie wenigstens im Profil betrachten konnte, aber als sie Anstalten dazu machte, lenkte ein Geräusch sie ab.

In der angrenzenden Reihe war Malarosa die gläserne Blumenvase hinuntergefallen. Sie sah mich, zitierte mich schimpfend zu sich, und ich ging hin, um ihr beim Aufheben der Scherben zu helfen und sie in kleinen Stapeln auf der Einfassung des schmalen Weges abzulegen. Dann drehte ich mich um und machte mich auf die Suche nach der flüchtigen Frau.

Es war ein guter Tag für Visionen. Von oben kam ein derart dünnes ätherisches, beruhigendes Licht, dass dieser von Pappeln umgebene, mit Marmor und Kreuzen geschmückte Winkel der Erde eine paradiesische Leichtigkeit ausstrahlte.

Ich entdeckte sie in der Ferne, immer noch von hinten, zitternd wie Laub, und wer weiß, warum ich ausgerechnet an Mimnermos von Kolophon dachte, denn ähnlich wie Laub leben auch wir nur für einen Augenblick.

Sie war zu weit entfernt, um sie einzuholen, und trotzdem ging ich ihr nach in der Hoffnung, dass irgendein Hindernis sie aufhalten würde. Aber dazu kam es nicht. Irgendwann war sie verschwunden.

Am Eingang blieb ich stehen und wartete dort noch einige Minuten, aber vergeblich.

Um fünf nach sechs legte ich die Kette um das Tor und schloss ab, wobei der Wind ein bisschen Laub verwehte, das dort liegen geblieben war.

Während ich in der Küche das Spiegelei auf dem Teller anstarrte, versuchte ich zu verstehen, aufgrund welcher unkalkulierbaren universellen Verbindung ich zu dem Schluss gekommen war, die Frau in Schwarz habe etwas mit Emma zu tun. Dass ich ihr nicht ins Gesicht gesehen hatte, machte eine Wesenheit aus ihr, eine Luftspiegelung, einen Schatten.

Ich hatte keinen Hunger. Ich nahm den Teller und stellte ihn in den Ofen.

Ich wusch mich, zog mich aus und legte mich ins Bett, um zu lesen, aber nach wenigen Seiten klappte ich das Buch wieder zu. Um die lästigen Gedanken und Gefühle loszuwerden, die mir durch den Kopf gingen, tat ich etwas, das ich nie zuvor getan hatte, das mir aber trotzdem ganz natürlich vorkam: Ich nahm das gerahmte Bild von Emma und legte es auf das Kissen, sodass ich mich nur auf die Seite drehen musste, um ihr in die Augen zu sehen, als wäre sie bei mir.

Diese Art von Nähe reichte mir, um mich weniger allein zu fühlen. Ich löschte das Licht, drehte mich um und umarmte sie.

14

Beim Aufwachen hielt ich sie noch immer im Arm.
Von jenem Samstag an wurde es mir zur Gewohnheit, Emmas Foto neben mir auf das Kissen zu legen. Wenn ich das Bett machte, ließ ich sie dort liegen und zog das Laken hoch, damit sie zugedeckt war bis ans Kinn.

Auf einem Friedhof lernt man Dinge, die für gewöhnliche Menschen unvorstellbar sind. Wie es sich für ein anständiges Kompendium gehört, behandelten die fünfzehn Seiten des *Führers für den Friedhofswärter* nicht alle infrage kommenden Fälle, sodass die fehlenden, wie sie auch beschaffen sein mochten, nach Belieben hinzugefügt werden konnten.

Marfarò tauchte am Mittwoch gegen zehn auf, ermüdet, weil er mit ausgestreckten Armen eine Urne aus verzinktem Stahl hielt wie die Jungen, die bei Prozessionen mit den Opferstöcken vorangehen.

Er begrüßte mich und setzte seine Last auf dem ersten freien Stuhl ab.

»Was ist da drin?«

Er wartete einen Augenblick, um wieder zu Atem zu kommen, dann fragte er: »Haben Sie gehört, was letzte Woche im Krankenhaus in der Hauptstadt passiert ist?«

»Ich bin nicht ganz auf dem Laufenden.«

»Aber Sie haben doch sicher von der Amputation gehört, die sie beim alten Brognaturo vorgenommen haben!«

Ich nickte.

»Wussten Sie, dass nicht alle Körperteile gleich viel wert sind?«

»Wie meinen Sie das, Marfarò?«

Der Bestatter hatte die Angewohnheit, gleich zu Beginn dick aufzutragen, um Eindruck zu schinden. Dann schaute er seinem verwunderten Gesprächspartner ins Gesicht und beruhigte ihn, indem er sich an die Auflösung des Rätsels machte.

»Das Gesetz sieht eine Unterscheidung zwischen sterblichen Überresten und erkennbaren anatomischen Teilen vor. Sie werden das besser verstehen, wenn Sie sich an den Absturz des Helikopters der Carabinieri erinnern, wo am Tag danach Fleischfetzen von den Ästen baumelten.«

»Marfarò, ich bitte Sie …«

»Also, vor dem Gesetz sind es sterbliche Überreste, weil nicht mehr erkennbar. Brognaturos Bein hingegen ist ein erkennbares anatomisches Teil, und die Person, die die Amputation erlitten hat, der Eigentümer also, kann das fehlende Teil ausdrücklich zurückverlangen und es auf eigene Initiative beerdigen oder verbrennen, und als Brognaturo hörte, dass sie sein abgenommenes Bein wegwerfen wollten wie Müll, hat er das Krankenhaus auf den Kopf gestellt, alles kaputt geschlagen hat er, geflucht und herumgebrüllt. Er wollte diesen Körperteil behalten, darum erfüllte man seine Forderung und ließ ihn beim zuständigen Amt einen Antrag auf Wiedererlangung des Besitzes stellen.«

»Was nur fair ist …«

»Aber das ist noch nicht alles. Da es in seiner Macht stand, hat er sich daraufhin offenbar von einem Anwalt beraten lassen und bei der Gemeinde beantragt, dass das Körperglied an einem geeigneten Ort verwahrt werden, ja sogar, dass es ein eigenständiges Begräbnis erhalten solle, bis der gesamte restliche Körper, also er selbst, sterben werde und jenes Teil zusammen mit ihm *ad aeternum* begraben werden würde. Ich kann Ihnen sagen, da war vielleicht was los in der Gemeindeverwaltung! Sie wussten nicht, was sie ihm antworten sollten, diese vier ehrenwerten Beamten! Einen derartigen Antrag hatten sie noch nie erhalten. Sie haben mich angerufen und gefragt, ob ich zufällig etwas darüber wüsste, sie haben sich mit den Nachbargemeinden beraten und alle möglichen Regelwerke durchforstet, ohne eine Antwort zu finden. Da sie Brognaturos aufbrausenden Charakter kennen, haben sie dem Antrag jedoch stattgegeben unter der Voraussetzung, dass alle Bedingungen erfüllt sind. Die eigentliche Bedingung bestand natürlich darin, dass ich eine Lösung für die Sache wusste. Ich habe in meinem Leben ja einiges gesehen und lasse mich von solchem Blödsinn nicht verrückt machen. Im Lagerraum stand eine Urne aus Zink, die mir für diesen Fall geeignet erschien, und so bin ich heute Morgen zum Krankenhaus gefahren, habe das Bein hineingelegt und die Urne versiegelt. Und jetzt sind Sie dran«, sagte er, holte ein knittriges Blatt Papier aus der Jackentasche und reichte es mir.

Es war das Übernahmezertifikat für das erkennbare anatomische Teil, mittels dessen der Friedhofswärter sich und seine Nachfolger verpflichtete, das Körperglied zu exhumieren und es zusammen mit dem Eigentümer beizusetzen.

»Muss ich das unterschreiben?«

»Unterschreiben und aufbewahren«, erklärte der Bestatter.

»Na also, jetzt gehört sie Ihnen«, sagte er, nahm das Zertifikat wieder an sich und deutete auf die Urne. »Ich lasse sie hier stehen, bringen Sie sie unter, wo sie wollen, meinetwegen auch auf dem Metalltisch. Um vier komme ich mit Brognaturo zur Beisetzung hierher. Suchen Sie inzwischen ein Plätzchen auf dem Friedhof aus, wo das Grab ausgehoben werden kann, viel Platz braucht es ja nicht.«

Ich blieb allein zurück. Allerdings nicht ganz. Bei mir war ein Bein, genauer gesagt ein Unterschenkel, von der Fessel einschließlich Fuß bis zum Knie. Durch den Diabetes war er brandig geworden und konnte nicht mehr gerettet werden.

Um halb drei ging ich zur Bibliothek. Ich legte die Zeitungen auf dem Schreibtisch zurecht, aber ehe ich in ihnen zu blättern begann, ging ich zum Regal mit angloamerikanischer Literatur, denn der Unterschenkel, der auf dem Metalltisch in der Leichenhalle lag, ließ mich an einen der größten Seemänner der Literatur denken.

Ich nahm also *Moby Dick* heraus und ging damit zum Schreibtisch zurück, blätterte darin und las ein paar zufällige Auszüge, Elias' prophetische Worte, das Erscheinen des Kapitäns auf dem Achterdeck des Schiffes mit dem Kiefer des Pottwals, Fedallahs gefesselter Körper. Ahab starb auf die beste Art, die er sich nur wünschen konnte, er kämpfte und unterlag im Duell, alle Seeleute der *Pequod* kamen mit ihm ums Leben, alle bis auf einen, Ismael, der überlebte, indem er sich an Queequegs kalfaterten Sarg klammerte, das Leben, das dank des Todes weitergeht. Er überlebt nur, um die Geschichte zu erzählen und sie aufzuschreiben, denn Geschichten passieren, damit jemand sie erzählt.

Nur deshalb bestimmte ihn das Schicksal dazu, den Posten des Bugmanns einzunehmen, besänftigte den Strudel zu schaumigem Morast und schenkte ihm den Sarg als Rettungsring.

Und so griff ich zu Papier und Stift und schrieb den Tod Ismaels, des Geschöpfs von Melville:

Kaum schrieb er über das große Leichentuch, fühlte sich Ismael so gottergeben wie Hiob und so leer wie Starbuck, der alle Fragen gestellt hatte. Er war dem Tod entronnen, um zu erzählen. Und dann? War die Geschichte aus. Und was tun die Menschen, wenn sie ihre Aufgabe erfüllt haben? Das Schicksal hatte den Haien das Maul gefesselt und die Schnäbel der wilden Falken in Scheiden gesteckt, damit er schreiben konnte, fünf Jahre immer wieder unterbrochenen Schreibens. Und jetzt? Was hatte das Schicksal jetzt mit ihm vor?

An jenem Morgen erwachte er melancholisch, mit finsterer Miene, und nachdem er eine Weile einem Trauerzug auf einer Straße gefolgt war, traf er eine Entscheidung. Der nasse, trübe November war gekommen, und er stach erneut in See. Er folgte dem Wal, ließ sich Ahab nennen, und er ertrank, allein, an einem Tag, an dem die Vögel über seinem Schiff dahinzogen. Er starb mit der Illusion, dass der Wal es war, der das Wasser aufgewühlt und ihn zur Mannschaft der *Pequod* hatte stoßen lassen, und kein Schneesturm. Er starb, die Hand um eine Vogelfeder geschlossen, in dem heftigen Bestreben, einen Teil des Himmels mit sich in die Hölle zu nehmen.

Ismael war tot. Ich erhob mich vom Stuhl. Wie immer, wenn ich jemanden sterben ließ, musste ich die Stellung wechseln, eine Pause einlegen, frische Luft atmen. Darum trat ich auf den Balkon, der auf die Piazza di Sant'Acario hinausging, und atmete tief durch.

An diesem Nachmittag war dort ungewöhnlich viel Betrieb. Leute kamen aus der Kirche, blieben am Brunnen stehen, um zu trinken, tauchten aus den Gassen auf und verschwanden wieder. Sie wirkten wie Statisten. Ich kehrte an den Schreibtisch zurück und fing an, die Zeitungen zu lesen, ehe ich sie auf den Präsenztisch legte, und nach dem Lokalteil befasste ich mich, auch aufgrund beruflicher Pflichten, längere Zeit mit den Todesanzeigen.

Während ich die kleinen Grabsteine aus Papier überflog, die vor-

wiegend aus Erinnerungen, dummen Redensarten und Beileids-
bezeugungen bestanden, und dabei an die zahlreichen Menschen
dachte, die ich gerade gesehen hatte, kam mir spontan ein bizarrer
Gedanke. Ismael war tot, aber niemand wusste es. Die Leute liefen
durch das Dorf und hatten keine Ahnung, dass der große Zeuge
des Ozeans in der Brandung ertrunken war. Das fand ich bedau-
erlich, wurde doch auf Seite zweiunddreißig der Zeitung an die
goldene Hochzeit von Giosafatte Badolato und Alcina Centrache
erinnert.

Und da kam mir eine Idee. Bis zu meiner Verabredung mit
dem alten Brognaturo hatte ich noch eine halbe Stunde Zeit. Ich
konnte nicht das übliche Schild mit dem Hinweis auf eine Beerdigung aufhängen, darum schrieb ich auf ein Blatt die Bekanntmachung, dass die Schließung der Bibliothek an diesem Tag auf
fünfzehn Uhr fünfundvierzig vorgezogen würde.

Ich überließ die Bücher sich selbst, schloss die Fenster und
machte mich auf den Weg.

Ich betrat die Bar. Die Telefonzelle befand sich hinten im Lokal,
da, wo man auch Karten spielte. Ich wählte die Nummer, die ich
mir auf einen Zettel geschrieben hatte.

»Abteilung für Todesanzeigen, guten Tag. Name und Nachname
bitte.«

Die glockenhelle Stimme machte mir die Absurdität dessen klar,
was ich hier tat, und im ersten Augenblick wollte ich wieder auf-
legen, aber die Anonymität bot mir ausreichend Schutz, um diese
ungewöhnliche Inszenierung fortzusetzen.

Ich stammelte irgendetwas.

»Name und Familienname des Verstorbenen bitte. Haben Sie
einen eigenen Spruch, oder wollen Sie einen von unseren nehmen?«

»Ismael.«

»Nachname?«

»Kein Nachname, ich diktiere Ihnen den Spruch.«

»Ja, ich höre?«

»Gestern um 14.31 Uhr verschied derjenige, der Ismael genannt wurde. Die eine Hälfte seines Lebens verbrachte er damit, zur See zu fahren und den Stürmen auszuweichen, die andere damit, über die Stürme des Lebens zu schreiben. Er starb auf dem Ozean, eingehüllt in das ewige Leichentuch, aus dem das Leben und das Schreiben gewebt sind.«

Jetzt war es die *signorina*, der die Worte fehlten.

»Die Beisetzung findet morgen um 15 Uhr hinter der Kirche des heiligen Acarius in Timpamara statt.«

Immer noch Stille.

»Ich bin fertig.«

Die Stimme teilte mir mit, auf welche Art ich für die Anzeige bezahlen sollte. Ich verabschiedete mich und beendete das Gespräch.

An der Wand auf der anderen Seite der Bar lehnte Parghelìa. Mit einer Geste forderte er mich auf, zu warten, und kam auf mich zu.

»Ich habe es getan. Ich habe das Stückchen Land neben meinem Marcantonio gekauft. Die Urkunde liegt bei mir zu Hause. Sie wissen, was zu tun ist.«

Brognaturo erschien um Punkt vier Uhr in Begleitung des Bestatters. Er hatte einen in phrenologischer Hinsicht wunderschönen Kopf, genau wie Queequeg. In meiner nunmehr verdorbenen Fantasie kam er daher wie ein Kapitän, mit hoheitsvollem Benehmen, begleitet von seinem Schiffsjungen, und er gab sich alle Mühe, das Hinken zu verbergen, das dem Stück Holz zu verdanken war, mit dessen Hilfe er sich auf den Beinen hielt. Im Krankenhaus hatten sie ihm eine Prothese angeboten, aber die hatte er nicht gewollt.

»Wie ein richtiger Seemann«, hatte er gesagt, »und was kann mir so eine Prothese schon nützen?«

Das hatte er mir und Marfarò gegenüber wiederholt, als wir vor der Grube standen. »Ich werde meinem Bein bald folgen, denn der Himmel«, er benutzte tatsächlich dieses Wort, Himmel, »hat uns vollständig gemacht, uns, die Dinge, die Bäume, und hat man erst einmal einen Teil von sich verloren, dauert das Leben nicht mehr lange.«

Ich blickte zu Boden und dachte, wie zutreffend seine Worte doch waren. Tatsächlich würde ein Körper, der zu zerfallen begann, nicht mehr lange standhalten; es war, als befände sich zwischen den einzelnen Teilen ein Magnet, der sie zum System zurückzog. Vielleicht funktioniert auch der Verlust der Haare auf diese Weise, das Schuppen der Haut, die abgeknipsten Stückchen der Fingernägel, so als wäre der Körper ein großer Magnet, der seine Splitter an sich zieht und umgekehrt, denn es gibt keine unnützen Körperteile, es gibt überhaupt nichts Unnützes im Leben. Kann ein System einen Teil von sich verlieren und dennoch es selbst bleiben? Und was verlieren wir denn tatsächlich? Nur das, was wir sich abspalten, zersplittern, sich entfernen sehen, oder auch das, was wir nicht betrachten können? Gedanken zum Beispiel, Empfindungen oder Gefühle. Sind nicht auch sie ein Teil von uns wie die Haare oder das Stückchen Fingernagel, das wir ausspucken? Die Erinnerungen, in denen unser ganzes Leben enthalten ist – sind nicht auch sie Teile des Körpers, die wir unterwegs verlieren, die von der Zeit amputiert und in den Behälter des vergessenen Lebens geworfen werden, sodass er möglicherweise mit unseren glücklichsten Ereignissen vollgestopft ist?

Konnte man nicht auch Ahabs Geschichte als Gesetz der Anziehung lesen, und drückte ihn nicht darum die Ursache seines Todes, das Bein im Bauch des Wals, der den Rest seines Körpers magnetisch anzog, mit unsichtbarer, aber unwiderstehlicher Kraft hinab?

Als ich sah, wie die Metallurne in das Grab gesenkt wurde, dazu Brognaturos mächtige Schultern, als ich spürte, wie der Westwind unsere Kleidung zu blähen begann und die Vögel über uns hinwegflogen, kam es mir tatsächlich so vor, als beerdigten wir das Bein des großen Kapitäns.

»Das übernehme ich«, sagte ich zu dem Arbeiter, der zur Schaufel greifen wollte, um den kleinen Sarg mit Erde zu bedecken. Marfarò bekreuzigte sich sogar. Er bekreuzigte sich wegen allem Möglichen, schließlich war er mit dem Tod vertraut.

»Begleiten Sie mich noch? Ich nehme Sie in der Ape mit«, sagte er zu Brognaturo.

»Ja«, antwortete der Seemann kurz und bündig.

Zusammen mit dem Arbeiter begleitete ich die beiden zum Ausgang, und nach einem kurzen Abstecher in die Leichenhalle, wohin ich die älteste der drei Taschenbuchausgaben von *Moby Dick* – Sigel AL HM 1 – aus der Bibliothek gebracht hatte, ging ich zu dem kleinen Grab zurück.

Alles Mögliche hatte ich bereits in Särgen und Gräbern landen sehen, jede Art von Objekten: Kruzifixe, Münzen, Rosenkränze, Heiligenmedaillons, Zettel mit Botschaften darauf, Hüte. Und Bibeln. Viele Bibeln. Warum also sollte ich nicht das Gleiche mit Melvilles Roman machen, der ein Prophetenbuch aus der Bibel sein könnte, ein ungemein umfangreiches Buch, das zwischen Obadja und Jona einzuordnen war?

Als ich vor dem amputierten und verstorbenen Körperglied stand, das bald beerdigt werden sollte in der Erwartung, dass es sich in naher Zukunft wieder mit dem Rest des Körpers vereinigen würde, legte ich ein Exemplar des Buches auf den Metallsarg, damit die Beisetzung würdevoll vonstattengehen konnte.

Ich nahm den Spaten und fing an, alles wieder mit Erde zu bedecken, aber nach einigen Schaufelhüben hielt ich inne. Etwas fehlte noch.

Ich ging wieder in die Leichenhalle und nahm die weiße Feder aus der Reihe der auf dem Regal angeordneten Gegenstände.

Sicherlich war sie aufgrund ihrer Größe aufbewahrt worden, die zu einer Möwe oder einem Albatros passte. Eine Feder.

Für die alten Ägypter musste jeder Verstorbene eine Prüfung bestehen, bei der sein Herz gewogen wurde. In eine Waagschale wurde das Herz, in die andere eine Feder gelegt. Wenn die Feder schwerer als das Herz war, bedeutete dies, dass es sich um ein reines Herz handelte.

Ich nahm die Meeresfeder und warf sie mit einer Handvoll Erde in das Grab, denn falls dieses Körperteil in die Hölle hinabstieg, würde es ein Stück vom Himmel dorthin mitnehmen.

Am nächsten Tag trat ich nachmittags um fünf vor drei auf den Balkon der Bibliothek, um das Portal der Sankt-Acarius-Kirche zu betrachten. Ich wusste nicht, warum ich am Tag zuvor der Telefonistin in der Anzeigenannahme Zeit und Ort der Beerdigung genannt hatte. Vielleicht um sie realer zu machen, vielleicht um einen Angelhaken in den Ozean zu werfen in der Hoffnung, irgendein anderer Visionär wie ich würde anbeißen, vielleicht war es auch eine improvisierte Art, mich weniger allein zu fühlen, oder ich hatte es getan, weil ich an die schwarz gekleidete Frau gedacht hatte. Ich wartete zwanzig Minuten, aber niemand erschien. Um mich vor der Sonne zu schützen, schloss ich die Fensterläden, dann setzte ich mich wieder an den Schreibtisch.

15

Sie waren immer schon anderswo gewesen,
die Liebe und das Leben.

Aber dieses Anderswo lag so nah, dass ich jeden Morgen seinen Duft wahrnahm und meinem Körper aus Muskeln und Nerven falsche Hoffnungen auf eine Möglichkeit machte, die sich am Abend in der Anonymität der Nacht wieder auflöste.

Braun gebrannt kehrte ich von meinen nächtlichen Streifzügen durch exotisches Gebiet zurück, durch ein Anderswo, in dem es aussah wie in einem Werbeprospekt. Ich erwachte in dem Wissen, dass ein Tag wie jeder andere vor mir lag, voller Träume und Erwartungen, mit Schlüsseln, die Türen öffneten, mit aufgeschlagenen und wieder zurückgestellten Büchern, mit Gesten und Handlungen, aufgereiht wie Wäsche in der Sonne, die höchstens vom Westwind oder vom Schirokko bewegt wurde, um sie für einen Moment den Rausch der Bewegung kosten zu lassen. Dann jedoch würde sie bleiben, wo sie war, den ganzen Tag lang, aufgehängt und in der Schwebe, um Bedürftigen ein wenig Schatten zu spenden.

Seit ich Emma kannte, hatte sich der Abstand zwischen hier und dem Anderswo verringert. Vor allem, seitdem ich die schwarze Frau von hinten gesehen hatte, die so etwas wie eine Spur von Möglichkeiten hinter sich hergezogen hatte.

Und darum begann ich an diesem Tag nach der morgendlichen Wäsche vor dem Spiegel, mit dem Knochenkamm, in dem sich womöglich noch ein paar vertrocknete Nissen vom Kopf meines

Vaters gehalten hatten, Ordnung in meine Mähne zu bringen, in der noch Sandkörnchen von meinen Traumreisen hingen.

Diesen Vorgang wiederholte ich unerschrocken an jedem Morgen wie Pfarrer Don Pallagorio die Hostie schluckte, weil er hoffte, mit diesem Ritus das Wunder des sich vor dem Erlöschen erneuernden Glaubens zu begünstigen, jeden Morgen, denn das Leben und die Liebe sind immer anderswo, genau wie der Glaube. In jenen Tagen aber spürte ich, dass sie sehr nahe waren und dass ein einziger Augenblick genügen würde, ein Augenblick, auf den ich vorbereitet sein wollte, denn wer sich an den Verzicht gewöhnt, vertreibt jedes Angebot, und wer an der Liebe verzweifelt, vertagt auch sie *ad aeternum*. Das Ende kündigt sich nämlich mit der Aufgabe der Erwartungshaltung an.

Von dieser Hoffnung auf Leben legten die Menschen auf jede nur erdenkliche Art Zeugnis ab: Der kommunale Vermessungstechniker Cariati zahlte Schmiergeld, um eine Stelle für seinen Sohn zu bekommen; der Anwalt Castrovillari häufte Reichtümer an; der Architekt Staiti baute seit Jahren an einem Haus, das niemals fertig werden würde, und ich kämmte und parfümierte mich einfach, ehe ich aus dem Haus ging. An manchen Nachmittagen trug ich zum Gang in die Bibliothek inzwischen sogar eine Krawatte.

Vier Tage nach der Entdeckung der zweiten Distel beendete ich an einem Dienstag die Lektüre von Coriglianos Manuskript. Es war interessant zu lesen, denn der arme Anatolio hatte die Schriftstellerei im Blut, und wer weiß, was aus ihm geworden wäre, hätte er früher mit dem Schreiben begonnen.

Was meine eigenen Recherchen betraf, so hatte ich in der mehrere Jahrzehnte umfassenden Chronik, erstellt mit dem Blick aus dem Fenster einer Versicherungsagentur, leider keine Spur gefunden, die mich zu Emma zurückgeführt hätte, nicht die leiseste Anspielung, kein Gerücht, keinen Klatsch, gar nichts.

Dennoch blieb es ein einfallsreiches Werk, das Anatolios letzten Worten zufolge auf einem riesigen Missverständnis basierte.

Aufmerksam las ich die Seite, auf der er beschrieb, wie er zum ersten Mal Augustina Cardinale, die Tochter des Köhlers, mit weißer Bluse und hochgesteckten Haaren zu Hause am Fenster sitzen sah, und jedes Wort auf dieser Seite, jedes Adjektiv und jede Leerstelle, ließ das Aufkeimen seiner Liebe erahnen. Ich las die Stelle mehrmals, lauschte dem Klang von Coriglianos atemlosen Worten, denn nichts, was ihm vor oder nach jenem Tag zugestoßen war, kam dem Lächeln jener Frau gleich.

Er brachte nie den Mut auf, es ihr zu sagen, und während ich an jene Worte untröstlicher Wehmut zurückdachte, fand ich es schade, dass Augustina diese Seite nicht lesen konnte, denn auch sie hatte ihn sicherlich auf ihre Art geliebt und war ihm treu geblieben. Ich konnte nicht anders, ich projizierte meine Begegnung mit Emma auf die beiden, auf all die verhinderten Lieben, die einander streifen, ohne sich je zu begegnen, die Orte verwechseln und Zeiten verpassen, und jetzt war es, als hätte ich die Möglichkeit – wenn auch nur für einen Augenblick, und bestimmt war es eine Illusion –, Orte und Momente zusammenzuführen, so als könnte ein anderes Ende ein gutes Vorzeichen für meine Geschichte sein. Darum riss ich diese denkwürdige Seite heraus, und als ich eine Stunde später hinausging, machte ich mir die Tatsache zunutze, dass Augustinas zur Straße hinausgehendes Fenster offen stand. Ungesehen legte ich die Seite auf das Fensterbrett. Ich erregte damit keinerlei Verdacht, denn in Timpamara holten sich Ost- und Westwind an jedem Tag Blätter aus der Papierpresse und verteilten sie auf Straßen, Dächern und Balkonen. Mit Sicherheit würde Augustina an eine dieser Seiten denken, die zufällig bei ihren Lesern landeten, und dennoch würde sie bei der Lektüre der Schlag treffen, sie müsste sich setzen, die Worte noch einmal lesen, und am Ende würde sie Freudentränen vergießen, weil die

Winde gnädig zu ihr gewesen waren und ihr endlich bestätigt hatten, dass es niemals sinnlos ist, zu lieben. Man liebt nicht, damit die Liebe erwidert wird, man tut es allein für sich selbst, denn die ewige Liebe ist nicht die, die man mit Küssen, Umarmungen, Liebkosungen teilt, sondern die einsame, unantastbare Liebe der Blicke, Träume und Fantasien.

Ich hoffte, dass die Seite ihren Bestimmungsort erreichen würde, und machte mich auf den Weg zur Kirche und zur Beerdigung des Notars Polonio Ardore.

Im Grunde war ich nur aus Pflichtgefühl dort. Einige Tage nach meiner Einsetzung hatte mir der Bestatter gesagt, dass er mich noch nie bei einer Beerdigung gesehen hatte, was bisher vielleicht in Ordnung gewesen war, von nun an jedoch müsste ich mich hin und wieder blicken lassen. Nicht nur auf dem Friedhof im Moment der Beisetzung, sondern auch vorher, während der Messe, weil mein Vorgänger nie eine versäumt hatte und meine Abwesenheit unziemlich wirken könnte. So drückte er sich tatsächlich aus: unziemlich. In seine leisen, dürftigen Worte flocht Marfarò gelegentlich ein bizarres Adjektiv ein; diesmal lautete es *unziemlich*. Dass er das Wort für eines Lehrers würdig hielt, verriet der hochmütige Ton, in dem er es aussprach, *unziemlich*, sagte er und betonte jede Silbe, als wäre er in der Schule. Darum beschloss ich, an dem einen oder anderen Begräbnis teilzunehmen, und heute war ein solcher Tag. Ich betrat die Piazza und setzte mich wie immer ein wenig abseits auf die Freitreppe der Kirche.

Und da, unter der Erle neben dem Denkmal, sah ich ihn zum ersten Mal. Anfangs dachte ich an einen der üblichen Streuner, die sich von ihrem Rudel absondern und näher kommen, um Dorfluft zu schnuppern. Aber dieser Hund war nicht wild und flink. Schwarz wie die Krümel aus geronnenem Schweiß, die der Bürgermeister jeden Abend zwischen seinen Zehen hervorholte, um sie zu Kügelchen zu reiben und aus dem Fenster zu werfen, stand der Hund seelenruhig da und sah sich um, als wäre er mit jemandem verabredet.

Timpamara empfing ihn an einem Tag mit heftigem Schirokko, der über die Papierhaufen an der Presse hinwegfegte, Dutzende, Hunderte von Seiten auffliegen ließ, bis sie den Himmel überzogen wie Schwalbenschwärme und auf die Straßen, Balkone und Zwischenräume im Pflaster des Bürgersteigs niedergingen.

Vielleicht hatte dieser Wind ihn hergeführt, ein panspermischer Wind, hervorgerufen von vorüberziehenden Kometen oder anderen Himmelskörpern, die einfache Lebensformen im Kosmos verteilen, welche Wurzeln schlagen und zu wachsen beginnen, sobald sie auf vorteilhafte Umweltbedingungen treffen. Vielleicht war er vor Kurzem noch ein Stück schwarzes Fell gewesen, das aus der Andromedagalaxie stammte, Pluto umsegelt hatte und auf der Schleppe eines meteorischen Fragments hierher in das Beet unter dem Denkmal für die Gefallenen gelangt war, idealer Nährboden für sein Gedeihen. Dort war der Hund unbemerkt herangewachsen, bis er schließlich für das menschliche Auge sichtbar wurde.

Kaum war der Leichenwagen inmitten der Menschenmenge auf den Bürgersteigen aufgetaucht, sah ich, wie sich der schwarze Hund mit trägem, aber planvollem Schritt direkt hinter den Wagen begab und dort niederließ. Der Sarg wurde herausgeholt und in die Kirche getragen, und der Hund folgte ihm noch vor der Witwe.

Das machte den einen oder anderen neugierig. Vielleicht würde jemand versuchen, das Tier zu verjagen, aber es strahlte eine Sittsamkeit und Feierlichkeit aus, die jede böse Absicht verfliegen ließen. Bis zur Schwelle der Kirche, wo sich ihm der pflichtbewusste Kirchendiener in den Weg stellte und leise »Husch, husch! Hier darfst du nicht rein!« zu ihm sagte. Er streckte das Bein aus und berührte das Tier mit dem Fuß. Der schwarze Hund versuchte erneut, in die Kirche zu laufen, aber der Mokassin des Kirchendieners blieb unnachgiebig. Und so streckte sich das Tier seelenruhig am Fuß der Freitreppe aus. Als draußen niemand mehr war, betrat auch ich die Kirche. Der Kirchendiener wartete, bis ich drin war, schloss das Portal, ließ die Glocken erklingen und nahm auf dem Chorgestühl Platz.

Wegen eines ununterdrückbaren Hustenreizes lernten die Bewohner von Timpamara und ich bald darauf die wundersamen Fähigkeiten des Hundes kennen. Um die Messe nicht zu stören, musste Sappo Minulio Terranova die Kirche verlassen, und als er die Seitentür aufstieß, schlich der Hund sich unauffällig herein.

Der Pfarrer hatte bereits begonnen, die Messe zu zelebrieren, und die Stimmen des Chors verbreiteten sich überall, da schritt das Tier unter den verblüfften Blicken der Gläubigen still und leise wie eine Braut den Mittelgang entlang und legte sich unter den Katafalk, auf dem der Sarg ruhte.

So etwas hatte man in Timpamara noch nicht gesehen, und wie jede Neuigkeit rief auch diese allgemeine Verblüffung hervor. Als der Kirchendiener am Ende des Liedes den Hund bemerkte, ging er unauffällig zu ihm, um ihn aus der Kirche zu führen, aber der Priester hielt ihn mit einem Handzeichen davon ab. Den Gläubigen, die die Geste gesehen hatten, erklärte er, der Hund dürfe bleiben, weil er niemanden störe. Und so geschah es. Während des gesamten Gottesdienstes rührte sich das Tier nicht vom Fleck; es war, als schliefe es mit offenen Augen. Erst als die Sargträger sich näherten, um den Sarg auf die Schultern zu nehmen, erst da erhob sich der Hund und folgte dem Trauerzug. Alle, mich eingeschlossen, starrten ihn an, während er dem Sarg bis zum Ende der Wegstrecke folgte und vor dem Eingang zum Friedhof stehen blieb. Ich ging als Erster hinein, gefolgt von der Trauerprozession, der Hund aber blieb ein paar Minuten dort vor dem Tor sitzen und verschwand dann wieder.

Auch der Bestatter hatte ihn bemerkt, und als wir allein waren, sagte er zu mir: »In all den Jahren meiner ruhmreichen Karriere habe ich so etwas noch nicht erlebt. Haben Sie gesehen, wie selbstverständlich er sich in der Kirche eingerichtet hat? Und wie er uns gefolgt ist! Bis zum Friedhof. Dort hat er angehalten, vor dem Tor. Dinge aus dem Jenseits!« Naserümpfend fügte er hinzu:»Sie riechen ja schlimmer als ein Tannenzapfen.«

Elea, der neben ihm stand, nickte nur. Vielleicht hatte ich es mit dem Kiefernparfüm ein wenig übertrieben.

»Entweder müssen Sie den Geruch des Todes überdecken«, fuhr der Bestatter fort,»oder unser Friedhofswärter ist verliebt.«

Geremia Marfarò war guter Dinge: drei Tote in zwei Tagen. Und nicht nur das. An diesem Tag war sogar der Notar Polonio Ardore gestorben, Gott hab ihn selig. Er stammte aus einer der reichsten Familien von Timpamara, und seine Kinder hatten nicht nur den luxuriösesten Sarg des Katalogs verlangt, sondern außerdem versichert, Geld spiele bei den Blumen und diversen Ausstattungsgegenständen keine Rolle. Himmlische Musik in den Ohren des Bestatters, der daraufhin sein Lager leer räumte und auf einen Schlag so viel wie bei fünf Begräbnissen armer Leute verdiente.

Als ich allein war, setzte ich meine Runde fort, um die Wege zu reinigen.

Ich stand gerade vor Ulisse Belvederes Grabstein, da glaubte ich in der Ferne die schwarz gekleidete Unbekannte zu sehen.

Wer weiß, warum mein Herz auf einmal schneller schlug. Ich lehnte den Besen an einen Baumstamm und ging in ihre Richtung, blieb jedoch auf halbem Weg stehen. Ich dachte an die letzte Begegnung, bei der die Frau mir entwischt war, und an meinen lahmen Fuß, der die Zeit und das Leben verlangsamte, und weil ich nicht riskieren wollte, sie erneut aus den Augen zu verlieren, beschloss ich, am Tor auf sie zu warten. Dort würde sie mit Sicherheit vorbeikommen, denn jedes Labyrinth, wie gewunden und tückisch es auch sein mag, hat einen Ausgang.

Um nichts in der Welt würde ich mich von dort wegbewegen.

Die Stunde der Schließung rückte näher, aber die Frau erschien nicht.

Ich geduldete mich, gab nicht auf. Und das war gut so.

Irgendwann sah ich sie aus der dritten Kapellenreihe herauskommen. Sie hielt den Blick fest auf den Boden gerichtet, wie wenn man einen Bach überquert und die Füße auf trockene Steine setzen muss, um nicht zu stürzen. Sie schien auf der Kippe der Welt zu stehen, und da kam mir Mimnermos' Bild von dem zitternden Blatt wieder in den Sinn. Mein Herz schien im Gleichtakt mit ihren langsamen Schritten zu schlagen, ein Schritt, ein Schlag, eine Annäherung, ein noch kürzerer Atemzug. Als sie etwa anderthalb Meter, einhundertsechsundvierzig Zentimeter, von mir entfernt war, drehte sie sich um.

Es verschlug mir den Atem. Das war unmöglich. Es konnte einfach nicht sein.

Emma.

Tatsächlich.

Sie musterte mich. Diese Augen kannte ich zu gut, um mich zu irren, zu oft hatte ich diese Gesichtszüge bewundert, um an ein Versehen auch nur zu denken. Sie war Emma, schlicht und ergreifend.

Herausgetreten aus der Fotografie und vor meinen Augen Mensch geworden.

Emma Bovary geborene Rouault, die fortging, ohne den Blick von meinem Gesicht abzuwenden, die mich versteinern ließ, meinen ganzen Körper lähmte, mich in eine reglose Wurzel verwandelte.

Sie verschwand durch das Tor, während ich mich noch immer weder vom Fleck rühren konnte noch verstand, was vor sich ging. Sie war es, Emma, blass wie ein Blatt Papier und mit Augen von unbestimmter Traurigkeit.

Ich musste mich auf die Stufe vor dem Lagerraum setzen und den Kopf an die Mauer lehnen. Ich konnte es nicht glauben. Es war unfassbar.

Die Frau, die ich gesehen hatte, war Emma. Sie war es, die mich angesehen hatte wie einen Menschen, den sie kannte. Um meine Verwirrung vor den Passanten zu verbergen, wartete ich einige Minuten ab. Dann stand ich mühsam auf, und während ich wieder zu Kräften zu kommen versuchte, ging ich zu dem Grabstein, gefangen von einer mir bisher unbekannten Verstörtheit.

Ich war dabei, verrückt zu werden, eine andere Erklärung gab es nicht. Und wohin sollten die Einsamkeit, die verdorbenen Fantasien aus den Büchern, das Leben im labilen Gleichgewicht zwischen Himmel und Erde auch führen, wenn nicht in den Wahnsinn?

Die Fotografie befand sich noch an ihrem Platz. Für einen Moment hatte ich geglaubt, ich würde sie nicht mehr vorfinden, sie habe sich womöglich in diesen Körper verwandelt, eine Art Veränderung des physikalischen Zustands. Ich betrachtete das Bild aus der Nähe. Das Gesicht war das, dem ich soeben begegnet war, dieselben Augen, derselbe Mund, die Proportion zwischen Stirn und Gesicht.

Ich verstand es nicht. Das Schwindelgefühl ließ nicht nach wie nach einem Rundtanz, und als ich die Augen schloss in der Hoffnung, wieder zu mir selbst zu finden, wurde ich zu einem Sammelbecken für Klangfragmente, zu jener Grotte, in der sich die Meereswinde zusammenkauern. Ich befürchtete, überwältigt von den Klängen des Universums auf den Boden zu stürzen, und für einen Moment war mir, als hörte ich sämtliche Stimmen der Welt.

16

Der Tag wollte kein Ende nehmen.
Ich ging mittags nicht zum Essen heim, kam einfach nicht zur Ruhe. Sobald ich die Augen schloss, tauchte ihr Bild vor mir auf, dieser unergründliche Blick. Da mir bewusst war, dass dieses Bild womöglich einen Abgrund ankündigte, den Beginn einer Verrücktheit, irgendeines Syndroms oder einer Krankheit, versuchte ich, Ordnung zu schaffen, wo Ordnung nicht möglich war.

Fest stand nur eines: Diese Frau war Emma, und ich hatte sie gesehen.

Ich öffnete die Bibliothek eine halbe Stunde früher als sonst, aber auch dort fand ich nicht die ersehnte Ruhe. Fast die ganze Zeit stand ich am Balkonfenster, blickte auf die Straße, antwortete widerwillig auf Anfragen, schlug hundert Bücher auf und eines nach dem anderen wieder zu. Ich dachte nur an sie.

Bis zu diesem Zeitpunkt hatte ich fast immer Bedauern empfunden. Weil ich sie nicht kennengelernt hatte, als sie noch am Leben war, weil ich ihr kein Buch vorlesen, sie nicht zur Papierpresse oder in die Bibliothek mitnehmen konnte, weil ich sie nicht mit diesem Namen, dem einzig möglichen, ansprechen konnte. Vor allem aber bedauerte ich, dass ich niemals ihre Stimme hören würde. Ein nie ausgesprochener, stets nur gedachter Wunsch, unauffällig genug, um der Allwissenheit zu entgehen.

Und nun war es geschehen, und ich wusste nicht, was ich tun sollte.

Immer wieder sah ich die Szene vor meinem inneren Auge und stellte mir vor, wie ich nach ihr rief, mich ihr näherte, sie ansprach, während ich tatsächlich nicht nur unfähig war, sie aufzuhalten, nein, ich konnte ihr nicht einmal in die Augen schauen, keine Silbe bekam ich heraus, konnte kaum atmen, stand so regungslos da, wie es nur ein Mann fertigbringt, der das Leben verpasst hat.

Endlich ging der längste Nachmittag meines Lebens zu Ende. Mit nie gekannter Erleichterung schloss ich die Tür der Bibliothek ab, und als ich in dieser Stunde von trauriger Schönheit, in der der Abend die Straßen einzuhüllen beginnt, auf der Straße stand, atmete ich tief durch.

Ich ging zum Friedhof, aber langsamer als üblich, was für einen Krüppel wie mich bedeutete, mich unmerklich wie ein Himmelskörper in seiner Rotation zu bewegen. Immer wieder sah ich mich um, als könnte Emma plötzlich aus irgendeiner Ecke hervorkommen.

Ich läutete die Glocke, denn seit der offiziellen Schließungszeit waren vierzig Minuten vergangen. Ich wartete noch einmal fünf, und als niemand kam, schloss ich das Tor ab.

Allerdings reichte mir das metallische Klicken des Hängeschlosses, um zu wissen, dass auch der Abend unruhig werden würde.

Durch die Eisenstäbe hindurch blickte ich exakt auf den Punkt, an dem ich sie gesehen hatte, und projizierte erneut die Erinnerung an den Morgen dorthin, den unsicheren, zitternden Schritt, den Blick, das Verschwinden.

Widerwillig machte ich mich auf den Heimweg.

Ich briet mir ein Omelett. Legte es auf den Teller. Betrachtete es. Ich stand auf, ohne es angerührt zu haben, und warf mich aufs Bett. Ich drehte mich auf die Seite.

Emmas Foto lag auf dem Kissen, aber sie selbst nicht, sie ging, bewegte sich, atmete, existierte in diesem Augenblick irgendwo auf der Welt. Emma existierte, aber nicht in diesem Zimmer, in diesem Haus. Darum stand ich auf, nahm meine Jacke und ging hinaus, ohne das Licht zu löschen.

Ich kam wieder zu Atem. Jetzt, wo auch ich die Welt zu Fuß erkundete, bestand vielleicht eine Chance, ihr noch einmal zu begegnen.

Ich knöpfte mir die Jacke zu und machte mich auf den Weg, ohne zu wissen, wohin. Nachts war Timpamara schöner, niemand achtete auf das unregelmäßige Geräusch meiner Schritte.

Ich weiß nicht, wie lange ich umherwanderte. Mir gefiel die Vorstellung, dass sie sich hinter jeder Tür und jedem Fenster verbergen konnte. Ich erreichte den Friedhof. Wie am Nachmittag schaute ich durch die Eisenstäbe, und alles kam mir gedämpft vor, erwartungsvoll; das nächtliche Glühen war wie die Laken, die in verlassenen Häusern die Möbel schützen.

Vom Friedhofstor aus konnte Emma nur in Richtung Dorf gegangen sein, denn nach rechts führte die Straße in die freie Natur hinaus. Dieselbe Straße, auf der ich hergekommen war. Ich kehrte um mit dem Gefühl, dass meine Schritte womöglich die ihren überlagerten, und diese Übereinstimmung der Füße und der Körper im unendlichen Universum, von dem das gestirnte Gewölbe über mir Zeugnis ablegte, erschien mir ausgesprochen wunderbar.

Mit schmerzendem Bein kam ich zu Hause an, dermaßen erschöpft, dass mir sogar die Kraft fehlte, es mit Eis zu kühlen. Also warf ich mich angezogen aufs Bett, dachte kurz an den Schlamm, der die Laken beschmutzen würde, und gleich darauf löschte die Müdigkeit jeden Gedanken aus.

Als ich aufwachte, war es bereits neun Uhr. Ich benutzte keinen Wecker; ich schlug einfach die Augen auf, sobald die Sonne zum Fenster hereinschien, aber ich war noch nie so spät ins Bett gegangen.

Ich dachte an den Friedhof. Angezogen war ich bereits, also wusch ich mir das Gesicht und verließ eilig das Haus. Nie zuvor hatte ich eine Stunde zu spät aufgemacht, ich rechnete damit, dass die Leute sich vor dem Eingang drängen und beschweren würden, dass jemand den Dorfpolizisten gerufen hatte, damit der den Bürgermeister informierte. Vielleicht waren sie um diese Zeit sogar schon auf dem Weg zu mir nach Hause, um sich zu vergewissern, dass ich noch lebte.

Stattdessen war bei meiner Ankunft alles ruhig.

Vier Personen warteten, aber sie verhielten sich friedlich, so als wäre auch die Öffnungszeit des Friedhofs ein Naturereignis ähnlich einem Regenguss.

»Entschuldigen Sie, ich habe mich nicht gut gefühlt«, sagte ich, während ich das Vorhängeschloss öffnete und das Tor weit aufstieß.

»Wir haben schon angefangen, uns Sorgen um Sie zu machen«, erklärte Augustina Cardinale, die eine weiße Lilie in Händen hielt.

Ich ging direkt zu Emmas Grab. Ich hatte sie gesehen, und das konnte nur eines bedeuten: Entweder lebte Emma und war nicht in der heiligen Grabnische bestattet, oder sie hatte eine Doppelgängerin auf dieser Welt, eine Verwandte, vielleicht einen eineiigen Zwilling. In beiden Fällen gab es sie, mein Wunsch hatte sich erfüllt, und die Möglichkeit, die bloße Möglichkeit, ihr erneut zu begegnen, machte aus der vor mir liegenden Zeit eine wertvolle Ressource.

Aber wenn sie hier draußen, wenn Emma auf der Welt war, wer lag dann dort begraben?

Der kurze Weg, der zu ihrem Grab führte, verlief dicht an der Friedhofsmauer entlang. Wenn man ihn vom Hauptweg aus betrat, lagen auf der rechten Seite die Mauer und auf der linken die Gräberreihe. Insgesamt waren es zwölf Grabstätten, Emmas war die letzte, und sie unterschied sich von den anderen, weil sich daneben eine Art Zwischenraum befand, der offenbar absichtlich für ein weiteres Grab frei gelassen worden war, wie man es auch in Familienkapellen macht. Dahinter führte ein schmaler rechtwinkliger Durchgang zu einer parallel verlaufenden Gräberreihe. Von den zwölf Gräbern wiesen nur fünf dieselbe Beschaffenheit wie Emmas Grab auf.

Ich kontrollierte es aus der Nähe, berührte den Zement, der es verschloss und auf dem das Foto angebracht war. Seine Struktur unterschied sich nicht vom Rest des Grabes, also handelte es sich nicht um eine nachträgliche Ergänzung. Auf der Suche nach etwas, das den Gedanken an eine Simulation nahelegen könnte, sah ich mich um, aber alles wirkte ganz vorschriftsmäßig. Die Hypothese der Inszenierung wurde durch das Fehlen des Namens und der Daten sowie durch die weiße Stelle auf dem Friedhofsplan gestützt, doch wenn man schon fälscht, sollte man es wenigstens gut machen. Um die Sache glaubhafter zu gestalten, hätte man die Lebensdaten anbringen müssen. Jedem Gedanken folgte ein anderer, der ihn wieder zunichtemachte, aber ich brauchte Klarheit.

Als ich zum Lagerraum zurückkehrte und dem Bestatter begegnete, beschloss ich darum, bei ihm anzufangen.

»Marfarò, erinnern Sie sich an das Foto, das ich Ihnen gegeben hatte?«

»Ja, natürlich.«

»Und als Sie es betrachtet haben, kam es Ihnen da vertraut vor?«

»Wie meinen Sie das? Ob ich die Frau kannte?«

»Ja, ob ihr Gesicht Sie an jemanden erinnert hat.«

»Nein, das nicht … Was glauben Sie, wie viele Gesichter ich in meinem Leben schon gesehen habe? Vor allem tote.«

»Haben Sie gerade Zeit?«

»Ich muss zur Gemeinde, aber es ist nicht dringend.«

»Dann kommen Sie bitte mit.«

Das Bedürfnis, zu verstehen, war dringlicher geworden als jede Sorge, jede Vorsicht, jede Eifersucht.

Und darum führte ich ihn zu Emmas Grab.

»Das ist die Frau. Erinnern Sie sich?«

Marfarò setzte die Lesebrille auf, die ihm immer an einem Band vor der Brust baumelte, und näherte sich der Fotografie.

»Ich habe wirklich schon viele Gesichter gesehen, aber an dieses erinnere ich mich nicht. Dabei sind schöne Frauen eigentlich diejenigen, die ich am wenigsten vergesse.«

Er trat noch näher heran, atmete sie beinahe an, und das beschlagene Glas empfand ich als ärgerliche Grenzverletzung.

»Sind Sie sicher, dass sie aus Timpamara stammt? Entschuldigung, aber hatten Sie nicht gesagt, dass das Foto von ihren Angehörigen in Auftrag gegeben wurde?«

»Ja, sie hatten mich um eine Kopie genau dieses Fotos gebeten, und ich bin neugierig geworden, weil sie sich hinterher nicht mehr blicken ließen.«

»Fremde.«

»Oder Emigranten aus Timpamara, die für eine Weile zurückgekommen sind.«

»Schon möglich … Aber trotzdem, ich kann mich nicht an sie erinnern. Und dann der fehlende Name, kein Geburts- oder Todesdatum …«

»Da ist sie hier nicht die Einzige.«

»Kann ich mir vorstellen … Auch das wird eine Art des Vergessens sein.«

»Wie meinen Sie das?«

»Ich meine, dass es einen Grund haben muss, wenn jemand keinen Namen anbringen lässt, und es muss nicht unbedingt etwas Gutes bedeuten.« Er nahm die Brille ab und kehrte dem Foto den Rücken. »Ich muss jetzt gehen.«

»Ich begleite Sie.«

Vor der Tür des Lagerraums wartete jemand. Als wir nahe genug heran waren, erkannte ich den Gemeindediener.

Wir begrüßten ihn wie aus einem Mund.

»Guten Tag, Malinverno, Sie habe ich gesucht.«

Varapodio war ein guter Mensch, aber angesichts der Mitteilung, die er mir zuletzt ausgehändigt hatte, stieg eine gewisse Besorgnis in mir auf.

»Der Bürgermeister will Sie sprechen, Sie sollen bei Gelegenheit mal vorbeischauen.«

Eine Botschaft, die mir überhaupt nicht gefiel. »Wissen Sie, worum es geht?«

»Mir sagt ja keiner etwas. Ich richte die Nachricht aus, und das war's. Gehen Sie hin, wenn Sie Zeit haben, es eilt nicht.«

Der Gemeindediener machte Anstalten, fortzugehen, da fragte Marfarò: »Wollen Sie zum Rathaus zurück?«

»Ja.«

»Soll ich Sie in der Ape mitnehmen? Ich muss auch dorthin.«

»Das spart mir die Mühe. Vielen Dank.«

Ich dachte, dass dem Bürgermeister die verspätete Öffnung zu Ohren gekommen sein musste, darum zog ich es vor, mich der Sache sofort zu stellen.

»Ich komme mit«, sagte ich, und wir rückten auf der Vorderbank zusammen.

Ich machte mich auf eine demütigende Maßregelung gefasst, aber zum Glück glänzte der erste Bürger des Ortes aufgrund von Amtspflichten durch Abwesenheit. Ich bat den Sekretär, ihm auszurichten, dass ich vorbeigekommen war, machte mich auf den Rückweg zum Friedhof und fragte mich die ganze Zeit, was hinter dieser Vorladung stecken mochte, ob es tatsächlich um diese bedeutungslose Verspätung oder um eine wichtigere Angelegenheit ging. Was auch immer es sein mochte, es ließ mir keine Ruhe.

Als ich am Spätnachmittag zu Emmas Grab zurückkehrte, fand ich dort anstelle der Frau in Schwarz die dritte Distel vor, in der Vase vor dem anonymen Grabstein, genau wie die ersten beiden. Ich setzte mich auf den gewohnten Platz und betrachtete die Blume.

Die ganze Zeit schon hatte ich an Prospero Altomonte gedacht, weil er der Einzige war, den ich je vor dem Grab gesehen hatte, und außerdem schien mir der Distelstrauch in seinem Garten ein hinreichendes Indiz zu sein. Aber nun machte Emmas Erscheinen in Fleisch und Blut diese Hypothese zunichte. Es war sehr viel wahrscheinlicher, dass sie selbst den Zierstrauch in die Vase gestellt hatte und dass Prospero Quijote nur meiner kranken Fantasie entsprungen war. Ich musste weiterhin mit Vermutungen arbeiten, und diese verlangen stets den kürzesten und logischen Weg, was an diesem Punkt bedeutete, dass sich die wiederauferstandene Emma mit einer Distel in der Hand auf dem Friedhof aufgehalten hatte, und zwar exakt in den wenigen Minuten, in denen ich zum Rathaus gefahren war.

Bis Dienstschluss war noch ein wenig Zeit, darum beschloss ich, ein paar Portulaksamen in ein Beet hinter dem Geräteschuppen zu pflanzen. Ich kippte gerade den Sack Erde aus, da sah ich, wie der Müller den Friedhof betrat. Ausgerechnet.

Er hielt Blumen in der Hand. Hyazinthen.

Ich folgte ihm unbemerkt. Anstatt zu Emma abzubiegen, schwenkte er am Ende des Wegs nach rechts in Richtung des Grabes seiner seligen Frau, wo er sich eine Viertelstunde lang aufhielt. Dann ging er fort. Das unerwartete Verhalten des Edelmanns in seinem weißen bemehlten Arbeitsoverall ließ die Achse der idealen Rekonstruktionen endgültig kippen und bestätigte die Falschheit meiner anfänglichen Vermutungen.

In diesem Bruchteil der Zeit, in dem er mit der Seele seiner Frau abrechnete, betrachtete ich ihn von Weitem. Sein Gesichtsausdruck zeigte Melancholie, von Zeit zu Zeit gar schmerzliche Sehnsucht, und ehe er die Grabstelle verließ, bückte er sich, um der Fotografie einen Kuss zu geben.

Mit geschlossenen Augen.

Die Gleichgültigkeit des Müllers Emma gegenüber war der endgültige Beweis, dass er mit den Disteln nichts zu tun hatte und dass sich nunmehr alles um die Frau in Schwarz drehte. Sie hatte sich die Blumen selbst geschenkt, so wie ich, wenn ich das Trugbild meines toten Zwillings mit Blumen schmückte und mein kindliches Ich betrachtete, jenes Ich, das Notturno gewesen war.

Beim Fortgehen atmete ich durch und verspürte einen Anflug von Trauer.

Um Emma, die keines Blickes gewürdigt worden war.

Um all die Seelen – und es waren viele –, deren auf diesem Friedhof niemand mehr gedachte.

Um mich selbst, weil ich mich den Toten manchmal näher fühlte als den vielen Menschen, die sie besuchen kamen.

Um alle, die allein starben, die von ihrer Liebe verlassen wurden, um alle, die in fremde Länder auswandern mussten, die im Stillen um eine verpasste Gelegenheit weinten, um alle einsamen und verlassenen Wesen auf der Welt.

17

Wenige Minuten nachdem ich das Tor geöffnet hatte,
läuteten die Totenglocken, und wie jeder in Timpamara, der die
tiefen, dumpfen Schläge vernahm, fragte auch ich mich, wen es
diesmal getroffen hatte. Die Personalien des Verstorbenen brachte
mir der Bestatter, der eine halbe Stunde später eintraf.

»Volfango Amedeo Platìs Leiden hat ein Ende. Er war schon
lange krank, der Arme. Sein Schicksal ist besiegelt.«

Seit Jahren hatte ich diese Worte nicht mehr gehört. Als Junge
waren sie mir ständig begegnet, zu Hause, auf der Straße, überall,
so als wäre in diesem Teil der Welt kein anderer Ausdruck für den
Tod bekannt. *Sein Schicksal ist besiegelt.*

Es gab so viele andere passende Wörter. Ein Schicksal konnte
entschieden, vorherbestimmt, tragisch sein; man konnte die Toten
als verschieden, erloschen, verunglückt, untergegangen, verstorben,
ausgelöscht, ein Leben als verfehlt bezeichnen. Man konnte auch
sagen: Seine Zeit ist gekommen, er weilt nicht mehr unter uns, er
ist ins Himmelreich eingegangen, hat das Tal der Tränen verlassen,
ist in den Himmel aufgestiegen, ins Haus des Vaters zurückgekehrt,
er hat das Zeitliche gesegnet, aber nein, immer wieder griffen sie
auf diese Formulierung zurück, die ich zum ersten Mal gehört
hatte, als jemand sie meiner Mutter gegenüber benutzte.

Was mich ängstigte, war genau dieses Wort, *besiegelt*, denn ich
stellte mir einen gewaltigen Herrgott mit einem Heft in der Hand
vor, in das er seine Unterschrift und einen Stempel unter die

Lebensgeschichte und den Tod eines Menschen setzte. Wenn ich in der Schule in der Bibel las, am Anfang sei das Wort gewesen, sah ich darin die Bestätigung, dass all meine Freunde, jeder Mensch in Timpamara, mich selbst eingeschlossen, ein Leben führte, das zuvor von jemandem, der über uns thronte, aufgeschrieben und am Ende unterzeichnet und besiegelt worden war. Wenn ich diesen Satz hörte, stellte ich mir seitdem immer den schreibenden und besiegelnden Gott vor, der irgendwann aus wer weiß welchen Gründen, fast immer jedoch aus einer Laune heraus, aus Langeweile, Ärger, Müdigkeit oder Überdruss, beschloss, das Wort Ende unter ein Leben zu setzen und den Protagonisten sterben zu lassen. Wie so viele Kindheitsereignisse, die die Fantasie prägen, um dann scheinbar in Vergessenheit zu geraten, war auch diese Geschichte mit all ihren Details aus meinem Gedächtnis verschwunden. Bis zu dem Morgen, an dem Marfarò, Sprachrohr der Volksweisheit, ein weiteres Mal diese Worte von sich gab. Durch die wiedergefundene Erinnerung wurde ich Gott ähnlich. Auch ich schrieb die endgültigen Schicksale von Menschen auf, die vielleicht gelebt hatten, vielleicht aber auch nicht, niemand konnte es wissen, denn die Geschichten, die in Büchern erzählt werden, sind zu irgendeiner Zeit des Universums an irgendeinem Ort auf der Welt geschehen oder hätten genau so geschehen können, wie sie erzählt wurden. Bestimmt haben irgendwann einmal Männer namens Lucien Chardon, Arkadij Dolgorukij oder Filippo Rubè gelebt. Nur wenn man den Tod von Figuren und Menschen aufschrieb, konnte man behaupten, tatsächlich ihre ganze Geschichte geschrieben zu haben, und angesichts dieser Wahrheit fühlte auch ich mich in gewisser Weise wie jemand, der Schicksale schreibt und sie besiegelt.

Da ich sie in der Welt hatte umherstreifen sehen, war Emmas Schicksal offensichtlich noch nicht besiegelt worden.

Es gab nur zwei mögliche Erklärungen: Entweder war Emma tatsächlich Emma, und in dem Grab lag niemand, oder die Unbekannte und Emma waren Zwillinge. Am Tag danach tendierte ich beim Aufwachen zu der zweiten Möglichkeit.

Vielleicht lag es daran, dass ich von Notturno geträumt hatte und mein Schicksal dem der Frau in Schwarz angleichen wollte, denn wenn wir glauben, dass jemand uns ähnelt, ist er uns näher.

Die Frau, die ich gesehen hatte, war vielleicht Emmas Zwilling mit einem glücklicheren Los, diejenige, die der Auslese bei der Geburt entgangen war, die überlebt hatte. Ein eineiiger Zwilling, das Identische, das sich wiederholt, das sich überlagernde genetische Erbe. Vielleicht wiesen sogar ihre Fingerkuppen das gleiche Muster auf, denn wer weiß, ob es in der Natur tatsächlich keine zwei deckungsgleichen Blätter gibt, keine zwei gleichförmigen Blüten, keine zwei Schneeflocken, deren Kristalle übereinstimmen.

Ich erinnerte mich, dass ich in Coriglianos Manuskript keinerlei Hinweise auf weibliche Zwillinge gefunden hatte.

In der Wüste, die mich umgab, musste ich jeden Gedanken bis zu seiner Quelle verfolgen. Darum kehrte ich gegen zehn unter dem Vorwand, der Vorladung des Bürgermeisters Folge zu leisten, zum Rathaus zurück. Ich fragte den Sekretär nach ihm, der mir sagte, der Bürgermeister sei wegen eines Ortstermins am Dorfbrunnen erneut außer Haus, und er wisse nicht, wann er zurückkommen werde. Ich ging weiter zum Einwohnermeldeamt, dem eigentlichen Ziel meines Besuches.

Mopassàn arbeitete seit Menschengedenken in diesem Amt. Er war ungefähr sechzig, trug ein weißes Hemd und graue Hosenträger, hatte sehr dunkle Augen und eine von den Zweifeln der Zeit verdüsterte Stirn. Man hatte ihn als jungen Mann der Schönheit seiner Handschrift wegen eingestellt, und wenn er die Daten in die Register eintrug, wirkte er tatsächlich wie ein Kopist. Den Übergang zur Schreibmaschine empfand er als Verrat, sodass er weiterhin alle Ereignisse menschlicher Verwandlung, die den Timpamaranern zustießen – Eheschließung, Verlegung des Wohnsitzes, Änderung des Familienstands und vor allem Geburten und Todesfälle –, handschriftlich, in gutem Stil und mit Buchstaben, die kunstvoll verzierten Initialen glichen, in seine Ordner eintrug, diesen Ort, an dem sich der eigentliche Rechenschaftsbericht des menschlichen Lebens befand. Und mit seiner Unterschrift am unteren Ende des Schriftstücks bestätigte Mopassàn sowohl die Geburt von Menschen als auch ihr Hinscheiden, es gab sogar eine Urkunde, die sich Lebensbescheinigung nannte. Ein Blatt Papier. Mit seinem Vor- und Nachnamen auf einem Stempel. Mopassàns Unterschrift bescheinigte Existenzen.

Ich hatte noch nie einen Fuß in diese Amtsstube gesetzt, darum war er überrascht, mich zu sehen, empfing mich jedoch mit der für ihn typischen Herzlichkeit. »Malinverno … Ihr letzter Besuch ist viele Jahre her, damals waren Sie mit Ihrem Onkel wegen einer Sterbeurkunde für Vito, Ihren seligen Vater, hier.«

Ich war wie versteinert. »Das wusste ich gar nicht mehr …«

»Ich schon. Also, was kann ich für Sie tun?«, fragte er und näherte sich der Theke.

»Meine Bitte kommt Ihnen vielleicht ungewöhnlich vor, aber ich wollte wissen, ob Sie sich spontan an zwei Zwillingsmädchen hier in Timpamara erinnern können.«

Mopassàn legte die Stirn in Falten. »Das ist tatsächlich eine seltsame Frage …« Und er sah mich an, als warte er darauf, dass ich ihm meine Beweggründe erklärte.

Ich war vorbereitet. »Ich brauche diese Information für den Friedhof. Wir müssen einige Gräber exhumieren, und uns sind Fotos von zwei gleich aussehenden Frauen untergekommen, ohne Namen, darum versuchen wir, ihre Identität zu ermitteln.«

Die Stirn glättete sich wieder, ein Zeichen, dass meine Worte glaubhaft waren.

»Natürlich haben Sie nicht einmal eine Jahresangabe.«

»Nein, überhaupt nichts.«

Er stützte den Ellbogen auf den Schreibtisch, das Kinn auf die rechte Hand und begann, auf einen unbestimmten Punkt im Raum zu starren. »Ein Zwillingspärchen ... Die einzigen Zwillingsschwestern, die mir einfallen, sind die Schwestern Casignana, aber die sind gesund und munter ... Ansonsten nein, ich erinnere mich an niemanden, und wenn *mir* niemand einfällt ...«

Ich konnte meine Enttäuschung nicht verbergen. »Dann ist also nichts zu machen.«

»Sehen Sie sich um. Tausende von Karteikarten, Tausende Männer und Frauen, die es nicht mehr gibt. Wenn wir wenigstens einen Namen hätten oder ein Datum ...«

»Eine Fotografie?«

»Nein, das reicht leider nicht. Aber wenn Sie sie dabeihaben und mir zeigen wollen ... vielleicht hilft das meinem Gedächtnis auf die Sprünge.«

Ich hatte nicht daran gedacht, das Bild mitzunehmen, was ich nun bereute.

Wer weiß, warum ich geglaubt hatte, dass es ein Extraregister für Zwillinge gab, in dem auch Notturno und ich stünden. Beim Gedanken an ihn kam mir eine weitere seltsame Idee.

»Kann ich einen Totenschein von meinem Zwilling bekommen?«

Ich besaß nichts von Notturno, gar nichts, und vielleicht könnte eine Urkunde einen Teil der Leere füllen.

Diese Frage überraschte Mopassàn noch mehr als die erste. Das genaue Jahr musste ich ihm nicht nennen, er ging und holte auf Anhieb den richtigen Ordner heraus.

»Moment mal. Wenn ich mich nicht irre, kam Ihr armer Zwilling tot zur Welt.«

»Ja.«

»Dann hat es keinen Sinn, weiterzusuchen. Es gibt keinen Totenschein.«

»Das verstehe ich nicht.«

Mopassàn holte ein altes Handbuch hervor, blätterte ein wenig darin und las mir dann Folgendes vor:

»›Artikel 74 des Königlichen Dekrets Nummer 1238 vom 09.07.1939: Wenn das Kind in dem Moment der Geburtsanmeldung nicht lebt, muss der Anmelder mitteilen, ob das Kind tot geboren wurde oder nach der Geburt verstorben ist, wobei er in letzterem Fall die Todesursache anzugeben hat. Diese Umstände müssen vom Anmelder mit einer Bescheinigung des Geburtsbeistands gemäß Artikel 70 Absatz 4 oder durch ein ärztliches Attest nachgewiesen werden. Der Standesbeamte‹, also ich, ›stellt im Fall eines tot geborenen Kindes lediglich eine Geburtsurkunde aus und vermerkt diesen Umstand am Rand der Urkunde selbst. Er stellt auch die Sterbeurkunde aus, wenn es sich um ein nach der Geburt verstorbenes Kind handelt.‹«

»Heißt das etwa, dass es von meinem verstorbenen Zwilling keine Sterbeurkunde gibt?«

»Genau.«

Er legte das Handbuch auf den Tisch und öffnete die metallene Ringmechanik des Ordners. Nachdem er ein wenig darin herumgesucht hatte, zeigte er mir Notturnos Geburtsurkunde mit einem schwarzen Kreuz am Rand. Es erschreckte mich, darüber in schöner Handschrift den Namen meines Bruders zu lesen.

»Sehen Sie hier den Vermerk *Totgeburt*? Er ist den Todesfällen nach der achtundzwanzigsten Woche vorbehalten, wenn es früher passiert, wird nicht einmal die Geburt in das Register aufgenommen. Es ist, als hätte das Kleine nie existiert.«

Mopassàn schob den Ordner an seinen Platz zurück.

»Wer hier hereinkommt und mich von lauter Papier und Aktenbündeln und Stempeln umgeben sieht, stellte sich meine Arbeit vermutlich als langweiliges Aufzeichnen von Tatsachen vor. Ich hingegen sehe die geheimnisvollen Gesetze der Menschheit am Werk, ich spüre, wie sich die Götter der Geburt mit den Schicksalsgöttinnen anlegen, sehe mit dem Auge Galileos und Pythagoras' das von Zahlen als einzigen Überbringern der Wahrheit regierte Universum, Zahlen, die das ewige Aufeinanderfolgen menschlicher Generationen bestimmen. Aber vielleicht gehören Sie zu den wenigen, die mich verstehen, denn im Grunde ähneln sich unsere Aufgaben. Auch Sie schreiben wie ich die Todestage nieder, eher noch als ich, und auch Sie bewegen sich zwischen Geburts- und Todesdaten. Sie verstehen mich, habe ich recht?«

Ich nickte. Während er sich wieder setzte, kam er erneut auf den Grund meines Besuchs zu sprechen:

»Schade, dass Sie umsonst hergekommen sind, aber es gibt weder Zwillinge noch eine Sterbeurkunde. Wenn ich sonst noch etwas für Sie tun kann ...«

»Danke, Sie haben mir wirklich sehr geholfen.«

Mopassàn kehrte in sein Universum aus Geburten und Todesfällen, Eheschließungen und Scheidungen zurück, aus Zahlen, die nach einer festgelegten Ordnung in Kästchen eingetragen wurden. Ich hingegen machte mich auf den Weg zum Friedhof, der so etwas wie eine volkstümliche Übersetzung des Einwohnermelderegisters war. Wenn die Frau in Schwarz Emmas Zwilling war, stammten die beiden mit Sicherheit nicht aus Timpamara. Wahrscheinlich also Fremde, aber das passte nicht zu der Bestattung im Dorf, die fast ausschließlich dessen Bewohnern vorbehalten war. Noch hatte die zweite Hypothese Bestand, dass in dem Grab niemand lag, dass es nur eine Inszenierung war.

Auf dem Hauptweg des Friedhofs lief mir Nedda Villapiana über den Weg, die ihren Kinderwagen schob. Dabei kam mir wieder in den Sinn, was Mopassàn über die Totgeborenen gesagt hatte, und ich dachte mir, dass sich das menschliche Mitgefühl

irgendwann auch auf sie richten und es in jeder Stadt einen Friedhof für nie geborene Kinder geben würde, eine Reihe kleiner
weißer anonymer Grabsteine zur Erinnerung an Tausende verhinderter Leben, unter denen vielleicht der beste Teil der Menschheit
verborgen lag.

18

Nach Marfarò und Mopassàn gab es nur noch eine Person, die mir helfen konnte, herauszufinden, ob unter dem Foto von Emma tatsächlich jemand begraben war.

Graziano Melicuccà, sechzehnter Wärter des Friedhofs von Timpamara, ließ sich im Dorf nicht mehr sehen, seit ihn ein Sturz in den Rollstuhl gezwungen hatte.

Er wohnte auf dem Land, gleich hinter dem Viertel Pioppi Vecchi.

Seine freiwillige Abschottung von der Welt ließ es mir nicht geraten erscheinen, ihn zu stören, aber abgesehen von meinem dringenden Wunsch, die Wahrheit zu erfahren, war da noch die Tatsache, dass er mein Vorgänger war, und ich fand es seltsam, dass wir uns nie begegnet waren, dass ich ihn nie um Rat gefragt und er mir seinerseits keinerlei Ratschläge erteilt hatte.

Und darum ging ich am Morgen nach meinem Gespräch mit Mopassàn zu ihm, während meiner Dienstzeit, denn dieser Besuch gehörte durchaus zu den Obliegenheiten eines Friedhofswärters.

Seit der Sohn in Neapel studierte, lebte Graziano allein mit seiner Frau. Das Tor stand weit offen. Das Erste, was mir auffiel, war das hohe Gras an der Hecke, die den Weg begrenzte.

Ich läutete.

Stille.

Ich läutete noch einmal, und nun hörte ich unbestimmte

Geräusche, dann das Quietschen von Reifen. Darauf folgte universelle Stille.

»Wer ist da?«

Der unbekümmerte Tonfall, an den ich mich von unseren seltenen, flüchtigen Begegnungen in der Bar erinnerte, war zu einem rauen Timbre ausgetrocknet.

»Astolfo Malinverno«, antwortete ich nur, denn jede weitere Erklärung wäre mir unhöflich vorgekommen.

Erneut herrschte Schweigen. Dann das Geräusch des Schlosses, und die Tür ging auf.

Der Mann, der vor mir erschien, war ein anderer geworden: abgemagert, mit ungepflegtem Bart und langen Haaren.

Er musterte mich verwirrt.

»Und was wollen Sie hier?«

»Tut mir leid, wenn ich Sie störe, aber ich muss mit Ihnen reden.«

»Warten Sie einen Moment.«

Er fuhr zurück ins Haus, nahm eine leichte Decke von einem Sessel, legte sie sich über die Beine und kam wieder zur Tür.

»Mir ist ständig kalt … Gehen wir in die Laube.«

Die befand sich hinter dem Haus. Mit zwei Radumdrehungen kam er dort an. Als er in der Nähe des Tischchens anhielt, bedeutete er mir mit einer Geste, mich auf einen Hocker aus Holz zu setzen.

»Ich weiß nicht, warum, aber ich war mir sicher, dass Sie früher oder später kommen würden.«

»Das hätte ich viel eher tun sollen, ich hätte Ihnen viele Fragen stellen müssen, aber ich wollte Ihnen nicht zur Last fallen.«

»Fühlen Sie sich dort wohl?«

»Ja, es ist erstaunlich. Anfangs war ich nicht gerade begeistert.«

»Natürlich, Sie waren daran gewöhnt, zwischen Büchern zu leben. Als ich erfuhr, dass Sie meinen Posten übernommen hatten, verstand ich nicht, warum die Wahl ausgerechnet auf Sie gefallen war. Aber mir scheint, Sie kommen gut zurecht, und im Übrigen ist die Arbeit eben, wie sie ist.«

In diesem Augenblick kam seine Frau vom Einkaufen zurück. Sie stellte die Tasche auf den Boden und kam auf uns zu.

»Was für eine schöne Überraschung«, sagte sie, legte ihrem Mann einen Arm um die Schultern und sah ihm in die Augen.

»Kann ich euch etwas bringen?«

»Für mich nichts, danke«, antwortete ich und versuchte, die Ablehnung mit einem Lächeln zu mildern.

»Dann lasse ich euch jetzt weiterplaudern«, sagte sie und ging mit einer Fröhlichkeit, die ich nicht recht verstand, ins Haus.

»Seit meinem Unfall kommen nur noch wenige Leute zu Besuch. Auch die Freunde haben uns vergessen. Meine Frau leidet darunter; sie sagt oft, ich soll ausgehen, in die Bar, sie würde mich begleiten, aber dazu bin ich nicht bereit.«

Er blickte sich um und wirkte auf einmal traurig. In dem großen Garten lagen mehrere gefällte Bäume.

»Ich bin nicht bereit zu dieser Art von Leben.«

»Man gewöhnt sich an alles«, antwortete ich und richtete den Blick auf mein lahmes Bein. Er tat es mir nach.

»Nun, Malinverno, ich nehme an, Sie sind nicht gekommen, um mich um Rat zu fragen«, nahm er den Gesprächsfaden wieder auf, nun in weniger ernstem Tonfall.

»Oh, das auch, aber … es gibt da etwas, das ich wissen muss.«

Ich holte Emmas Foto, das ich aus dem Rahmen genommen hatte, aus der Tasche und reichte es ihm.

»Erinnert diese Frau Sie an jemanden?«

Aufmerksam betrachtete er das Bild.

»Nein. Warum sollte sie?«

»Das Foto stammt von einem Grabstein. Erinnern Sie sich wirklich nicht?«

Erneut betrachtete er das Bild.

»Wo befindet sich der Stein?«

Der Buchstabe des Abschnitts sagte ihm nichts, darum versuchte ich, den Platz zu beschreiben.

»Nein, ich erinnere mich nicht … Und wie sollte ich auch bei so vielen Gesichtern? Dann ist es Ihnen also genauso ergangen.«

»Wie bitte?«

»Sie müssen eine Wahl treffen. Sie wandern zwischen den Grabsteinen umher, umgeben von unbekannten Gesichtern, die Ihnen alle gleich erscheinen, und dann sehen Sie sich eine unter den vielen ein bisschen genauer an, vielleicht wegen des Namens, vielleicht wegen der Schönheit, und das tun Sie Tag für Tag, bis Sie nach Hause gehen und unwillkürlich an sie denken. Sie ist derart präsent, dass Sie irgendwann den Eindruck haben, sie zu kennen.«

Ich stellte mir vor, dass er sich in diesem Augenblick an ein bestimmtes Gesicht erinnerte, das kostbar für ihn, mir hingegen gleichgültig war, vielleicht die Frau neben Emma, der ich nie besondere Aufmerksamkeit geschenkt hatte, so wie er Emma nicht beachtet hatte.

»Ich hätte nie geglaubt, dass der Friedhof mir so sehr fehlen würde.«

Ich dachte an mich selbst und daran, dass sie mich eines Tages von diesem Ort abberufen würden.

»Wollen Sie noch einmal dorthin zurück?«

Er sah mich an, als hätte ich den Verstand verloren.

»Aber was reden Sie denn da?«

»Ich bringe Sie hin, wenn Sie wollen.« Beim Anblick des Grabes würde er sich vielleicht wieder erinnern.

Seine Frau gesellte sich zu uns, offenbar hatte sie unsere Worte durch das offene Fenster gehört.

»*Graziano mio*, geh, nimm Malinvernos Einladung an, du kannst dich doch nicht immer nur hier verkriechen«, ermahnte sie ihn.

Er zögerte. »Ich fühle mich noch nicht bereit dazu.«

»Nur zum Friedhof«, fügte ich hinzu, in dem Versuch, die Bresche zu verbreitern, die die Frau soeben geschlagen hatte. »Nur zum Friedhof, wenn niemand dort ist. Ich brauche Ihre Hilfe.«

»Aber wie soll das gehen?«

»Überlassen Sie das nur mir. Sagen Sie einfach Ja, und den Rest erledige ich.«

Graziano suchte den Blick seiner Frau und drückte ihre Hand.

»Aber nur, wenn nicht so viele Leute dort sind.«

Seine Frau umarmte ihn.

»Keine Sorge, ich hole Sie heute Abend ab, kurz vor der Schließung.«

»Heute Abend schon?«

»Es ist wichtig, und es eilt.«

Ich hatte recht klare Vorstellungen, darum schaute ich auf dem Rückweg zum Friedhof bei Marfaròs Bestattungsinstitut vorbei. Er war damit beschäftigt, Traueranzeigen in Plakatgröße zu drucken, und bat mich, einen Moment zu warten.

»Haben Sie heute Abend gegen halb sechs Zeit?«, fragte ich, als er mit dem Setzen der Buchstaben fertig war. »Ich bräuchte Sie und vor allem Ihre Ape.«

»Wenn es keine angenehmen Überraschungen gibt, habe ich um diese Zeit nichts vor. Aber wozu brauchen Sie mich?«

»Wir werden ein gutes Werk tun.«

»Wenn es mehr nicht ist ... das mache ich jeden Tag.«

Ich erklärte ihm, was ich vorhatte.

»Wenn es um den guten Melicuccà geht, will ich kein Geld als Gegenleistung. Ach, übrigens ...«, fügte er hinzu und schwieg, bis ich wie gewünscht nachhakte.

»Was denn?«

»Ich möchte Ihnen ein Geschäft vorschlagen.«

»Immer noch die Buchhandlung?«

»Nein, es geht um etwas anderes.«

Er trat hinter die Theke und kam mit einem Messingschild zurück.

»Wenn Sie das hier für mich am Eingang zum Friedhof aufhängen, drucke ich Ihnen jedes Foto, das Sie wollen.«

Ich las:

Alle Dienstleistungen auf diesem Friedhof erfolgen
durch das traditionelle Bestattungsinstitut Marfarò.

»Für mich wäre das kein Problem, aber ich glaube, Sie müssen sich im Rathaus eine Genehmigung holen.«

Zufrieden legte der Bestatter das Schild wieder weg. »Es findet sich immer jemand, der ein gutes Wort einlegt.«

Um zwanzig nach drei traf ich erneut bei Marfarò ein. Er stellte gerade Berechnungen in einer Kladde an, in der er jeden Zahlungsein- und -ausgang seines Lebens festhielt, einschließlich des Kleingelds für Brot.

Wir stiegen in die Ape und machten uns auf den Weg zu Graziano.

Der erwartete uns zusammen mit seiner Frau in der Gartenlaube. Sie strahlte. Er ein bisschen weniger, auch wenn er sich im Vergleich zum Vormittag verändert hatte: Der Bart war gestutzt, die Haare gekämmt, und er trug ein weißes, frisch gebügeltes Hemd.

Ich hatte Marfarò gebeten, direkt vor dem Haus zu parken.

»Sie steigen vorn ein.«

Der Bestatter und ich hakten Graziano unter. Ich hatte zu kämpfen, mein Bein schmerzte heftig, aber schließlich schafften wir es, ihn in den Wagen zu setzen. Marfarò hatte eine Kraft in den Armen, die mich überraschte. Den Rollstuhl stellten wir auf die kleine Ladefläche, und ich setzte mich auf den Rand und ließ die Beine baumeln.

Marfarò war umsichtig genug, sehr langsam zu fahren. Wir hatten beschlossen, das Dorf zu meiden, darum näherten wir uns dem Friedhof über holprige Landstraßen von der gegenüberliegenden Seite.

Noch zwanzig Minuten bis zur Schließung. Wir setzten Graziano in seinen Rollstuhl, und der Bestatter machte Anstalten, ihn zu schieben.

»Das überlassen Sie bitte mir«, sagte ich.

Marfarò ließ los, und ich umfasste die Griffe. Ein Lahmer, der einen anderen Lahmen schob, beide Friedhofswärter, womit sie die antiken Mythen besiegelten, die in uns, den Lahmen und Einsandaligen, Vermittler zwischen der Menschenwelt und der überirdischen Welt nach Art des Ödipus und des Philoktetes sahen. Das Überschreiten der Grenze, der Gang durch das Tor, erfüllte mich mit denkwürdiger Feierlichkeit.

Melicuccà war sichtlich gerührt.

»Ich dachte, ich würde nie wieder hierherkommen.«

»Und ich werde Ihnen jetzt etwas zeigen«, antwortete ich, denn ich hatte den wahren Grund unseres Hierseins nicht vergessen.

Graziano blickte sich um. Mit Sicherheit rief jeder Winkel des Friedhofs Erinnerungen in ihm wach, und unwillkürlich fragte ich mich, wie ich mich an seiner Stelle gefühlt hätte.

»Hier ist es«, sagte ich, als wir in den Pfad einbogen, der zu Emmas Grab führte.

Davor blieben wir stehen.

»Das ist die Frau von dem Foto.«

Melicuccà betrachtete sie eingehend.

»Erinnern Sie sich daran, sie beerdigt zu haben?«

»Nein, als ich Wärter wurde, war sie bereits da, dessen bin ich mir sicher. Auf dem Foto hatte ich sie nicht wiedererkannt, aber jetzt erinnere ich mich an sie, ich war damals neugierig, weil der Name und die Daten fehlten.«

»Also liegt sie seit mindestens vier Jahren hier.«

»Mindestens, das hier ist kein neuer Bereich.«

»Wie meinen Sie das?«

»Das haben Sie also noch nicht herausgefunden.« Auf seinem Gesicht lag die Andeutung eines Lächelns. »Abgesehen von Fällen mit Grabkapelle oder Gräbern auf Privatgelände, erfolgen die Beisetzungen normalerweise nach Sektoren geordnet, das heißt, alle, die hier liegen, sind *grosso modo* zur selben Zeit beerdigt worden.«

Ich nahm eine flüchtige Überprüfung vor, aber der Unterschied in Jahren zwischen den Daten war zu groß, um irgendeinen Hinweis zu liefern. Stille machte sich breit. Ich befürchtete schon, er würde mich nach dem Grund meines Interesses fragen, aber Graziano hatte anderes im Sinn.

»Hätten Sie etwas dagegen, einen Spaziergang zur anderen Seite zu machen?«

»Wo immer Sie wollen«, antwortete ich, und meine Befürchtungen zerstreuten sich.

Er wollte zu verschiedenen Orten gebracht werden: zu dem kleinen Beet, das er, wie er mir erzählte, mit gelben Rosen bepflanzt hatte, weil seine Frau die so sehr mochte, und zu einem Betonkreuz, das sich von seinem Fundament gelöst hatte und nun an einer Wand lehnte. Er bekreuzigte sich davor, weil es das Grab seiner Mutter war.

»Schade, dass ich nicht daran gedacht habe, ein paar Blumen aus meinem Garten mitzunehmen.«

»Das machen Sie beim nächsten Mal. Wenn Sie noch einmal zum Friedhof wollen, sagen Sie mir einfach Bescheid, dann kommen Marfarò und ich vorbei und holen Sie ab.«

Aber Graziano schien nicht überzeugt.

Zuletzt wollte er das Innere der Leichenhalle sehen. Ich fragte ihn nach den Gegenständen, die auf dem Bord an der Wand aufgereiht waren.

»Bis auf den Kassettenrekorder war alles schon da, als ich den Dienst angetreten habe.«

»Und der phrenologische Kopf?«

Grazianos Miene wirkte verwirrt, so als hätte ich auf einmal Deutsch mit ihm gesprochen. Für ihn war das ein Kopf und *basta*, mehr nicht.

»Der muss noch von Eraclito sein, meinem Vorgänger. Als er verschwunden war und ich seinen Posten übernahm, habe ich den Kopf dort gefunden«, sagte er und deutete auf den kleinen Tisch in der Nähe der Tür, »zusammen mit ein paar Spielkarten. Die müssen ihm gehört haben. Ich habe den Schädel dann zusammen mit dem Rest auf das Regalbrett gestellt. Armer Eraclito! Nachdem seine Frau ihn aus dem Haus gejagt hatte, hat er immer hier auf dem Metalltisch geschlafen, ehe er endgültig verschwand.«

Ich dachte an das mit Filzstift hinzugefügte Wort, *Wahnsinn*. Der letzte Satz war schleppend gekommen, wie wenn das viele Reden Graziano ermüdet hätte. »Vielleicht ist es an der Zeit, sich auf den Rückweg zu machen«, sagte der Bestatter und deutete auf die Uhr.

Ich dachte noch über Grazianos Worte nach.

»Eine letzte Frage. Haben Sie je gesehen, dass jemand die Frau auf dem Foto besucht hat?«

»Nein, nie, ich kann mich irren, aber ich erinnere mich an niemanden.«

»Und wissen Sie noch, ob Sie jemals eine Blume vor dem Grab gefunden haben?«

»Wie soll ich mich an eine Blume erinnern?«

»Und wenn ich Ihnen nun sage, dass es eine Distel war?«

»Eine Distelblüte? Auf dem Friedhof? Nein, das kann ich Ihnen mit Sicherheit sagen, eine solche Blume habe ich vor keinem Grab jemals gesehen.«

Am Tor bat mich Graziano, noch einmal anzuhalten.

»Nur für einen Moment«, fügte er hinzu.

Er manövrierte den Rollstuhl herum und blieb vor dem Tor stehen, um den Friedhof in seiner Gesamtheit zu betrachten. Er ließ den Blick von links nach rechts schweifen, verweilte bei jedem Detail und versuchte, es sich einzuprägen.

Noch vor dem Gruß, der nach einem endgültigen Abschied klang, brach sich Grazianos lange zurückgehaltene Rührung in stillem, schmerzerfülltem Weinen Bahn.

»Haben Sie ein Taschentuch?«

Ich reichte ihm eines. Er trocknete sich die Augen und gab es mir zurück.

Und dies war der Augenblick, in dem mithilfe eines nassen Stücks Stoffs heimlich die wahre Übergabe zwischen Graziano Melicuccà und Astolfo Malinverno vonstattenging.

19

Weil montags immer besonders viel zu tun war,
ging ich erst spät zu Emmas Foto. Wenn die Frau in Schwarz und die auf dem Bild dieselbe Person waren, handelte es sich um eine Fiktion, und in diesem Grabhügel lag keine Leiche. Aber warum inszenierte jemand seine eigene Beerdigung? Vor welcher Gefahr musste sich Emma schützen?

Ich bemerkte Spuren im Staub in dem Zwischenraum zum nächsten Grab. Sie waren so lang wie die Grabplatte, wie wenn sich jemand dort hingelegt hätte. Ich dachte an einen streunenden Hund.

Weil ich mich beobachtet fühlte, drehte ich mich mehrmals um, aber es war niemand zu sehen. Ich entstaubte das Glas auf der Fotografie und machte mich anschließend mit dem Besen an die Arbeit.

»Warum liegt Ihnen dieses Grab so sehr am Herzen?«

Ich erstarrte. Ich musste den Blick nicht heben, um zu wissen, wer gesprochen hatte. Mein Körper fing an zu beben. Dann gab ich mir einen Ruck und drehte mich um.

Endlich konnte ich ihr in die Augen sehen.

Es war Emma, ohne jeden Zweifel. Weniger blass als auf dem Bild, aber sie war es, und der Eindruck von Vertrautheit, den ich bei der ersten Begegnung bereits gehabt hatte, verfestigte sich. Ich musste nicht einmal auf das Foto schauen, um Vergleiche anzustellen. Sie war es.

Die Frage schwebte zwischen uns in der Luft.

»Das gehört zu meiner Arbeit«, antwortete ich mit dem Rest Atemluft, der mir noch geblieben war.

»Ich beobachte Sie schon eine ganze Weile«, sagte sie.

»Das ist mir überhaupt nicht aufgefallen. Seit wann?«

»Lange genug, um zu wissen, dass Sie hier mehr Zeit verbringen als anderswo. Ich habe noch nie gesehen, dass Sie andere Fotos mit dem Hemdärmel poliert hätten.«

Lügen war zwecklos. Sie wusste Bescheid.

»Also, warum?«, wiederholte sie ihre Frage.

Ich betrachtete sie eingehender. Sie machte einen Schritt auf mich zu, und diese Verlagerung ihres Körpers vom Humus, der die Gräber umgab, auf den Weg, auf dem die Menschen sich bewegten, kam mir wie ein Wechsel in einen anderen Zustand vor, das Überschreiten einer überirdischen Grenze.

Als sie sich direkt neben mir wieder zu einem Wesen aus Fleisch und Blut zusammensetzte, löste sich ein Teil meiner Anspannung. Nicht mehr so tun, als ob. Ich sah ihr beim Reden in die Augen und hatte das Gefühl, Emmas Foto anzuschauen; es war, als spräche ich mit ihr, endlich mit der Gewissheit, dass sie mich hören konnte.

»Beim ersten Mal, weil ich es so traurig fand. Nur eine Fotografie ohne Daten, ohne Namen, als hätte diese Frau heimlich gelebt und wäre heimlich gestorben. Ein bisschen wie ich. Darum habe ich dieses Foto sofort ins Herz geschlossen, wollte sie für die Einsamkeit entschädigen, habe mir vielleicht auch gewünscht, dass sie mir Gesellschaft leistet.«

Auf diese Weise hätte sich die Figur Astolfo Malinverno in einem Buch geäußert, und so sprach ich ohne Bedenken weiter, während ich mir vorstellte, wie sich meine Stimme in geschriebene Wörter verwandelte, Buchstabe für Buchstabe, und sie Sätze auf einer Seite eines Romans bildete, in dem ich eine Figur war, die der Autor nach langem Schweigen endlich zu Wort kommen ließ.

Sie trat neben mich und drehte sich zu dem Grabstein um. Emma betrachtete die Fotografie, und ich betrachtete Emma. Ihre Miene war undurchdringlich. Zum ersten Mal sah ich sie im Profil. Das Gefühl der Vertrautheit blieb, es war, wie wenn sie an meiner Seite gewesen wäre, als mein Vater mein Hinken entdeckte, als meine Mutter Geschichten erzählte, als ich die Enden der Bücher umschrieb.

»Sie haben recht, das ist alles sehr traurig.«

Was für Stimmen haben die Figuren in der Literatur? Mit welcher Stimme gedachte Hamlet des Mordes an seinem Vater, mit welcher Stimme erzählte Francesca Dante von Paolo, mit welcher Stimme sagte Faust über den Moment »*Verweile doch, du bist so schön!*« zu Mephisto? Welches Timbre hatte die Stimme von Raskolnikow, die von Don Quijote oder Sancho Panza, von König Lear oder dem Rasenden Roland?

Die Stimme, mit der sie spricht, ist das Letzte, woran wir denken, wenn wir uns eine literarische Figur vorstellen. Schuld sind die Schriftsteller, die dazu kaum etwas sagen, sie lassen sich über Gesichter und Haltungen aus, über sichtbare Details, aber für die Stimme, die sie doch Silbe für Silbe auf Papier übertragen, haben sie höchstens ein flüchtiges Adjektiv übrig, nur einen Hinweis, schauerlich für Räuberhauptmann Rinaldo, rau für Pluton, zittrig für Maruzza aus Vergas *Die Malavoglia*, röchelnd für den Feuerfresser in *Pinocchio*.

Die Stimme der geheimnisvollen Frau war für immer die Stimme von Madame Bovary.

Ich überlegte, welchen Tonfall eine Figur namens Astolfo Malinverno haben könnte, die als Friedhofswärter arbeitet, sich in das Foto auf einem Grabstein verliebt hat und die Frau eines Tages leibhaftig vor sich stehen sieht, und ich gab mir große Mühe, seine Stimme richtig wiederzugeben:

»Aber ich bin nicht *nur* aus Traurigkeit hier stehen geblieben.«

Emma senkte den Blick, als müsse sie Gedanken und Gefühle ordnen.

»Ich sollte mich für Ihre liebevolle Pflege bedanken.«

Mehr sagte sie nicht. Sie hatte einen schwachen Moment, ich sah, wie sie die Augen schloss, ja zukniff, wie sie beinahe ins Taumeln geriet, sich aber rasch wieder fing … und fortging, ohne sich von mir zu verabschieden.

Instinktiv wollte ich sie aufhalten, ihr all die Fragen stellen, die mich quälten, aber ihre nachgiebige, nahezu märtyrerhafte Haltung ließ mich zögern, denn jedes Wort hätte sie verletzen können wie ein Pfeil oder ein Schwert. Darum versuchte ich, mir einzureden, dass ihr ausbleibender Gruß ein Versprechen war, wie wenn man ein Lesezeichen in ein Buch legt, um später weiterzulesen, einen Bleistift oder eine getrocknete Blume, oder wie wenn man ein Eselsohr in eine Seite macht.

Während sie zweifelnd und bebend davonging, sah ich sie immer kleiner werden. Ich sah sie schrumpfen wie manche Träume, bis sie schließlich hinter den Säulen des Friedhofstors verschwand.

Ich würde auf ihre Rückkehr warten, denn aufs Warten verstand ich mich, weil wir nicht an dem Tag geboren werden, an dem wir auf die Welt kommen, sondern sehr viel früher. Die meisten Menschen vergessen jene dunkle, stille Zeit, die zwischen dem Beginn des Denkens und der Wahrnehmung des Lichts liegt, aber einige wenige, zu denen auch ich gehöre, verfrachten die Erinnerung daran in den Millimeter Materie zwischen Hippocampus und Amygdala. Vom Beginn des Lebens an schleppen sie die pränatale Erfahrung des Wartens mit sich herum. In der Dunkelheit und Stille des Aufschubs formen diese frühen Erinnerungsbilder den Charakter, sie zähmen ihn und sorgen dafür, dass er geduldig wird.

Ein Schrei riss mich aus dem Spinnennetz meiner Gedanken.

Zwei Männer stritten sich lauthals.

Als ich den Ort des Geschehens erreichte, erkannte ich Desdemonte Papasidero, der den Fremden anschrie.

»Wer sind Sie? Was haben Sie am Grab meiner Frau zu suchen? Machen Sie den Mund auf, sonst bringe ich Sie um!«, brüllte er und hatte dem anderen bereits die Hände auf die Schultern gelegt. Der Fremde stand reglos da, so verängstigt, dass ihm vor Kraftlosigkeit sogar sein Heft aus der Hand fiel.

»Was haben Sie getan, was haben Sie da aufgeschrieben, sagen Sie es mir!«

»Beruhigen Sie sich doch, Papasidero, immer mit der Ruhe«, sagte ich und legte meine Hände auf seine, damit er die Umklammerung löste.

»Mischen Sie sich bloß nicht ein, Malinverno, das hier geht nur mich etwas an!«

»Aber was haben Sie denn vor, lassen Sie ihn doch in Ruhe, er hat überhaupt nichts Böses getan«, sagte ich, während ich weiterhin auf Desdemontes Hände drückte, die wie zwei stählerne Zangen waren.

»Nichts Böses? Er hat vor dem Grab meiner Frau gestanden und etwas geschrieben. Ich habe es genau gesehen, und jetzt will ich wissen, wer dieser Kerl ist und was er hier macht, und wenn er nicht bald mit der Sprache rausrückt, werde ich ihn auf meine Art zum Reden bringen!«

»Lassen Sie ihn in Ruhe, habe ich gesagt, er arbeitet für mich!«

Diese Worte zeigten Wirkung, denn ich spürte, wie sich der Klammergriff des Riesen unter meinen Händen löste. Er senkte die Arme und durchbohrte mich mit dem Blick wie mit einer Ahle.

»Was haben Sie da gesagt?«

Die Farbe kehrte ins Gesicht des Fremden zurück, er richtete sich das Hemd und hob das Heft auf, das er in die Gesäßtasche seiner Hose steckte.

»Der Herr hier ist im Auftrag der Gemeinde tätig. Wir machen eine Bestandsaufnahme für die neuen Grabstellen, und seine Aufgabe ist es, über den Friedhof zu gehen und die entsprechenden Informationen in ein Heft einzutragen. Er arbeitet für uns, und Sie hätten ihn beinahe umgebracht.«

»Ist das wahr?«, fragte Desdemonte mit einer Stimme, in der von Wut nichts mehr zu hören war.

»Sie können nur hoffen, dass der Signore keine Anzeige erstattet!«, fügte ich hinzu, um das Thema ein für alle Mal zu beenden, und es funktionierte.

»Entschuldigen Sie, Signore, aber wissen Sie, als ich Sie vor dem Grab meiner armen Frau sah, die Eifersucht … Sehen Sie, wie schön sie war?«

»Machen Sie sich keine Gedanken, es ist alles in Ordnung«, sagte der Fremde.

»Wir gehen jetzt, Papasidero, vor uns liegt noch eine Menge Arbeit.«

Ich nahm den Fremden beim Arm, und wir entfernten uns.

Unterwegs bedankte er sich mehrmals bei mir. Als wir schließlich vor dem Geräteschuppen ankamen, fragte ich ihn, ob er etwas trinken wolle, denn er kam mir doch ein wenig mitgenommen vor.

»Gern«, antwortete er und folgte mir hinein.

»Setzen Sie sich. Zu trinken habe ich nur Wasser.«

Ich nahm die Flasche und füllte zwei Gläser, dann setzte ich mich neben ihn.

Er leerte sein Glas in einem Zug.

»Danke noch mal, das hätte bestimmt kein gutes Ende genommen. Was für ein Glück, dass Sie um diese Zeit noch hier waren!«

»Ich habe Ihnen doch gesagt, dass Sie aufpassen müssen. Aber jetzt ist es ja zum Glück vorbei.«

»Diese Idee mit der Bestandsaufnahme … Sie sind ein guter Geschichtenerzähler«, sagte er, während er sich ein Stückchen vom Stuhl erhob und das Heft, das ihn offenbar störte, aus der Gesäßtasche zog.

»Und worin sind Sie gut? Wenn Sie kein Künstler sind, was machen Sie dann hier? Geräusche hören und *basta*?«, fragte ich ihn mit Blick auf das Heft.

Der Fremde senkte den Kopf, und ich stellte mir vor, wie er Pro und Kontra gegeneinander abwog: Einerseits wollte er sein Geheimnis wahren, andererseits wollte er mir nicht unrecht tun nach dem Gefallen, den ich ihm erwiesen hatte und der vor allem ein großer Vertrauensbeweis war.

Zu meiner Überraschung reichte er mir das Heft.

»Sehen Sie es sich an.«

Ich hatte mit Porträts, Zeichnungen, Landschaften, höchstens mit Gedichten oder Tagebucheinträgen gerechnet, stattdessen erblickte ich eine Reihe von sachlichen Angaben zu Uhrzeit, Temperatur oder Wind, eine kurze Ortsbeschreibung und eine Reihe mir unverständlicher Kürzel.

»Da steht ja nichts Besonderes drin«, sagte ich und gab es ihm zurück.

»Was haben Sie denn erwartet?«

»Wie gesagt, ich dachte, Sie wären Künstler, ein Poet, ein Grabdichter wie Foscolo zum Beispiel, der auf Friedhöfen Inspiration findet und dem die Musik hilft, die er hört, oder vielmehr die Geräusche, wie Sie es nennen ...«

»Sie haben keine Ahnung, mein lieber Freund, wie reich an Klängen und Stimmen jeder Art diese Welt ist. Auch in diesem Augenblick, in dem um uns herum Stille zu herrschen scheint, existieren in Wirklichkeit Klänge, die wir nicht hören.«

Er schaute auf die Uhr.

»Ich muss jetzt los, sonst verpasse ich noch den Überlandbus.«

Er stand auf, gab mir die Hand und bedankte sich noch einmal.

»Wir sprechen später weiter, aber Sie haben mir immer noch nicht gesagt, was Sie hier eigentlich tun.«

»Nur Geduld, mein Freund, alles zu seiner Zeit. Und dann werden Sie verstehen, und wie Sie verstehen werden …«, sagte er, und ehe er wegging, drehte er sich noch einmal um und fragte: »Sie, der Sie bei den Toten leben, glauben Sie an die Toten?«

20

Eine und nur eine Gerade
verbindet zwei verschiedene Punkte miteinander.

Auf der Suche nach Indizien, die Emmas Identität erhellen könnten, begutachtete ich in der Leichenhalle und im Lagerraum jedes Stück Papier und jedes Dokument, das ich in die Finger bekam. Aber nichts führte mich zu ihr.

Unter einem Exemplar des Friedhofsplans, der in einer Werkzeugkiste zwischen anderen Papieren lag, fand ich eine alte topografische Karte der Gegend um Timpamara. Einigen handschriftlichen Vermerken zufolge war die Karte zur Zeit der Süderweiterung des Friedhofs dort abgelegt worden.

Als ich sie betrachtete, glaubte ich ein neues Dorf zu entdecken, das sich deutlich von dem unterschied, in dem ich Tag für Tag unterwegs war, und ich fand, es wäre eine gute Übung für jeden, sich hin und wieder den eigenen Wohnort auf einer Landkarte anzusehen.

Ich suchte nach den Eckpunkten meiner Existenz – Friedhof und Bibliothek –, um festzustellen, wie sie von oben aussahen, wie sie geformt, von welchen Spinnennetzen aus Gassen sie umgeben waren, und ich suchte die Strecke, die ich zurücklegte, um von einem Ort zum anderen zu kommen.

Eine und nur eine Gerade verbindet zwei verschiedene Punkte miteinander. Dies war einer der wenigen mathematischen Grundsätze aus meiner Schulzeit, an die ich mich erinnerte. Axiome sind denkwürdig, weil sie eine absolute und darum erschreckende Wahrheit ausdrücken. Ich stellte mir die Linie, die diese beiden Punkte miteinander verband, wie die Lebenslinie einer Hand vor. Weiter hinten, im westlichen Teil des Ortes, befand sich die Papierpresse. Wenn ich die Linie über die beiden Punkte hinaus verlängerte, würde auch die Presse sich auf ihr befinden. Die geografische Ausrichtung erstaunte mich und schien mir Weissagung, Omen, Prophezeiung zu sein. Tatsächlich war die Bibliothek erst später hinzugekommen. Sie lag zwischen dem Ort, an dem die Bücher, und dem Ort, an dem die Menschen starben, vielleicht, weil sie die Umkehrung dieses Vorgangs war: Sie beschützte Menschen und Bücher und ließ sie überleben.

Mein Leben schien sich nur um den Friedhof und die Bibliothek zu drehen, tatsächlich aber gehörte ich auch zur Papierpresse, denn sie war es, der ich, Astolfo Malinverno, mein Leben verdankte.

Mein Vater hatte im Lager hinter der Presse gearbeitet. Er kümmerte sich um die Lastwagen, die dort regelmäßig ankamen, voll beladen mit Papier. Er ließ sie entladen und teilte das Material in mehrere Haufen auf; er war für die erste Phase zuständig, in der das Papier auf lange automatische Transportbänder gelegt wurde, die es ins Innere der Fabrik brachten, wo andere Arbeiter es sortierten.

Wenn ich ihn besuchte, stand er immer auf einem Berg aus Papier. Er behielt mich so lange wie möglich bei sich, und wenn ich gehen musste, gab er mir eine Seite, die ich meiner Mutter mitbringen sollte. Auf dem Rückweg las ich sie; fast immer waren es Gedichte oder Liebeslieder. Auch das Leben meiner Eltern schien eine Geschichte aus einem Buch zu sein, denn dass meine Mutter sich in meinen Vater verliebte, war der Komplizenschaft zwischen dem *Rasenden Roland* und einer Laub abwerfenden Eiche zu verdanken.

In der bescheidenen Kleidung einer Hirtin war sie in Richtung der Felder von Ziofrò gegangen. Auf einmal hörte sie Wehklagen, und als sie genauer hinsah, erblickte sie Vito Malinverno, Sohn von Donna Rosaria Capistrano. Mit schmerzverzerrtem Gesicht lag er auf dem Boden, neben sich eine Leiter, einen großen Ast von einer Eiche und einen Fuchsschwanz.

Als Catena ihn derart verwundet dahinsiechen sah, wehte ein Hauch von Mitleid sie an und erweichte ihr Herz. So eilte sie an Vitos Seite und fragte:

»Haben Sie sich wehgetan? Kann ich Ihnen helfen?«

Er aber hörte nicht auf zu klagen.

Da beugte sich die Frau hinab, ergriff seinen Arm und legte ihn um ihren Hals. Sie half ihm, sich aufzurichten, und führte ihn zu einem Stein, auf dem er Platz nahm.

Dort bemerkte sie seine blutende Hand. Meine Mutter sah sich um und pflückte aus einem Busch etwas Luzerne, die sie auf die Wunde legte, um den Blutfluss versiegen zu lassen.

»Gleich hört es auf, Sie werden sehen.«

Da schauten sie sich zum ersten Mal in die Augen, und Catena konnte es kaum glauben, denn für einen Moment kam sie sich vor wie Angelica, die Medoro im *Rasenden Roland* zu Hilfe eilt und sich in ihn verliebt. Sie drehte sich um und sah nach, ob sich womöglich ein Hirte auf einem Pferd näherte.

Und sie hatte eine Art Déjà-vu, denn vor langer Zeit hatte sie immer wieder diese eine Passage gelesen, die Augen zum Himmel gehoben und gedacht: Wie schön wäre es, wenn auch mir so etwas zustoßen würde. Und genau daran musste sie in diesem Moment denken. Es *war* ihr zugestoßen, denn Vito war ebenso schön wie Medoro, und sie hoffte, dass auch er von Amors Pfeil getroffen worden war.

Während die Wunde dank der wundertätigen Kraft der Wildpflanze rasch zu heilen begann, sah der Mann ein Buch aus Catenas Schürzentasche hervorlugen.

»Lesen Sie gern?«

Sie nickte.

»Dann kommen Sie doch gelegentlich mal in der Papierfabrik vorbei. Ich arbeite dort und könnte Ihnen ein paar Romane geben.«

Eine Woche später begann Catena, sich mit ihren Freundinnen in der Nähe der Papierfabrik herumzutreiben, denn ihr fehlte der Mut, direkt zu Vito zu gehen. Sie hoffte aber, er würde sie sehen und nach ihr rufen. Und so kam es auch.

Sie erzählte mir von ihrem ersten Besuch in der Fabrik. Beim Anblick der Papierberge, die aus aufeinandergeschichteten Romanen und Illustrierten, aus Geschichten über Geschichten bestanden, wurde ihr vor Freude beinahe schwindelig. Vito führte sie unter ein Vordach.

»Die hier habe ich für dich aufgehoben«, sagte er und deutete auf ein kleines Regal aus Eisen. »Such dir einen Roman aus und nimm ihn mit nach Hause, und wenn du ihn durchgelesen hast, kommst du wieder und holst dir einen anderen und dann noch einen, denn ich werde dafür sorgen, dass sie dir nie wieder ausgehen. Immer nur einen Roman. Dann bin ich sicher, dass du zu mir zurückkommst.«

Es war eine Liebeserklärung, die Catena vorkam wie von einem Schriftsteller diktiert. An jenem Tag nahm sie Shakespeares *Tragödien* mit. Dem Buch fehlten die letzten beiden Akte von *Troilus und Cressida*.

Vierzehn Bücher später hielt Vito bei meinen Großeltern um Catenas Hand an.

Nach siebenundzwanzig Büchern liebten sie sich zum ersten Mal, nachts, bei Vollmond, auf einem Bett aus Bänden, die an jenem Nachmittag abgeladen worden waren und aus einer Klassikerbibliothek stammten, sie liebten sich das erste Mal auf dem vollständigen Werk von Seneca, während ihr Kopf auf Platons *Sym-*

posium ruhte und ihre Hände in besonders lustvollen Momenten Catulls *Oden* und Properz' *Cynthia* umklammerten. Nach zweiundvierzig Büchern heirateten sie.

Ich lehnte an der Wand der Leichenhalle und genoss die milde Wärme der Sonne, da tauchte Publiovidio Gerace auf, eine kleine Tüte in der Hand. Er begrüßte mich und fragte, ob ich einen Schraubendreher hätte.

Ich nahm ein paar Werkzeuge aus dem Koffer.

»Ich habe eine Fotografie meines Freundes Marcello dabei und will sie am Grabstein anbringen.«

»Wenn Sie wollen, helfe ich Ihnen.«

Beim Grab angekommen, löste ich die beiden seitlichen Schrauben und öffnete den Metallrahmen. Publiovidio nahm die Fotografie aus dem Tütchen und legte sie darauf, um die Größe zu überprüfen. Nachdem ich den Rahmen wieder angeschraubt hatte, betrachtete ich das Foto und war verblüfft. Es zeigte Marcello, wie er eine Japanerin in einem Brautkleid umarmt. Die künstlerische Handschrift des Fotografen Marfarò war deutlich an dem himmelblauen Hintergrund und dem künstlichen weißen Farbton des Kleides zu erkennen.

Publiovidio bemerkte mein Erstaunen, und um sich zu revanchieren – oder womöglich auch, um eine schöne Geschichte zum Besten zu geben, die dem teuren Freund zur Ehre gereichen würde –, erzählte er mir von den Wechselfällen hinter diesem Bild.

Marcello Soriano war ein berühmter Architekt hier im Ort gewesen. Er hatte an der Universität von Reggio Calabria gelehrt, und seine Berühmtheit hing mit dem Entwerfen von Brücken zusammen, denn ihm gefiel es, so sagte er, zusammenzuführen, was die Natur getrennt hatte. Und wegen einer Brücke unternahm er im Frühling des Jahres 1964 auf Kosten der Universität eine Reise nach Japan.

Es war die Zeit der Kirschblüte. Das Leben auf der Insel Kyushu, die er besuchte, um die Zugbrücke über den Fluss Chikugo zu studieren, erhielt von Marcello, der seit Jahren glücklich verheiratet war, eine Art Schubs.

In einer Wolke aus Kirschblüten ging er allein im Stadtpark dahin. Auf dem Hauptweg wurde eine Hochzeit gefeiert, und die bizarre Kombination aus einer Braut, so schön wie ihr weißes Kleid, und einem Bräutigam, so hässlich wie *bakemono*, die Monster und Dämonen des japanischen Volksglaubens, erregte seine Aufmerksamkeit. Der frischgebackene Ehemann grinste flegelhaft, während auf dem Gesicht der Frau ein Schleier von Traurigkeit lag, den nicht einmal das goldene Schimmern der Hakuza-Creme zu verbergen vermochte.

Marcello, den die überall auf der Welt verstreuten Zeichen der Traurigkeit faszinierten, starrte sie an wie etwas, das kurz vor dem Erlöschen steht. Während er sich noch ausmalte, wie der hässliche reiche Mann das schöne arme Mädchen mit den bedürftigen Eltern zur Frau nimmt, während er sich vorstellte, wie die alte Mutter sie zu sich ruft, um ihr die Unausweichlichkeit der Verbindung zu erklären, winkte der Bräutigam ihn auch schon heran.

Marcello blieb stehen und sah sich um. Ja, der Mann meinte tatsächlich ihn. Er näherte sich dem Paar; die Frau hatte den Blick gesenkt. Der Mann hakte Marcello unter und grinste immer noch. Er fasste ihn tatsächlich am Arm, als gehörte er zur Familie, und führte ihn zu der Gruppe. Als sie nur noch wenige Meter von den anderen entfernt waren, ließ er Marcello los und gab ihm ein Zeichen, sich zu seiner Braut zu gesellen. Dann blickte er zum Fotografen und deutete mit einer Hand eine Kamera an. Mit einer Geste bat er Marcello, sich mit der Braut fotografieren zu lassen, als wäre er ein Denkmal, ein italienisches Souvenir, das der Bräutigam seinen Freunden zeigen würde. Die Frau wagte nicht, den Kopf zu heben. Die Sache war ihr peinlich, aber sie gab der Laune des Bräutigams nach, als unterwürfe sie sich dem Schicksal, wodurch sie ihr kleines Leben der Blume gleichmachte, die auf die Erde fiel und von den glänzenden Schuhen dieser Null zerquetscht wurde. Der Bräutigam schob Marcello zu ihr und trat beiseite, um zuzusehen, wie der Fotograf, zu dem sich ein Gast mit einer Polaroidkamera gesellt hatte, die beiden in den Fokus nahm. Marcello wusste nicht, was er tun sollte. Er wollte nicht unhöflich sein und vor allem das Zartgefühl des Mädchens nicht verletzen, die inzwischen den eindringlichen Mahnungen ihres Gefährten gefolgt war und sich ihm ihrerseits genähert hatte. In diesem Moment und in einem Licht, das dem von Erscheinungen auf Altarbildern ähnelte, kreuzten sich ihre Blicke. Für Marcello war es ein unvergesslicher Moment. Nie zuvor hatte er derart traurige, verletzbar wirkende Augen gesehen, und ihr Körper schien so leicht, als hätte sie sich auf einen Ast des Kirschbaums setzen können, ohne dass dieser nachgegeben hätte. Auch er senkte den Blick, nachdem er sie erneut angesehen hatte, und diesmal lächelte sie. Ein Lächeln wie das letzte Winken einer Hand, die kurz vor dem Ertrinken aus dem Wasser ragt. Marcello lächelte zurück. Er trug einen dunkelblauen Anzug, der durchaus geeignet war, um vor den Altar zu treten. Die Frau legte ihm eine Hand auf den Arm, und er spürte, wie ihm eine Art Gravitationswelle durch Muskeln, Knochen und Blut lief.

Der japanische Bräutigam sagte etwas. Die Braut drängte sich an Marcello, der, einem plötzlichen Verlangen nachgebend, einen Arm um sie legte und eine Hand auf ihrer Hüfte ruhen ließ. Der Fotograf machte sich an die Arbeit. In diesen Sekunden verspürte Marcello etwas Unbekanntes, etwas, das er vielleicht nicht einmal bei seiner eigenen Hochzeit in dieser Intensität empfunden hatte, denn es mag sich komisch anhören, aber es war, als heirate er in diesem Augenblick tatsächlich, als fügten sich zwei Teile der Welt ineinander, als hätte sich an diesem Ort und zu dieser Zeit eine menschliche Monade wieder zusammengesetzt. Er wollte nicht von ihr abrücken, und auch sie hielt seine Hand länger als nötig, wie um sich an das letzte Stückchen Glück zu klammern, das das Leben ihr zugestand. Wäre es nach ihnen gegangen, sie hätten sich nie wieder losgelassen.

Als der Bräutigam sie voneinander trennte und die Braut bei der Hand nahm, um sie zu den geladenen Gästen zu führen, fühlte sich Marcello nackt und des schönsten Teils seiner selbst beraubt. Er wollte sie zurückhalten und musste doch zulassen, dass sie sich von ihm entfernte wie in einem Traum, und er kam sich bereits wie ein Witwer vor, denn bis zu diesem Tag hatte er vielleicht gar nicht gewusst, was Liebe ist. So sind wir, wir benennen die Dinge auf der Grundlage unserer Erfahrung, und da haben wir unser Leben lang zu wissen geglaubt, was Freundschaft ist, was Schmerz und was Liebe, wir nannten diese Gefühle bei den Namen, die wir gehört, gelesen, uns ausgedacht hatten. Auf einmal aber passiert etwas Neues, und wir begreifen, dass diese Bezeichnungen keine Gültigkeit hatten, dass das, was wir für Schmerz oder Liebe hielten, nur Zwischenstufen waren. Dann wundern wir uns über ein durch die Sprache verfälschtes Leben, und nach Jahren der Täuschung wird uns klar, dass wir nichts von dem erlebt haben, wovon wir so gerne sprachen.

In dem winzigen Bruchstück der Zeit, in dem sich eine Blüte vom Zweig löste und in der Luft schwebte, verstand Marcello, dass das, was er sein Leben lang Liebe genannt hatte, überhaupt keine Liebe war, und als er die Gruppe in der Ferne verschwinden sah, stieg eine schwarze zähe Flut in ihm auf. Durch den Verlust einer Blüte lernte er neben dem Glück auch die Liebe und den Schmerz der Sehnsucht kennen.

Aus der Gruppe der Gäste löste sich der Mann mit der Polaroid. Er kam auf ihn zu und gab ihm das Foto. Marcello betrachtete es, und es war das irdische Zeichen des Ereignisses, denn auf diesem Bild, das er in der Hand hielt wie eine Reliquie, während die einzige Frau, die er je geliebt hatte, ihrem Schicksal als zertretene Blüte entgegenging, während über ihm die Zweige im Licht schimmerten und die Zugbrücke über dem Fluss sich hob, auf diesem Bild also waren zwei Brautleute zu sehen, die ihre Vermählung feierten.

Er blickte der Gesellschaft nach, die soeben um die Ecke bog, und genau in diesem Moment drehte sich die Braut noch einmal um, mit schweren Lidern aufgrund der jüngst eingetretenen Witwenschaft, und in ihrem Lächeln lag ein Glanz, der sagte: *Addio, mein Verlobter, trag mich immer bei dir, so wie ich dich bei mir tragen werde. Für immer.* Marcellos Herz zog sich zusammen. Er warf noch einen Blick auf das Foto, dann schob er es behutsam in die Innentasche seines Jacketts. *Addio, meine Braut.*

Er bückte sich, hob eine Handvoll Blüten auf und setzte seinen Weg fort.

Nur bei dieser Gelegenheit habe er sich wirklich als Ehemann gefühlt, vertraute Marcello dem treuen Freund an. Und da die geliebte Frau einen Namen haben musste, beschloss er, sie Sakura zu nennen, wie die japanischen Kirschbäume, unter deren Zweigen er sie geheiratet hatte. Wenn er das Foto betrachtete, war er jedes Mal überzeugt, dass Sakura auf der anderen Seite des Erdballs an ihn dachte, denn es gibt viele Arten, einander zu lieben.

Von nun an erfüllte ihn jede Brücke, die er entwarf, mit Traurigkeit, denn es ist wahr, dass Brücken vereinen, was getrennt ist, aber in ihrer trügerischen Verkettung erinnern sie uns auch daran, dass wir letztlich alle nur Inseln sind.

Als Marcello herzkrank wurde – er starb nur ein Jahr nach seiner Frau –, vertraute er dem Freund an, dass er sich das Symbol der Kirschblüte auf dem Grabstein wünschte und dazu eine versiegelte Vase aus Glas mit der Handvoll Blüten darin, die er sorgfältig getrocknet hatte.

Publiovidio Gerace erzählte mir diese Geschichte in aller Kürze. Die Details habe ich hinzugefügt, denn es war immer schon mein Laster, Geschichten, Wörter und Träume um die Leute herumzubauen – obwohl ich mir sicher bin, dass Marcello uns tatsächlich für nichts anderes als Inseln gehalten hat.

Ich sah mich um, und diese Empfindung wurde noch stärker, denn die Grabsteine standen alle voneinander getrennt, und doch waren sie durch winzige Dinge miteinander verbunden, ein Blütenblatt, das der Wind umhertrug, ein Insekt, das sich überall niederließ, ein Rinnsal Wasser, das aus der Vase austrat und bis zum benachbarten Säulenstumpf floss, als baute auch die Natur gern Brücken, knüpfte Beziehungen, zöge Linien.

Marcello und seine japanische Braut waren zwei verschiedene Punkte der Welt, die eine und nur eine Gerade für immer miteinander verbunden hatte.

21

Seit Wochen schon war in Timpamara
kein Tropfen Regen mehr gefallen. Die Böden begannen auszu-
trocknen und bekamen Risse, das Wasser floss in Rinnsalen aus
den Trinkbrunnen, das Grün der Wiesen und Gärten war verblasst.
In der Bar und auf der Straße wurde viel geklagt. Wenn es so
weiterging, würde der Boden bald ruiniert sein und mit ihm die
Tiere, die nichts mehr zu trinken hatten, und die Menschen auch.
Die Hecken, Beete und Pflanzen auf dem Friedhof drohten aus-
zutrocknen, darum verbrachte ich meine Vormittage damit, sie zu
gießen. Für die Stellen, bis zu denen die Schläuche nicht reichten,
half mir Elea, Kanister mit Wasser zu füllen und sie in die Schubkarre zu stellen. Es schien sich um einen Kampf gegen die Zeit
zu handeln, denn der Boden trocknete sofort wieder aus, und die
Stängel neigten sich unter der unerbittlichen Kraft der Sonne.

Jeden Abend blickten die Timpamaraner in den Himmel und
versuchten, in den Wolkenstreifen Vorzeichen für den ersehnten
Regen oder dessen weiteres Ausbleiben zu entdecken.

Niemand hätte je vermutet, dass der ausbleibende Regen über
das Schicksal des Kfz-Mechanikers Fiodoro Diamante entscheiden
würde.

Er hatte sich am Tag zuvor gerade ein Motorrad gekauft, ein
Geschenk zu seinem siebenundzwanzigsten Geburtstag, für das er
neun Jahre lang gespart hatte. Kaum saß er im Sattel, machte seine
Freundin ein Foto à la Marlon Brando von ihm. Dann drehte er

eine kleine Runde zwischen der Ebene und der Piazza, hatte sich aber fest vorgenommen, den Gasgriff am nächsten Tag auf der drei Kilometer langen Geraden, die aus dem Ort hinausführte, bis zum Anschlag aufzudrehen.

Die Straße war nicht sicher. Am Stamm jeder Buche an ihrem Rand war das Foto eines Unfalltoten zu sehen, denn diese Strecke war trügerisch. Wenn man sie schnurgerade daliegen sah, bekam man Lust zu rasen, aber die Piste war die reinste Mausefalle. Zahlreiche Wege mündeten von links und rechts in die Straße ein, wie Arterien durchzogen sie die Felder, kleine Klingen, die von einer Sekunde zur anderen herausspringen konnten.

An jenem Morgen erwachten Fiodoro Diamante und Nicolevic Cinquefrondi nur wenige Minuten nacheinander, so als hätten die Hammerschläge des Schmieds Chateaubriand auf den Amboss ihnen als Wecker gedient.

Der eine wachte mit schlechter, der andere mit guter Laune auf.

Schlecht lief es für Nicolevic, der am Vorabend in der Hoffnung zu Bett gegangen war, dass der Himmel es auf seine Felder regnen lassen würde. Als er nun durch das Fenster die Sonne und den trockenen Asphalt erblickte, verfluchte er den Herrgott, denn er hatte keine Lust, die Wassertanks auf den Traktor zu laden und die klumpige Scholle zu bewässern.

Gut lief es für Fiodoro, der die Augen öffnete und es kaum erwarten konnte, das Geräusch des Motorrads beim Beschleunigen und Hochschalten zu hören, was ihm an diesem sonnigen Tag besonders viel Spaß machen würde.

Nicolevic Cinquefrondi brach viel früher auf als Fiodoro, der seine Vorfreude noch ein bisschen auskosten wollte und sich auf einen *caffè* in die Bar setzte. Als er nach einer Viertelstunde aufstehen und gehen wollte, streifte der Kellner seinen Arm, wobei sein blaues Hemd schmutzig wurde. Er ging ins Bad, um den Kaffeefleck auszuwaschen.

Während Fiodoro auf sein Motorrad stieg und nach dem Helm griff, war Nicolevic gerade mit dem Bewässern der Felder fertig geworden und lud die leeren Plastiktanks wieder auf den Traktor. Fiodoro beschleunigte aus dem Stand, und wie jeden Morgen schaute er vor der Fahrt zur Werkstatt bei seiner Margherita vorbei, um ihr einen Kuss zu geben. Als er drei Schritte getan hatte, rief ihn seine Freundin noch einmal zurück, um ihm einen weiteren Kuss zu geben, länger diesmal.

Fiodoro schloss den Kuss in seinen Helm ein, und als er unter Margheritas verliebten Blicken den ersten Gang einlegte, dachte er, dass es schön war, auf diese Art zu leben.

Im Dorf fuhr er langsam, aber sobald er die Ortsgrenze von Timpamara hinter sich gelassen hatte und die lange Gerade vor sich sah, beschleunigte er, bis er das Gefühl hatte, sich im freien Fall zu befinden.

Er fuhr so schnell, dass in kürzester Zeit die Überreste Dutzender Mücken auf dem Visier seines Helms klebten, und eine störte ihn ganz besonders, es war nur ein Augenblick, er glaubte, Blut spritzen zu sehen, ein Augenblick nur, er war abgelenkt, ein Augenblick, und er bemerkte die Nase von Cinquefrondis Traktor nicht, der an der Straße aufgetaucht war. Cinquefrondi blickte nach rechts und nach links und sah nichts, absolut gar nichts.

Als die Bleche zusammenstießen und miteinander verschmolzen, hatten Gut und Schlecht die Plätze getauscht.

So starb der junge Fiodoro wegen eines ausbleibenden Regengusses, der Nicolevic auf die Felder zwang, wegen eines langen, wiederholten Kusses, wegen eines abgelenkten Kellners und ein paar Tropfen Kaffee auf dem Hemd, wegen einer blutenden und blutigen Mücke, wegen eines winzigen Zweiflüglers, denn wer weiß, ob Fiodoro wusste, dass Mücken die Insekten mit dem schnellsten Flügelschlag der Welt sind, dass eine Bartmücke ihre Flügel tausendmal pro Sekunde bewegt, tausendmal in einer Sekunde,

obwohl es aussieht, als stünden sie still. So kam es auch Cinquefrondi vor, der näher kam und Fiodoro am Straßenrand liegen sah,
tot, aber so schön, dass er lebendig schien.

Am Tag danach erschien ganz Timpamara zur Beerdigung.

Ich hängte das Schild an die Bibliothek und ging ebenfalls hin.
Und wieder sah ich zusammen mit dem Trauerzug den schwarzen
Hund die Kirche betreten. Er legte sich vor den Sarg und wurde
diesmal geduldet. Wohin er in der Zeit zwischen zwei Todesfällen
verschwand, sollte nie jemand erfahren. Er gehörte bei Bestattungen in Timpamara zum üblichen Bild, so sehr, dass irgendwann
jemand auf die Idee kam, ihm einen Namen zu geben. Diese
Aufgabe fiel Sergejew Cessaniti zu, Arbeiter an der Papierpresse,
der ausschließlich Seiten und Fragmente russischer Romane und
Geschichten sowie Gegenstände aus Russland sammelte, denn sein
Vater war unter dem Kommando von General Francesco Zingales
einfacher Soldat im Italienischen Expeditionskorps gewesen und
bei der Eroberung Petrykiwkas für immer verschollen, vielleicht
sogar ums Leben gekommen.

Als er den Hund erblickte, sagte er zu den Freunden, die mit ihm
auf den Stufen der Sankt-Acarius-Kirche warteten: »Kaschtanka ist
da«, und er sprach den Namen so aus, wie er ihn vielleicht im Aus-
zug einer Erzählung gelesen hatte, Katschanka. Dieses den meisten
unbekannte Wort gefiel allen, denn im Grunde ist das die Aufgabe
der Wörter, sie müssen gefallen, selbst wenn sie nichts bedeuten.

Von da an wurde der Hund mit diesem Namen gerufen, manche
verballhornten ihn, und abgesehen von einigen boshaften Menschen, die gerüchteweise verbreiteten, er sei der Hund des Teufels
und brächte den Tod mit sich, hatten ihn sämtliche Einwohner
von Timpamara so gern, als wäre er einer von ihnen.

Er machte es sich unter Fiodoro Diamantes aufgebahrtem Sarg
bequem, während Margherita, gestützt von ihren Freundinnen,
verzweifelt schluchzte.

Als Marfarò im letzten Moment den Deckel auf den Sarg legte und Fiodoros Gesicht für immer darunter verschwand, fing Margherita an zu schreien und verlor das Bewusstsein.

Zu dem Zeitpunkt, als sich der Deckel endgültig schloss, hatte ich schon mehrmals jemanden ohnmächtig werden gesehen. Bisher aber hatte es sich immer um Mütter oder Väter gehandelt, die ihre Kinder betrauerten. Dass ihnen die Sinne schwanden, bestätigte die Umkehrung der Regeln dieser Welt gerade dadurch, dass ihre innere Ordnung durcheinandergeriet. Ich fand es nur natürlich, wenn so etwas aus Trauer um ein Kind passierte, aber nie, niemals, hatte ich eine Verlobte ohnmächtig werden sehen, wegen einer Herzensverbindung, die Blutsbanden nicht gleichkommt. Im Grunde hatte ich nie daran geglaubt, dass alle Paare in Timpamara, all jene, die verheiratet oder verlobt waren oder Hand in Hand gingen und Kinder zeugten, dass sie alle wirklich ineinander verliebt waren, denn oftmals wog die Gewohnheit oder die Angst vor der Einsamkeit, die Notwendigkeit, sich aneinander zu klammern, viel schwerer als jedes Gefühl. Wenn man kurz vorm Verhungern ist, verschmäht man auch faulige Abfälle nicht. Und den Menschen fehlt es so oft an allem und jedem, dass es manchmal nur wenig braucht, um sich für jemanden zu entscheiden, damit man sich vollständig fühlen kann.

Über die wahre Liebe, so glaubte ich, konnte man nur schreiben oder von ihr träumen, was in gewisser Weise dasselbe war. Und so musste sie bleiben, intakt wie Reliquien im Reliquiar, wie Don Quijotes Liebe zu Dulcinea, wie die von Werther oder Jacopo Ortis, wie meine Liebe zu Emma. Und doch wurde Margherita ohnmächtig, und sie brachten sie fort, während der Sarg des Verlobten in Erwartung seiner Bestattung in der Leichenhalle deponiert wurde.

Die Liebe all der Menschen, denen ich jeden Tag begegnete, schien mir nur eine erhabene Form der Anpassungsfähigkeit zu sein, die harmlose Tugend von Chamäleons, doch Margheritas

Ohnmacht bewies, dass es unter den unendlichen Kombinationen von Herzen gelegentlich eine passende, funktionierende Verbindung gab, dass man manchmal einen Fremden genauso sehr lieben konnte wie seine Kinder, von Natur aus, für immer.

In jener Nacht schlief ich nur wenig. Margheritas Schluchzen hatte mich erschüttert, und außerdem war es eine geräuschvolle Zeit; es schien, als wollte die Welt gegen das Unglück der Menschen protestieren.

Weder konnte Lektüre mich ablenken, noch konnten Emmas verständnisvolle Augen mich beruhigen. Ich stand mehrmals auf, um etwas zu trinken, zur Toilette zu gehen oder zu kontrollieren, ob alle Fenster geschlossen waren.

Der Sturm aus Schirokko und Westwind, der auf der Straße alles durchrüttelte, schien auch in mir zu toben, und ich verstand nicht, was mich dermaßen aufwühlte.

Nichts verschaffte mir Erleichterung, darum ging ich wieder ins Bett, tauchte in die Dunkelheit ein, und hoffte, dass endlich der Schlaf kommen würde.

Sehr früh wachte ich auf, so unruhig, dass ich beschloss, das Haus eine Stunde früher als üblich zu verlassen und zum Friedhof zu gehen.

Bis zum Tor war alles normal, aber als ich zur Leichenhalle hinüberblickte, stand deren Tür weit offen. Vielleicht hatte ich vergessen, sie zu schließen, oder der starke Wind in der Nacht hatte sie aufgerissen.

Ich schloss die Leichenhalle niemals ab, denn es erschien mir sinnlos, die Seelen der Toten in einen Raum zu zwingen, aber ich hatte nicht geahnt, dass einmal eine lebende Seele die Schwelle überschreiten würde.

Margherita hatte sich auf den Metalltisch neben den Sarg ihres Verlobten gelegt. Ich näherte mich ihr und atmete tief durch. Sie schlief auf der Seite, der rechte Arm ruhte auf dem Holz, wie um es zu umarmen. Die Kälte der Nacht und des Tisches verursachten mir Hustenreiz. Ich brachte nicht den Mut auf, sie zu wecken. Ich breitete eine Decke über sie, setzte mich an das Tischchen und betrachtete sie. Ich dachte daran, wie ich Emmas Fotografie umarmt hatte, an die Verzweiflung unglücklich Liebender.

Als ich zehn Minuten später laut hustete, öffnete sie die Augen. Es dauerte einen Moment, bis sie zu sich kam. Sie sah sich um, begriff, wo sie war, und setzte sich auf den metallenen Rand des Tisches.

In diesem Moment kreuzten sich unsere Blicke, aber sie verlor nicht die Fassung, im Gegenteil, meine Anwesenheit kam ihr offenbar völlig normal vor, so als wäre dies ihr Zimmer und ich ihr Vater, der sie vor der Schule weckte.

Schweigend stand sie auf. Sie umarmte und küsste den Sarg und ging fort, wobei sie mir in die Augen sah, und ich glaube, dass ich nie zuvor einen derart verzweifelten Blick gesehen hatte.

An diesem Morgen gönnte ich mir keine Pause. Ich erledigte die kleinen Arbeiten, die sich in den Tagen zuvor angesammelt hatten. Solange ich beschäftigt war, musste ich nicht nachdenken, und dieser Tag, den ich so schnell wie möglich ad acta legen wollte, verging wie im Flug.

Ein einziges Mal in meinem Leben, ich war noch sehr jung, habe ich gebetet, und zwar angesichts eines ausbleibenden Herzschlags. Danach nie mehr, denn wenn sich ein Gebet einmal als nutzlos erwiesen hat, wird es das immer wieder tun.

Ich habe nie um Schutz gefleht, um Wendungen oder Umkehrungen von Schicksalen; ich wusste und weiß noch immer, dass mein Bein nicht zwei Zentimeter länger werden konnte, denn alles, worum man im Gebet bittet, ist ein Wunder, und wenn sie geschehen, sind Wunder keine Wunder mehr.

Aber manchmal kommen mir Gedanken, die Gebeten ähneln. Als ich Emmas Foto sah zum Beispiel, bedauerte ich sehr, dass ich sie nicht zu ihren Lebzeiten kennengelernt hatte.

Vielleicht liegt in jedem Gedanken ein verstecktes Flehen, mehr noch, vielleicht sprechen manche Menschen keine Gebete, weil sie selbst Gebete sind. Das gilt auch für die Pflanzen, die dem Wind trotzen, für Wände, die den Regen abhalten, für das Beben der Teilchen, das Pulsieren der Quasare, Flehen ist das Blut, das fließt, die Lunge, die einatmet, das Auge, das schaut. Jede Form von Leben ist in ihrem extremen Kampf ums Überleben der Wunsch, zu beten.

Ich sprach diese Gedanken aus, ohne zu ahnen, dass sie eines Tages Gestalt annehmen könnten. Und da war es, das Wunder. Dies war das erste Wort, das mir einfiel, als ich Emma in Fleisch und Blut vor mir sah: ein Wunder.

Und nun wusste ich nicht, wie reagieren. Wie verhält man sich angesichts eines Wunders? Akzeptiert man es bedingungslos wie die alltäglichen Ereignisse eines Lebens, oder weist man es zurück wie eine Gabe, die man nicht verdient hat? Was bedeutet es, auserwählt zu sein, einer unter unendlich vielen, wie eine Maus im Käfig? Was erwartete der Experimentator von mir?

Ich nannte sie weiterhin Emma. Wenn ich an sie dachte, war dies ihr Name, und ich kam immer mehr zu der Überzeugung, dass hinter der Steinplatte niemand begraben war.

Emma hatte ihren Tod inszeniert. Sie war eine unglückliche Frau, eine Ehefrau, die schon lange unter einem unerträglichen Zusammenleben litt, aber dennoch weder die Kraft noch den Mut aufbrachte, darüber zu sprechen. Sie hatte es versucht. Jedes Mal, wenn ihr Mann nach Hause kam, wollte sie ihm sagen, dass dies kein Leben war, dass sie an seelischer Auszehrung sterben würde, wenn sie nicht fortging. Den ganzen Nachmittag hatte sie sich vor dem Spiegel darauf vorbereitet, hatte ihre Worte abgewogen, Pausen und Gesichtsausdrücke geprobt, aber dann musste er sie nur fragen, ob sie etwas habe, und sofort gab sie auf, lenkte das Gespräch auf das Abendessen, das fertig war, schluckte einen Löffel Suppe und einen Bissen Verzweiflung hinunter. Ein Wort hätte gereicht, auch zwischen dem ersten und zweiten Gang noch, sie hätte den Löffel ablegen können, obwohl der Teller noch voll war, ihm in die Augen sehen und den Mund aufmachen, aber es gibt Wesen, die lieber sterben, als die Wahrheit zu sagen, und die sich selbst mit vorgetäuschter Ruhe trösten, dem traurigsten aller Kompromisse. Es gibt Worte, die sie nicht einmal im Angesicht des Todes aussprechen würden. Aber was wäre falsch daran? Es kommt vor, dass eine Liebe zu Ende geht, und wenn das passiert, ist es das Einfachste, es zu sagen. Erst glaubst du, du schaffst es nicht, denn du denkst an das Leid des anderen, aber schon am Tag danach kannst du leichter atmen, deine Lunge füllt sich mit Sauerstoff, Schluss mit den Seufzern und der Galgenfrist, denn wenn man sich an den Tod gewöhnen kann, gewöhnt man sich auch an Mangel und Abwesenheit.

Aber es gibt Wesen, die lieber verschwinden, als die Wahrheit auszusprechen. Alles lieber als das, solange es nur im Stillen geschieht. Und eines Morgens, am Abgrund der Verzweiflung, hielt Emma den Augenblick für gekommen, sich aufzulösen. Ohne Worte. Im Stillen.

In gewisser Weise hatte sie sterben müssen. Und so kam ihr die Idee, sich, metaphorisch gesprochen, zu begraben, die Frau, die sie gewesen war, von der Erde zu tilgen, indem sie auf einem Grabstein in einem Nachbardorf ein Foto von sich anbrachte. Danach war sie weggegangen, weit weg, so weit wie nur möglich, und einige Jahre später kam sie wieder zurück und brachte sich selbst eine Blume ans Grab.

Wie war ihr Leben in dieser langen Klammer verlaufen? War sie zurückgekommen, um zu bleiben, oder handelte es sich um einen Zwischenhalt auf einer Wanderschaft?

Ich war mir sicher, dass ich sie wiedersehen würde, und ich bereitete mich darauf vor. Wenn Liebe und Leben in einem nicht allzu weit entfernten Anderswo zu finden waren, hatte ich jetzt das Gefühl, dass beides noch ein bisschen näher gekommen war.

22

Aus Furcht, sie könnte zum Friedhof kommen,
während ich mich in der Bibliothek aufhielt, und um in diesem
Fall rasch reagieren zu können, bediente ich mich einer kleinen
List. Außen an der Friedhofsmauer lag ein Sandhaufen, den die
Arbeiter für verschiedene Zwecke benutzten. Ich schüttete ein paar
Eimer davon in die Schubkarre und machte mich auf den Weg
zu Emmas Grab. Und dort, auf dem abgelegenen Pfad, der daran
entlangführte, verstreute ich mehrere Handvoll Sand und verteilte
ihn mit der Harke zu einer kleinen ebenen Fläche, wie es auch
Jäger machen, damit die Beute, sollte sie des Wegs kommen, ihre
Spur darauf hinterließ.

Es war ein Trick, der sich letztlich allerdings als nutzlos erwies,
denn zwei Tage nachdem ich Margherita auf dem Tisch in der Leichenhalle vorgefunden hatte, begegnete ich Emma am Tor, als ich
den Friedhof verließ, um zu Mittag zu essen.

Sie bemerkte meine Beunruhigung; vielleicht am zögernden
Schritt, vielleicht an der plötzlich auftretenden Gesichtsröte
erkannte sie, dass ich in Schwierigkeiten war.

»Wollen Sie schon gehen?«, fragte sie mich wie selbstverständlich.

»Ja ... äh ... nein ...«, stammelte ich.

Sie blieb vor mir stehen, und ich sah sie an und dachte an
Gebete, die erhört werden, an Wunder.

»Das heißt, Sie gehen?«

»Nein, ich bleibe heute etwas länger.«

»Nun, dann können Sie mich begleiten, wenn Sie wollen.«

Ich fand es immer schwierig, neben jemandem zu gehen. Es war mühsam, weil ich mich anstrengen musste, mit der Person Schritt zu halten, mühsam, weil mein Begleiter aus Verlegenheit langsamer ging, kürzere Schritte machte, auf meine lahmenden Füße blickte, um sich meinem Gang anzupassen. Aber als ich mich mit Emma auf den Weg machte, musste ich mich kein bisschen anstrengen, denn sie ging langsam, als wäre dies ihre natürliche Gangart, und die Kombination der Schritte schien mir ein weiterer Beweis für das Wunder zu sein.

»Auf diesem Friedhof ist alles so ordentlich.«

»Ich tue, was ich kann.«

»Man muss einsam sein, um zu wissen, wie man sich um andere einsame Menschen kümmert.«

Für einen Moment fragte ich mich, ob sie mir vielleicht auch außerhalb des Friedhofs gefolgt war, ob sie wusste, dass ich allein lebte, dass ich Bibliothekar war und keine Freunde hatte.

»Sie haben gesagt, Sie kümmern sich aus Mitgefühl um den Grabstein«, fuhr sie fort. »Aber Mitgefühl ist keine neutrale Empfindung. Es setzt Betroffenheit voraus.«

Mit diesen wenigen Worten, im darauffolgenden Schweigen und der universellen Harmonie unserer Schritte gelangten wir zu Emmas Grab.

»Und dieser Sand?«, fragte sie mich, als sie die Falle bemerkte.

»Den hat bestimmt ein Arbeiter hier liegen lassen«, log ich.

Sie blickte auf den Boden; offenbar schenkte sie mir keinen Glauben. Auf einmal streckte sie ein Bein aus, setzte den Schuh auf den Sand und trat fest hinein. Einige Sekunden später hob sie den Fuß wieder an. Ein sauberer Abdruck. Sie sah mir in die Augen.

»Machen wir es so«, sagte sie, als hätte sie alles verstanden, »von jetzt an komme ich jedes Mal bei Ihnen vorbei und sehe nach, ob Sie da sind.«

»Jeden Morgen«, versetzte ich eilig, »ich bin jeden Morgen hier. Nachmittags fast nie.«

Sie machte einen noch längeren Schritt und stellte sich mit beiden Füßen vor die Fotografie. Reglos stand sie da, als wollte sie unbedingt deutliche, klar definierte Abdrücke ohne Schleifspuren hinterlassen.

Ich weiß nicht, warum ich ihrem Beispiel folgte und ebenfalls das rechte Bein ausstreckte, wobei ich es vermied, den Sand zu verwischen. Das linke Bein holte ich mit großer Mühe nach. Für einen Moment verlor ich das Gleichgewicht, aber Emma bemerkte es und griff nach meinem Arm. Ein unerwarteter Kontakt, der nur eine Sekunde dauerte, aber es war eine dieser Sekunden, um die komplette Existenzen kreisen. Und so fand ich mich an ihrer Seite wieder.

Wir betrachteten beide das Foto, aber jetzt hatte es nicht mehr dieselbe Wirkung auf mich. Es fühlte sich distanziert an, umgekehrt proportional zur Nähe und dem Verlangen, die wiederauferstandene Emma anzuschauen. Sie waren zwei einander ähnelnde Schneeflocken, zwei Blüten. Und das sagte ich ihr auch.

»Ihr seid einander so ähnlich ...«

Wie um meine Worte zu bestätigen, starrte Emma auf das Foto.

»Ihr scheint ein und dieselbe Person zu sein«, fügte ich hinzu.

»Vielleicht sind wir das, wer kann das schon sagen?«, antwortete sie in resigniertem Ton.

Die Intensität, mit der sie auf die Fotografie starrte, ließ mich vermuten, dass dort tatsächlich jemand begraben war, den sie liebte, und das brachte meine Hypothese ins Wanken.

»Sie sind nicht von hier, stimmt's?«

Emma schwieg. Seit einer Weile wirkte ihr Gesicht traurig, und ich bemerkte zu spät, dass sie weinte. Ich sah, wie ihr die Tränen über die Wangen liefen, und war mir sicher, dass ihre Lippen sich unmerklich bewegten wie bei einem Gebet in der Kirche. Sie schien mit dem Foto zu sprechen.

Ich fühlte mich deplatziert, und wenn ich gekonnt hätte, wäre ich davongeschlichen, aber die geringste Aktivität hätte ihre Andacht gestört. Emma trocknete sich die Tränen nicht, sondern ließ zu, dass sie ihr über den Hals liefen und in ihrer Bluse verschwanden.

»Beim letzten Mal«, sagte sie unvermittelt, ohne den Blick von dem Bild abzuwenden, »haben Sie einen Satz nicht beendet. Sie sagten, Sie hätten nicht nur aus Traurigkeit an diesem Grab halt-gemacht. Was ist der andere Grund? Erinnert dieses Bild Sie an jemanden?«

Ich konnte ihr schlecht sagen, dass ich mich in ein Foto verliebt hatte.

»Ja, an jemanden, der mir sehr viel bedeutet hat.«

Sie fragte nicht weiter. Nach einer Weile streckte sie eine Hand nach dem Foto aus und liebkoste es, und während sie das tat, strich sie sich mit der anderen Hand über die Wange, gleichzeitig, reflex-haft. Und sie führte diese Gebärden aus, als wäre ich nicht da oder besser gesagt, als wäre ich ein natürlicher Bestandteil dieses Bildes.

»Gehen wir!«

Ebenso aufmerksam wie zuvor trat sie aus dem Rahmen aus Sand, ohne ihn zu berühren, beinahe ein kleiner Sprung. Und als sie auf der anderen Seite dessen ankam, was ein magischer Kreis geworden war, reichte sie mir die Hand, und ich ergriff sie, um es ihr nachzutun.

Wir gingen auf den Eingang zu.

»Wann kommen Sie wieder?«

»Ich weiß es nicht, aber ich werde nach Ihnen sehen, und falls Sie nicht da sind …«

Auf dem Hauptweg angekommen, hob sie einen Zypressen-zweig vom Boden auf.

Vor der Leichenhalle, in der Nähe des Eingangs, bemerkte sie einen Eisenhaken, der an der Innenseite des Pfeilers angebracht war. Sie ging darauf zu und hängte den Zweig daran auf.

»Wenn er umgedreht ist, heißt das, dass ich hier war, Sie aber nicht angetroffen habe.«

Als ich sie weggehen sah, mit dem Rücken zu mir, überkam mich eine Art Verzweiflung bei der Vorstellung, noch mehr Tage in dieser Vorhölle aus Annahmen, Fragen und Gedanken zu verbringen. Ich konnte mich nicht mehr zurückhalten:
»Wie heißen Sie?«
Emma blieb stehen, drehte sich um und musterte mich.
»Wer sind Sie?«, hakte ich nach.

Die Miene der Frau verhärtete sich; vorwurfsvoll schloss sie halb die Augen, dann machte sie kehrt und ging zum Tor hinaus, ohne zu grüßen. Ihr schien etwas auf der Seele zu liegen.

Ich sah zu, wie sie sich entfernte; meine Kehle war wie zugeschnürt. Auf das Mittagessen hatte ich keinen Appetit mehr. Ich nahm mit, was ich zum Aufsammeln der Sandkörner brauchte, und kehrte zu dem Grabstein zurück. Kurz davor blieb ich stehen. Das Rechteck aus Sand war bis auf die hellen, deutlich erkennbaren Fußabdrücke intakt geblieben. Alles wirkte so präzise und klar abgegrenzt, dass es mir widerstrebte, es wegzuwischen. Ich betrachtete meine Abdrücke neben Emmas, das Bild unserer Nähe, und dachte, dass sie einander nahe bleiben würden, auch wenn ich sie löschte, denn Abdrücke verschwinden nicht, wenn sie vom Wind verweht, vom Wasser weggespült oder von der Erde aufgenommen werden, sie verwandeln sich nur in etwas anderes, in zwei Blätter an einem Pappelzweig, in Staubblatt und Staubbeutel einer Blüte, in ein Versprechen, das um die Welt reist.

Nichts, was jemals für einen Augenblick existiert hat, verschwindet vollständig, nicht einmal Gedanken, auch Gebete nicht oder Träume.

Ich saß am Schreibtisch in der Bibliothek, da hörte ich von der Treppe her langsame, nahezu zögerliche Schritte. Ich schaute in die

Richtung, aus der sie kamen. Obwohl ich richtig vermutet hatte, um wen es sich handelte, war ich doch sehr erstaunt, diesen Menschen hier zu sehen.

Es war der Fremde, den ich seit Wochen zwischen den Grabsteinen umherstreifen sah und den ich vor Kurzem aus Desdemonte Papasideros wütendem Griff gerettet hatte.

Seine Präsenz, die mir auf dem Friedhof, nicht aber hier in der Bibliothek vertraut war, verwirrte mich, wie wenn sich die Orte und Aufgaben überlagert hätten. Als er mich sah, nahm auch sein Gesicht einen erstaunten Ausdruck an, und vielleicht glaubte er für einen Moment, er habe sich verlaufen.

Er kam näher und grüßte mich sehr freundlich.

»Aber ... sind Sie hier der Bibliothekar?«

»Ja, der bin ich, herzlich willkommen.«

Ungläubig lächelnd schüttelte er den Kopf.

»Damit habe ich nun wirklich nicht gerechnet.«

»Sie sind nicht der Einzige, der sich darüber wundert. Was kann ich für Sie tun?«

»Ich muss einige Bücher zurate ziehen und habe gehört, dass diese Bibliothek sehr gut ausgestattet sein soll.«

»Wenn Sie mir sagen, was Sie suchen, helfe ich Ihnen gern.«

Er lächelte. »Wie es aussieht, müssen Sie mir ständig helfen. Na egal, ich suche mehrere Bücher ...«

»Romane?«

»Nein, nein, Fachbücher.«

»Welches Fachgebiet?«

»Mathematik, Naturwissenschaften, Religion ...«

»Hier haben wir den Karteikasten mit den Titeln, alphabetisch nach Autoren sortiert, falls Sie ein bestimmtes Buch suchen. Wenn Sie sich erst mal einen Überblick verschaffen wollen, zeige ich Ihnen gern die Regale zu den jeweiligen Themen.«

»O ja, das wäre mir recht.«

»Also, das Regal dort links … die oberen Fächer sind für Mathematik und Naturwissenschaften. In den mittleren Fächern hier vorn finden Sie Bücher zum Thema Religion.«

Er dankte mir und begann seine Recherchen.

Mit dem rechten Zeigefinger fuhr er über die Buchrücken, und wenn er etwas Interessantes fand, nahm er den Band heraus und blätterte darin herum; bei manchen las er nur eine Seite an, andere hingegen betrachtete er länger. Hin und wieder legte er ein Buch beiseite. Etwa nach der Hälfte der Suche fragte er mich:»Kann man die Bücher ausleihen, auch wenn man nur auf der Durchreise ist?«

»Dafür reicht Ihr Personalausweis. Füllen Sie bitte dieses Formular aus.«

Auf diese völlig unerwartete Weise erfuhr ich, dass der Mann Isaia Caramante hieß. Bis kurz vor der Schließungszeit durchstöberte er die Regale, dann kam er mit einem Stapel Bücher zu mir und stellte ihn auf den Schreibtisch.

»Die nehme ich mit. Ich hätte nie geglaubt, dass ich diese Bücher hier finden würde. Fast scheint es, als hätten sie auf mich gewartet.«

Wochen voller Hypothesen über diesen Mann, Projektionen, Vermutungen, Annahmen, und nun reichte er mir ohne Aufforderung die Schlüssel zu seinem Denken und gab mir genauere Auskunft über das, was er auf dem Friedhof tat.

Ich nahm ein Buch nach dem anderen und las laut den Titel, während ich ihn in das Ausleihregister eintrug:

Von der Anwendung der Mathematik auf menschliche Tatsachen. Einführung in die Gematrie, Arithmomantie und Isopsephie von Tebaldo Guadalasci, Turin 1948.

Über geistige und auditive Störungen. Forschungsergebnisse aus der Psychiatrischen Klinik Girifalco von Dr. Francesco Veraldi, Catanzaro 1950.

Das Büchlein vom Leben nach dem Tode von Gustav Theodor Fechner, Dresden 1836 (ed. Isis 1921).

Beweise für die Existenz Gottes von Vittore Marchi, in: Realistischer Idealismus, Bari 1935.

Sprechfunk mit Verstorbenen von Friedrich Jürgenson, München 1981.

Das Testament des Abbé Meslier. Vermächtnis der Gedanken und Ansichten von Jean Meslier, Priester, Pfarrer von Etrépigny und Balaives, über einen Teil der Irrtümer und Mißstände in der Lenkung und Leitung der Menschen, worinnen sich klare und deutliche Beweise für die Eitelkeit und Falschheit aller Gottheiten und aller Religionen der Welt finden, das nach seinem Tode seinen Pfarrkindern zukommen soll, damit es ihnen und ihresgleichen als Zeugnis der Wahrheit diene, London 1773.

Ich steckte die Bücher in eine der Tüten, die ich extra für umfangreiche Ausleihen bereithielt.

»Ich glaube jedenfalls an die Toten«, sagte ich leise zu ihm.

»Daran hatte ich keinerlei Zweifel«, antwortete Caramante, ehe er Anstalten machte, die Treppe mit schwererem Schritt als zuvor wieder hinunterzusteigen. Und er fügte hinzu: »Wenn wir uns das nächste Mal sehen und Sie Zeit haben, erzähle ich Ihnen eine Geschichte.«

Sobald ich wieder allein war, versuchte ich, mir gemäß meiner alten Gewohnheit, Menschen mittels der Bücher einzuschätzen, die sie lesen, eine Vorstellung von diesem Mann und von dem zu machen, wonach er suchte. Ich fand heraus, was die Wörter *Gematrie, Arithmomantie* und *Isopsephie* bedeuten, und verglich sie mit den anderen Titeln, weil ich wissen wollte, ob es womöglich eine Verbindung zwischen ihnen und den Klängen gab, von denen der Mann mir erzählt hatte.

Ich zog die Fensterläden zu und spazierte langsamer als üblich zum Friedhof, um das Tor zu schließen.

Mein Leben, das immer von entwaffnender Einfachheit und Geradlinigkeit gewesen war, füllte sich unverhofft mit Rätseln. Es kam mir vor, als wäre ich innerhalb weniger Tage zu einer literarischen Figur geworden, in eine Situation verstrickt, die ihre Kräfte übersteigt, genau wie die wiederauferstandene Emma, die meinen Geist am meisten beschäftigte. Und nun war da noch Isaia Caramante, ein Fremder, der auf Friedhöfen umherlief, Stimmen hörte und in einem Notizbuch geheimnisvolle Kürzel notierte, die etwas mit Wissenschaft zu tun hatten, mit dem Tod und mit Gott.

23

Als mich an jenem Morgen wie üblich ein Lichtstrahl weckte, war ich schlecht gelaunt. Draußen wehte Wind, und mein Bein tat weh, wie immer, wenn sich das Wetter änderte. Die ganze Nacht über hatte ich es in eine Wolldecke eingewickelt, um es warm zu halten, aber es hatte nichts genützt.

Das Erste, das mir als Nachwehe eines Traums in den Sinn kam, war das Gesicht meines Vaters, der an Notturnos kleinem Grab steht.

Ich wärmte die Milch auf, wusch mich, zog mich an und ging zum Friedhof.

Manchmal scheint es zwischen Gedanken und Ereignissen kommunikative Röhren zu geben, denn vor der Bar stand Plutarco Sangineto und rauchte eine Zigarette. Als er mich sah, kam er sofort auf mich zu.

»Wie geht's dir, Astolfo?«

Er hatte noch dieselbe raue Stimme wie damals in der Schule, als wir Banknachbarn waren und er mich mit Worten gegen all jene verteidigte, die mich verspotteten und mir böse Streiche spielten. Er hatte Gefallen an mir gefunden, und auch ich hatte ihn gern. Nach dem Abschluss begann er, in der Papierfabrik zu arbeiten, und tatsächlich lugte jetzt aus seiner Jackentasche ein gefaltetes Bündel Papier hervor. Es kam häufiger vor, dass wir uns zufällig in der Bar begegneten und ins Gespräch kamen.

»Gestern Nachmittag ist eine Ladung Bücher angekommen, die

mir interessant erscheint, komm doch mal vorbei und sieh sie dir an.«

»Wenn ich mich heute Vormittag freimachen kann, gern, sonst am Nachmittag, bevor ich die Bibliothek öffne.«

»Wann immer es dir passt, ich bin den ganzen Tag in der Fabrik.« Normalerweise ging ich freitags hin, aber in solchen Fällen machte ich eine Ausnahme.

Der Schmerz ließ mich noch stärker humpeln als üblich, und ich vermied es, schwere Arbeiten zu verrichten. Am Vormittag zog ich mich in den Geräteschuppen zurück, legte das Bein auf einen Hocker und deckte es zu.

Eine halbe Stunde später ging ich zu unserer Grabkapelle, um mir das Foto von Notturno anzusehen. Das tat ich am liebsten an ohnehin schon von Melancholie geprägten Tagen. Jedes Mal, wenn sich mein Bein auf diese Weise bemerkbar machte, dachte ich an ihn.

Es hatte eine Zeit gegeben, in der wir beide lebendig und einander nahe gewesen waren, im mütterlichen Schoß, im gleichen Rhythmus atmend.

Um ihm zu erklären, warum Notturno nicht mehr lebte, hatten sie meinem Vater erzählt, er sei etwas kleiner als ich gewesen, so als hätte er einige Tage zuvor bereits aufgehört zu wachsen, weil der mütterliche Körper ein Los gezogen hatte, auf dem sein Name stand.

Wie trifft die Natur ihre Wahl? Gibt es eine Logik des Todes?

Diese Fragen stellte ich mir jedes Mal, wenn mein Bein mir Schmerzen bereitete, und dann dachte ich an Notturno, an die Schmerzen im Bein und wieder an Notturno, denn alles, was ich im Leben nicht haben konnte, hatte er mit sich genommen, auch diese zwei Zentimeter lebendiges Fleisch und die Liebe, die mir immer gefehlt hat, auch dieser Teil gehörte ihm. Vielleicht haben wir in unserer pränatalen Existenz, der wechselhaften Zeit zwischen dem Zur-Welt-Kommen und der Geburt, alle einen Zwilling gehabt, der unser Gegenteil war und unsere zukünftigen Mängel in sich trug. Zusammen wären wir vollkommen, aber er stirbt immer vor uns, auch wenn wir ihn nicht sehen, und vielleicht ist dieser Tod ein Opfer, durch das man dem Überlebenden den Sinn des Lebens schenkt, die unaufhörliche Suche nach dem fehlenden Teil.

Ich ging zu Emmas Grab. Gab es eine Logik der Liebe? War sie womöglich das Pendant zum abwesenden Zwilling, die menschliche Strategie, einen angeborenen Mangel auszugleichen? Ich dachte an die siamesischen Zwillinge, an die Moroköpfe, an Janus, an Platons androgynen Kugelmenschen, an die Einheit und den trennenden Schnitt.

Seit dem geheimnisvollen Erscheinen der Körper gewordenen Emma galten all meine Gedanken ihr. In den Tagen nach unserer Begegnung bestand die Hoffnung, sie würde noch einmal zu mir kommen, und ich hörte auf, mich verzweifelt nach einer zufälligen Begegnung auf der Straße, in einem Geschäft oder am Eingang der Bar zu sehen.

Sogar in der Bibliothek war sie es, die mir als Erste in den Sinn kam, wenn ich jemanden die Treppe heraufkommen hörte.

Um mich bei unserem Rendezvous nicht zu blamieren, begann ich, auch auf dem Friedhof ein graues Hemd zu tragen, und ich zog Handschuhe an, damit meine Hände sauber blieben. In jenen Tagen begann ich, mich mit Brillantine zu frisieren, sodass meine Haare bei der Arbeit nicht zerzausten.

Hatte sich zuvor alles vor ihrem Grab abgespielt – Gedanken, Fantasien und Herzklopfen –, musste ich inzwischen nur das Haus verlassen, damit dies geschah, und zwar mit größerer Intensität, denn jeder Punkt in dem Netz aus Längen- und Breitengraden konnte der für das Treffen auserwählte Ort sein. Wenn ich bei der

Annäherung an ihr Foto nervös wurde, dann nur, weil ich hoffte, an der nächsten Abzweigung der leibhaftigen, schwarz gekleideten Emma zu begegnen, die ihrem eigenen Trugbild die Ehre erwies.

Eine halbe Stunde früher als üblich ging ich nach Hause, und nach einem eiligen leichten Mittagessen machte ich es mir auf dem Sofa bequem. Ich legte das schmerzende Bein auf einen Stuhl und bedeckte es mit einer Wärmflasche. So schlief ich ein.

Beim Erwachen eine Stunde später hatte der Schmerz endlich nachgelassen, darum beschloss ich, zur Papierpresse zu gehen und mir die Bücher anzusehen.

Wie immer stand das Fabriktor offen. Ich trat ein, sah mich nach meinem Freund Plutarco Sangineto um und fragte schließlich einen vorbeigehenden Arbeiter nach ihm.

»Er ist bei den Wannen. Ich gehe gerade in die Richtung, wenn Sie wollen, sage ich ihm Bescheid, dass Sie da sind.«

Wenige Minuten später kam Plutarco angelaufen.

»Komm, ich zeige sie dir.«

Er hatte recht, es war eine hervorragende Lieferung, sehr viele Bände in recht gutem Zustand, sodass es schade gewesen wäre, sie einfach auf das Förderband zu legen und zu Brei werden zu lassen.

»Wie viele darf ich mitnehmen?«

Er gab mir zwei große Jutesäcke.

»Pack alles hinein, was du brauchst. Wir stellen die Säcke unter das Vordach, und ich lasse sie dir später bringen.«

Die Auswahl fiel mir schwer. Ich legte die Bücher beiseite, die in der Bibliothek schon vorhanden waren, und beschäftigte mich mit mir unbekannten Titeln und mit Autoren, von denen ich noch nichts gelesen hatte. Wäre es möglich gewesen, hätte ich den ganzen Nachmittag dort verbracht.

Als die beiden Säcke voll waren, rief ich Plutarco, der sie an einen geschützten Ort am Eingang zum Lagerhaus verfrachtete.

Ich bat ihn um eine Tasche, denn ich hatte etwa zehn Bücher aussortiert, die ich gleich mitnehmen wollte, um trotz des Ungemachs mit dem Bein nicht mit leeren Händen fortzugehen. Als ich mich bereits auf den Weg gemacht hatte, sah ich am Eingang einen Arbeiter in einen kleinen Bagger steigen. Mit der Schaufel nahm er die zurückgelassenen Bände auf und ließ sie auf große Förderbänder fallen. Während ich beobachtete, wie die stählernen Krallen das Papier zerrissen, das widerstandslos in sein Verderben stürzte, kam mir die Welt wie eine einzige Ungerechtigkeit vor.

Die letzte Station dieser Abschiebung kenne ich aus eigener Erfahrung. Vom Förderband aus fielen die Bücher in große Wannen auf Rädern. Wenn eine voll war, kam die nächste an. Die volle Wanne bewegte sich ein paar Meter weiter und kippte ihren Inhalt in eine Presse. Eine kurze Bewegung: Die Presse schloss sich mit einem dumpfen Geräusch, und heraus kam ein Papierwürfel. Anonym. Bedrückend.

So starben manche Bücher eines plötzlichen, gewaltsamen Todes ähnlich einem Unfall oder einem Herzinfarkt.

Unter dem dröhnenden Lärm der Papierpresse, der in meinem Kopf widerhallte, ging ich hinaus, das verstörende Bild dieser Bücher im Kopf, die getröstet, gelindert, geheilt, begleitet, unterstützt, aufgeschoben, empfohlen hatten und nun zu toter Materie geworden waren.

Dieses Gefühl konnte ich auch am Nachmittag in der Bibliothek nicht abschütteln. Ich legte die Bände auf den Schreibtisch und blätterte sie durch, ehe ich sie katalogisierte und in die Regale stellte. Nicht alle zehn Titel waren in gutem Zustand.

In der Systematik der Gemeindebibliothek von Timpamara gab es ein Sigel, das an keinem anderen Ort verwendet wird, denn viele Bücher, die ich aus der Papierfabrik holte, hatten stark gelitten. Sie hatten Risse, die Buchdeckel fehlten, die Seiten waren fleckig, manche Kapitel verstümmelt. Aber einige verdienten es dennoch, aufbewahrt zu werden, vor allem, wenn es sich um seltene Ausgaben handelte.

Darum hatte ich der Systematik drei Buchstaben hinzugefügt – BES –, um deutlich zu machen, dass das Buch auf irgendeine Art beschädigt war.

Sie standen in denselben Regalen wie alle anderen. Kein Teil eines Buches wurde je weggeworfen. Das bezeugten die Buchblöcke und die Seiten, die die Arbeiter der Papierfabrik aufhoben und verwahrten, die Sorgfalt, mit der die Timpamaraner die im Wind umherwehenden Seiten einsammelten. Es war gut, dass ich diese Gewohnheit angenommen hatte, andernfalls wären mir Dinge entgangen, die sich nie wieder zeigen würden.

Der vierte an diesem Tag gerettete Text stammte sogar aus dem neunzehnten Jahrhundert, Standort Sc 123 2 (BES), das *Handbuch der Geburtshilfe oder Abhandlung über die Wissenschaft und Kunst der Geburt* von Antoine Dugès, den ich einerseits ausgewählt hatte, weil man nur selten einen Text aus dem vorherigen Jahrhundert fand, und andererseits, weil er prächtig illustriert war. Er musste lange im Wasser gelegen haben, denn die Hälfte der Seiten einschließlich des Buchdeckels waren feucht, die Schrift verblasst. Es war eines von sieben Büchern aus dem neunzehnten Jahrhundert, die es in der Bibliothek von Timpamara gab, aber nicht das machte das Buch in meinen Augen so wertvoll, sondern die Illustration auf Seite einhunderteinundzwanzig, die ich zufällig beim Durchblättern entdeckte.

Ein Zwillingspaar im Bauch der Mutter.

Eine Reihe von Abbildungen stellte die verschiedenen Positionen dar, die Zwillinge in der Gebärmutter einnehmen können: nebeneinander, umgekehrt zueinander, Schulter an Schulter, aber unter den möglichen Stellungen zog vor allem eine meine Aufmerksamkeit an.

Laut Bildunterschrift handelte es sich um die »Position der Umarmung«.

Ihre Sanftheit war überwältigend. Ein Zwilling umarmte den anderen, indem er dessen Hals mit dem Arm umfing und seine Wange an die des anderen schmiegte. Beide hatten die Augen geschlossen.

Entwaffnend. Ein kleines Wesen, das mit seinem Körper ein anderes, ihm ähnliches beschützte. Es schien zu sagen:»Keine Angst, ich bin da, um außerhalb dieser Welt für dich zu sorgen, die unsere ist und immer bleiben wird.« Um ihn zu beschützen, hätte er den Mutterleib allerdings mit seinem Zwilling zusammen oder vor ihm verlassen müssen.

Und um mich zu beschützen, hatte Notturno einen Pakt mit dem Tod schließen müssen. Einen Moment, bevor ich ihn für immer verließ, hatte er mich auf die Art umarmt, die auf dem Foto zu sehen war, und zu mir gesagt:»Lebe, mein Bruder, geh hin und lebe.«

Die beiden auf dem Bild waren Notturno und ich. Unser pränatales Foto. Und darum tat ich etwas, das ich noch nie getan hatte und von dem ich auch nicht geglaubt hätte, dass ich es jemals tun würde: Ich nahm ein Lineal aus Metall und riss die Seite heraus. Die Tatsache, dass das Buch bereits beschädigt gewesen war, linderte mein Schuldgefühl ein wenig.

Auf der Straße, in der Nähe des Dorfbrunnens, stemmten Arbeiter das Erdreich auf, um Rohre zu verlegen, und das ohrenbetäubende Dröhnen des Presslufthammers rief mir den Lärm der Papierpresse ins Gedächtnis.

Ich schloss die Fenster.

Ich betrachtete die schimmeligen alten Bücher, die ich in den ersten Tagen in eine abgelegene Ecke der Bibliothek verfrachtet hatte, weit weg von den anderen aus Angst, die Flecken könnten sich ausbreiten wie eine Krankheit. Damit hatte ich sie vor der Zerstörung durch die Papierpresse bewahrt.

Seitdem waren viele Jahre vergangen, und die Bücher waren

praktisch unbrauchbar geworden. Aber auch sie verdienten einen angemessenen Tod.

Indem ich ihnen ein würdiges Ende bereitete, würde ich weder die Geschicke der Menschheit verändern noch den Zersetzungsprozess des Papiers aufhalten, aber in meinen Augen würde ich damit ein Gleichgewicht auf dieser Welt wiederherstellen. Ich werde jedes Mal nur wenige Bücher wegbringen, dachte ich und legte die ersten Bände in einen Karton. Es waren siebenundzwanzig. Sie strömten einen starken Geruch aus, als hätte ich olfaktorische Moleküle aktiviert, indem ich die Bücher bewegte. Beim Betreten meiner Wohnung hatte ich den beißenden Geruch des feuchten Papiers noch immer in der Nase.

Zwischen den alten Rahmen und Bildern, die ich in einer Schublade aufbewahrte, suchte ich nach etwas, das zu der Illustration mit den Zwillingen passen könnte.

Ein rahmenloser Bildhalter besaß die gleichen Maße. Ich legte das Bild zwischen Glas und Pappe, schlug einen Nagel in die Wand über meinem Nachttisch und hängte es auf.

Mein Zwilling, der mich umarmt und beschützt.

Alles, was mir fehlt, hat Notturno mitgenommen: zwei Zentimeter Fleisch, Mut und Liebe.

Im Gegenzug hat er mir das Leben gelassen.

24

Ihr Schicksal war entschieden:
Sie würden begraben werden wie menschliche Wesen. Seit dem Aufwachen dachte ich darüber nach, wo ich sie unterbringen könnte.

Mit neun der siebenundzwanzig unrettbar verschimmelten Bücher kam ich auf dem Friedhof an. Ich hatte sie in einen Beutel gelegt; den ganzen Karton hätte ich nicht tragen können. Im Lauf der Nacht war der Schmerz in meinem Bein zwar verflogen, aber gerade deshalb wollte ich es nicht übertreiben.

Ich ließ die Tasche im Geräteschuppen stehen und begab mich auf eine Inspektionsrunde. Es musste ein Platz sein, der vor Blicken geschützt, beinahe abgeschirmt war, und nach etwa zwanzig Minuten glaubte ich, ihn in einem Stückchen Land, eingefasst von Zementklötzen mit darin eingelassenen Eisenstäben, gefunden zu haben. Daran hingen die Reste eines grünen Zaunsichtschutzes. Die gleichmäßig parallelen Furchen, die noch zu erahnen waren, ließen keinen Zweifel daran, wozu der Zaun gebraucht worden war. Wer es auch gewesen war, er hatte eine gute Wahl getroffen. Zwei von vier Seiten waren durch die rückwärtigen Wände von Kapellen geschützt. Es handelte sich um eine Stelle, die man absichtlich aufsuchen musste, um sie zu sehen.

Ich kehrte zum Geräteschuppen zurück. Dort fand ich eine Rolle Zaunblende, wahrscheinlich dieselbe, die dort benutzt worden war. Ich legte das Material in die Schubkarre, dazu eine Zange und Eisendraht. Ich riss den alten Zaun aus dem Boden und fing an, den neuen aufzubauen. Die Höhe von anderthalb Metern genügte. Ich umschloss die beiden offenen Seiten, wobei ich an der Mauer einen schmalen Streifen frei ließ, um hinein- und wieder herausgehen zu können. Ich brachte das Netzgewebe in den Lagerraum zurück, und während ich es an seinen Platz in einer Ecke legte, in der sich Werkzeuge und alte Gegenstände angesammelt hatten, erblickte ich einen Eimer voller grüner Etiketten zur Markierung von Pflanzen. Als ich die Schildchen zum ersten Mal gesehen und sie geordnet hatte, hatte ich mich gefragt, wozu sie auf einem Friedhof gut sein sollten. Doch angesichts des kleinen Gemüsegartens ergaben sie auf einmal Sinn, und ich stellte mir vor, wie der geheimnisvolle Bauer Pflanzen aussäte und die Schildchen in den Boden steckte, um sich zu erinnern, wo die Erdbeeren und wo der runzlige Kohl steckten in diesem Boden, fruchtbar gemacht von Resten menschlichen Düngers.

Es war an der Zeit, die Etiketten ein weiteres Mal zu verwenden. Ich legte sie in die Schubkarre, dazu kleine graue Karten, einen schwarzen Filzstift, die Hacke, den Beutel mit den Büchern, und machte mich auf den Rückweg zu dem eingezäunten Fleck.

Ich beschloss, dem Verlauf der Furchen zu folgen, angefangen an der Ecke links außen. Dort grub ich ein Loch von etwa zwanzig Zentimetern Tiefe. Ich nahm das erste Buch, legte es hinein und deckte es mit Erde zu. Ich schnitt die Karten in Teile von der Größe der Etiketten. Auf eine schrieb ich die Angaben des Buches: Bruno Cicognani, *La velia*, Mondadori 1942. Ich befestigte das Pappschild an dem Pflanzenetikett und steckte es in den Boden neben dem Loch. Ich grub weitere acht Löcher derselben Größe, jeweils im Abstand von dreißig Zentimetern, legte die restlichen acht Bücher hinein und bedeckte sie mit Erde. Dann fertigte ich die Schildchen mit den zugehörigen Angaben an, von Alfredo Panzini, *Gelsomino buffone del re*, Mondadori 1931, bis zu Francesco Zaccone, *Amata terra mia*, 1956, und steckte sie auf die Gräber.

Am Ende betrachtete ich das fertige Werk. Es gefiel mir: Bücher, bestattet wie Menschen, in die Erde gesetzt wie Samen, sodass sie eines Tages vielleicht spezielle Pflanzen aus Wörtern mit weißen Zwischenräumen hervorbringen würden.

Auf eine große Karte schrieb ich *Bücherfriedhof* und brachte sie an der Wand einer Kapelle an, sodass sie nur von innen zu sehen war.

Dieser Fleck würde weder das Schicksal der Menschheit verändern noch die Unerbittlichkeit der Zeit besiegen, aber sie fügte der Gerechtigkeit auf dieser Welt einen winzigen Baustein hinzu.

Eine Woche nach der Beerdigung kam Margherita zusammen mit dem Steinmetz auf den Friedhof. Ich sah die beiden miteinander reden, dann verschwand er wieder.

Gleich darauf kam ich an Fiodoros Grab vorbei, aber Margherita war nicht dort. Einige Minuten später sah ich sie plötzlich an einem Grab stehen, an dem ich sie nie vermutet hätte. Ich ging näher heran. Sie betrachtete das Foto auf dem Grabstein von Marcello Soriano. Als sie mich aus dem Augenwinkel sah, sagte sie:

»Diese Braut ist wunderschön, finden Sie nicht?«

»Ja, da haben Sie recht.«

»Man sollte meinen, dass sie im weißen Kleid beerdigt wurde.«

»Tatsächlich liegt hier nur Marcello begraben.«

Ich erzählte ihr kurz die Geschichte.

»Wie seltsam das Leben ist. Zwei Unbekannte heiraten, während ich …«

Ihr kamen die Tränen, aber sie nahm sich zusammen.

»Wenn man sich das Foto ansieht, wirkt es, als wären sie miteinander begraben worden.«

»Es gibt hier einige Gräber, in denen Mann und Frau beisammenliegen.«

»Auf diese Art sollte jede Liebe enden, man sollte auch nach dem Tod noch beieinander sein, ach, man müsste zusammen sterben, in ein und demselben Augenblick.«

Jedes ihrer Worte schien den Schmerz der Welt zu verkünden.

»Wer weiß, vielleicht war es tatsächlich so, vielleicht ist die Verlobte in demselben Moment wie Marcello gestorben.«

»So war es, ganz bestimmt«, sagte Margherita, und vielleicht hatten wir recht, denn alles, was wir nicht wissen und niemals erfahren werden, können wir uns nach Gutdünken ausmalen.

Sie holte eine Fotografie aus ihrer Tasche und zeigte sie mir. Fiodoro auf dem Motorrad, das er gerade gekauft hatte, lächelnd und ahnungslos.

»Es ist schön, nicht wahr?«

Ich spürte die Verzweiflung, die um keinen Zentimeter zurückgewichen war, die im Gegenteil mit jedem Tag aufdringlicher wurde.

»Ich wollte das Bild auf dem Grabstein anbringen, ich habe vorhin mit dem Steinmetz gesprochen, aber jetzt ...« Sie verstummte und betrachtete erneut das Foto von Marcello und Sakura. »Ich hätte auch für ihn gern so ein Foto, auf dem wir zusammen zu sehen sind ... selbst wenn ich darauf kein Brautkleid anhabe ...«

Ich berührte sie an der Schulter.

»Darf ich offen zu Ihnen sein?«, fragte sie.

»Sicher.«

»Seit zwei Tagen, seit ich diese Fotografie zum ersten Mal gesehen habe, denke ich an nichts anderes mehr ...«

Mit einer Geste ermunterte ich sie, weiterzusprechen.

»Stimmt es, dass Schiffskapitäne Trauungen vornehmen können?«

»Ja, soweit ich weiß, stimmt das«, antwortete ich verwirrt.

»Ich habe gelesen, dass auch ein Künstler oder ein gewöhnlicher

Bürger so etwas tun kann, nur für einen Tag. Jeder kann die Trikolore tragen und eine Trauung vollziehen.«

Ich nickte.

»Na, dann können Sie das auch, Sie sind doch eine Art Kapitän, und dieser Friedhof ist wie ein Totenschiff, er ist *Ihr* Schiff. Sie können das für mich tun.«

Ihre Bitte überraschte mich. Ich sollte eine Trauung vornehmen? Noch dazu keine normale, sondern eine zwischen einer Lebenden und einem Toten. Für einen Moment glaubte ich, Margherita wolle mich aufziehen, aber die Verzweiflung in ihrem Gesicht sagte das Gegenteil. Ich wusste nicht, was ich antworten sollte, und ohne nachzudenken und vor allem, um Zeit zu gewinnen, sagte ich:

»In der Friedhofsordnung ist das aber nicht vorgesehen.«

»Mit siebenundzwanzig zu sterben ist in der Ordnung des Lebens auch nicht vorgesehen!«

Es war, als hätte jemand einen Fetzen aus meinem Papierhimmel gerissen. Und was nutzten im Grunde all diese Vorschriften, woher die Notwendigkeit, freie menschliche Tatsachen in Käfige zu sperren in der irrigen Überzeugung, sie beherrschen zu können? Schließlich sind es Menschen, die Gesetze für Menschen schreiben. Warum soll also eine schriftlich niedergelegte Regel mehr wert sein als eine andere, nie verfasste? Warum war König Hammurabis Wort mehr wert als das eines *wardum*, eines Sklaven? Warum verlor ein Vater, der seinen Sohn dreimal nacheinander verkauft hatte, die väterliche Gewalt über ihn? Warum ausgerechnet dreimal und nicht zwei- oder viermal? Und was ist das für ein Gesetz, das dem Vater erlaubt, seinen Sohn zu verkaufen? Haben Vorschriften und Gesetze wirklich einen Wert?

Wenn – rein theoretisch – der erste Verfasser einer Friedhofsordnung in eine allzu früh verstorbene Frau verliebt war, die er heiraten wollte, dann hätte er womöglich auch das niedergeschrieben. Artikel Nummer 146: *Wie der Kapitän eines Schiffs hat der Fried-*

hofswärter die Befugnis, standesamtliche Trauungen zwischen Lebenden
und Toten vorzunehmen.

Und hätte er noch dazu eine Bürokratenseele gehabt, hätte er
nach genauerem Nachdenken folgende Anmerkung hinzugefügt,
sozusagen als Artikel 146 Ziffer 2: *Die Eheschließung kann durch*
den amtierenden Friedhofswärter nur unter der Voraussetzung vollzo-
gen werden, dass seit dem Tag der Beerdigung weniger als ein Monat
vergangen ist.

146 Ziffer 3: *Vorausgesetzt, das Datum der Eheschließung wurde*
bereits offiziell festgelegt.

146 Ziffer 4: *Zwischen dem Todestag der betreffenden Person und*
dem Zeitpunkt der beabsichtigten Eheschließung dürfen nicht mehr als
drei Monate vergangen sein.

Und damit wäre alles möglich.

Unsere Leben basieren auf Vorschriften und Gesetzen, die von
Menschen wie uns verfasst wurden, Menschen, die leicht auf diese
Gesetze hätten verzichten oder sie mit gegenteiliger Bedeutung
hätten niederschreiben können, und es wäre dasselbe gewesen, ein
Kodex, ein Artikel, Ziffer 1, 2 und 3, ein Zusatz, geboren aus einem
Moment des Schmerzes und der Niedergeschlagenheit, eine Folge
von Wörtern, diktiert von Eile, Müdigkeit, Zerstreutheit, die Auf-
zeichnung eines flüchtigen Gefühls, die aber für immer das Recht
und das Unrecht unserer Existenzen festlegte, das Gute und das
Böse auf der Welt.

Also hatte Margherita recht. Eine schriftliche Regelung ist keinen Deut mehr wert als Tausende niemals niedergelegte Vorschriften, die hätten existieren können, aber aufgrund unvorhergesehe-
ner Vorfälle, Ablenkungen, Muttermalen der Existenz eben nicht
existierten.

»Sie haben recht, aber ich weiß nicht, ob ...«

Nun konnte Margherita die Tränen nicht länger zurückhalten.

»Glauben Sie, ich habe Don Pallagorio noch nicht darum gebeten? Glauben Sie, ich war nicht bei ihm, bevor ich zu Ihnen gekommen bin? Gestern habe ich bis zum Ende der Messe gewartet und ihn dann angesprochen. Ich habe ihm ohne Umschweife gesagt, dass ich Fiodoro heiraten will, und er hat mich nur entsetzt angeschaut, als wäre ich ein Gespenst, der Schatten des Teufels. Er hat mich gefragt, was mir einfiele, ob ich verrückt wäre, man heiratet doch keine Toten, das hat er gesagt, ausgerechnet er, verstehen Sie? Gerade er muss so etwas sagen, dabei setzt er uns jeden Sonntag diese Geschichten über das ewige Leben vor, über den Tod des Fleisches und die Wiederauferstehung der Seele. Ich glaube an das, was er erzählt, aber er nicht, er predigt es, aber er glaubt nicht daran. Ausgerechnet er sagt Nein zu mir, wenn ich eine Seele heiraten will! Nicht zu fassen. Ich war bei ihm, aber er hat mich nicht mal ausreden lassen, er hat mir den Mund verboten und sich im Pfarrhaus eingeschlossen. Er verstehe mich ja, hat er hat gesagt, man könne vor Schmerz geradezu verrückt werden. Aber bin ich denn verrückt? Sagen Sie es mir, bin ich verrückt, weil ich das Versprechen erfüllen will, das wir uns auch vor Gott gegeben haben? Bin ich verrückt, weil ich ihm für immer treu bleiben will?«

Die Frage blieb in der Luft hängen wie das Summen einer dicken Fliege. Margherita sagte nichts mehr und machte sich auf den Weg zu Fiodoros Grab, während ich wie angewurzelt stehen blieb. War sie tatsächlich dermaßen verrückt?

Mein ganzes Herz ist auch im Tode dein, und alle Glut, die liebend ich dir zolle, flammt noch in meiner Augen letztem Strahl.

An diesem Punkt begriff Rossana den *überirdischen Betrug.* Überirdisch. Die Liebe, die in den Menschen entsteht, aber über sie hinauswächst, die auf der Erde geboren wird, um sie dann hinter sich zu lassen. Und welches Gesetz könnte sie eindämmen, die Liebe? Welche Worte könnten ihre Grenzen festlegen, sie reduzieren, einschließen, mäßigen?

An diesem Nachmittag beendete ich eine halbe Stunde vor Schließung der Bibliothek die Lektüre des *Cyrano de Bergerac.* Die Begegnung mit Emma hatte mir Lust gemacht, ihn noch einmal zu lesen. Obwohl es mich beinahe zu Tränen rührte, hinterließ dieses Buch eine Art Stachel in meinem Kopf. Alles, was ich anschließend tat, Bücher ordnen, Zeitungen weglegen, ein paar Romane katalogisieren, die ein Leser gespendet hatte, tat ich mit einem zweideutigen Gefühl von Unglück und Unbeschwertheit zugleich.

Die Unbeschwertheit rührte daher, dass ich die Intensität einer übermenschlichen Liebe auf der Haut gespürt hatte mit dem Vorteil, den nur Bücher haben, nämlich einer und alle gleichzeitig sein zu können, Cyrano unter dem Balkon und die stickende Rossana, der Geliebte und die Geliebte zugleich.

Das Unglück lag an Margherita und ihrem übermenschlichen Leid.

Als ich um sechs zum Friedhof ging, um das Tor zu schließen, hatte ich eine Entscheidung getroffen.

Das Buch lag dort, auf dem Holztisch in der Leichenhalle. Des Todes, aber auch des Schreibens überdrüssig, schlug ich die *Kommunale Verordnung für den Pflege- und Wachdienst des Städtischen Friedhofs* auf, und auf Seite sechzig, Artikel 36 Ziffer 1, in dem stand, dass der Wärter für die Anbringung der Bereichskennzeichnungen zuständig war und die Sauberkeit der Leichenhalle zu gewährleisten hatte, fügte ich mit schwarzer Tinte den Paragrafen 9 hinzu:

Der Friedhofswärter ist in seiner Eigenschaft als Verantwortlicher für die Verwaltung des Friedhofs verpflichtet, Partnerschaften zwischen Lebenden und Toten zu beurkunden, wenn das Ersuchen ausreichend begründet wird.

*Die Eintragung derartiger Partnerschaften in die
entsprechenden Register ist nicht erforderlich.
Gegen die Entscheidung des Wärters kann kein
Widerspruch eingelegt werden.*

Es war nicht das erste Mal, dass ich in der Verordnung etwas strich
oder hinzufügte, darum ähnelte die Kladde im Lauf der Zeit immer
mehr mir selbst. So sollte es bei jedem Gesetz sein, es müsste für
jeden Menschen maßgeschneidert werden, denn vielleicht ist das
die wahre menschliche Gerechtigkeit: Jedes Leben hat seine eigenen Regeln, jede Ausnahme wird in einem Nachtrag erörtert.

Als ich das Register, die Tür der Leichenhalle und das große
Friedhofstor geschlossen hatte, fühlte ich mich ein wenig wie Don
Pallagorio: bereit, Verbindungen für die Ewigkeit zu vollziehen.

Denn es stimmt, dass Schmerzen einen verrückt machen können, aber genauso stimmt es, dass sie gelegentlich und ebenso
schnell mitten ins Herz der Wahrheit führen.

25

Zwei Tage später begann sich das Band zwischen Emma und mir wieder zusammenzuziehen. Diesmal kam sie zu mir; sie suchte mich im Geräteschuppen auf. Ich saß an dem Tischchen und erkannte sie an dem sehr langen Schatten, der sich in der Mitte des Raumes abzeichnete. Zögerlich trat sie ein, sah mich nicht sofort und wollte bereits wieder kehrtmachen, da begrüßte ich sie endlich. In diesem Moment spürte ich das Gewicht der Anonymität, denn ich hätte sie gern mit ihrem Namen angesprochen und wünschte mir, sie täte das Gleiche mit mir.

»Begleiten Sie mich?«

Ich schloss das Sterberegister und folgte ihr. Sie war immer gleich angezogen, aber ihre Kleidung war stets sauber und gebügelt, so als besäße sie mehrere Exemplare davon oder als wüsche sie sie jeden Abend und ließe sie auf dem Balkon im Wind trocknen.

Erneut verspürte ich ein Gefühl der Fülle, als ich an ihrer Seite ging, so nah waren wir uns, so ähnlich einander auch in unserem Schweigen.

Der Wind und unbekannte Schritte hatten die letzten Reste des Sands entfernt. Emma starrte das Foto an, eine Art Persönlichkeitsspaltung, die ich nicht verstand.

Ich fasste Mut.

»Kennen Sie die Geschichte von Mattia Pascal?«

Mit ausdrucksloser Miene blickte sie mich an. Sie hatte offenbar keine Lust, zu reden, aber vielleicht wollte sie mir auch nur zuhören.

Ich ließ es darauf ankommen und fuhr fort:

»Mattia Pascal liest eines Tages in der Zeitung, er sei tot, das heißt, man hat einen Leichnam gefunden, und alle glauben, es sei seiner. Er nutzt die Gelegenheit, um sich ein zweites Leben aufzubauen. Doch am Ende kehrt er in sein Dorf zurück, wo sich alles verändert hat, und ihm bleibt nur noch, jeden Tag Blumen an sein eigenes Grab zu bringen und auf dem Foto sich selbst zu betrachten.«

Emmas Miene blieb undurchdringlich.

»Früher oder später musste es so kommen.« Sie hatte diese Art, sehr leise zu sprechen, beinahe zu seufzen, und es war schwer zu sagen, ob ein Satz an ihren Gesprächspartner gerichtet war oder ob es sich um einen Gedanken handelte, den sie nur für sich selbst aussprach.

Ja, es hatte so kommen müssen, denn ich musste verstehen, wie und warum diese Frau ins Leben zurückgekehrt war, warum sie ihren Tod inszeniert hatte, vor wem oder was sie floh. Und jetzt würde ich es erfahren, denn Emmas Tonfall deutete auf eine Vorbemerkung hin.

»Die Frau auf dem Foto sind Sie, anders kann es nicht sein.«

Sie musterte mich mit zweifelndem Blick, was mich überraschte.

»Ich ...«, setzte sie nahezu unhörbar an.

Sie betrachtete mich länger als gewöhnlich, dann fragte sie: »Wie kommen Sie auf diese Idee?«

»Die Frau auf dem Foto sind Sie, nicht wahr?«

Meine Hartnäckigkeit wunderte mich selbst, aber die Frau richtete den Blick einfach wieder auf das Foto und fuhr fort: »Sie glauben also, dass ich all das hier inszeniert habe.«

Ich sah sie an und wartete auf die Bestätigung meiner hypothetischen Vorhersagen, aber sie führte den Gedanken nicht weiter aus.

Um sich zu öffnen, war sie auf das richtige Licht angewiesen wie manche Blumen auf die Morgendämmerung.

»Kümmern Sie sich um alle einsamen Menschen hier?« Es war, als nähme sie unsere Worte in sich auf und trüge sie nach Hause, um sie dort noch einmal abzuspielen, abzuwägen, einzupassen. Und dann kam sie erneut zu mir und verlangte Erklärungen.

»Auch wenn sie noch leben?«

»Mit Menschen aus Fleisch und Blut bin ich nicht sonderlich vertraut.«

»Ist das der Grund für Ihren Beruf?«

»Vielleicht. Der Umgang mit anderen liegt mir nicht.«

»Den Eindruck habe ich nicht, ganz im Gegenteil. Sie wissen, wie man sich um Menschen und Dinge kümmert, darum rede ich mit Ihnen, darum lasse ich mich von Ihnen begleiten. Ich habe es daran erkannt, wie sie sich um dieses Grab kümmern, an dem glänzenden Glas auf der Fotografie, an der Zeit, die Sie hier verbringen, an den Worten, die Sie gesagt haben und die ich nicht verstehen konnte, weil ich zu weit entfernt war.«

Wer weiß, ob sie auch beobachtet hatte, wie ich das Bild küsste.

»Sie haben mir noch keine Antwort gegeben«, fuhr sie fort.

»Auf welche Frage?«

»Könnten Sie sich auch um mich kümmern?«

Der Wind zwischen den Zypressen legte sich, und mit ihm erstarb jedes Geräusch; es war so still, wie es im Universum kurz vor der Schöpfung gewesen sein muss.

Ich schaute ihr in die Augen und vergaß alles andere, meine Einsamkeit, mein Hinken, den Abstand zwischen den Menschen.

»Seit ich Sie zum ersten Mal auf diesem Foto gesehen habe, wünsche ich mir nichts anderes.«

Es gab keine Worte, mit denen ich sie überraschen konnte, es war, als hätte sie alles, was geschah, bereits im Voraus berechnet und durchlebt.

»Wie heißen Sie?«

»Malinverno.«

»Ihr Schicksal scheint diesem Namen eingeschrieben zu sein.«

»Nicht ganz, ich heiße nämlich auch noch Astolfo.«

»Astolfo … na ja, ich habe in dieser Gegend viele seltsame Namen gehört. Astolfo … das passt zu Ihnen, und warum sollte der Name auch einen Widerspruch zu Ihrem Leben darstellen?«

»Sagen wir, der eine ist mein Name für den Alltag und der andere für mein imaginäres Leben.«

»Und die beiden passen nicht zusammen?«

»Nicht immer.«

»Und wer sind Sie jetzt? Astolfo oder Malinverno?«

»Wenn ich Sie ansehe … wenn ich in Ihrer Nähe bin, dann fühle ich mich wie Astolfo.«

Nie zuvor war mir mein Name derart lichtvoll erschienen, und ich schwieg, damit seine Silben ungestört in der Luft stehen bleiben konnten.

»Na ja, wer weiß, ob Namen wirklich wichtig sind«, sagte sie und betrachtete den nackten Zement auf Emmas Grab.

»Malinverno!«

Die Stimme schien vom Hauptweg zu kommen.

»Man sucht nach Ihnen.«

»Warten Sie auf mich, es dauert nicht lange«, sagte ich und eilte in Richtung Eingang.

Ich hatte die Stimme nicht erkannt, und es gab absolut keinen Grund, an den Gemeinderat zu denken, denn den hatte ich seit der Amtsübergabe nicht mehr gesehen.

»Malinverno, wo treiben Sie sich denn rum?«

Ich deutete vage auf die Grabsteine.

»Wir müssen heute Morgen unsere Bestellungen aufgeben. Haben Sie eine Liste der Dinge gemacht, die Sie brauchen?«

»Ja, sie liegt im Geräteschuppen.«

»Beeilen Sie sich, ich habe noch zu tun.«

»Bin schon unterwegs.«

Ich beeilte mich nur, um keine Zeit zu verlieren und möglichst bald zu Emma zurückzukehren, aber das erwies sich als unnötig, denn als ich mich vom Gemeinderat verabschiedete, sah ich sie bereits näher kommen.

»Ich muss jetzt gehen«, sagte sie, sobald sie nahe genug herangekommen war.

»Wohin denn?«

Wie sah Emmas Leben aus, sobald sie zum Tor hinausgegangen und verschwunden war? Wo wohnte sie? Wie verbrachte sie ihre Tage? Lebte sie allein?

»Ich muss den Überlandbus nehmen, um nach Hause zu fahren.«

»Wohnen Sie weit weg?«

»Nicht sehr weit.«

»Wollen Sie es mir nicht sagen? Wenn ich mich um Sie kümmern soll, muss ich Sie erst mal kennenlernen.«

»Aber Sie kennen mich doch schon!«

»Ich weiß ja nicht einmal, wie Sie heißen.«

Sie sah mir in die Augen, senkte den Blick und hob ihn dann wieder.

»Ofelia. Ich heiße Ofelia. Ich weiß nicht, ob der Name zu meinem echten oder zu meinem imaginären Leben gehört, aber es ist mein einziger.«

Während sie noch die Lippen öffnete, um das Wort auszusprechen, glaubte ich für einen Moment tatsächlich, sie würde Emma sagen, doch stattdessen kam *Ofelia* heraus wie eine Prophezeiung.

»Ich muss jetzt wirklich los«, sagte sie, rührte sich aber nicht vom Fleck.

»Ich habe keine Ahnung und will auch gar nicht wissen, was der morgige Tag mir bringt, aber ich werde Ihnen immer dankbar dafür sein, dass Sie sich um sie gekümmert haben.«

»Um wen denn?«

Ich sah zu, wie Ofelia sich entfernte. Beinahe hätte ich sie angefleht, mich nicht einfach so stehen zu lassen. Nach wenigen Metern blieb sie stehen und flüsterte über die Schulter: »Meine Mutter.«

Wie betäubt von dieser Enthüllung kehrte ich zu der Fotografie zurück. Emmas Augen strahlten die Traurigkeit eines unbewohnten Hauses aus. Ich betrachtete sie eingehend. Ihr Blick schien mich zu mahnen: Kümmere dich um sie, wie du dich um mich gekümmert hättest. *Niemand kann seine Bedürfnisse oder seine Vorstellungen oder seine Schmerzen jemals angemessen ausdrücken, und die menschliche Sprache ist wie ein gesprungener Kessel, auf dem wir Melodien für Tanzbären trommeln, erweichen möchten wir eigentlich die Sterne.*

Madame Bovary hatte eine Tochter, Berthe, aber sie war keine gute Mutter, und auch die Kleine wurde zum Opfer ihrer Träume, *die in den Schmutz gefallen waren wie verletzte Schwalben.* Der schmächtige Charles war es, der sich ihrer nach Emmas Tod annahm, und als er seiner Frau kurze Zeit später ins Schattenreich folgte, verdiente das Waisenmädchen ihren Lebensunterhalt in einer Spinnerei, in derselben, in der das Tuch aus grünem Samt gewebt worden war, das den Sarg der Mutter eingehüllt hatte.

Wie Berthes Leben weiter verlief, wusste niemand zu sagen. Wer sie kannte, hätte vermutlich schwören können, dass sie ihrer Mutter glich wie ein Ei dem anderen: der blasse Teint, fast so weiß wie Leinen, die verkniffenen Mundwinkel, die schwarzen straff zurückgebundenen Haare, die großen Augen, die gerade Nase. Bei ihrem ersten Besuch am Grab der Mutter war sie so alt wie Emma, als diese sich vergiftet hatte.

26

Sie hatte gesagt, mein Schicksal sei meinem Namen
eingeschrieben, und vielleicht hatte Ofelia recht, aber dass ich
Astolfo hieß, lag nicht, wie man annehmen könnte, an den alten
Büchern aus der Papierfabrik, sondern an einem unbekannten
Haarhändler. Pünktlich wie eine Sonnenfinsternis kam er an jedem Vierten
des Monats vom Hafen in Reggio Calabria ins Dorf und kündigte
sich mit heiserer, tiefer Stimme an, aber zu diesem Zeitpunkt war-
teten die Frauen bereits seit Tagen auf ihn. Er tauchte mit einem
Handkarren voller Eimer, Wannen, Tröge und Bottiche auf und
tauschte sie gegen Frauenhaare ein, die zwischen den Zähnen der
Kämme hängen geblieben waren wie Fische im Netz und die von
gefügigen Händen eingesammelt und in Papier eingeschlagen
oder in kleine Tüten geschoben worden waren. Haare jeder Länge,
Stärke und Farbe, Teile des eigenen Körpers, hergegeben für eine
Wanne zum Wäschewaschen oder für Kübel, in die man abgelöstes
Schweinefleisch legen konnte.

Manche Frauen parfümierten die Haare, bevor sie sie dem
Händler anboten, andere kämmten sie wie Puppen und banden
sie mit bunten Bändern zusammen, obwohl sie wussten, dass der
Mann des Meeres sie mit den fettigen, schmutzigen Haaren von
Celestina oder den verlausten von Fosca zusammenwerfen würde.
Er nahm alle, auch die Haare von Milèdi, die in Wirklichkeit
nur Achselhaare von unmäßigem Wuchs waren. Wo all das Haar

schließlich landete, blieb ein großes Geheimnis. Die Puppenfabrik, sagten manche, Perücken für kranke Frauen, sie verweben die Haare mit Fäden, um sie widerstandsfähiger zu machen, sie machen Geigensaiten daraus, sie stellen unsittliche Dinge damit an, wurde Kirchendienerin Gasperina nicht müde, zu wiederholen.

Wer weiß schon, was wirklich damit geschieht, dachte die dreizehnjährige Catena Seminara, meine Mutter, während sie die Haarsträhnen ihrer Schwester vorsichtig in eine Papiertüte schob. Ihre Mutter hatte sie mit dem Tauschgeschäft beauftragt, darum wartete sie auf den Stufen vor dem Haus auf die Ankunft des Fremden, neben sich die Tüten, in den Händen das abgegriffene Buch, das sie zum x-ten Mal las.

Als der Straßenhändler eintraf, legte Catena das Buch auf die Stufe und griff nach der Papiertüte und ihrer eigenen Strähne, die sie als Lesezeichen benutzt hatte wie Pietro Bembo Lucrezia Borgias blondes Haar.

»Die große blaue Wanne«, sagte sie und reichte ihm die Strähnen.

Um die Wanne hervorzuholen, in der einige andere lagen, drehte der Händler einen Eimer um, und heraus fiel ein Buch. Es war wunderschön. Der Einband bestand aus braunem Leder und schien erst kürzlich aus der Druckerei gekommen zu sein, mit goldenen Buchstaben und einem Lesezeichen aus roter Seide, das zwischen den Seiten hervorlugte.

Der Alte hob es auf wie ein gebrauchtes Taschentuch und warf es in eine andere Wanne.

»Wie viel wollen Sie dafür?«

»Dafür?«, fragte er und nahm das Buch in die Hand. »Ich habe keine Ahnung, wie es zwischen diesen Wannen gelandet ist. Aber wenn Sie es haben wollen, können wir uns sicher einigen«, sagte er und starrte auf die glänzenden Haare, die ihr über die Schultern fielen.

Er nahm eine rostige Schere und reichte sie ihr. Catena zögerte nicht. Sie nahm die langen Strähnen neben ihrem Hals in die Hand und schnitt sie ab. Der Mann griff danach, beschnupperte sie mit halb geschlossenen Lidern, und nachdem er sie in seiner Jackentasche verstaut hatte, gab er ihr das Buch.

Gleichgültig angesichts der Vorwürfe, die die Verunstaltung ihrer Haare nach sich ziehen würde, ging Catena zurück ins Haus und betrachtete das Buch: *Ludovico Ariosto, Die schönsten Geschichten aus dem Rasenden Roland mit Einführung, ausgewählt, kommentiert und mit dem ursprünglichen Epos verknüpft.*

Sie legte sich aufs Bett und fing an zu lesen. Catena konnte von diesen Geschichten nicht genug bekommen, und so träumte sie tage- und wochenlang davon, die tapfere Bradamante und die schöne Doralice zu sein, sie war Angelica auf der Flucht und Isabella, die mit dem Schwert getötet zu werden verlangt, aber ganz besonders liebte sie den Paladin, Sohn des Königs von England, denn es ist der heimliche Traum jeder umherziehenden Seele, *in das Reich des Mondes zu reisen, um die vergeblichen Pläne zu betrachten, die niemals Wirklichkeit werden, vor allem aber, um zu erfahren, was an jedem Tag verloren und vergeblich gesucht wird.*

Mein Vater hingegen wusste, wonach er suchte, und viele Jahre später tauchte meine Mutter eines Abends zu Beginn der Nachtschicht mit einem vergilbten Exemplar der *Wahlverwandtschaften* an der Papierpresse auf und gab es ihm. Während der Wind undisziplinierte Seiten durch die Luft wirbeln ließ wie papierenes Laub, eröffnete sie ihm, dass er Vater werden würde – meiner nämlich –, auf diese Art vergisst du, dass du niemals Sohn gewesen bist, sagte sie, drückte ihn an sich und gab ihm weinend einen Kuss auf den Scheitel. Du wirst Vater und Sohn gleichzeitig sein, sagte sie, blickte in den Mond und spürte, wie sich in ihrer Kehle und ihren Adern chemische Elemente bis zum Äußersten miteinander verbanden.

Entsprechend der gängigen Sitte, dem Nachwuchs exzentrische und seltsame Namen zu geben, schlug meine Mutter vor: »Wenn es ein Junge ist, will ich ihn Astolfo nennen, das ist eine Art Held der Bücher«, und da dachte sich Vito, dass auch Goriot ein eigenartiger Name, ein Büchername, war, wie so viele, mit denen Timpamara sich schmückte. Also war der Name akzeptabel, und um ihn zu überzeugen, rezitierte Catena aus dem Gedächtnis den Passus mit dem Mond.

»Wie hieß Astolfos Vater?«

»Weiß ich nicht mehr, aber er war ein englischer König.«

Und das war genug.

Die Woche begann im Zeichen Caramantes, der mich besuchen kam. Ich überwachte die Gemeindearbeiter beim Wiederaufbau eines eingestürzten Teils der Einfriedungsmauer. Er sah mich von ferne und winkte mich heran.

»Ich habe Ihnen die Bücher aus der Bibliothek wieder mitgebracht«, sagte er und zeigte mir die Tasche, die er in der Hand hielt.

»Gehen wir.«

Er folgte mir zum Geräteschuppen.

»Stellen Sie sie einfach da vorn in die Ecke.«

Caramante legte die Tasche ab, schob den Riemen der schwarzen Reisetasche hoch, der ihm von der Schulter zu rutschen drohte, und kam zu mir zurück.

»Ich glaube, der Moment ist gekommen, um zu erfahren …«

»Sicher, nun weiß ich ja, dass ich Ihnen vertrauen kann.«

Wir nahmen auf zwei Hockern Platz.

»Auch ich glaube an die Toten«, sagte er, während er die Reisetasche auf den Boden stellte. Er öffnete sie und gab mir ein Zeichen, hineinzuschauen.

»Mehr noch, ich glaube an ihre Stimmen.«

In der Reisetasche lag eine Maschine mit Spulen, die beinahe so groß war wie die Tasche selbst. Es schien sich um ein Tonbandgerät oder einen Projektor zu handeln.

»Sie halten mich vielleicht für verrückt, aber ich versichere Ihnen, das bin ich nicht. Haben Sie schon einmal den Begriff Metafonie gehört?«

»Nein.«

»Gehen wir, ich erkläre es Ihnen unterwegs. Haben Sie einen Ort, an den wir uns zurückziehen können?«

Ich führte ihn zu Emmas Grab.

»In der Fachsprache nennen wir es instrumentelle Transkommunikation. In Kurzfassung geht es darum, mittels Apparaturen wie Radio und Tonbandgerät Stimmen einzufangen, Worte, Sätze von körperlosen Wesen aus dem Jenseits.«

»Wollen Sie damit sagen, dass es tatsächlich …«

»Ja, mit diesem Gerät höre ich die Stimmen der Toten und nehme sie auf.«

Ich war keineswegs überrascht, im Gegenteil, mir schien, ich hatte etwas völlig Normales gehört, eine Wahrheit, die sich jedem unmittelbar erschloss.

»Erklären Sie es mir.«

»Nichts einfacher als das. Man lässt die Aufnahme laufen, und dann hört man das Band ab, wobei man darauf achtet, aus den Geräuschen der Welt die Stimmen herauszuhören. Natürlich gibt es auch andere Methoden, viele verwenden zum Beispiel tiefe Funkfrequenzen, aber ich habe auf diese Art angefangen und bleibe der Methode treu. Wussten Sie, dass auch der große Thomas Edison versucht hat, eine Maschine zu erfinden, um mit dem Jenseits sprechen zu können?«

Beim Erzählen spulte Isaia Caramante Tonbänder zurück, hielt Tasten gedrückt und legte Schalter um.

»Inzwischen bin ich seit zehn Jahren auf der ganzen Welt unterwegs, um Stimmen zu sammeln.«

»Es funktioniert also?«

Der Mann lächelte. »Natürlich, sonst würde ich doch keine Zeit darauf verwenden!«

Wir erreichten Emmas Grab.

»Jetzt zeige ich es Ihnen«, sagte er und stellte die Tasche auf die Erde.

Er nahm das Mikrofon, das einem Straußenhals ähnelte, und steckte es in ein Loch in dem Tonbandgerät.

»Das heißt, seitdem Sie den Friedhof besuchen, haben Sie nichts anderes getan, als Stimmen aufzunehmen?«

»Zweiundzwanzig Stunden Aufnahmen, zweiundzwanzig Stunden und sechzehn Sekunden, um genau zu sein.«

»Und … Stimmen?«

»Interessante, sehr interessante sogar.«

Ich hätte sie gern gehört, und er las meine Gedanken.

»Ich werde Sie Ihnen vorspielen, Sie sollen sich vergewissern, dass ich mir all das nicht ausgedacht habe.«

Caramante stand auf.

»Kann ich das Gerät hier hinter dem Mäuerchen stehen lassen, ohne Gefahr zu laufen, dass etwas passiert?«

»Ja, hier kommt nie jemand vorbei.«

»In Ordnung. Was halten Sie davon, wenn wir eine Runde drehen, während die Aufnahme läuft?«

Langsam und ohne konkretes Ziel setzten wir uns in Bewegung.

»Funktioniert es jedes Mal?«

»Nicht immer. Die Toten behalten die Gewohnheiten der Lebenden bei, sie reden nicht die ganze Zeit. Es kommt vor, dass bei mehrstündigen Aufnahmen keine einzige Stimme zu hören ist, aber das gehört bei dieser Arbeit eben dazu.«

»Es ist also Ihr Beruf?«

»Ja. Nicht das Sammeln von Stimmen an sich, aber das Aufnehmen. Ich bin Tontechniker und arbeite fürs Kino.«

»Und was genau macht ein Tontechniker?«

»Alles, was in einem Film zu hören ist, von der Musik bis zum Geräusch einer zufallenden Tür. Ich befasse mich vor allem mit Direktaufnahmen, ich nehme auf, was am Set vor sich geht.«

»Sie kommen viel herum.«

»Sehr viel.«

»Und wie sind Sie hier gelandet? Ich meine, warum ausgerechnet der Friedhof von Timpamara?«

Caramante lächelte. »Eine der Merkwürdigkeiten, zu denen nur das Leben in der Lage ist. Und zum Teil hat es auch mit Ihnen zu tun.«

Wir waren bei einer steinernen Bank angelangt. Inzwischen tat mir das Bein weh.

»Haben Sie etwas dagegen, wenn wir uns setzen?«

Caramante erfüllte mir die Bitte, auch weil die Bank im Schatten stand und die Sonne allmählich zu stechen begann.

»Darf ich erfahren, um welche Merkwürdigkeit es sich handelt?«

»Ich war in Belgien, wir drehten einen Dokumentarfilm über die Katastrophe im Kohlebergwerk von Marcinelle, und dort lernte ich in einem Restaurant einen italienischen Kellner kennen. Wir freundeten uns sofort an. Die Belgier waren mir nicht sonderlich sympathisch, und die Begegnung mit einem Italiener war für mich, als bekäme ich endlich wieder Luft. Wir wurden Freunde. Wissen Sie, für jemanden wie mich, der Stimmen von Verstorbenen sammelt, war der Aufenthalt an einem solchen Ort eine einmalige Gelegenheit, und nach der Arbeit begab ich mich zur Stelle des Grubenunglücks, um Aufnahmen zu machen. Sie machen sich keine Vorstellung, wie viele Stimmen ich in jenen Tagen einfing, ich glaube, nur in Pompei gab es eine ähnlich große Ausbeute. Und eines Tages sah mich der italienische Kellner und fragte mich, was ich da mache. Angesichts unserer Vertrautheit erklärte ich es ihm, und als wäre das nichts Besonderes, sagte er nur, ich müsse den Friedhof in seinem Dorf besuchen, denn dort habe er sehr viele solcher Stimmen gehört, mit bloßem Ohr, wer weiß also, wie viele ich mit dem Tonband aufnehmen könnte. Er kam aus einem kleinen Ort in Kalabrien, Timpamara. Und als ich ihn fragte, bei welcher Gelegenheit er diese Stimmen gehört hatte, antwortete er: ›Jeden Tag‹, denn er habe in diesem Dorf als Friedhofswärter gearbeitet.«

Caramante entging nicht, wie verblüfft ich war.

»Genau, weil er ein Kollege von Ihnen war, hat die Sache auch mit Ihnen zu tun«, bestätigte er lächelnd.

»Und erinnern Sie sich an den Namen?«

»Ob ich mich erinnere? Wie sollte ich einen solchen Namen je vergessen? Eraclito hieß er, Eraclito, wie der griechische Philosoph.«

Dieser Name schmerzte wie kalter Wind auf der nackten Haut.

»Kannten Sie ihn?«

»Ja, aber nur vom Sehen.«

Caramante hatte recht, was die seltsamen Wendungen des Lebens betraf. Ich versuchte, mich an Eraclitos Gesicht zu erinnern und es auf die unzähligen Schwarz-Weiß-Szenen zu projizieren, die von der Welt zurückgewiesene Italiener zeigten.

»Ich weiß nicht, warum, aber diese Worte sind mir im Gedächtnis geblieben. Sicher, vielleicht war es das zusammenhanglose Gestammel eines Visionärs, aber was unterschied ihn im Grunde schon von mir? Sie können sich also meine Verblüffung vorstellen, als ich beim Drehen einiger Szenen am Meer erfuhr, dass ich mich in der Nähe dieses Dorfes befand, Timpamara. Und jetzt bin ich hier, um jeden freien Moment zwischen den Grabsteinen Ihres Friedhofs zu verbringen.«

In diesem Augenblick ging Elea vorbei und winkte zum Gruß.

»Er hat seine Stimme verloren«, sagte ich.

»Wie meinen Sie das?«

Ich erzählte Caramante die Geschichte von Eleas Wiederauferstehung und dass er stimmlos aus dem Jenseits zurückgekommen war.

»Vielleicht können Sie ihm seine Stimme zurückbringen.«

»Ja, wer weiß?«

Er schaute auf die Uhr.

»Haben Sie etwas dagegen, wenn wir zurückgehen? Sicher verstehen Sie nun, warum ich Ihnen das alles nicht sofort erzählt habe. Ein paarmal habe ich das getan, mit dem Ergebnis, dass man mich ausgelacht oder für verrückt erklärt hat. Ich musste Sie erst besser kennenlernen und herausfinden, ob ich Ihnen vertrauen kann. Aber jetzt weiß ich, dass es so ist.«

Beim Tonband angekommen, hielt Caramante die Spulen an, legte alles wieder an seinen Platz und schloss die Reisetasche.

»Mal sehen, wie es heute gelaufen ist. Wenn ich etwas Interessantes finde, lasse ich es Sie wissen. Und hören.«

Ich begleitete ihn zum Tor, wo wir uns verabschiedeten, und als ich die Tür des Geräteschuppens schloss, als ich mit der rechten Hand nach der Türklinke griff, dachte ich, dass Jahre zuvor Eraclito Ferruzzano das Gleiche getan hatte, dass wir monate-, vielleicht jahrelang das gleiche Leben geführt hatten und dass er sich seine neue Existenz aus Gründen der Beständigkeit ausgesucht hatte, denn auch Marcinelle war auf seine Weise ein Friedhof. Wie es scheint, müssen manche Menschen in der Nähe der Toten leben, um sich wie Überlebende zu fühlen.

Die seltsamste Frage stellte mir an diesem Nachmittag Mopassàn, der Standesbeamte. Soweit ich mich erinnern konnte, hatte er die Bibliothek noch nie betreten. Er kam die Treppe herauf und sprach mich unvermittelt an: »Guten Tag, heute erwidere ich Ihren Besuch.«

Er war genauso gekleidet, wie ich ihn aus seinem Büro in Erinnerung hatte, er schien von dort zu kommen und würde dorthin zurückkehren, obwohl bereits geschlossen war, so als hörte er niemals auf zu arbeiten.

»Ich brauche eine Information.«

»Gern, wenn ich Ihnen behilflich sein kann.«

»Sie haben doch mit Büchern zu tun. Ist Ihnen da schon einmal eine Geschichte von jemandem untergekommen, der ein Todesdatum vorhergesagt hat? Keine Ahnung, einer, dem es gelungen ist, das Datum zu berechnen, es irgendwie vorwegzunehmen, für sich selbst oder für einen anderen? Damit meine ich selbstverständlich nur ernst zu nehmende Fakten, keine Prophezeiungen, Visionen, Zauberei oder so etwas. Ich spreche von einer wissenschaftlich belegten Vorhersage.«

Ich wusste nicht, was ich darauf erwidern sollte.

»Aus dem Stegreif fällt mir da nichts ein.«

»Wissen Sie vielleicht, wo man nach solchen Informationen suchen kann?«

»Ohne einen Hinweis, einen Namen, irgendeinen Ausgangspunkt ist das schwierig.«

»Es eilt nicht, lassen Sie sich ruhig Zeit. Aber wenn Sie ein paar Nachforschungen für mich anstellen könnten, wäre das sehr hilfreich. Und suchen Sie auch in Mathematikbüchern.«

»Mathematik?«

»Aber ja. Irgendjemand hat bestimmt nach einer mathematischen Formel zur Berechnung des Todes gesucht.«

Die vielen Zahlen, die Mopassàn niederschreiben musste, waren seinem Kopf offenbar nicht gut bekommen.

»Jedenfalls vertraue ich auf Sie und Ihre Bildung.«

Er benutzte tatsächlich dieses Wort, *Bildung*, als wollte er mir das Kompliment zurückgeben, das ich ihm wegen seines Gedächtnisses gemacht hatte.

Nach kurzem Abschied verließ er die Bibliothek.

Ich nahm die Herausforderung an und suchte in verschiedenen Enzyklopädien und Nachschlagewerken, die Informationen dieser Art enthalten könnten.

Während ich auf Ofelia wartete, brauchte ich dringend etwas, womit ich mir auf schmerzlose Art die Zeit vertreiben konnte.

Ofelia ... und wenn nun auch ihr Name Schicksal gewesen war?

Bei diesem raunenden Namen konnte ich nur hoffen, dass dem nicht so war.

Ofelia, Tochter des Polonius und Schwester des Laertes, Geschöpf aus einem anderen Reich, die unglücklichste und verlassenste aller Frauen.

27

Am Morgen
wartete vor dem Friedhof der Gemeindediener auf mich.

»Der Bürgermeister will wissen, ob Sie heute Vormittag bei ihm vorbeikommen.«

Es stimmt, dass Timpamaras Bürgermeister ein Mann von schwachem Verstand war und von den anderen mit Geringschätzung betrachtet wurde, aber dass er mich nach drei Wochen nochmals vorlud, weil ich ein einziges Mal den Friedhof zu spät geöffnet hatte, kam mir dennoch übertrieben vor. Es musste noch etwas anderes gegen mich vorliegen, und das konnte nur eines bedeuten. Ich spürte, wie mir die Kälte in die Glieder kroch.

Ich schloss den Geräteschuppen, lehnte die Tür der Leichenhalle an, zog mir meine Jacke über und machte mich auf den Weg, wobei ich wegen jeder Kleinigkeit stehen blieb, wie man es bei einem Abschied eben zu tun pflegt. Wenn mich der Bürgermeister mit solcher Hartnäckigkeit zu sich zitierte, dann gewiss, um mir zu sagen, dass meine Arbeit auf dem Friedhof beendet war. Diese Möglichkeit hatte ich völlig verdrängt.

Ich zitterte. Ich wollte nicht von hier weggehen. Ich erinnerte mich genau an den Brief, der den Dienst auf dem Friedhof *für den Zeitraum, der für die Führung des Registers unbedingt notwendig ist,* angeordnet hatte. Vielleicht bestand diese Notwendigkeit nun nicht mehr. Vielleicht hatte die Gemeinde die Stelle ohne mein Wissen ausgeschrieben, und es gab bereits einen Nachfolger für mich, womöglich jemand aus Timpamara, und bald würden andere Hände das Tor öffnen, andere Augen würden Emmas Porträt betrachten.

Plötzlich spürte ich ein anhaltendes Stechen in der Brust.

Ich erinnerte mich an mein Unbehagen, als der Bürgermeister mir die Neuigkeit mitgeteilt hatte, nicht wissend, dass tatsächlich ein leuchtendes Kapitel meines Lebens beginnen würde; dieselbe Tätigkeit hatte im Lauf weniger Monate eine gegenteilige Bedeutung für mich angenommen, denn Ereignisse sind immer im Verhältnis zur vergehenden Zeit zu betrachten. Und nun fühlte ich mich schlecht bei der Vorstellung, diesen Posten verlassen zu müssen, der mir ebenso lieb geworden war wie die Bibliothek. Ich würde den Bürgermeister anflehen, mich dort bleiben zu lassen, meinetwegen bei halbem Gehalt oder auch bei ganzem, in dem Fall würde ich die Arbeitsstunden verdoppeln, ich würde die Bibliothek auch nachts offen halten, was auch immer, Hauptsache, ich konnte Friedhofswärter bleiben.

Als ich vor dem Rathaus stand, wurde meine Angst noch größer. Die Tür des Bürgermeisters war geschlossen. Ich klopfte an.

»Herein!«

Er saß in seinem Ledersessel und hielt ein Blatt Papier in der Hand.

»Malinverno, endlich! Was muss ich tun, um mit Ihnen zu reden? Setzen Sie sich, nehmen Sie Platz, es ist höchste Zeit.«

Er deutete auf den Sessel gegenüber seinem, dann reichte er mir ein Blatt Papier.

»Erinnern Sie sich?«

Es war der Brief, mit dem er mir die Aufgabe auf dem Friedhof zugewiesen hatte. Mein Blick verweilte auf den Worten, die mir ständig durch den Kopf gingen: *für den unbedingt notwendigen Zeitraum.*

»Wie geht es Ihnen auf dem Friedhof?«

»Inzwischen sehr gut …«

»Wissen Sie noch, dass Sie damals gar nicht dort anfangen wollten?«

»Ja.«

»Und trotzdem sagt jeder, den ich frage, nur Gutes über Sie. Keinerlei Klagen, keine Kritik, und Marfarò scheint Sie regelrecht anzuhimmeln. Ich gebe zu, dass ich tatsächlich meine Zweifel hatte, darum hatte ich Ihnen die Aufgabe zunächst nur vorübergehend anvertraut.«

Ich machte mich auf das Schlimmste gefasst.

»Die Gemeinde müsste in den nächsten Tagen die Stelle des Friedhofswärters ausschreiben.«

Es war vorbei. Ich senkte den Blick und machte mich bereit für den Schlag.

»Aber angesichts dessen, was mir berichtet wurde, und da Sie so zufrieden sind … Sie sind doch zufrieden, oder?«

Ich nickte, verstand nach wie vor nicht, worauf er hinauswollte.

»Angesichts all dessen könnten wir auf die Ausschreibung verzichten und Sie dauerhaft auf dem Friedhof einsetzen. Was halten Sie davon? Natürlich auf Lebenszeit … schließlich ist es ein Friedhof.«

Er lachte laut, was mich unter anderen Umständen brüskiert hätte, jetzt aber das bei unerwarteten Geschenken übliche Wohlwollen in mir auslöste.

»Natürlich ist mir klar, dass Sie wegen der Bibliothek am Nachmittag keine freie Stunde mehr hätten, um … was weiß ich? … Ihre Rechnungen zu bezahlen oder einkaufen zu gehen. Darum scheinen mir ein paar Freistunden im Monat eine angemessene Belohnung für Ihre Opferbereitschaft, je nach Bedarf, und zwar ohne dass Sie jedes Mal herkommen und nachfragen müssen. Sie können das flexibel handhaben, wollte ich damit sagen. Wenn Sie morgens aufgemacht haben, können Sie sich um Ihre eigenen

Belange kümmern. Betrachten Sie es als kleine Anerkennung für all das Gute, das sie tun. Da Sie einverstanden sind, werde ich in den nächsten Tagen den neuen Vertrag aufsetzen lassen und Sie noch einmal zur Unterschrift herbestellen. Und nun gehen Sie, Malinverno, gehen Sie.«

Ohne es zu bemerken, fand ich mich auf der Treppe wieder, und ich verspürte eine Freude, die durch die unmittelbar vorhergehende Furcht nur umso stärker war. Was wäre aus mir geworden, hätte Graziano Melicuccà keinen Unfall gehabt und wäre ich nicht der Wächter der Toten geworden? Was wäre aus meinem Leben geworden, hätte Emma es nicht erhellt?

Die Erkenntnis, dass es sich um Mutter und Tochter handelte, konnte meinen Wissensdurst nicht stillen, aber ich fand keine weiteren Hinweise mehr, wusste nicht, an wen ich mich wenden und wo ich suchen sollte.

Während ich diesen Gedanken nachhing, tauchte Caramante mit seinem Tonbandgerät auf, und da dachte ich mir, dass ich bei einem derart verzweifelten Informationsbedürfnis auch die absonderlichsten und mühsamsten Wege einschlagen musste.

Wir begrüßten uns.

»Wie lange ist es her, dass Sie dem früheren Aufseher dieses Friedhofs in Belgien begegnet sind?«, fragte ich.

»Lassen Sie mich nachdenken … der Dokumentarfilm über Marcinelle … das war vor sieben Jahren.«

»Und wissen Sie noch, in welchem Hotel er gearbeitet hat?«

»Sicher, es war das Hotel, in dem das ganze Team geschlafen hat. Warum interessiert Sie das?«

»Ach, nur so eine Idee. Wissen Sie, wie ich mich mit ihm in Verbindung setzen kann?«

»Ich bewahre alle Kontaktdaten in meinem Terminkalender auf. Ich kann sie Ihnen morgen mitbringen.«

»Das wäre sehr nett.«

Caramante lächelte.

»Heute höre ich mich dort hinten um«, sagte er und zeigte auf den westlichen Teil des Friedhofs.

»Konnten Sie gestern noch etwas aufnehmen?«

»Ein ergiebiger Tag, wenn Sie später Zeit haben, spiele ich es Ihnen vor.«

Ich nickte eifrig. »Ja. Dann also bis später.«

Ich musste die Beete in der Nähe des Tores gießen und hatte gerade damit begonnen, als Marfarò eintraf, um die üppigen sakralen Wandbehänge abzuholen, die er am Vortag in der Leichenhalle angebracht hatte. Er ließ sich dabei von Elea helfen, der mir zum Gruß zunickte.

»Sie glauben nicht, was gestern passiert ist. Erinnern Sie sich an den schwarzen Hund?«

Der Bestatter hätte den russischen Namen nicht über die Lippen bekommen, ohne ihn zu verstümmeln, darum vermied er es, ihn auszusprechen.

»Ja.«

»Kurz vor Mitternacht war ich bei Brancaleone zu Hause, er lag im Sterben, mit neunzig Jahren immerhin. Und wenige Minuten bevor er entschlafen ist, die Glocken hatten noch nicht zum Begräbnis geläutet, was glauben Sie, wer da vor seinem Haus erschienen ist?«

»Kaschtanka!«

»Genau, der Hund. Sie hätten ihn sehen sollen! Er tauchte vor dem Haus des Toten auf, und als wäre er einer von ihnen, ging er unter den verblüfften Blicken der Angehörigen einfach hinein und legte sich neben den Sarg. Dort blieb er die ganze Zeit liegen, weil niemand den Mut hatte, ihn zu verjagen. Wenn ein Toter im Haus ist, muss man jeden hereinlassen, auch Tiere, denn die Seele des Verstorbenen kann sich in jedem beliebigen Körper reinkarnieren.«

Der Bestatter belud seine Ape und verschwand, während Elea und ich gemeinsam zum westlichen Teil des Friedhofs gingen. Caramante saß auf der kleinen Mauer um ein Beet herum, den Kopf an den Stamm einer Buche gelehnt, etwa zwei Meter von seinem Tonbandgerät entfernt. Als er uns sah, legte er sich den Zeigefinger an den Mund als Aufforderung, uns ruhig zu verhalten. Vorsichtig einen Fuß vor den anderen setzend, näherten wir uns. Elea wiederholte all meine Gesten wie im Spiegel. Nach fünf Minuten schaltete Caramante das Aufnahmegerät ab.

»Für heute haben wir es geschafft.«

Elea blickte erst auf das Tonband, dann auf mich.

»Weißt du, was unser Freund hier tut?«, fragte ich ihn.

Der Auferstandene verneinte.

»Er nimmt die Stimmen der Toten auf.«

Elea trat einen Schritt zurück, als wäre er zutiefst erschrocken, und schüttelte ungläubig – oder verängstigt – den Kopf.

Seine Reaktion überraschte uns. Warum sich Elea so verhielt, kann ich nur vermuten, im Übrigen war er nicht wie wir, er, der im Reich der Lebenden und in dem der Toten gelebt hatte, durch ein Wunder gerettet wie Ulysses und Aeneas, Orpheus und Scipio, Paolo und Iwein, Tundalus und Brandanus. Womöglich hatte ihm nicht gefallen, was er auf seiner kurzen Reise gehört oder gesehen hatte.

»Also, wollen Sie sich den interessanten Teil der Aufnahme von gestern anhören?«

Er wechselte die Bänder und reichte mir Kopfhörer. Er spulte das Band weiter, dann bedeutete er mir mit einer Geste, zuzuhören.

Alle möglichen Geräusche und ein Rascheln störten beim Zuhören. Chaotische Klänge, unwichtig, lästig. Dann verschwanden sie und machten einer Stille Platz, nur unterbrochen von etwas, das klang wie das Wehen des Windes, und dann, auf einmal, eine menschliche Stimme. Ich erstarrte. Eine menschliche Stimme wie aus weiter Entfernung, schluchzend, gebrochen. Was sie sagte, verstand ich nicht, aber es bestand kein Zweifel daran, dass es die Stimme eines Menschen war. Dann wieder Stille und die Geräusche vom Anfang, nun im Crescendo. Caramante schaltete das Tonband aus.

»Und?«

Beunruhigt von dem, was ich gehört hatte, gab ich ihm den Kopfhörer zurück.

»Keine Sorge, beim ersten Mal geht es jedem so, später gewöhnt man sich daran.«

»Ich habe etwas gehört.«

»Und nicht irgendetwas … Sie haben die Stimme eines männlichen Toten gehört.«

»Ich habe nicht verstanden, was er gesagt hat, aber eine Stimme war es.«

Zufrieden packte Caramante seine Ausrüstung ein.

»Jetzt mache ich mich wieder an die Arbeit. Wir sehen uns morgen.«

Ich begab mich auf den Weg zum Geräteschuppen und dachte über das nach, was ich gehört hatte. Eine Stimme, ja, mit Sicherheit, aber ich musste herausfinden, ob es sich tatsächlich um die Stimme eines Toten oder, wie mein Verstand mir nahelegte, um eine versehentlich aus der Ferne eingefangene menschliche Stimme handelte. Vielleicht war es auch eine Funkfrequenz oder irgendetwas anderes, wofür es eine diesseitige Erklärung gab.

Darüber dachte ich nach, als ich Margherita durch das Tor eintreten sah.

Ich beobachtete, wie sie hinter den Grabsteinen verschwand.

Die Erfahrung hatte mich gelehrt, dass der Schmerz im Lauf der Zeit schwächer wird, er verschwindet nicht, sondern verändert nur seine Form. Das Weinen verebbt, die Wunden hören auf zu bluten, alles kehrt in kleinen Schritten in die Normalität der Welt zurück.

Wir unterschätzen uns. Wir glauben, dass es Schmerzen gibt, mit denen wir nicht fertigwerden können, aber bei genauerer Überprüfung der Fakten tauchen aus den unerforschten Mäandern unseres Körpers winzige Unterstützungsmoleküle auf, die sich mit den Blutplättchen vermischen, den Körper kräftigen und uns überleben lassen, so verlockend es auch sein mag, einfach aufzugeben. Es ist, als wüsste die Natur, wie viel Schmerz sie verteilen kann, wie viel jeder Einzelne ertragen kann, und als schickte sie dann genau die richtige Menge, die das Maß vollmacht, ohne es überlaufen zu lassen, denn wir selbst wussten nicht, dass wir derart widerstandsfähig sind, aber die Natur, ja, die wusste es.

Jeder Mensch erträgt so viel Schmerz, wie er kann. Nach meiner Mutter und meinem Vater war meine persönliche Grenze erreicht.

Doch als ich an jenem Morgen sah, wie sich Margherita, die von Tag zu Tag magerer wurde, auf dem Weg dahinschleppte, kam mir der Gedanke, dass sich die Natur hin und wieder vielleicht täuscht.

Margherita setzte sich auf den Grabstein wie an das Ufer eines Flusses, der Hochwasser führt und in den sie sich am liebsten stürzen würde, und mir schien, dass ich ihr in irgendeiner Form die Hand reichen musste.

Ich wartete, bis ihr Schluchzen sich beruhigt hatte, dann ging ich schweigend auf sie zu.

»Ich werde Sie trauen.«

Ruckartig drehte sie sich um, ihre Augen waren nass.

»Was haben Sie gesagt?«

»Ich werde Sie trauen!«

Sie nahm meine Hände in ihre.

»Meinen Sie das ernst? Meinen Sie das tatsächlich ernst? Danke ...«

Sie umarmte sich, dann drehte sie sich zu der Stele um und küsste das Foto.

»Hast du gehört, Fiodoro? Wir heiraten, wir werden für immer zusammen sein, mein Liebster, mein Leben, für immer.«

Und dann, wieder an mich gewandt:

»Wann?«

»Entscheide du.«

Ich hatte sie spontan geduzt wie eine Tochter.

»Sofort. Nächsten Sonntag.«

»In Ordnung.«

Wieder fing sie an zu weinen.

»Danke«

Ihre Miene hatte sich ein wenig aufgehellt.

»Wie spät?«

»Welche Uhrzeit hattet ihr ursprünglich vereinbart?«

»Achtzehn Uhr, aber dann ist der Friedhof schon geschlossen.«

»Dann werden wir nächsten Sonntag eben später schließen«, beruhigte ich sie.

Margherita deutete ein Lächeln an, und ich ging fort, noch überzeugter, das Richtige getan zu haben, denn vielleicht werden manche Gesetze nicht geschrieben, weil einige Menschen selbst herausfinden müssen, was gut für sie ist.

28

In der Grabnische Nummer 416
war Nicea Bonapetra bestattet.

Nicea war der Name, den Ciro di Pers seiner geliebten Frau gegeben hatte, Taddea di Colloredo, der viele seiner Sonette gewidmet waren. Seine Gedichte gehörten zu den Büchern, von denen ich mich nicht trennen konnte, denn nirgendwo hatte ich wie in seinen Versen den Triumph des alles verschlingenden, allgegenwärtigen, allwissenden Todes verspürt. Ich hatte viele davon auswendig gelernt, und im Lauf des Tages reichte manchmal eine flüchtige Analogie, um den Stein ins Rollen zu bringen, zum Beispiel, wenn jemand eine Uhr aufzog und mir sofort die erste Strophe von *L'orologio da rote* einfiel.

Als ich Niceas Namen auf dem Grabstein bemerkte, bekam ich Lust, die Gedichte noch einmal zu lesen. Ich legte den Band auf das Tischchen in der Leichenhalle, neben das Sterberegister, und es hatte eine seltsame Wirkung auf mich, die beiden Bücher dort nebeneinander zu sehen, denn sie kamen mir vor wie der theoretische und der praktische Teil desselben Lehrbuchs.

Sobald ich ein paar Minuten Zeit hatte, ging ich hin und las, denn wahrscheinlich gab es keinen passenderen Platz für diese Verse.

Es war der einzig richtige.

Auch weil auf den Seiten meines geliebten Buches kleine gelbe Flecken zu blühen begannen, Zeichen dafür, dass sich die Lebenskurve der papierenen Existenz nunmehr unaufhaltsam abwärts neigte.

Bücher können auf viele Arten sterben.

Die Papierfabrik hatte mir eine brutale Todesart gezeigt, bestehend aus Überwältigung und Vernichtung. Hier vor meinen Augen offenbarte sich eine andere Art, die stille, langsame, an der die schimmeligen Bände zugrunde gegangen waren, die auf dem Friedhof begraben lagen, und nun schlug der Tod eine Kerbe in ein geliebtes Buch, von dem ich mich jahrelang ernährt hatte. Die gelbsüchtigen Flecken, die auf dem letzten Zweizeiler des Sonetts erblüht waren, taten mir körperlich weh.

Ich hatte mir immer vorgestellt, dass Bücher unvergänglich waren wie andere Gegenstände, wie eine Vase aus Keramik oder eine Glasscheibe; solange man sie nicht berührt, sie nicht anstößt, sind sie wie Steine, unveränderlich und stumm. Gegenstände zerstören sich nicht selbst, sie verderben nicht durch ihnen innewohnende kritische Punkte, durch angeborene Nachgiebigkeit, Zerbrechlichkeit, Haltlosigkeit oder durch Schwächung von Zellkernen oder Auflösung von Partikeln, sie verderben immer durch äußere Einwirkung: ein abgelenktes Kind, ein Windstoß, ein Erdbeben. Ich stellte mir meine Bücher gern so unzerstörbar wie Gegenstände vor, doch um zu begreifen, dass sie den Menschen ähnlicher waren als den Objekten, genügte tatsächlich das unerwartete Aufblühen eines gelblichen Flecks, der aussah wie eine zerquetschte Mimosenblüte und seinerseits weitere Flecke nach sich ziehen würde, bis das Papier dahinsiechte wie ein schwindsüchtiges Kind und der Prozess irdischer Zersetzung begann.

Dieses Ereignis warf ein Licht der Vergänglichkeit auf meine Bücher und weckte eine übermäßige Liebe zu ihnen in mir, denn es ist leicht, Dinge zu lieben, um deren Endlichkeit man weiß.

Und da ich sie nun einmal liebte, würde ich ihnen einen würdigen Tod bereiten. Der Fleck war es, der papierene Körper selbst, der die Art seines Endes bestimmte, indem er auf einen bestimmten Vers zeigte. Ciro di Pers war besessen von dem *Staub, der in demselben geregelten Maß in allen Stunden des Tages und des Jahres fällt,* jener Handvoll Staub, den Winden und Wogen entwendet, um in ein Glas gesperrt zu werden und das kurze Dasein der elenden Lebenden zu messen. Er hinterließ diesen Vers wie ein Testament, *Ich werde sein wie du, Staub werde ich sein, wenn ich sterbe.* Also würde Pers' Ende der Staub sein. Mir kam eine Idee. Ehrlich gesagt war es nicht nur meine, sondern auch die einer unbekannten Hand, die eines Tages viele Jahre zuvor und aus wer weiß welchem Grund auf einem alten Friedhof in einem alten kalabrischen Dorf eine alte Sanduhr auf ein altes Brett aus Kastanienholz gelegt hatte. Bei der Betrachtung dieses ungewöhnlichen Gegenstands, während ich überlegte, wie dieses Buch am besten sterben könnte, beim Anblick der trüben gläsernen Überreste einer Sanduhr, kam mir die Idee: *Ich bin wie du, Glas bin ich, wenn ich lebe.*

Das angemessene Ende würde darin bestehen, Ciro di Pers' Asche hineinzugeben, aber in Ermangelung seines Körpers musste das Buch genügen, das sich zum Körper verhielt wie die Hostie zu unserem Herrgott, denn auch in Büchern gibt es Fleisch und Blut, auch sie muss man sanft am Gaumen des Herzens schmelzen lassen. Tatsächlich ähneln sie sich, die Hostie und die Buchseite, dieselbe Feinheit, vielleicht von derselben Weizenähre stammend, die zu Nahrung für die Gläubigen und zu einer Opfergabe aus Worten geworden war.

An jenem Abend sah ich beim Verlassen des Friedhofs, dass jemand den Zypressenzweig umgedreht hatte. Es war das erste Mal, und ich eilte sofort an Emmas Grab.

Dort war niemand zu sehen. Ich blieb stehen, um den Grabstein zu betrachten, und da bemerkte ich, dass ein Blatt Papier darauf lag, befestigt mit einem Stein. Ofelia hatte eine Nachricht hinterlassen. Ich öffnete sie in der Hoffnung, Worte wie in Liebesgedichten vorzufinden, und vielleicht waren sie das auch:

Du bist vergangen wie fast alle Dinge auf der Welt, Namenlose. Und das ist gut so.
Sie werden nicht beim Namen genannt, die Blumen und Blätter, die auf die Erde fallen, die Vögel, die vom Jäger tödlich getroffen, die Igel und Füchse, die auf der Straße überfahren werden. Sie haben keine Namen, die Hölzer, die absterben, ohne zu verbrennen, auch die Träume nicht, wenn sie zerrinnen, flüchtige Gedanken, zerrissenes Papier, weggeworfene Obstkerne, Bächlein, die austrocknen.
Du bist in der angemessenen Anonymität gestorben, in der die meisten wertvollen Menschen leben.
Dich zum ersten Mal zu sehen war, wie erneut zum Leben zu erwachen, denn manchmal kommen wir ausgerechnet dann wieder zu Atem, wenn wir ihn für immer verloren glaubten.
Ich bin an Hunderten, ja Tausenden Gesichtern vorbeigegangen, ehe ich dich fand, und verlor doch nie die Hoffnung.
In meiner Vorstellung warst du immer schon so, wie ich dich angetroffen habe, abgeschieden von der Menge, namenlos. Ich habe dich sofort wiedererkannt und konnte bei deinem Anblick die Tränen nicht zurückhalten, endlich hatte ich dich gefunden, hatte gespürt, dass du mir gehörst, endlich.
Du warst so schön, wie alle gesagt hatten.
So schön, wie die Welt ist, wenn die Teile ineinandergreifen und die Kreise sich schließen.

Diese Worte waren nicht für mich bestimmt. Vielleicht wollte Ofelia mir etwas mitteilen, das Buch ihrer Geschichte aufschlagen, aber vielleicht auch nicht, und ich war nur zufällig anwesend und hatte mit dieser unmöglichen Korrespondenz zwischen Mutter und Tochter nichts zu tun.

Um meine Indiskretion zu verbergen, legte ich den Brief an seinen Platz unter dem Stein zurück. Ich war ein Zuschauer, ich hatte dieses Blatt nur gesehen und gelesen, weil Ofelia es nicht in die Urne hatte stecken können, in die Asche, wo es die Grenze des Lebens überwunden hätte.

Nachdem ich die Sirene für die Schließung des Friedhofs hatte ertönen lassen, traf Margherita ein. Sie kam direkt auf mich zu.

»Entschuldigen Sie«, sagte sie.

Sie senkte den Kopf und deutete ein Lächeln an, eine Neuigkeit in dem schattigen Feld, das sie umgab.

»Ich bin gekommen, um zu sehen, wie das Licht um diese Zeit ist. Es sieht schön aus, finden Sie nicht?«

»Ja, das stimmt«, bestätigte ich und blickte mich um. Ihre Worte schienen die Pappeln, die Marmorplatten und den Himmel noch zu verschönern.

»Ideales Licht zum Heiraten.«

Ich dachte, dass sie mich auf diese Art an die Hochzeit erinnern wollte, weil sie befürchtete, ich könnte sie vergessen haben. Aber ich erinnerte mich sehr gut daran, ich hatte am Nachmittag in der Bibliothek sogar Bibelstellen, Auszüge aus anderen liturgischen Texten und Stundenbüchern herausgesucht, um für diesen Anlass eine Art Predigt vorzubereiten.

»Sie sind der einzige Gast«, sagte sie und reichte mir einen Briefumschlag. Ich öffnete ihn:

Mit großer Freude verkünden Margherita und Fiodoro ihre Eheschließung in der – hier hatte die Verlobte den Schriftzug *Sankt-Acarius-*

Kirche durchgestrichen und *auf dem Gemeindefriedhof von Timpamara* darübergeschrieben.

Sie verabschiedete sich und ging eilig davon.

Als ich das Tor schloss, blickte ich erneut in den Himmel.

Das rötliche Licht der Wolken, die sich vor den Sonnenuntergang geschoben hatten, war das Blumenmädchen, das lange vor dem Fest die Einsamkeit der Kirche stört, um sie mit weißen Blumen und transparentem Tüll zu schmücken.

Am Abend nach der Lektüre des letzten Sonetts und nachdem ich das Buch immer wieder zur Hand genommen, es beschnuppert und an die Brust gedrückt hatte, machte ich mich daran, es zu zerstören.

Ich riss den Deckel ab, blätterte den Buchblock durch, und begann schließlich, Bündel zu je fünf Blättern und einzelne Seiten in immer kleinere Stückchen zu zerreißen, bis sie zu Konfetti geworden waren.

Obwohl sie winzig waren, passten sie nicht in die Sanduhr, also musste ich sie pulverisieren. Ein Stabmixer, wie er in der Bar verwendet wurde, musste her, aber wen danach fragen? Ich überlegte, wer derartige Gerätschaften besitzen könnte, der Lebensmittelhändler zum Beispiel, aber der würde mir gewiss nicht erlauben, Papier damit zu mahlen.

Darauf wartend, dass sich der Körper von Ciro di Pers von selbst pulverisieren würde, legte ich seine Teile in einer Tüte auf den Schreibtisch, etwa so, wie es manche Völker mit ihren Toten machen, die sie der Luft aussetzen, um sie zu reinigen, bevor sie in verseuchter Erde begraben werden.

29

Auf der Suche nach einer Gesetzmäßigkeit
beschloss ich, die Tage zu zählen. An welchen Wochentagen
tauchte Ofelia auf, wie viel Zeit verging zwischen ihren Besuchen,
und kam sie morgens oder nachmittags? Eine Art Adventskalender,
in dem sich jedoch das Wunder der Epiphanie wiederholte.
Am Vormittag erschien Marfarò, denn nachmittags würde eine
Beerdigung stattfinden. Unter seinem Arm klemmten ein paar
Todesanzeigen für die Plakatwand. Er nahm eine heraus und faltete sie vor meinen Augen auseinander.
»Sie sind doch Bibliothekar und verstehen etwas vom Schreiben.
Bitte, lesen Sie, und sagen Sie mir, ob alles in Ordnung ist.«
Neben anderen Kenntnissen hatte sich Marfarò einige Jahre
zuvor auch das Druckereihandwerk angeeignet. Die Leute in Timpamara konnten es kaum erwarten, sich vor seinen Todesanzeigen
zu drängen, nicht nur, um den Namen des jüngst Verstorbenen zu
erfahren, sondern auch, weil sie sehen wollten, welche Fehler der
Bestatter und Drucker in Personalunion diesmal wieder gemacht
hatte. Seine Schnitzer waren legendär. Zum Beispiel hatte er bei
einem Fünfundneunzigjährigen die Worte *vor der Zeit* benutzt und
bei einer anderen Anzeige vergessen, die Namen der Angehörigen
zu ändern, oder er verwechselte die Uhrzeit der Beerdigung, und
die Leute trafen erst ein, wenn alles längst vorüber war.
Manchmal druckte Marfarò an ein und demselben Tag Einla-
dungen für Hochzeiten und Kommunionsfeiern und verwechselte

den Text. Er war ein Wirrkopf, der sich zu viel vornahm und noch dazu alles gleichzeitig erledigen wollte.

»Sie wissen doch, wie man mich nennt, oder?«

Seine Missgeschicke hatten Marfarò zahlreiche Spitznamen von *Fünfsärge* bis zu *Halbsack* eingebracht, aber inzwischen war er nur noch als *der Grammatiker* bekannt.

Ich nickte.

»Mir reicht es, ich will nicht mehr, dass alle hinter meinem Rücken über mich lachen. Würde es Ihnen etwas ausmachen, wenn ich Sie künftig um Rat frage?«

»Überhaupt nicht!«

Ich las die Todesanzeige, die Marfarò entfaltet hatte wie einen Papierdrachen.

Die Gemeinde Timpamara teilt mit: Heute Nacht verstarb zu unbekannter Uhrzeit tragischerweise die allseits beliebte Einzegängerin Adis Abeba Magisano. Die Beerdigung beginnt um 15:30 Uhr in der Mutterkirche und endet auf dem örtlichen Friedhof.

Ob es sich um Anzeigen oder Fotografien handelte, der Bestatter schmückte die Dinge gern ein wenig aus und hatte dabei seinen ganz eigenen Stil.

»Ich würde sagen, bis auf das fehlende l in Einzelgängerin geht das in Ordnung.«

Er dankte mir, holte den sakralen Wandschmuck von der Ladefläche seines Kleintransporters, um ihn in die Leichenhalle zu bringen, und ging davon, nachdem er einen Termin für den Nachmittag mit mir vereinbart hatte.

Wie versprochen brachte mir Caramante die Adresse des Hotels in Belgien mit. Er zeigte mir die Visitenkarte, die er in das Verzeichnis hinten in seinem Terminkalender geschoben hatte, und ich schrieb mir die Telefonnummer auf ein Blatt Papier.

»Sagen Sie bloß, Sie wollen nach Belgien fahren!«, tadelte er mich in scherzhaftem Ton, aber weil er ein taktvoller Mensch war, fragte er nicht weiter nach.

Er ging sein Aufnahmegerät abstellen, ich hingegen steuerte sofort auf die Bar zu, wo es zwei Münzfernsprecher gab. Mir war klar, dass es sich um einen verzweifelten Versuch handelte, weil in so vielen Jahren eine Menge passiert sein konnte, aber wenn überhaupt jemand etwas über Emma wissen konnte, dann der alte Friedhofswärter, der sie möglicherweise begraben hatte. Ich wollte ihn persönlich nach ihr fragen. In dieser Zeit meines Lebens tat ich Dinge, die ich nie für möglich gehalten hätte. Ich wählte die Nummer.

»Hôtel Le Bois du Cazier, bonsoir.«

Ich hatte nur den Gruß verstanden. Die vom Rauchen kratzige Stimme gehörte einem jungen Mann.

»Eraclito Ferruzzano, s'il vous plaît.«

»Pardon?«

Mein elementares Französisch hatte ich durch die Lektüre von Dichtern nördlich der Alpen aufgefrischt – mit nebenstehender Übersetzung.

»Je ne comprends pas, Monsieur. Attendez.«

Ich hörte den dumpfen Aufprall des Hörers, als er ihn verärgert irgendwo ablegte. Dann Stille, das Geräusch schleppender Schritte, schließlich die Stimme eines älteren Mannes.

»Dites-moi, Monsieur, je suis le propriétaire.«

»Ah, vous cherchez l'italien ... Je suis désolé, mais il ne travaille plus ici.«

Ich schwieg einen Moment.

»Monsieur?«

»Savez-vous où il est allé ?«

»Non, Monsieur, il est parti sans rien dire.«

Erneut ein Moment nachdenklichen Schweigens.

»*Monsieur?*«

»*Ne cherchez plus mon cœur; les bêtes l'ont mangé.*«

Sucht nicht länger mein Herz; die wilden Tiere haben es gefressen.

Ich legte auf. Erstaunt über mich selbst, weil ich mir nichts, dir nichts diesen Vers von Baudelaire aufgesagt hatte, blieb ich einen Moment in der Kabine stehen, aber es war mir ein Bedürfnis gewesen. Nachdem ich ihn das erste Mal gelesen und er sich in mein Gedächtnis eingebrannt hatte, dieser schönste aller Verse, schien mir der rechte Moment gekommen, ihn zu rezitieren. Es wäre eine Sünde gewesen, diesen herrlichen Vers ein Leben lang in mir zu verschließen, ohne ihn jemandem vortragen zu können, der in der Lage war, ihn im Original zu verstehen.

Sucht nicht länger mein Herz.

Eraclito Ferruzzano konnte mir die ersehnten Antworten nicht geben. Auch er war in den Strudel des Geheimnisses und des Vergessens geraten wie offenbar jeder, der um die anonyme Fotografie kreiste.

Sucht nicht länger mein Herz, das klang wie eine Warnung von Emma, so als gälte es, ein universelles Geheimnis zu hüten, oder als sollte ich ihr eine geflüsterte Bitte erfüllen, such nicht länger mein Herz, Astolfo …

Auf dem Friedhof lud ich Backsteine in die Schubkarre, denn ich musste einen Rosengarten einfrieden. Ich schob sie etwa vierzig Meter weit. Dann der Stopp. Ein platter Reifen. Schwankender Schritt. Vielleicht Blut.

Wie so häufig saß er am Rand seines Grabs und ließ die Beine baumeln, aber er war nicht allein. Ich traute meinen Augen kaum. Neben ihm stand Ofelia und blickte mit ihm in das Erdloch. Sie wandte mir den Rücken zu, dennoch hatte ich sie erkannt. Die beiden sahen einander nicht an, sie sprachen auch nicht miteinander, und doch schienen sie Gefährten zu sein, Wesensverwandte, einander vertraut, und das war ja durchaus möglich. Elea hielt sich immer dort auf, auch in meiner Abwesenheit, und manchmal finden zwei einsame Seelen Mittel und Wege, sich zu verständigen. Wer weiß, woher die beiden sich kannten und was sie sich erzählten, nur Schweigen und Blicke, wie zwei Menschen, deren Vaterland in Flammen steht und die nun in einem fremden Land im Exil leben.

Ich hielt an und sah die beiden regungslos dort sitzen. Gelegentlich schien sie ihm etwas zuzuflüstern, was Elea mit einer Geste bestätigte, und die Versuchung war groß, mich ihnen zu nähern. Ein paar Minuten vergingen, dann machte sie Anstalten, sich zu bewegen, und ich wandte mich intuitiv ab. Ich ließ die Schubkarre stehen und steuerte auf Emmas Grab zu, wo sie vielleicht noch auftauchen würde.

Wenige Minuten später war es so weit. Sie näherte sich mit gesenktem Blick und schien nicht überrascht, mich zu sehen. Es war, als hätte sie gewusst, dass sie mich hier antreffen würde.

»Guten Tag, Astolfo.«

Ich erwiderte den Gruß.

Sie legte die Hände auf den Grabstein und küsste das Foto der Mutter. Lange. Dann richtete sie sich auf und blieb neben mir stehen.

»Haben Sie den Brief gelesen?«

Ich schämte mich.

»Ja.«

»Vielleicht können ja auch die Toten lesen!« Und sie betrachtete das Foto, als warte sie auf eine Antwort, die doch niemals kommen würde.

Ich kannte die seltsamen Ideen, die der Schmerz einem eingibt, auch ich hatte nach ihrem Tod mit meiner Mutter gesprochen, manchmal für sie den Tisch gedeckt; ich hatte ein Buch offen neben das Fenster gelegt für den Fall, dass sie lesen wollte, und ich spürte, wenn sie es tat, denn nicht der Wind blätterte in den Seiten, sondern ihre Hände.

»Es ist gut, dass Sie das Grab ohne Namen gelassen und auch kein Todesdatum hinzugefügt haben. Aber das Foto … wie sind Sie an dieses Bild gekommen?«

Die Frage verwirrte mich.

»Damit habe ich nichts zu tun … ich habe es dort nicht angebracht.«

Meine Worte schienen sie unvorbereitet zu treffen.

»Dann waren nicht Sie es, der sie beerdigt hat?«

»Nein.«

Sie musterte mich mit verstörter Miene. »Davon war ich ausgegangen angesichts der Sorgfalt, mit der Sie das Grab pflegen. Ich war mir sicher, dass Sie es waren, dass Sie mir Antworten geben können.«

»Nein, Ofelia, als ich Friedhofswärter wurde, lag sie bereits hier.«

Ich mochte es, ihren Namen laut auszusprechen, Silbe für Silbe, wie Hamlet in den Gängen der Burg.

»Seit wann arbeiten Sie hier?«

»Seit etwas mehr als zwei Monaten.«

Sie schwieg einen Augenblick.

»Dann haben wir sie gleichzeitig gefunden. Wir beide haben dich gefunden, Mutter«, fügte sie, an das Bild gewandt, hinzu. »Also wissen Sie überhaupt nichts von alldem … wer sie hier begraben hat, wer ihr Foto besaß …«

»Nein, nichts.«

Meine Fremdheit schmerzte sie.

»Ich habe alle möglichen Nachforschungen angestellt, aber auch mein Vorgänger hat sie nicht bestattet, sie war bereits vor ihm hier.«

Immer wenn sie den Blick von mir abwandte, betrachtete ich sie in all ihrer Schönheit. Ich hätte eine Ewigkeit damit verbringen mögen, sie anzuschauen, ihre Nähe rief Glückseligkeit in mir hervor. Und ich konnte den Gedanken an die Shakespeare'sche Ophelia nicht unterdrücken.

»Da ist noch etwas, oder?«

»Nein.«

»Ich meine den Grund, warum Sie ausgerechnet sie ausgewählt haben.«

»Das habe ich Ihnen doch gesagt.«

»Ja, Sie haben mir von der Einsamkeit erzählt, von dem fehlenden Namen, aber von ihrer Schönheit haben Sie nicht gesprochen. Sie gefällt Ihnen, das ist der wahre Grund, warum sie Ihnen am Herzen liegt.«

»Ja, sie ist schön.«

»Und was genau an diesem Gesicht gefällt Ihnen so sehr? Die Augen, die Haut, die Haare … was ist es?«

Ich betrachtete das Foto, als wäre Emma eine Fremde, versuchte, erneut die Gefühle vom ersten Mal hervorzurufen, und wie damals war es ihr durchdringender, trauriger Blick, der jedes andere Detail in den Hintergrund rückte. Das sagte ich Ofelia, die sich zu mir drehte und fragte: »Wirken auch meine Augen so traurig?«

Ich starrte sie an wie eine Erscheinung, und in diesem Moment begriff ich, dass Worte in diesem Fall unzulänglich waren.

»Ja.«

»Dann gefalle ich Ihnen also auch.«

»Sehr sogar. Sie sind … Sie sind noch schöner, Ofelia.«

Sie kam näher.

»Haben Sie eine Mutter?«

Ich senkte den Blick. Auch meine Mutter war schön gewesen und hatte traurige Augen gehabt.

»Sie ist gestorben.«

»Vor Kurzem?«

»Ich war erst zwölf.«

Erneut musterte sie mich. »Das klingt jung, aber mit zwölf ist man alt genug, um Erinnerungen zu bewahren, und manchmal reicht das aus.«

Sie sprach jedes einzelne Wort aus, als koste es sie Mühe, als müsse sie sich jeden Ton aus dem Fleisch schneiden.

»Haben Sie keine Erinnerungen an sie?«

»Nein. Es ist seltsam, sich nicht an die Menschen zu erinnern, die einen in die Welt gesetzt haben.«

Ofelia verstummte, und ich nutzte die Pause, um sie anzusehen.

»Haben Sie in diesen zwei Monaten einmal einen Namenlosen beerdigt?«

»Nein, nie.«

»Wie konnte es dann bei ihr geschehen? Irgendjemand muss sie hierhergebracht haben, in ein Dorf, in das sie gar nicht gehört.«

»Haben Sie in Timpamara keine Verwandten?«

»Nein, niemanden.«

Sie streckte eine Hand zu dem Glas vor der Fotografie aus. »Und dann dieses Foto! Wenn ich nur herausbekommen könnte, wer das war! Alles, was mir von dir zustand, haben die anderen bekommen.«

In gewissen Momenten sprach sie mit sich selbst, so als gäbe es mich nicht.

»Ich hatte nie ein Foto von ihr, ich sehe ihr Gesicht zum ersten Mal. Wie seltsam es ist, das Gesicht der eigenen Mutter zum ersten Mal auf einem Grabstein zu sehen! Ich dachte, es gäbe überhaupt keine Fotografien mehr von dir, aber jemand hatte dein Gesicht in einer Schublade liegen oder verwahrte es in seiner Jackentasche.«

Sie strich über das Glas, den Rahmen, drückte die Stirn dagegen und schloss die Augen.

»Das Foto wurde aus einem Album gerissen.«

Sie verharrte reglos. Als wären meine Worte mit Verspätung bei ihr angekommen, richtete sie sich auf einmal wieder auf und musterte mich bestürzt.

»Ein Album?«

»Ja. Vor einiger Zeit hatte sich aus irgendeinem Grund der Rahmen gelöst, und als ich ihn in Ordnung gebracht habe und dahinterschaute, klebte ein Stückchen schwarzer Karton an dem Bild, als wäre es aus einem Album herausgerissen worden.«

Ofelias Miene wirkte erstaunt.

»Ein Album«, wiederholte sie mechanisch und mit abwesendem Blick. Wer weiß, wo ihr Geist in diesem Augenblick verweilte.

Es waren die letzten Worte, die sie an diesem Tag ans Universum richtete. Ebenfalls schweigend begleitete ich sie zum Tor.

Ich wusste nicht, wann ich sie wiedersehen würde, ob am Tag oder in der Woche darauf, aber Berechnungen würde ich mit Sicherheit keine anstellen, denn Kalender sind zu gar nichts nütze.

30

An diesem Sonntag galt mein erster Gedanke nach dem Aufwachen der Trauung, die ich vollziehen würde.

Wenn ich gekonnt hätte, wäre ich noch ein bisschen liegen geblieben. Ich hatte nicht gut geschlafen, hatte mich im Bett hin- und hergewälzt, von seltsamen Stimmen und Emmas Foto geträumt. Es behauptete, sie wolle den Signor Caramante heiraten, und dann lösten sich die Zahlen von den Grabsteinen und versammelten sich im Kreis.

Aber ein Friedhofswärter arbeitet auch sonntags. Zwar hat er nicht mehr zu tun, als das Tor zu öffnen und wieder zu schließen, aber aufstehen zu müssen beeinflusst immer den Verlauf des Tages.

Noch ganz benommen ließ ich eine frisch verwitwete Frau eintreten und ging dann sofort zur Bar. Mein sonntäglicher Luxus, vor allem an sonnigen Tagen, bestand darin, mich mit einer Tasse Kaffee und der Zeitung an das Tischchen auf dem Bürgersteig zu setzen.

Dies war der einzige Moment der Woche, in dem ich wie alle anderen zu leben schien, und es gefiel mir, diese Stunde in der Normalität des Universums zu vertrödeln. Nach beendeter Zeitungslektüre sah ich mich um, beobachtete die Gesten und Blicke der Passanten, und es war, als läse ich auch in ihnen Nachrichten aus aller Welt.

Es herrschte mehr Gedränge als üblich, und bei meiner Ankunft vor der Bar begriff ich, dass eine Hochzeit bevorstand. Ich beschloss, die Gelegenheit zu nutzen und mein Gedächtnis aufzufrischen.

Als ich eintrat, war die Kirche bereits voll, und ich stellte mich hinter eine der ersten Säulen im rechten Seitenschiff, von wo aus ich Don Pallagorio bei dem Ritus beobachten und die zugehörigen Worte hören konnte, die ich am Abend selbst sprechen würde.

Nachdem ich am frühen Nachmittag einen letzten Blick auf meine Notizen für Margheritas Hochzeit geworfen und sie um einige Anregungen vom Vormittag ergänzt hatte, nahm ich den *Cyrano de Bergerac* zur Hand.

Wegen dieses Buches war mir einige Tage zuvor das Adjektiv *übermenschlich* in den Sinn gekommen, von dem aus mich meine Gedanken zu dieser Entscheidung geführt hatten.

Es gibt perfekte oder scheinbar perfekte Bücher, nach deren Lektüre jedoch ein Gefühl der Leere zurückbleibt. Der Protagonist stirbt zwar, lässt aber dennoch um sich herum den Eindruck von Unvollständigkeit und Unzufriedenheit zurück, so als wäre die Geschichte mit diesem Ende noch nicht ganz abgeschlossen. Etwas fehlte.

Ich blickte aus dem Fenster.

Den *Cyrano* verband ich inzwischen mit den traurigen Ereignissen um Margherita und Fiodoro. Als ich sie mit dem üblichen Strauß Blumen auf dem Friedhof ankommen sah, kam sie mir deshalb wie Rossana vor, die die Liebe in dem Augenblick entdeckt, in dem sie ihr für immer verwehrt wird, und die nun das Grab des geliebten Haudegens besucht.

Rostands Buch war scheinbar perfekt: eine heimliche Liebe, der ruhmreiche Tod des angeblichen und der triumphale des wahren Liebhabers. Aber nach beendeter Lektüre hatte ich das Gefühl, dass die Geschichte nicht abgeschlossen war. Was war mit Rossana passiert, nachdem sie entdeckt hatte, dass der Mann, der sie in sich verliebt gemacht hatte, nicht Christian de Neuvillette, sondern der hässliche, verwachsene Cyrano war?

Um meine Ruhelosigkeit zu besänftigen, schrieb ich daher auf der letzten Seite des Buches mit Bleistift Rossanas Tod auf, und dabei erschien immer wieder Margheritas Gesicht vor meinem geistigen Auge.

Über den Fensterrahmen gebeugt, schaute Rossana hinaus auf die gelben Blätter, deren Fall die Schönheit des Fluges zeigte, ohne Rücksicht auf das Schicksal der Fäulnis, das sie auf dem Boden erwartete, denn nur das ist uns erlaubt, den Fall in einen Flug zu verwandeln.

In der einen Minute entstehen die Dinge, in der nächsten vergehen sie.

Instinktiv legte sie sich die Hand auf die Brust, an der sie den von Blut und Tränen gelb gewordenen Brief barg.

Sie schloss die Augen und empfand das immense Ausmaß einer nie ausgesprochenen Liebe, den Schmerz, den Geliebten gleich zweimal zu verlieren.

Sie ahnte bereits den schwarzen Schatten des Vergessens. Und auf einmal ergriff große Kälte von dem Zimmer und ihrem Körper Besitz.

Edle Seelen wissen mit dem Glück nichts anzufangen: Vergebliches Warten ist sein einziges Siegel.

Sie schloss die Augen und öffnete sie nie wieder.

Margherita war pünktlich. Nach dem zweiten Glockenschlag, der die Schließung des Friedhofs verkündete, trat sie ein. Sie war wunderschön, hatte die Haare zum Zopf geflochten und war geschminkt wie eine Braut. In der Hand hielt sie eine Tasche.

»Wo kann ich mich umziehen?«

Ich deutete auf die Leichenhalle und verschloss das Friedhofstor mit der Kette.

»Das hier nehmen Sie«, sagte sie und reichte mir ein goldglänzendes Etui.

Sie verschwand durch die Tür, und ich empfand unendliche Traurigkeit, denn ich hatte mich zwar zu dieser Hochzeit bereit erklärt, aber angesichts der feierlichen Stimmung des Mädchens wurde mir bewusst, wie traurig diese Illusion war. Es folgte ein Moment der Verwirrung, doch dann öffnete sich die Tür erneut, und die Braut erschien, ganz in Schwarz gekleidet.

Margherita sah prächtig aus.

Einige Tage zuvor hatte sie das weiße Hochzeitskleid schwarz gefärbt, ein leicht verlaufener, ungleichmäßiger Farbton, Tropfen zeichneten sich darin ab wie auf einem Gemälde, das man im Regen stehen lässt, aber diese Unvollkommenheit war angemessen, denn sie schien von ihrem Schmerz hervorgebracht zu sein, von vor Wut zitternden Händen und von Augen, die vom Weinen schwach geworden waren.

Wir hörten ein nahes Grollen, das nicht zu der frühlingshaften Luft passte und das uns erreichte wie der Ruf der Glocke.

Sie sah prächtig aus. Zuerst fehlte ihr der Mut, den Blick von den Schuhspitzen zu heben, denn vielleicht spürte auch sie, nachdem sie derart zurechtgemacht ins Tageslicht getreten war, wie traurig diese Inszenierung war, vielleicht fragte auch sie sich, was sie hier eigentlich tat, und darum hielt sie den Blick gesenkt, um weiterhin schwarzzusehen.

Exakt in dem Moment, in dem sie zweifelte, gab ich, Astolfo Malinverno, geblendet von ihrem Glanz, mich erneut der Illusion hin und legte mich für uns beide ins Zeug: »So eine schöne Braut habe ich noch nie gesehen.«

Auf einmal verfinsterte sich der Himmel, der ferne Donner

klang wie die Stimmen der Menschenmenge, wenn der Hochzeitszug die Kirche betritt.

Margherita lächelte verstohlen. Sie hob den Kopf, und unsere Blicke kreuzten sich. »Meinen Sie das ernst?«

»Ihr Fiodoro kann sich wirklich glücklich schätzen.«

Sie hätte gern geweint, hob stattdessen aber nur das Kleid an, kam auf mich zu und streckte die Hand aus: »Tun Sie mir den Gefallen und begleiten Sie mich?«

Ohne zu zögern, ergriff ich wie ein liebender Vater ihre Hand, und wir gingen los, beide lahm, ich am Fuß, sie am Herzen.

Es fing an zu nieseln, und als der Regen über das Kleid lief, nahm er ein wenig Farbe mit sich. Auch die Mascara begann, sich aufzulösen und schwarze Spuren rund um ihre Augen und auf den Wangen zu hinterlassen.

Sie sah den Grabstein und die vielen weißen Blumen, die ich darauf verteilt hatte, sodass er geschmückt war wie ein Altar in der Kirche, dazu das weiße Band, das um das Foto ihres Liebsten gewickelt war, die brennenden Kerzen darum herum, und ihr schwoll vor Freude und Dankbarkeit das Herz.

Ich hatte auch einen Stuhl mitgebracht, der mit einem weißen Laken überzogen war. Darauf stand ein kleiner Strauß Weißdorn. »Setz dich.«

Die Stunde war perfekt, denn die Sonne begann unterzugehen und bot der Welt mit der Aufeinanderfolge von Licht und Dunkelheit einen Vorwand, Grenzen zu überschreiten, Maßnahmen zu vermischen, Gegensätze zu vereinen.

Margherita betrachtete den Grabstein. Ich stellte mich neben sie, schlug die mitgebrachte Bibel auf und begann zu sprechen in der Hoffnung, dass mir die Inspiration des Augenblicks zu Hilfe kommen würde, während noch immer spärlich Tropfen vom Himmel fielen und feine Linien auf ihr Kleid zeichneten.

»Brüder und Schwestern im Leben und im Tod, wir sind hier

im Haus der Seelen vereint, um die Hochzeit von Margherita und Fiodoro zu feiern. Das Menschliche ist überall dort, wo auch die Liebe ist; sie kennt keine Grenzen außer denen, die wir ihr setzen. Und heute ist es Margheritas Wunsch, die Liebe über das Reich des Sichtbaren hinaus auszudehnen, denn Versprechen, die von Herzen gegeben werden, müssen gehalten werden.

Vielfältig sind die Formen der Seele: Der ewige Gott formte den Menschen aus dem Staub der Erde, er blies ihm den Atem des Lebens ein, und der Mensch wurde eine lebendige Seele. Auch jetzt, nachdem Fiodoro wieder zu Staub geworden ist, fährt der Atem des Lebens fort, zu wehen.

Wie Matthäus schreibt, verlässt der Mann Vater und Mutter, um sich mit seiner Frau zu vereinigen, und die beiden werden eins. Auf diese Weise sind sie nicht mehr zwei Wesen, sondern ein einziges. Darum soll der Mensch nicht trennen, was Gott und die Liebe zusammengefügt haben. Wie übermenschlich doch die Kraft der Liebe ist. Wenn ich mit Menschen- und mit Engelszungen redete und hätte der Liebe nicht, so wäre ich ein tönendes Erz oder eine klingende Schelle. Und wäre ich ein Prophet, wüsste alle Geheimnisse und hätte alle Erkenntnis und allen Glauben, sodass ich Berge versetzen könnte, hätte aber der Liebe nicht, so wäre ich nichts. Die Liebe ist langmütig, die Liebe ist gütig. Sie ereifert sich nicht, sie prahlt nicht, sie bläht sich nicht auf. Sie handelt nicht ungehörig, sucht nicht ihren Vorteil, lässt sich nicht zum Zorn reizen, trägt das Böse nicht nach. Sie freut sich nicht über das Unrecht, sondern ergötzt sich an der Wahrheit. Sie erträgt alles, glaubt alles, hofft alles, hält allem stand. Die Liebe kennt keine Grenzen, sie kennt nicht den Tod.

Darum feiern wir heute die Hochzeit von Margherita und Fiodoro, denn was der Mensch nicht vermag, das vermag das Universum. Die Sonne und der Regen, die zusammenleben, zeigen uns, dass der Tod und das Leben Teile einer einzigen Existenz sind. Segne diese Seelen, die eins werden durch den symbolischen

Tausch der Ringe, Form der Sonne und der Erde, in der alle Punkte denselben Wert haben.«

Ich gab ihr ein Zeichen.

»Margherita, willst du gemäß Fiodoros letztem Wunsch im Leben deine Seele mit seiner vereinen, und schwörst du, ihm im Leben und im Tode treu zu sein, ihn zu ehren und seiner zu gedenken bis ans Ende der Zeit?«

»Ja, ich schwöre.«

Ich gab ihr das Etui. Sie öffnete es, nahm den Ehering heraus, küsste ihn und ließ ihn in ein kleines Loch fallen, das ich neben dem Grabstein ausgehoben hatte. Dann nahm sie ihren eigenen Ring, den sie zuvor auf dem Marmor abgelegt hatte, und steckte ihn sich an den Finger.

»Der Mensch soll nicht trennen, was die Liebe vereint hat. Margherita und Fiodoro, kraft meiner Rolle als Beschützer der Seelen erkläre ich euch zu Mann und Frau. Die Braut darf den Bräutigam nun küssen.«

Mit der Leichtigkeit einer Schwalbe erhob sich Margherita von ihrem Stuhl und drückte mit geschlossenen Augen einen Kuss auf den Marmor.

In dem unregelmäßig gefärbten Kleid, auf dem jeder Regentropfen eine Spur seiner eigenen kurzen Existenz hinterlassen hatte, kam sie lächelnd auf mich zu. Sie zeigte mir ihre beringte Hand und umarmte mich.

»Besser hätten Sie es nicht machen können … Ich hoffe, das Leben wird es Ihnen vergelten.«

Wir drehten uns gleichzeitig zu dem nassen Grabstein um, zu den Margeriten, die im Regen die Köpfe hängen ließen, den schwerer werdenden Bändern, den erlöschenden Flammen. Ohne weiter darauf zu achten, blieben wir einige Sekunden so stehen.

Dann drehte die Braut, deren Wangen von schwarzen Spuren überzogen waren, sich um.

Ich begleitete sie zur Leichenhalle, wo sie die Kleider wechseln wollte.

»Vorher würde ich gern noch etwas erledigen. Einen Moment nur«, bat ich sie.

Ich nahm die Kamera, die ich mir von Marfarò geliehen hatte, und machte ein Foto von ihr.

Sie betrat den Geräteschuppen, und wenige Minuten später kam sie mit dem Kleid in der Tüte wieder heraus. Worte waren überflüssig, das Lächeln, das sie mir am Tor schenkte, sagte alles.

Unter dem leichten Regen, den ich nie so angenehm empfunden hatte wie in diesem Moment, kehrte ich zu Fiodoros Grab zurück. Während ich die weißen Blumenvasen, die Bänder und den eingehüllten Stuhl wieder auf die Schubkarre lud, während ich erneut darüber nachdachte, wie unendlich die Illusionen der Menschen sind, kam ich mir vor wie tönendes Erz, wie eine kleine klingende Schelle.

31

Ich erwachte mit einem befreiten Gefühl,
das sich deutlich von der melancholischen Stimmung unterschied,
mit der ich am Abend schlafen gegangen war.

Margheritas Hochzeit mit ihrer tragischen Vermischung von
Liebe und Verzweiflung hatte mir gutgetan, nicht nur, weil ich
ihren geheimen Wunsch verwirklicht hatte, sondern vor allem,
weil ich dieses Ereignis auf meine Geschichte mit Ofelia bezog.
Wenn nämlich jemand die Seele eines Verstorbenen heiraten
konnte, durfte auch ich hoffen, das Gleiche eines Tages mit der
Frau zu tun, die ich durch ein Foto auf einem Grabstein lieben
gelernt und die danach vor meinen Augen Gestalt angenommen
hatte.

An diesem und an den darauffolgenden Vormittagen betrachtete ich bei der Ankunft auf dem Friedhof als Erstes den Zypressenzweig. Ich tat es, obwohl das Tor über Nacht abgeschlossen war
und Emma schwerlich dort aufgetaucht sein konnte.

Jedes Mal, wenn ich fortging oder zurückkam, schaute ich auf
den Zweig.

Die Gegenstände, die ich für Margheritas Eheschließung
gebraucht hatte, lagen in der Schubkarre im Lagerraum. Ich faltete die Stoffe und den Tüll zusammen, obwohl sie noch ein wenig
feucht waren, und legte alles ordentlich in einen Karton, den ich
mit einem Sack zudeckte, damit die Sachen keinen Staub fangen
konnten. Wer weiß, vielleicht würden sie noch einmal nützlich

sein, schließlich erlaubte die Friedhofsordnung nun auch Trauungen zwischen Lebenden und Toten.

Ich ging zu Fiodoros Grab. Der Strauß Margeriten in der mit weißer Spitze verzierten Glasvase war die einzige sichtbare Spur des Ereignisses. Das Unsichtbare befand sich in einem Loch unter der Erde: der Goldring mit dem Namen der Braut und dem Datum der Trauung. Ich trat näher heran, um nachzusehen, ob er vollständig von Erde bedeckt war. Zur Sicherheit setzte ich die Schuhsohle darauf und trat mehrmals fest zu, um den Ring noch tiefer einzugraben oder als wollte ich dafür sorgen, dass er auf dem Zeigefinger des armen Bräutigams landete.

Ich ging zur Pförtnerloge zurück, und als ich den unberührten Zypressenzweig sah, fiel mir ein, dass ich nicht an Emmas Grab gewesen war. Zum ersten Mal überhaupt hatte ich es vergessen, Zeichen dafür, dass sie definitiv von jemandem ersetzt worden war. Ich ging trotzdem hin, vor allem, um meine Schuldgefühle zu besänftigen, aber als ich in den schmalen Pfad einbog, war ich nicht in der üblichen Verfassung. Nun betrachtete und bewunderte ich Emma vor allem deshalb, weil ihr Porträt die Frau darstellte, der ich in der Realität begegnet war. Mir wurde klar, dass meine Gefühle für dieses Bild nichts gewesen waren im Vergleich zu dem, was ich jetzt empfand: die bebende Erwartung, das Gefühl von Mangel, das Bedürfnis nach Nähe.

Ich hielt mich noch einige Minuten dort auf, dann ging ich zum Geräteschuppen zurück.

In der Bibliothek holte ich das Exemplar des *Cyrano de Bergerac* mitsamt dem todbringenden Anhang aus der Tasche. Ich setzte mich an den Schreibtisch und schrieb den kurzen Nekrolog, den ich als Annonce aufgeben würde.

Danach stellte ich fest, dass mein rechter Daumen und der Zeigefinger mit Tinte beschmiert waren.

Wenn ich in der Bibliothek saß und Bücher katalogisierte oder, was noch häufiger vorkam, mir neue Enden für Geschichten ausdachte und sie niederschrieb, geschah es oft, dass meine Finger auf einmal voller Tinte waren. Wenn sie nicht mehr können, platzen auch Füllhalter, wie wenn zu hoher Blutdruck den Kopf erreicht hat und das Gehirn auf null stellt. Ein plötzliches und brutales Ende. Dann warf ich den Stift in den Papierkorb, passte auf, dass ich nichts berührte, und ging sofort ins Badezimmer, um mir die Hände zu waschen, obwohl mir die Vergeblichkeit des Versuchs bewusst war, denn Tinte lässt sich nicht vollständig von der Haut entfernen. Die Flecken bleiben lange genug auf der Epidermis, um ihre Existenz zu bezeugen, und verschwinden dann im Lauf einiger Tage, so als stünde auch ihnen ein natürlicher Lebenszyklus zu, genau wie den Eintagsfliegen, die nur anderthalb Stunden leben und diese mit dem Versuch zubringen, sich zu paaren, oder wie den Bauchhärlingen, die ein ganzes Leben in nur drei Tagen durchlaufen. Alles auf dieser Welt will leben, und wenn es nur für sehr kurze Zeit ist. Auch ein lästiger Tintenfleck, bei dem mir jedes Mal dasselbe Ereignis in den Sinn kam:

Wir hatten Chemieunterricht. Die Lehrerin ließ uns Wasser und Tinte in einem Glas vermischen. Es ging um Entropie, die unerbittliche Neigung des Universums und jedes in ihm vorhandenen isolierten Systems, in einen Zustand zunehmender Unordnung abzugleiten. Das Experiment sollte es zeigen: Wenn sich Wasser und Tinte mischen, wird sich das Gemisch nie wieder trennen, und wenn man bis zum Ende des Universums wartet. Bis zum Ende des Universums. Diese Worte beeindruckten mich tief. Bis zum Ende des Universums. Ein Ereignis, das keine Umkehr erlaubt. Meine Klassenkameraden gossen die Tinte ins Wasser, während ich reglos mit bereits erhobenem Arm verharrte. Die Lehrerin sah mich an und forderte mich auf, zur Tat zu schreiten. Sie benutzte tatsächlich diesen Ausdruck, *zur Tat schreiten*. Wir sollten die Fläschchen dabei von Nahem betrachten und aufmerksam die Bewegung der Flüssigkeiten verfolgen, die Art, wie die Spiralen sich vermischten. Die Lehrerin kam auf mich zu, und ich konnte es nicht länger hinauszögern. Um besser sehen zu können, beugte ich mich vor und begann, mit zitternder Hand die Tinte in das Fläschchen zu gießen. Erst ein paar Tropfen, dann den Rest. Noch nie hatte ich etwas derart Außergewöhnliches gesehen. Fäden schwarzer Flüssigkeit sanken langsam auf den Boden, nahmen auf ihrem Weg wundersame Formen an, Wolken, Rauchspiralen, Quallententakel, und wenn das Schwarz den Grund des Glases berührte, breitete es sich aus, um wieder aufzusteigen und das Wasser für immer grau zu färben. Ich war versucht, hineinzufassen und dieses Schauspiel des Todes anzuhalten. Die Lehrerin schien nicht zu wissen, dass sie dabei war, einen Aspekt der Welt unwiderruflich zu verändern, sie änderte sogar die Welt selbst, denn diese würde nie wieder sein wie zuvor, nicht einmal, wenn wir bis zum Ende des Universums warteten.

Und manchmal machte die Tinte ihr eigenes Ding. Sie brachte Füllhalter zum Platzen und verfärbte anstelle von Wasser die Finger, aber in diesem Fall verlor sie, denn nach wenigen Tagen war die Haut wieder wie zuvor, die Tusche hingegen hatte sich verflüchtigt. Es war nicht nötig, bis zum Ende des Universums zu warten. Es war gegen keine Ordnung verstoßen worden oder wenn, dann höchstens für ein paar Stunden.

Bis heute habe ich nicht begriffen – wenn ich sehe, wie ein Sarg ins Grab hinabgelassen wird, wie er mit Erde bedeckt und schließlich von ihr verschluckt wird, wie ihn erst Marmor und dann das Gras zudecken, das darum herum wächst, wenn ich sehe, wie er unter den Blumen und den Insekten verschwindet, die über ihn hinwegfliegen, wenn also alles auf der Welt wieder so ist wie vorher und man das, was unter der Erde liegt, vergisst – bis heute habe ich nicht begriffen, ob der Kreislauf von Leben und Tod ein

Bruch der Ordnung oder ihre Erhaltung ist. Denn es stimmt, dass nichts erschaffen und nichts zerstört wird, aber es stimmt auch, dass nichts wieder wird, wie es einmal war.

Weder im Lesesaal noch zwischen den Regalen hielt sich jemand auf, und das nutzte ich aus. Ich hängte das Schild *Komme gleich wieder* an die Tür und griff zum Telefon, um der Zeitung den kleinen Nachruf durchzugeben, den ich soeben geschrieben hatte:

> *An Sehnsucht verstarb gestern im Kloster der Damen vom Kreuz Rossana, die zweimal den geliebten Mann verlor.*
> *Diese traurige Mitteilung macht Ercole Saviniano, der zu ihren Lebzeiten alles und zugleich nichts war.*
> *Die Trauerfeier findet übermorgen um 15:00 Uhr in der Sankt-Acarius-Kirche in Timpamara statt.*
> *Bitte keine Blumen, nur vertrocknetes Laub.*

Kaum hatte ich die Bar verlassen, begegnete ich Mopassàn, dem Standesbeamten.

Seit dem Tag seiner ungewöhnlichen Frage hatte ich sorgfältig recherchiert, war von Querverweis zu Querverweis gesprungen. Ich hatte ein wenig Material und einen Namen gefunden, der ihm gefallen würde.

»Wenn Sie in der Bibliothek vorbeischauen, habe ich etwas für Sie.«

Seine Augen begannen zu leuchten, und er folgte mir auf dem Fuß.

»Und, ist es jemandem gelungen?«, fragte er mich bei der Ankunft.

»Was denn?«

»Herauszufinden, wie man das Datum des Todes berechnet.«

Ich wartete, bis Mopassàn sich auf den Stuhl vor meinem Schreibtisch gesetzt hatte, ehe ich dahinter Platz nahm. »Versucht haben es viele und mit verschiedenen Methoden. Manche haben auf die Kunst des Handlesens zurückgegriffen. Sie sind über Schlachtfelder gegangen und haben die Linien der linken Hand von gefallenen Soldaten untersucht, um festzustellen, ob es eine Entsprechung zum Alter der Männer gab. Andere haben es mit den Sternen und Planetenkonstellationen versucht. Aber fast alle haben sich mit Numerologie befasst. Berechnungen über Berechnungen, die umfangreichste Suche der Menschheit, abgesehen von der nach dem Stein der Weisen.«

»Aber es ist niemandem gelungen?«

»Niemandem ... bis auf einem.«

»Einer hat es also geschafft in der gesamten Geschichte der Menschheit.«

»Abraham de Moivre, ein Mathematiker, in der Tat, und nicht irgendeiner.«

»Von welcher Epoche sprechen wir?«

»Vom siebzehnten bis achtzehnten Jahrhundert. Haben Sie noch nie vom Moivreschen Satz gehört?«

»Nein.«

»Mit seiner Hilfe lässt sich die Potenz einer komplexen Zahl trigonometrisch darstellen.«

Ich sagte das, als wäre das Konzept völlig klar, tatsächlich hatte ich selbst aber auch nicht viel mehr begriffen, als dass es sich um eine wichtige Formel handelte.

»Aber seine größte Berechnung führte er an sich selbst durch. Die komplexeste Zahl, die je ein Mensch berechnen kann. Das Datum des eigenen Todes.«

»Ach, das ist ihm tatsächlich gelungen?«

Mopassàn klang aufgeregt.

»In seinen letzten Lebensjahren litt er an Lethargie, und in dieser plötzlichen Trägheit, die seine Aktivitäten einschränkte, sah er eine Art Vorboten des nahenden Endes. Da beschloss er, der Welt seine Fähigkeiten zu demonstrieren. Er träumte eine mathematische Formel. Jeder Mathematiker träumt irgendwann so etwas, aber im Gegensatz zu den anderen vergaß Abraham de Moivre seine Formel nicht. Den Unterschied machte nicht sein Talent, sondern sein Gedächtnis. Sein Körper verwandelte sich in eine Gleichung, die er lösen musste. Er hatte bemerkt, dass seine Ruhephasen von Tag zu Tag länger wurden. Jeden Tag dreißig Sekunden, mit der Regelmäßigkeit eines Uhrwerks. Er nahm an, dass er sterben würde, wenn die Dauer seines Schlafs vierundzwanzig Stunden erreichte. Er stellte Berechnung um Berechnung an mit dem Ergebnis, dass er am 27. November 1754 dahinscheiden würde. Am Tag davor verbrannte er die wertvollen Papiere mit der Geheimformel darauf. Und er starb tatsächlich am Abend des 27. November.«

»Hab ich's doch gewusst!«, rief Mopassàn triumphierend und schlug mit der Faust auf den Schreibtisch. »Hätte ich nur studiert und wäre ein genialer Geist, dann hätte *ich* diese Formel gefunden!«

Dann schwieg er eine Weile und dachte an das andere Leben, das in einem bestimmten Augenblick seiner blassen Vergangenheit in Reichweite gewesen war und das er aufgrund einer flüchtigen Ablenkung verpasst hatte.

»Darf ich fragen, warum Sie sich für solche Dinge interessieren?«

Mopassàn senkte den Blick, als müsse er sich über den Grund erst klar werden.

»Beim Niederschreiben der Sterbedaten sind mir seltsame Wiederholungen von Zahlen aufgefallen. Sicher, es kann sich um puren Zufall handeln, und anfangs habe ich diese Fälle als unbedeutende Überschneidungen abgetan, aber dann wiederholten sie sich, und zwar oft, so oft, dass ich mich fragte, ob es ein Gesetz gibt, unüberschaubar gewiss, unwägbar bestimmt, mit Sicherheit für den Menschen unberechenbar, aber doch ein Gesetz, das sich hin und wieder zeigt und Spuren seines Wirkens hinterlässt, nur eine schwache Fährte, aber doch genug, um Beweis zu sein. Darum habe ich angefangen, in meiner Freizeit in den alten Ordnern zu stöbern, und dabei fand ich Spur um Spur. Dann habe ich diese numerischen Wiederholungen aufgeschrieben und sie in kleine Gruppen zusammengefasst, und ich glaube, ein tüchtiger Mathematiker, ein Genie, könnte mit Sicherheit ein Gesetz aus ihnen ableiten, einen Todessatz ... Wie dumm, dass man als junger Mensch nicht dem elterlichen Rat folgt, denn wenn ich Mathematik studiert hätte, wenn ich auf meinen seligen Vater gehört hätte ...«

Mopassàn war betrübt wie ein Kind, das weiß, in welchem Schrank die Bonbons versteckt sind, aber den Schlüssel nicht finden kann.

»Was sagten Sie noch gleich, wie hieß dieser Mensch?«

»Hier, ich habe alles aufgeschrieben«, antwortete ich und gab ihm das Blatt Papier.

Der Standesbeamte betrachtete es mit größter Aufmerksamkeit.

»Stimmt etwas nicht?«

»Nein ... ich habe mir nur die Zahlen der Geburts- und Sterbedaten angesehen, inzwischen fallen sie mir immer auf. 26.5.1667, 27.11.1754 ... Ich sehe nach, ob es Übereinstimmungen gibt ... Nein, auf den ersten Blick nichts Bedeutsames, aber bei genauerem Hinsehen ... Ach, ich sollte jetzt besser gehen«, sagte er, starrte aber noch immer auf das Blatt Papier. »Danke für alles. Falls Sie noch etwas finden, seien Sie so nett und informieren mich, ja?«

»Selbstverständlich.«

32

Am nächsten Morgen um zehn,
ich hatte gerade die Mülleimer geleert, nahm ich mir zwanzig
Minuten Zeit, um zu Desdemona Lattarico zu gehen und Brot
zu kaufen.

Ein metallisches Geräusch erklang, so laut, als wäre die Back-
stube eine Kfz-Werkstatt. Ich hörte es jedes Mal, wenn ich Brot
kaufen ging, aber zum ersten Mal schenkte ich ihm tatsächlich
Beachtung. Ich schaute hinter den Vorhang und sah die Bäckerin
an einer elektrischen Kaffeemühle stehen und Paniermehl herstel-
len.

Mir kam das Konfetti aus Gedichten von Ciro di Pers in den
Sinn. Nicht nur die kleine Maschine war perfekt, sondern auch die
Frau. Jede andere wäre vor meiner Bitte zurückgeschreckt, nicht
aber Desdemona, denn die wäre für Geld sogar in einen ihrer
Mehlsäcke gestiegen und hätte ihn von innen zugezogen.

Als sie, die Haare von Brotkrumen bekränzt, an die Theke trat,
fragte ich sie: »Wie viel wollen Sie haben, damit ich für zwei Minuten ihre Kaffeemühle benutzen darf?«

»Zwei Minuten … mal sehen«, sagte die Alte nachdenklich und
nannte dann einen Preis, der zwei Kilo Brot entsprach.

»In Ordnung, in einer halben Stunde komme ich wieder.«

Als ich mit dem di Pers'schen Konfetti in die Bäckerei zurückkam und mich dem alten Gerät näherte, sah Desdemona den Inhalt
der Tüte und machte Anstalten, mir meine Bitte abzuschlagen.

»Wollen Sie etwa dieses Papier mahlen? Ich dachte, es geht um etwas Essbares!«

Darauf war ich vorbereitet.

»Ich gebe Ihnen das Doppelte des vereinbarten Preises.«

Desdemona beruhigte sich, denn in den Jahrzehnten ihres Berufslebens hatte sie eine Menge seltsame Dinge erlebt. Sie nahm den Aufsatz der Mühle, drehte ihn um und klopfte sachte darauf, um die Krümel herausfallen zu lassen, aber nicht alle, denn manche blieben unerschrocken hängen.

»Ist es ein Problem, wenn ein paar Krümel drinbleiben?«

»Überhaupt nicht.«

»Dann legen Sie mal los«, sagte sie und stellte das Gerät an seinen Platz zurück.

Während ich die Fetzen des Buches aus der Tüte schüttelte und sie neben den Paniermehlkrümeln landen sah, kam mir erneut der Gedanke in den Sinn, der mir bereits einige Tage zuvor durch den Kopf gegangen war. Ich hatte die Seite neben die heilige Hostie gelegt, beide ein Ersatz für den Körper, Kinder derselben Kornähre, und der Gedanke, dass sich Moleküle von Paniermehl für immer mit der Asche des Papiers vereinen würden, Nahrung für den Körper und Nahrung für die Seele zugleich, erschien mir eine perfekte Kombination, ein neues Element für das Periodensystem, Nummer 119, zu platzieren gleich hinter Oganesson (Og). Auf meine Anweisung hin legte Desdemona, die mich die ganze Zeit scheel angesehen hatte, den Deckel auf und betätigte die kleine Mühle.

Nach einigen Sekunden hielt sie den Motor an.

»Sehen Sie nach, ob es funktioniert hat«, sagte sie und löste bereits den Deckel.

Ich steckte zwei Finger in das weiße Gemisch und nickte.

»Halten Sie die Tüte auf«, fuhr die Bäckerin fort, dann nahm sie den Aufsatz und drehte ihn um, wobei sie erneut zweimal leicht darauf klopfte, damit alles herausfiel.

Aber es kam nicht alles, ein paar Klümpchen des Papierteigs blieben am Rand kleben. Die Bäckerin schien das nicht zu interessieren, sie griff nach ihrer Schürze und säuberte das Gefäß oberflächlich, und als sie den Aufsatz wieder befestigte, war immer noch etwas darin zurückgeblieben. Unbekümmert gab die Frau Brotstücke in die Mühle, um sie zu zermahlen. Aber vorher legte sie die Geldscheine, die ich ihr gegeben hatte, in die Kasse.

Ich bedankte mich und verließ die Bäckerei. Erneut begann die kleine Mühle zu lärmen. Nicht nur in meiner Tüte hatte sich das Brot mit dem Papier vermischt, sondern auch in dem Brot, das die Bäckerin mahlte, befanden sich winzige Partikeln von Pers' Gedichten, in dem Brot, das eingetütet und dem nichts ahnenden Papierfresser verkauft werden würde, der es am Abend auf die gekochten Spaghetti *aglio e olio* streuen und sich an den Tisch setzen würde, ohne zu wissen, dass sein Kannibalenkörper die Seele eines Dichters aus dem Friaul verschluckte, der die vergängliche Liebe und die verrinnende Zeit besungen hatte.

Der Geldschein, den sie mir herausgegeben und den ich in die Tasche gesteckt hatte, war bemehlt. Alles in dieser Bäckerei war bemehlt, genau wie jeder Winkel von Desdemonas Körper. Oder wie alles in Altomontes Mühle, aus deren Fenstern ständig dünner weißer Mehlstaub drang. Immer mit Mehl beschmutzt, und nicht nur die beiden, denn auch wir Bibliothekare besudeln uns, genau wie die Buchhändler, aber anstatt Mehl tragen wir Wörter, Buchstaben, Sätze, Bilder auf Haut und Kleidern, und die lassen sich im Gegensatz zu Mehl nicht mit der Hand abwischen oder unter der Dusche abspülen. Sie dringen unter die Haut, ins Fleisch und in die Adern ein, um direkt im Herz zu landen und es zu betäuben, zu trösten und zu stärken.

Hin und wieder tauchte in der Bibliothek jemand auf und fragte, ob er eine Spende abgeben könne, eine Frage, die normalerweise bedeutete, dass er unbenutzte Enzyklopädien oder alte Schulbü-cher loswerden wollte, was ich stets ablehnte. Handelte es sich dagegen um Romane, und seien es alte und unlesbare, nahm ich sie dem Besucher ab und stapelte sie in einem kleinen Schrank im Erdgeschoss.

Doch seitdem ich den Bücherfriedhof eröffnet hatte, ereilte diese Bücher ein anderes Schicksal. Als mir am Tag zuvor Mosè Mongrassano eine Tüte mit alten, vergilbten und angeschimmel-ten Romanen von Guido da Verona gebracht hatte, stand deren Bestimmung daher für mich fest.

Nach dem Besuch bei Desdemona an jenem Morgen nahm ich die Bücher mit zum Friedhof, und der beim ersten Mal festgeleg-ten Ordnung folgend, grub ich ein Loch, das etwas größer war als die anderen, und legte alle neun Romane hinein, obenauf *Mimì Bluette*. Ich stellte das übliche Kreuz und ein Schild mit der Auf-schrift *Guido da Verona, Romane* auf und verschwand.

Ich war gerade dabei, das Tor in der Friedhofsmauer zu schlie-ßen, da hörte ich, dass sich mir von hinten jemand näherte.

»Was verstecken Sie dadrin?«

Ofelias Stimme schien ein Teil der Natur zu sein wie der Wind oder das Summen der Insekten.

Bei jedem anderen hätte ich mir eine Ausrede ausgedacht und rasch abgeschlossen, aber bei ihr brachte ich das nicht fertig. Darum stieß ich das kleine Tor wieder auf und gab ihr ein Zeichen, einzutreten.

Sie betrachtete die rechtwinklig angeordneten Furchen im Boden, die Pflanzenschildchen, den Spaten, der an der Rückseite der Kapelle lehnte.

»Ein Gemüsegarten auf dem Friedhof«, sagte sie überrascht.

»Nicht direkt. Kommen Sie, sehen Sie es sich an.«

Sie folgte mir dicht am Zaun entlang, bis wir die bepflanzte Ecke erreicht hatten.

»Es ist ein sehr besonderer Garten«, sagte ich und deutete auf die Erdhäufchen.

Sie bückte sich, las die Schildchen und blickte mich dann fragend an. »Ich verstehe nicht ganz …«

»Das hier ist mein Bücherfriedhof«, erklärte ich und erzählte ihr davon.

»Sie sind ein Mensch voller Überraschungen«, sagte sie am Ende. Jenseits der Furchen befand sich eine kleine Wiese. Der Schatten der Eiche, das dämmerige Licht, das Netz, das sie von der Außenwelt abschnitt, all das schien einen kleinen Garten der Lüste zu erschaffen.

Ofelia legte sich im grünen Gras auf den Rücken. Sie breitete die Arme aus und schloss die Augen. Dann gab sie mir ein Handzeichen, das ich als Aufforderung verstand. Mühsam ließ ich mich neben ihr nieder. Ich blickte nach oben in die Sonnenstrahlen, die durch die Äste des Baums fielen.

»Ich habe gesehen, dass Sie auch einen Hund beerdigt haben.«

Ich dachte an jenen Tag zurück und sah die Szene vor mir wie ein anderer, der sie aus der Ferne betrachtet. Von wo aus mochte sie mich unbemerkt beobachtet haben?

»Tiere, Bücher, Menschen …«

Wir sprachen leise und ohne uns anzusehen, waren einander aber nahe wie zwei Äste an ein und demselben Stamm.

»Ich lasse die Dinge gern auf angemessene Weise enden. Jeder sollte seine Art zu sterben selbst wählen.«

Bevor Ofelia antwortete oder von sich aus etwas sagte, ließ sie sich stets Zeit, wie wenn die Geräusche der Welt Gedankennebel und Bildschöpfungen durchqueren müssten, ehe sie zu ihr gelangen konnten.

»Manchmal sollten wir auch unsere Art zu leben wählen können«, sagte sie. »Ich habe mir nicht ausgesucht, diejenige zu sein, die ich bin.«

Es gibt Stimmen, die sind dafür gemacht, umarmt zu werden, und das hätte ich ihr gern gesagt. Ich spürte ihre Hand neben meiner, und während ich weiterhin in den Himmel blickte, näherte ich mich kaum merklich an, gerade genug, um sie zu streifen und mich sofort wieder zurückzuziehen, als wäre es rein zufällig passiert.

»Vielleicht entscheidet sich in Wirklichkeit niemand dafür, zu sein, wer er ist. Vielleicht ist unser Leben nur ein ungeschickter Versuch der Anpassung.«

»Es gibt da ein Album, zu Hause bei meiner Tante, unter dem Glastisch im Wohnzimmer. Das Familienalbum mit einem grünen Einband, auf jeder Seite ein Porträt. Nur auf einer Seite fehlt es. Schwarzer Karton, von Seidenpapier geschützt, mit einem Loch in der Mitte. Ein Foto, von der Seite gerissen, auf der ihr Porträt hätte sein müssen. Der Karton hinter der Fotografie ist schwarz, oder?«

»Ja«, flüsterte ich.

»Sie hat all ihre Fotos mitgenommen, bevor sie verschwunden ist. Sogar die Gruppenfotos, auf denen sie zu sehen war, hat sie ausgeschnitten. Im Haus sollte nichts von ihr zurückbleiben, so als hätte es sie nie gegeben. Als ich herausfinden wollte, wie ihr Gesicht aussah, konnte ich mir nur den zerrissenen Karton ansehen und es mir vorstellen. Dieses Loch ist zu einer Besessenheit für mich geworden. Ich habe es auf jede erdenkliche Weise zu füllen versucht.«

»Das tun Sie auch jetzt.«

»Ich habe meine Tante gefragt, warum es keine Fotografien gibt, warum sie nirgendwo zu sehen ist, und eines Tages nahm sie mich bei der Hand, führte mich ins Bad, kämmte mir die Haare, stellte mich vor den Spiegel und forderte mich auf, stillzustehen und mich zu betrachten, steh still und sieh dich an: Das ist deine Mutter, dein Gesicht ist ihr Gesicht. Ihr seid genau gleich, von jeher. Immer wieder hat sie das zu mir gesagt, an jedem Geburts- oder

Namenstag, an jedem Feiertag, ich wuchs heran, und sie erinnerte mich ständig daran, dass ich genauso war wie meine Mutter. Wenn ich sie anschauen wollte, ging ich zum Spiegel und betrachtete mich selbst, nachdem ich mir die Haare zusammengebunden hatte, denn einmal hatte ich jemanden zu meiner Tante sagen gehört, ihre Schwester habe das Haar immer hochgesteckt getragen. Und von da an machte ich es wie folgt: Wenn ich sie offen ließ, war ich ich selbst, wenn ich sie hochsteckte, war ich meine Mutter.«

Es war schön, Ofelia reden zu hören. Hin und wieder drehte ich mich zu ihr, um sie anzusehen. Sie blickte immer noch nach oben zu den Ästen, als wären die Erinnerungen Früchte, die dort hingen und abgezählt werden konnten.

»Hattest du deine Mutter gern?«

Bei dieser vertraulichen Frage duzte mich Ofelia zum ersten Mal und auf natürliche Weise.

»Mehr als alles andere auf der Welt.«

»Was fehlt dir am meisten?«

Ich dachte daran, wie meine Mutter mir vorgelesen und mich gedrückt hatte, wenn sie mich abends ins Bett brachte; ich dachte an die Küsse, die mich jeden Morgen geweckt hatten, und dennoch überraschte meine Antwort auch mich selbst:

»Mich an ihre Brust zu lehnen und ihren Herzschlag zu hören.«

Zwischen den einzelnen Sätzen schwiegen wir, doch dieses Schweigen war keine Stille, es war ein Brüten, ein Nachdenken, es waren Überlegungen zu den kurz zuvor geäußerten Worten.

»Ich habe keine Erinnerung an meine Mutter«, sagte sie. »Aber seltsamerweise hatte ich immer das Gefühl, dass sie an meiner Seite war, dass sie mich anschaute und bei mir war, wenn ich ihr meine Hausaufgaben und meine Spiele zeigte. Findest du es seltsam, sich nach jemandem oder etwas zu sehnen, das man nie kennengelernt hat?«

Ich lebte inmitten von Phantomen. Das hätte ich ihr gern gesagt.

Meine Gegenwart bestand aus vergangenen Leben, aus Leben, die aufgeschrieben worden waren, aber mein Mund sagte etwas anderes: »Wir sind mehr als das, woran wir uns erinnern.«

Wichtig an den Dingen, die uns zugestoßen sind, ist oftmals nicht die Erinnerung an sich, sondern der dünne Faden, der sie miteinander verbindet, das, was wir nur ahnten, das Seidenpapier zwischen zwei Blättern, das die Fotos nicht nur schützt, indem es sie voneinander trennt, sondern sie auch versteckt, sodass sie jedes Mal neu entdeckt werden können.

»Was für ein schöner Ort! Man möchte nie wieder fortgehen.«

»Geh nicht weg, bleib hier … bleib, solange du kannst.«

Es hörte sich seltsam an, sie zu duzen, aber es machte alles einfacher.

»Für immer?«

»Ich habe mich nicht getraut, es dir zu sagen, aber … ja, für immer.«

»Und würdest du mich die ganze Zeit bei dir behalten?«

Wir drehten uns beide gleichzeitig um und sahen uns an.

»So lange es uns erlaubt ist.«

Sie schloss die Augen und ließ sich ins Gras sinken wie in ein Kissen.

»Wärst du bereit, es zu schwören?«

Ich konnte nicht glauben, worum sie mich da bat, und während ich sie in ihrer ganzen Schönheit vor Augen hatte, fragte ich mich, wie es möglich war, dass ein solches Geschöpf einen Schwur von einem hässlichen, hinkenden Mann wie mir verlangte. In diesem Augenblick wurde mir klar, dass sie mich auf andere Art betrachtete als die anderen, anders auch, als ich selbst mich immer gesehen hatte.

»Ich schwöre es dir bei allem, was du willst«, sagte ich.

»Hiermit schwöre ich feierlich …«

»… bei allem, was du willst«, beendete ich den Satz.

Sie richtete sich wieder auf und sah mir ins Gesicht.

»Ist deine Mutter hier begraben?«

»Ja, unsere Familie hat eine Grabkapelle.«

»Zeigst du sie mir?«

Sie hätte mich um alles bitten können, ich hätte ihr jeden Wunsch erfüllt. Wir standen auf, wobei sie mir eine helfende Hand reichte, dann machten wir uns auf den Weg.

Im Vergleich zu der Hitze draußen war es im Inneren der Kapelle kalt. Sie folgte mir in den schmalen Raum.

»Da ist sie«, sagte ich und deutete auf das Foto auf dem Marmor.

Ofelia betrachtete es von Nahem.

»Ihr seht euch auch ähnlich.«

Dann zeigte ich ihr die anderen, meinen Vater, meinen Onkel, meine Großmutter. Notturno ließ ich aus, und sie fragte nicht nach, vielleicht aus Diskretion, vielleicht aus Achtlosigkeit.

»Würdest du es mir jetzt schwören? Auf deine Mutter?«, hakte sie mit einer Dringlichkeit nach, die mich überraschte. »Leg eine Hand auf ihr Bild und sag es.«

Ich streckte eine Hand aus.

»Schwöre, dass du mich immer hier bei dir behalten, dass du dich um mich kümmern wirst und dass nichts das Band zwischen uns lösen wird, niemals!«

Für eine Sekunde erschreckte mich diese Formel. Ihre Worte, die extrem waren angesichts der kurzen Zeit, die wir miteinander verbracht hatten, weckten Zweifel und Ängste in mir, aber es war wirklich nur ein Moment, denn sie schenkte mir ihr Leben, und das war das Einzige, das ich wirklich wollte.

»Ich schwöre.«

Ofelia stieß einen tiefen Seufzer aus.

»Darf ich dich umarmen?«

Sie hatte das Verlangen in meinen Augen gesehen, darum machte sie einen Schritt auf mich zu und nahm mich fest in die

Arme; unsere Wangen berührten sich, ich roch den Duft ihrer Haare und wusste nicht, wie ich sie anfassen sollte, wohin mit meinen Armen, ob über oder unter ihre. Welchen Zentimeter ihres Rückens sollte ich berühren?

»Ich habe nie zu hoffen gewagt, dass ich dich finden würde«, sagte ich, als ich mich von ihr löste.

Sie schaute sich um, nahm die Gesichter auf den Grabsteinen wahr.

»Es ist tröstlich, zu denken, dass wir für immer zusammen sein werden.«

Und dann verließen wir die Kapelle.

»Wir sehen uns morgen«, sagte sie, schon auf dem Weg zum Tor.

Ich folgte ihr mit dem Blick.

Wenn ich bestimmen sollte, in welchem Moment mir klar wurde, dass ich mich in Ofelia verliebt hatte, dann war es der, in dem ich sie hinter der Mauer verschwinden sah.

Und der Rest der Welt jegliche Bedeutung verlor.

33

Ich ging in die Leichenhalle.
Die Tüte mit dem gemahlenen Buch von Ciro di Pers hatte ich
auf das Tischchen gelegt. Ich nahm die Sanduhr aus dem Regal
der Ordnung. Sie war staubig. Staub innen und Staub außen. Zwei
verschiedene Arten, das Leben zu messen. Ich setzte mich, um sie
zu betrachten. Dass sich die Sanduhr öffnen ließ, indem man den
unteren hölzernen Teil entfernte, interpretierte ich als Zeichen einer
Bestätigung durch das Universum. Ich schüttete das weiße Pulver in
eine leere Tomatendose, dann füllte ich das zerkleinerte Papier in die
Sanduhr, bis der untere Kolben halb voll war. Ich setzte den Deckel
wieder auf und drehte die Sanduhr um, beobachtete, wie das Papiermehl durch den Hals rauschte, weniger gleichmäßig als das feine
Pulver allerdings. Kaum wahrnehmbare Verdickungen entstanden,
wenn er die engste Stelle langsamer passierte. Doch das gefiel mir,
denn das unstetig rieselnde Papiermehl passte zum menschlichen
Tempo der Sprünge und Unstimmigkeiten, des Zögerns, der Aus-
fälle, Untergänge und verschobenen Ereignisse. Ich betrachtete die
Zeiger meiner Uhr. Ich betrachtete das Papier in der Sanduhr. Auf
der einen Seite das große Metronom, das die Geschichte formte
und ohne Rücksicht auf den Willen tickte, auf der anderen Seite
das kleine Instrument, dazu da, die Handlungen der Menschen zu
messen, das Lernen, die Lektüre, die Dauer eines Kusses.
Ciro di Pers' Grabstelle war bereit, und dort würde er bleiben,
auf dem Tischchen neben dem Sterberegister, um mir zur Verfü-

gung zu stehen, wann immer ich die Maßstäbe umkehren und selbst entscheiden wollte, indem ich einen Gegenstand auf den Kopf stellte, immer dann, wenn ich selbst bestimmen wollte, wann die Zeit begann und wann sie endete oder sogar wann sie stillstand, indem ich die Sanduhr waagerecht ablegte. Und nur Geduld, wenn beim Umdrehen etwas verloren ging, schließlich sind die Angelegenheiten der Menschen genau dazu gemacht.

Ich blickte auf die Uhr. Elf Uhr sechsunddreißig. Ich betrachtete die Daten auf der Grabstele. Nur die große Zeit der Existenz und keine Spur von den Augenblicken, aus denen sie besteht. Warum stand eigentlich nie die Stunde des Todes auf dem Stein? Man müsste sie doch sammeln, die schicksalhaften Stunden des Lebens, die exakte Uhrzeit der Momente notieren, in denen wir zu jemandem oder etwas werden, man müsste viele Uhren kaufen, um die Zeiger auf diese Zeiten zu richten und die Uhren in einer Reihe an die Wand zu hängen wie einen zeitlichen Abriss der eigenen Existenz.

Um zwölf Uhr drei ging ich zum Tor hinaus.

Abends begab ich mich eine halbe Stunde vor der Schließung zum Friedhof, weil die Arbeiter mich gebeten hatten, ihre Werkzeuge im Geräteschuppen unterbringen zu dürfen.

Marfarò war mit von der Partie. »Raten Sie mal, was mir gestern passiert ist ... Und ich dachte, ich hätte schon alles erlebt. Fintore Bovalino ist bei mir aufgetaucht und wollte die Särge sehen. Ich habe ihn gefragt, wer aus seiner Familie gestorben war, denn ich hatte nichts dergleichen gehört, und da antwortet er seelenruhig: ›Der ist für mich. Übermorgen werde ich sterben.‹ Genau so hat er es gesagt, ›Übermorgen werde ich sterben‹, und er sagte es so gelassen, als erledigte er den Einkauf. Er hat meine verblüffte Miene bemerkt, und da erzählte er mir, er habe sich leider das Haar an seinem Arm ausgerissen, und damit sei sein Tod besiegelt.«

Mehr musste Marfarò nicht sagen, denn diese bizarre Geschichte kannte jeder in Timpamara.

Dreizehn Zentimeter. So lang war das Haar des Lebens, das aus Fintore Bovalinos Arm hervorspross. Ein weißes Haar, das niemand je hatte berühren dürfen, nicht einmal eine Frau im Augenblick höchster Leidenschaft. Wehe, ihr fasst es an, sagte er immer, wenn ihr es abreißt, muss ich sterben. Er war dermaßen darauf fixiert, dass sich alle über ihn lustig machten, und wenn er nach dem Grund seiner Überzeugung gefragt wurde, erzählte Fintore die Anekdote, wie er als Junge dreimal versucht hatte, sich das Haar auszureißen, und dabei jedes Mal einen Stich im Herzen verspürt hatte, als wäre das fadenförmige Anhängsel, das er zwischen den Fingern hielt, die Fortsetzung einer Herzkammer. Und alle lachten und sagten, dieses Haar kommt aus deinem Kopf, denn du hast da oben ein Knäuel Haare anstelle eines Gehirns!

Wie herbeigerufen von Marfaròs Worten, sah ich Fintore Bovalino nun direkt auf mich zukommen.

»Guten Tag, Malinverno, ich möchte Sie um einen Gefallen bitten.«

»Aber gern.«

»Ich nehme an, Marfarò hat es bereits erwähnt … also, morgen werde ich sterben, und da wollte ich mal wegen meinem Grab nachfragen … Ich weiß, es ist schon zu spät, um mir eine Grabstelle zu kaufen, das haben sie mir bei der Gemeinde jedenfalls gesagt. Darum wollte ich mal nachsehen, wo ich die Ewigkeit verbringen werde.«

Der Bestatter hatte recht, über die Menschen konnte man sich nicht genug wundern.

»Ich verstehe nicht ganz.«

»Wo werden Sie mich begraben, wenn ich tot bin? Kann ich die Stelle sehen?«

Fintores Gemütsruhe erstickte jeden Widerspruch im Keim.

Und so gingen wir zusammen mit Marfarò zu dem Bereich des Friedhofs, der für die nächsten Begräbnisse vorgesehen war. Wir begegneten Elea, der aus einer Gräberreihe hervorkam. »Lieber Elea, wie ist es denn so auf der anderen Seite der Existenz?«, wollte Bovalino von ihm wissen, aber der Wiederauferstandene hörte es nicht und breitete zur Begrüßung nur die Arme aus.

»Gestern Nachmittag habe ich es bemerkt«, sagte Fintore unterwegs. »Ich trank gerade meinen *caffè* in der Bar, da sehe ich zu meinem Entsetzen, dass das Haar auf meinem Arm nicht mehr da ist. Können Sie sich vorstellen, wie mir zumute war? Der stille Anhang meines Lebens war nicht mehr da! Mir brach der kalte Schweiß aus. Ich habe noch einmal auf meinen Arm geschaut und dann überall gesucht, auf der Theke, auf dem Boden, ich habe überlegt, wo ich gewesen war, was ich getan, wer sich mir genähert hatte. Vielleicht hat es sich auch von selbst gelöst, das Haar, sozusagen ein Selbstmord, und da bin ich im Geist die Orte durchgegangen, die ich zuvor besucht hatte. Ich hoffte, dass es sich um eine sehr kurz zurückliegende Enthaarung handelte, und suchte bei jedem Schritt den Boden ab, denn wenn ich das Glück gehabt hätte, die Nadel im Heuhaufen zu finden, hätte ich mir das Haar wieder angeklebt, irgendwie hätte ich es geschafft, dachte ich, und wenn ich mir den Arm hätte aufschneiden müssen. Aber ich habe es nicht gefunden. Eine Stunde Aufregung, Schweiß auf der Stirn, Herzrasen und feuchte Hände, und als ich schließlich wieder in der Bar ankam ... ich weiß nicht recht, wie soll ich es erklären? ... da war ich auf einmal völlig ruhig. Ich hatte resigniert.«

»Mir bleibt nur noch wenig Zeit, um zu tun, was zu tun ist. Sobald ich hier fertig bin, gehe ich wegen meines Testaments zum Notar. Ich muss mich von ein paar Freunden und Verwandten verabschieden und danach das letzte Abendmahl ausrichten.«

Marfarò und ich sahen uns wortlos an.

»Das war mein erster Gedanke, als mir klar wurde, dass ich sterben werde. Ich habe mich gefragt: Was soll ich am letzten Tag meines Lebens tun? Anfangs fielen mir die merkwürdigsten Dinge ein, lauter verrückte Sachen … Aber heute Morgen wurde mir klar, dass die Normalität, die mich mein Leben lang gelenkt hat, auch die richtige Art ist, es zu beschließen. Haben Sie schon mal darüber nachgedacht, was Sie täten, wenn Sie wüssten, dass Sie sterben müssen?«

Die Frage hing zwischen Marfarò und mir in der Luft, wurde jedoch nicht beantwortet, weil wir inzwischen an der ausgewählten Stelle angekommen waren.

»Hier werden Sie morgen beerdigt, wenn alles so geschieht, wie Sie es sagen.«

Bovalino betrachtete die zwei Quadratmeter Brachland, das vereinzelt stehende Unkraut, zwei Margeriten, einen Zigarettenstummel, ein Bonbonpapier, dann ließ er den Blick auf dem benachbarten Grab verweilen. Vielleicht kannte er den Toten, vielleicht waren sie Freunde, und wenn nicht, würden sie es nun mit Sicherheit werden.

»Ich hätte es schlechter treffen können«, verkündete er schließlich.

»Nicht vergessen, Marfarò, ein ganz schlichtes Begräbnis nur«, und damit ging er langsam wie ein zum Tode Verurteilter davon.

»Ich glaube, Bovalino ist verrückt geworden. Stellen Sie sich vor, er hat bereits alles bezahlt. Hoffentlich will er das Geld hinterher nicht zurückhaben!«

Um fünf Minuten vor drei – die Uhrzeit, für die Rossanas Beerdigung angesetzt war – trat ich ohne jede Hoffnung, jemanden zu sehen, aus reinem Pflichtgefühl auf den Balkon der Bibliothek hinaus.

Doch als die Glocken drei Uhr schlugen … ich konnte es kaum glauben, das war doch nicht möglich, sicher handelte es sich um einen seltsamen Zufall …

Elea Maierà der Wiederauferstandene erschien auf dem Kirchplatz, gekleidet wie ein Bräutigam. Hellblauer Anzug, Krawatte in derselben Farbe, ein weißgrundiges geblümtes Hemd, glänzende schwarze Schuhe, die Haare gescheitelt und mit Brillantine zurückgekämmt. Eilig lief ich die Treppe hinab, und auf dem Weg zur Kirche dachte ich, es müsse sich um ein Missverständnis handeln, und Elea war vielleicht um sechzehn Uhr zu einer Hochzeit eingeladen, hatte sich aber in der Uhrzeit geirrt und war zu früh dort aufgetaucht. Da ich mir unsicher war, betrat ich die Kirche diskret durch die Seitentür. Ich sah ihn hinter einer Säule stehen. Er schaute sich aufmerksam um, als erwarte er jemanden. Und vielleicht stimmte das auch.

Aber dann geschah etwas. Elea holte ein zerknittertes Stück Zeitung aus der Jackentasche, sicherlich meine Anzeige. Er las sie erneut, wie um sich des Ortes und der Zeit zu vergewissern, dann steckte er den Zeitungsausschnitt wieder ein. Möglicherweise hatte auch er für einen Augenblick daran geglaubt. Dass er ein lebender Toter war, überschattete in meinen Augen und in denen der Timpamaraner jeden anderen Aspekt seines Wesens, doch als ich ihn nun dort stehen sah, gehörte er genau wie ich zur Kategorie der Hässlichen, war er doch mit dieser unsäglichen Nase geboren und hatte mit ihr leben müssen. In der Schule hatten ihn alle aufgezogen, und als er erwachsen war, ging niemals eine Frau auf ihn zu. Eines Tages, niemand weiß, ob vor oder nach seinem Tod, muss er im Fernsehen den Film mit Michael Gordon und José Ferrer gesehen haben, der ihm geschminkt stark ähnelte, und seitdem betrachtete er sich als den Cyrano des Dorfes, der die stillen Tage auf dem Friedhof vielleicht mit dem Ersinnen von Reimen und Gedichten verbrachte, womöglich auch in der Hoffnung, dass Rossana existierte, bis er schließlich jene Kurznachricht las. Sicher wusste er, dass sie nicht der Wahrheit entsprach, aber sie machte ihn neugierig, weil es auf der Welt einen weiteren Illusionisten wie ihn und wie mich gab. Er wartete noch ein paar Minuten, und ehe er fortging, tat er etwas, das keinen Zweifel erlaubte: Er ließ ein welkes Blatt auf der Bank liegen.

Ich nahm es und betrachtete es, und es kam mir vor wie der Passierschein in den exklusiven Kreis der Visionäre, die Leben und Lesen verwechseln. Die Annoncen, die ich inzwischen schrieb und veröffentlichen ließ – ein Netz, um verwandte Seelen zu fischen –, hatten mir die menschliche Wahrheit gezeigt, die sich hinter der schweigenden Maske des Wiederauferstandenen verbarg. Alle reden schlecht von den Masken, die Menschen tragen und die nicht dem entsprechen, was sie tatsächlich sind. Auch Marfarò hatte sich wenige Tage zuvor in diesem Sinne geäußert, und zwar mit einem ungewollt pirandellianischen Anklang, indem er über Melchiorre Amendolara, Toter des Tages, gesagt hatte, unter dessen wohlanständiger Fassade verberge sich ein schmutziges, furchterregendes Wesen. Exakt dieses Wort hatte der Bestatter gebraucht, *furchterregend*, und er hatte jede einzelne Silbe betont.

Aber ist dieser menschliche Überlebenstrick tatsächlich derart verdammungswürdig? Oder stehen die Dinge ganz anders, und unsere Alltagsmaske hilft uns, weiterzumachen, weil wir uns einbilden können, zu sein, was wir gern wären? So ähnlich wie die Lügen, die oftmals besser als die Wahrheit auszudrücken vermögen, was in der Seele vor sich geht. Denn vielleicht sind die Menschen nicht das, was sie sind, sondern vielmehr das, was sie von sich zeigen.

Ich schloss die Bibliothek ab und ging zum Friedhof.

Sie war dort, es war das erste Mal nach der Hochzeit, dass ich sie sah. Sofort blickte ich auf ihre linke Hand: Der Ehering blitzte im Sonnenlicht. Aber das war auch schon alles.

Margherita war so traurig wie eh und je.

Sie sah mich nicht oder tat zumindest so und ging an mir vorbei. Ich starrte ihr auf die Füße. Der linke Schuh wies Löcher über den Zehengelenken auf, die Falte im Leder hatte genau an der Stelle nachgegeben, an der es durch die Beugung des Fußes vor dem Grab dünn und schwach geworden war.

Bei den Gegenständen, die ich betrachtete, interessierten mich immer der Fleck, der Riss, das Zeichen des Nachlassens, der Spalt, der Bruch. Dasselbe galt für die Menschen. Ich beobachtete sie, bis ich das menschliche Moment bemerkte, das Zeichen der Schwäche, die Enthüllung der Verletzlichkeit. Ein Bein, das wackelt wie besessen, ein Blick, der in die Ferne geht, vor der Brust verschränkte Arme, eine abweichende Wölbung der Brauen, eine zusätzliche Sekunde, in der die Hand in den Haaren verweilt, ein kaum merklich zögernder Schritt, ein Seufzer, so luftig leicht, dass er ein Gedanke scheint.

Denn es stimmt, dass der Tod die Welt gleichmacht, er zerstört Träume und macht ehrgeizige Ziele zunichte, unterwirft alle Menschen dem gleichen Schicksal, aber schon lange vor dem Tod ist es der Schmerz, der sie allesamt vereint, der Schmerz in seinen unzähligen Erscheinungsformen, jener, der in Tränen ausbricht, ein anderer, der vor Wut Glas zersplittern lässt, herumschreit oder sich in den Geheimnissen des Körpers ansammelt, indem er sich unbemerkt in den Fasern und Blutplättchen ausbreitet, früher oder später aber an die Oberfläche kommt in Form eines Muttermals, das plötzlich auf der Schulter erblüht, als besonders langer Fingernagel oder kaum merkliche Schwellung der Brust, denn Teile des Körpers werden von Hoffnungen und Freuden geformt, von Enttäuschung, Glück und Schmerz.

Und während ich die umliegenden Gräber betrachtete, das Loch vor meinen Füßen, während Margherita aus meinem Blickfeld verschwand, um sich der Verzweiflung hinzugeben, musste ich an einen Friedhof der Schmerzen denken, eine Reihe von marmornen Grabsteinen, auf denen anstelle der Geburts- und Todesdaten die Inschriften der Schmerzen zu sehen waren, die über Leben und Tod bestimmt hatten: Sie hat die Liebe verloren, er hat seinen Vater nie kennengelernt, er sah seinen Bruder im Fluss ertrinken, er hat sein Leben schlicht verfehlt.

34

Das Haar war gerissen, und Fintore starb.
An jenem Morgen, genau wie er es vorhergesehen hatte. Sie fanden ihn zu Hause. Schwarz gekleidet, die Hände auf der Brust gefaltet, lag er auf dem Bett. Die Bewohner von Timpamara konnten es nicht fassen. Ihr Leben lang hatten sie ihn mit diesem Haar aufgezogen, und jetzt? Bislang hätte es sich auch um eine Behauptung, ein warnendes Zeichen, eine Prophezeiung oder Leichtgläubigkeit handeln können, aber jetzt war es eine unumstößliche Tatsache: Fintore Bovalino war das Haar an seinem Arm ausgefallen, und er war gestorben. Wie wenn es regnet und die Blumen nass werden, wie wenn man die Augen schließt und nichts mehr sieht, wie wenn jemand ein kürzeres Bein hat und hinkt. Handlung und Folge, zwei Momente desselben Ereignisses.

Eine aus Furcht vor Hohn und Spott nie laut ausgesprochene Frage durchwehte den Geist der Timpamaraner: Und wenn er nun recht gehabt hatte? Schließlich gibt es Menschen, die mit kleinen oder großen Fehlern auf die Welt kommen. Was wäre so seltsam daran, wenn es in der manischen, unvollkommenen Konstruktion der menschlichen Maschine einen dunklen Moment gegeben hätte, wenn ein Chromosom ein Haar an der Oberfläche des Herzens hervorgebracht hätte, das mit jedem Atemzug länger wurde, einen Pikometer pro Pulsschlag, bis es den Arm erreichte und herauskam? Hin und wieder hatte es so etwas in der Menschheitsgeschichte schon gegeben: Mein Namensvetter tötete Orillo, den

Räuber von Damiette, und zog ihm die Seele erst aus der Brust, als er ihm das tödliche Haar, das *crine fatal*, vom Kopf geschnitten hatte; auch Pterelaos, König von Taphos, war unbesiegbar, solange er sein goldenes Haar bewahren konnte. Das Leben der schönen Dido zerstreute sich wegen eines abgeschnittenen Haares in alle Winde; Laura wurde durch einen triumphalen Tod besiegt, der ihr die goldene Mähne abschnitt. Und nun stellte sich Fintore Bovalino aus Timpamara in diese Reihe der Unvollendeten, deren Leben von einem Kopf- oder Körperhaar abhing. Niemand würde je davon erfahren, denn kein Buch würde von seinen Abenteuern berichten. Dabei sind Geschichten, die erzählt und aufgeschrieben werden, zu vielem nütze: Sie trösten Herzen, denken sich Leben aus, erweitern den Verstand, schärfen Gedanken, lindern Schmerzen, vertreiben die Zeit oder halten sie an, dienen der Zerstreuung oder Konzentration, dem Kennenlernen anderer oder der eigenen Person, sie lassen spüren, fügen hinzu, konjugieren sämtliche Verben der Welt von A wie abbilden bis Z wie zanken, vor allem aber zählen sie die Namen der Menschen auf und erinnern an sie.

Als ich das Tor aufschließen ging, stand Caramante bereits davor.

»Warum so früh?«

»Heute haben wir den ganzen Tag Aufnahmen, darum nutze ich den Morgen. Ich kann höchstens eine Stunde bleiben. Meine Tage hier neigen sich dem Ende zu, und ich will keine Zeit verlieren. Ich spüre, da ist noch etwas, das ich aufnehmen kann.«

Während Caramante sein Tonband aufbaute und ich mich vergewisserte, dass uns niemand beobachtete, erblickte ich Ofelia, die etwa dreißig Meter von uns entfernt stand und uns anstarrte.

»Bis später«, sagte ich zu Caramante und ging zu ihr.

Ich begrüßte sie, aber sie starrte immer noch an mir vorbei und Caramante an. Es war nicht weiter ungewöhnlich, dass sie auf mich zukam, als hätte es die Vertrautheit zwischen uns nie gegeben, als vergäße sie jedes Mal, was wir einander erzählt hatten, und diese Verwandlungen verwirrten mich, weil ich nicht wusste, wie ich mich verhalten sollte. Zwei Tage zuvor hatte sie mich umarmt und mir den Schwur abgenommen, sie niemals zu verlassen, und jetzt schienen wir einander nur flüchtig zu kennen.

»Wer ist dieser Mann?«

»Er heißt Isaia, er ist ein Fremder.«

»Ich sehe ihn immer mit dieser Reisetasche herumlaufen.«

»Er arbeitet für den Film, er nimmt Töne und Geräusche auf.«

»Auf einem Friedhof?«

Mit ihr konnte ich reden.

»Er hat ein seltsames Hobby.«

»Aha?«

»Es hört sich vielleicht komisch an, aber er sagt, er kann die Stimmen der Toten aufnehmen.«

Ofelia musterte mich verblüfft.

»Und ist das wahr?«

»Ich weiß es nicht ... Er ist jedenfalls davon überzeugt.«

Ihr Gesichtsausdruck veränderte sich. Ich konnte mir vorstellen, was sie dachte und was sie mich gern gefragt hätte, und genau deshalb war ich überrascht, als sie mir plötzlich den Rücken kehrte und sagte: »Ich gehe zu meiner Mutter.«

Ich wusste nicht, ob ich ihr folgen oder sie allein lassen sollte; ihr Tonfall legte Letzteres nahe. Aber nach wenigen Metern blieb sie schweigend stehen, so als warte sie auf mich, und ich folgte ihr, heftete mich an sie wie manche Wiesengräser an die Hosenbeine von Spaziergängern.

Schweigend erreichten wir Emmas Grab, und als wir davorstanden, begann Ofelia, ohne Pause auf mich einzureden.

»Ich habe mein ganzes Leben bei meiner Tante mütterlicherseits verbracht. Als Kind habe ich eine Zeit lang geglaubt, ich sei ihre Tochter. Sie gab mir zu essen, wusch mich und holte mich von der Schule ab. Irgendwann sagte sie mir, meine Mutter sei fortgegangen, als ich erst wenige Monate alt war, aber sie konnte mir keine Details nennen. Ich stellte mir immer vor, dass wir dieselben Dinge gleichzeitig taten. Wenn ich schrieb, schrieb auch meine Mutter, wenn ich ins Bett ging, legte auch sie sich hin. Tag für Tag wartete ich auf ihre Rückkehr. Wenn es an der Tür klopfte, lief ich los in der Hoffnung, sie würde vor mir stehen, wenn ich das Schulgebäude verließ und eine unbekannte Frau sah, dachte ich, sie wäre es, wenn der Briefträger an unserem Haus vorbeiging, glaubte ich, er würde anhalten und mir einen Brief von ihr geben. Ich legte die Ergebnisse meiner Arbeit beiseite, um sie ihr zu zeigen: meine perfekt geführten Schulhefte, damit sie wusste, wie fleißig ihre Tochter war; die ersten Stickereien, die die Initialen ihres Namens darstellten. All das hütete ich in Erwartung ihrer Rückkehr. In diesem Haus gab es nichts von ihr, dabei hatte niemand dort so lange gelebt wie sie.«

»Wie hast du sie gefunden? Wie bist du auf diesen Friedhof gekommen?«

»Ich habe mich immer gefragt, welchen Unterschied es zwischen Tod und Entfernung gibt. Ob Abwesenheit sich messen lässt. Wenn ich verzweifelt war, wenn es mir derart den Atem verschlug, dass ich zu ersticken glaubte, dachte ich oft, es wäre besser, zu wissen, dass sie tot ist.«

Sie holte Luft. »Es war ein Foto. Eine seltsame Wiederholung, denn durch ein Foto habe ich meine Mutter kennengelernt, und durch ein Foto erkannte ich sie wieder. Damit hat vor ein paar Monaten alles angefangen. Ich blätterte gerade in einer Zeitschrift, als mir ein Artikel ins Auge fiel, in dem es um die Nervenheilanstalt in Maravacata ging. Und dort, mitten auf der Seite, befand sich ein großes Gruppenfoto von Pflegern und Patienten. Mein Blick wurde magnetisch vom Gesicht einer Frau angezogen, die ihrem grauen Kittel nach zu urteilen eine Patientin sein musste. Sie hatte etwas

Vertrautes an sich. Ich nahm eine Lupe und betrachtete sie genauer.

Ich könnte jetzt nicht mehr erklären, aufgrund welch bizarrer Alchimie, welch unwahrscheinlicher Assoziation sich in mir die Gewissheit herauskristallisierte, dass diese Frau meine Mutter war. Ich hatte sie noch nie gesehen, das stimmt, aber ich erkannte sie wie mein eigenes Spiegelbild, diese Frau ähnelte mir, und trotzdem, ich wiederhole, trotzdem war es nicht nur die Ähnlichkeit, sondern eine Art Ruf, als wäre eine unhörbare Stimme aus der Seite aufgestiegen und hätte mir zugeflüstert: Ich bin es, ich bin es ...«

Nur mit Mühe hielt Ofelia sich auf den Beinen, ich stützte sie und deutete auf das Stuhlgeripp an der Mauer, auf das ich mich zu setzen pflegte, wenn ich Emma ihren Roman vorlas.

»Willst du dich hinsetzen?«

Ofelia nickte.

»Hol ihn bitte her.«

Ich stellte den Stuhl an den Platz, an dem sie gestanden hatte, einen Meter von der Fotografie entfernt. Sie wirkte angestrengt, bestimmt hatte sie eine unruhige Nacht gehabt, die Haut um ihre Augen herum war bläulich und leicht geschwollen, und ihr Körper wirkte schwächer als sonst.

»Ich begriff nicht, was meine Mutter in einer Nervenheilanstalt zu suchen hatte. Das erschien mir unmöglich. Ich hatte sie mir in jedem Land der Welt vorgestellt, glücklich und selbstverwirklicht, aber nun sah ich sie stattdessen auf diesem Bild, vernachlässigt, elend, ja verrückt! Ich rief sofort meine Tante an und zeigte ihr das Foto. Sie teilte meine Überzeugung nicht. Ja, diese Frau sieht deiner Mutter ähnlich, sagte sie, aber es gibt viele Menschen auf dieser Welt, die einander ähneln. Ich fragte sie, ob es im Entferntesten möglich sei, dass meine Mutter in ein Irrenhaus gesperrt worden war, ob sie Probleme gehabt hatte, und sie berichtete, es habe tatsächlich schwierige Zeiten gegeben, aber das ginge schließlich jedem so, dafür würde man nicht eingesperrt. Mein anfängliches Gefühl und diese Worte trieben mich zu weiteren Nachforschungen. Ich riss das Foto aus der Zeitschrift aus, und einige Tage später besuchte ich diese Nervenheilanstalt. Ich hoffte, dass sie es war, aber ein Teil von mir hoffte es auch nicht. Die Suche gestaltete sich schwierig. Beim Pförtner fing ich an und zeigte jedem, der mir begegnete, das Foto, wobei ich auf die Frau deutete. Das ist ein Bild aus dem Archiv, es ist mindestens zehn Jahre alt, sagte mir ein Pfleger, der da in der Mitte ist Doktor Portigliola, und der ist seit zehn Jahren in Rente, fragen Sie mal die älteren Pfleger. Jemand schickte mich zum Archiv. Dort traf ich auf einen sehr freundlichen Herrn, der die Frau nicht erkannte, mich aber fragte, nach welchem Namen ich suchte. Er schaute in mehreren Registern nach. Es gab keine Frau, die so hieß wie meine Mutter. Sind Sie sicher? Absolut. Hier ist nie eine Person dieses Namens eingeliefert worden. Meine Überzeugung fiel in sich zusammen. Meine Mutter war niemals dort gewesen. Ich musste mich setzen, genau wie jetzt, und nahm auf einer Treppe Platz, die in den Innenhof führte. Ich fing an zu weinen, denn für einen Moment hatte ich mir falsche Hoffnungen gemacht. Da kam ein Mann vorbei, der Mitleid mit mir hatte. Er fragte nach, und ich erzählte ihm alles. Kann ich das Foto mal sehen? Ich gab es ihm. Kommen Sie. Er brachte mich in die Wäscherei, wo eine alte Frau Kittel bügelte. Sie kennt hier jeden und erinnert sich an jeden, sagte der Mann. Ich zeigte ihr das Foto. Natürlich erinnere ich mich an sie, das war die Stumme, sie war ein paar Monate hier in der Anstalt. Sie sah mir ins Gesicht und sagte, die Frau habe mir ein wenig geähnelt. Ich stellte ihr Fragen, die sie allesamt beantworten konnte: Niemand wusste, wer die Frau war, sie sprach nie und störte niemanden. Sie schien gesund zu sein, aber eines Tages starb sie plötzlich. Bei diesen Worten verlor ich das Bewusstsein und fiel zu Boden. Als ich wieder zu mir kam, glaubte ich eine andere zu sein. Wenn diese Frau meine Mutter war, und davon war ich überzeugt, dann war sie erst verrückt geworden und schließlich gestorben. In mir zerbrach etwas, denn ich hatte mein Leben lang gehofft, sie zu treffen, sie zu umarmen und mich um sie kümmern zu können. Ich habe sie gefragt, wo die Verrückten beerdigt werden. Es gab aber keine Regel, die für alle galt. Die meisten in ihrem Heimatdorf, andere auf dem örtlichen Friedhof, wieder andere auf den Friedhöfen in Nachbardörfern, das hing vom Jahrgang und von den Umständen ab. Ich ging sofort auf den Friedhof des Dorfes und suchte dort tagelang nach ihr. Danach nahm ich mir die umliegenden Friedhöfe vor, einen nach dem anderen, und suchte nach dem Gesicht aus der Zeitschrift. Ein Teil von mir hoffte, es nicht zu finden, damit ich mich weiterhin meinen Illusionen hingeben konnte. Endlose Monate ging das so, bis ich schließlich hier gelandet bin, in Timpamara, und sie gefunden habe. Tot. Ich habe ihr Foto gesehen, und alle Zweifel waren verschwunden. Meine Mutter ist tot. Und was soll ich jetzt tun? Was soll ich tun, nachdem ich mein Leben lang darauf gewartet habe, sie zu umarmen und rettende Worte aus ihrem Mund zu hören? Warum?«

Sie sah mich forschend an, aber ich konnte ihre Frage nicht beantworten. Sie fuhr fort: »Ich möchte mit Ihrem Freund sprechen.«

»Mit welchem?«

»Mit dem, der die Stimmen der Toten aufnimmt.«

Ich nickte.

Aber Caramante war nicht mehr an der Stelle, an der ich ihn zurückgelassen hatte. Wir drehten eine Runde über den Friedhof, fanden ihn aber nicht.

»Morgen kommt er bestimmt wieder.«

»Dann also bis morgen«, sagte sie und ging fort, ohne noch etwas hinzuzufügen.

Sie unterschied sich so sehr von der Frau, die sie am Tag zuvor gewesen war, dass ich mich fragte, ob ich mir alles nur eingebildet hatte, den Schwur, die Umarmung, die Süße ihrer Worte.

35

Am nächsten Tag erwachte ich mit Schmerzen im Bein, so stark, dass mir das Aufstehen Mühe bereitete.

Ich nahm zwei Tabletten statt einer. Eine halbe Stunde später, ich saß da, massierte mir die schmerzende Stelle und schaute zur Tür des Lagerraums hinaus, sah ich Margherita vorbeigehen. Anders als üblich hielt sie etwas in der Hand. Aus Neugier beschloss ich, trotz des schmerzenden Beins zu ihr zu gehen.

Ich fand sie an Fiodoros Grab.

»Guten Tag, Margherita.«

Sie drehte sich um, ihre Augen glänzten. »Heute ist kein guter Tag.«

Ich trat zu ihr und legte ihr eine Hand auf die Schulter.

»Ich kann nicht mehr, Astolfo, ich kann einfach nicht mehr!«, sagte sie und deutete auf das Bild ihres geliebten Fiodoro, der lächelnd an seinem neu erworbenen Motorrad lehnte. »Ich habe dieses Foto wenige Minuten vor dem Unfall aufgenommen. Nie hätte ich für möglich gehalten, dass es das Bild für seinen Grabstein sein würde.«

Ich versuchte, sie zu trösten. »Keins von den Bildern, die du hier siehst, wurde aufgenommen, um auf einem Grabstein zu enden.«

Aber vielleicht existierten gar keine Fotografien des Lebens. Ich hatte immer schon das Gefühl gehabt, dass jedes Porträt ein Bild des Todes ist, sowohl für den, der sich in Positur setzt, als auch für den, der das Foto macht. Die Illusion, die Zeit anhalten zu können, bestätigt umso nachdrücklicher, dass wir unausweichlich sterben müssen. Wie bei Kindern, die sich unter der Decke zusammenrollen, um die Vorherrschaft der Dunkelheit zu bekräftigen. Mancher versuchte, selbst die Karten zu mischen und ein lächelndes oder lustig wirkendes Porträt am Grabstein zu befestigen, aber sogar wenn das Gesicht vor Freude zu explodieren schien, zog im Hintergrund der Tod die Fäden zwischen all den verschwommenen Panoramen – Wald, eine Straße, der Himmel, das Meer –, die allein überleben würden. Jede Fotografie ist ein Stillleben nach Art der Früchte von Jean-Baptiste Chardin oder der Saiteninstrumente von Evaristo Baschenis: Deren Bilder von ernsten, resignierten, sich ihrer Sterblichkeit bewussten Männern und Frauen waren wenigstens ehrlich.

»Ich habe dem Steinmetz gesagt, dass ich das Bild eigenhändig anbringen will. Aber es ist nicht das Motiv, das ich mir gewünscht hätte. Ich hätte gern ein Foto wie das mit der japanischen Braut gehabt, zusammen am Tag unserer Hochzeit ...«

Der Metallrahmen ließ sich öffnen und wieder schließen, indem man einen hinter dem Glas angebrachten Haken drehte. Margherita nahm das alte Bild von Fiodoro heraus und legte das neue ein.

»Ich möchte, dass alles wieder zurückgedreht wird bis zu jenem Morgen, noch vor dieser Aufnahme. Ich will ihn umarmen und nie mehr weggehen lassen, ihn bei mir behalten und ihn beschützen, meinen Fiodoro, beschützen will ich ihn ...«

Sie brach in Tränen aus, und ich fühlte mich machtlos. Sie alle konnten nichts ausrichten, weder meine Umarmungen noch der Wind, der uns umwehte, noch der Schatten der Zweige, die sich verlagerten, um die Sonnenstrahlen hindurchzulassen, noch die Umdrehungen des Universums, die nicht rückgängig zu machen waren.

»Ich kann nicht mehr«, flüsterte sie und ging davon. Sie tupfte sich die Augen mit dem Taschentuch, und ich dachte an die ungleichen Gewichte, die die Natur den Menschen auf die Schultern legt.

Am Nachmittag wurde Fintore beerdigt, und Marfarò tat exakt, worum dieser ihn gebeten hatte.

Gleichzeitig mit dem Sarg betrat Kaschtanka die Kirche und geleitete ihn nach der Trauerfeier bis zum Friedhofstor. Dann verschwand er.

Als der Moment der Bestattung gekommen war, trat Mopassàn auf mich zu. Ich hatte gewusst, dass er auftauchen würde.

»Wir müssen einen zweiten Namen auf unsere Liste schreiben.«

»Aber in diesem Fall handelt es sich um etwas anderes. Das eine war eine mathematische Berechnung, dies hier war ein Gefühl.«

»Nur ein Gefühl, meinen Sie? Ich glaube, hier geht es um mehr.«

»Es könnte sich um einen außergewöhnlichen Zufall handeln.«

»Allzu außergewöhnlich ... vielleicht gibt es eine einfachere Erklärung.«

»Die da wäre?«

»Wir wissen doch alle, wie lang Fintores Haar war, stimmt's?«

»Er hat es ja jedem erzählt.«

»Genau. Wissen Sie, an welchem Tag er gestorben ist?«

»Am dreizehnten.«

»Wissen Sie, an welchem Tag er geboren wurde?«

»Nein.«

»Am sechsundzwanzigsten, das ist das Doppelte von dreizehn. Wissen Sie, in welchem Monat?«

»Nein, sagen Sie es mir.«

»Im Januar, und weil der auf den Dezember folgt, könnte man ihn auch als den dreizehnten Monat betrachten. Aber das ist noch nicht alles. Stellen Sie sich meine Überraschung vor, als ich zur Totenwache gehe und die Hausnummer sehe ...«

»Dreizehn!«

»Nein, das Dreifache, neununddreißig. Und jetzt das letzte Datum, es wird auch Ihre restlichen Zweifel zerstreuen. Was glauben Sie, wie alt der arme Fintore bei seinem Tod war?«

Ich schwankte zwischen zwei Vielfachen von dreizehn und entschied mich für das wahrscheinlichere.»Zweiundfünfzig.«

»Ich sehe, Sie haben verstanden. Es besteht kein Zweifel daran, dass die Dreizehn die Zahl seines Lebens war und dass das Haar eine Art Maßeinheit für seine Zeit darstellte. Sie werden mir zustimmen, dass diese numerischen Symmetrien zu zahlreich sind, um auf reinem Zufall zu beruhen. Ich weiß nicht, ob es eines Tages jemandem gelingen wird, den richtigen Algorithmus auszurechnen, aber eines weiß ich mit Sicherheit: Wir werden von einem Zahlengesetz bestimmt, das über Leben und Tod entscheidet, von einem Gott, der das Aussehen einer mathematischen Formel angenommen hat und uns gelegentlich Konfetti aus Divisoren und Multiplikatoren auf den Kopf wirft, um uns an seine Anwesenheit zu erinnern.«

In diesem Augenblick gesellte sich Elea zu uns, der sich bisher abseits gehalten hatte.

Mopassàn atmete tief ein, wie man es vor einem Sprung ins Wasser macht.»Darf ich Sie etwas fragen?«

Die Miene des Wiederauferstandenen blieb undurchdringlich.

»Als Sie tot waren, haben Sie da im Jenseits Zahlen gesehen?«

Elea schien ihn nicht gehört zu haben.

»Na schön, dann eben nicht. Ich muss jetzt los. Auf Wiedersehen, Malinverno.«

Ich sah mich um, und unter dem Einfluss von Mopassàns Erkenntnissen begann auch ich, Geburts- und Todesdaten zu vergleichen, erblickte überall Spuren und Zeichen. Doch erst vor dem Grabstein eines gewissen Germanio Sanbasile fühlte ich mich vom Schatten des universellen Gesetzes verschluckt, denn darauf waren als Geburts- und Todesdatum der 5.4.1915 und der 4.5.1951 zu lesen. Auf einmal kamen mir all die Grabsteine, Marmorplatten und Gräber wie Tafeln vor, denn wenn es Mopassàns mathematischen Gott tatsächlich gab, befanden sich seine Gesetze auf diesem Friedhof.

In der Bibliothek verbrachte ich den Nachmittag damit, im Sessel sitzend Ovids *Metamorphosen* zu lesen und Unterstreichungen vorzunehmen, und das Eigenartige war, dass ich bei erneutem Lesen immer wieder andere Passagen und Wörter unterstrich, so als böten sich jedes Mal neue Seiten meinem Blick dar.

Die Gewohnheit, Stellen in Büchern mit dem Bleistift anzustreichen, hatte ich Sallustio Domànico zu verdanken. In dieser Hinsicht unterschied er sich von meiner Mutter, die Büchern mit derselben übertriebenen Verehrung begegnete, die sie auch den sechs in der Vitrine im Wohnzimmer eingeschlossenen Kristallgläsern angedeihen ließ. Wehe dem, der Bücher markierte, verbog oder Seiten zerknitterte. Damit sie nicht staubig wurden, legte meine Mutter sie in Schuhkartons, die sie neben der Kommode stapelte, und diese Kombination gefiel mir, es war, als wären die Wörter Hüllen für die Füße, damit die Menschen sich auf den Weg machen konnten. Tatsächlich waren Bücher bis dahin fast alles für mich gewesen: wärmende Kleidung, ein schützender Schirm, die Wolldecke, die ich mir in Winternächten bis unters Kinn zog. Zwei Zentimeter verfluchtes Fleisch.

Sallustio Domànico war mein Italienischlehrer in den ersten beiden Jahren der Ausbildung zum Buchhalter gewesen. Er verlangte, dass wir bei allem, was wir lasen, sogleich Wörter und Sätze mit dem Bleistift unterstrichen als alltägliche Übung wie das Zähneputzen oder die Dehnübungen vor dem Schulsport. Es war von grundlegender Bedeutung, dass wir herausfanden, was wir mitnehmen und was wir zurücklassen sollten. Entscheidet euch, ihr Lieben, lernt, eine Wahl zu treffen, nicht zu viel und nicht zu wenig, auf diese Art lernt ihr, Mensch zu sein. Einkaufen, sich Freunde oder eine Liebste suchen, all das entsprach dem Vorgang des Unterstreichens.

Und so begann ich, in den Büchern, die mir meine Eltern vom Kiosk mitbrachten oder die mein Vater aus der Papierpresse rettete, Unterstreichungen vorzunehmen. Dies wurde zum wichtigsten Teil der Lektüre; bald fing ich ohne Bleistift gar nicht erst zu lesen an. Wäre es nach mir gegangen, hätte ich für die Bibliothek ein Schild mit der Aufschrift *ES IST VERBOTEN, IN BÜCHERN NICHTS ZU UNTERSTREICHEN* angefertigt und die Ausleihe davon abhängig gemacht, dass wenigstens eine Seite markiert werden würde. Mehr noch, ich hätte Stifte in verschiedenen Farben zur Verfügung gestellt, je nach Art der Notizen.

Als ich Jahre zuvor die Bibliothek neu geordnet hatte, verbrachte ich ganze Tage damit, ein Buch nach dem anderen durchzublättern und nach unterstrichenen Abschnitten zu suchen.

Meine Methode führte dazu, dass ich ein U auf die Titelseite jedes unterstrichenen Textes schrieb, sodass ich im Fall einer erneuten Ausleihe – sollte es zu einer solchen kommen – überprüfen konnte, ob der Leser weitere Anmerkungen hinzugefügt hatte.

Die Bibliothek hatte in dieser Hinsicht auch aufgrund ihres langen Schlafes in schimmeligen, verstaubten Kellergewölben kein umfangreiches Repertoire zu bieten, dennoch stieß ich gelegentlich auf etwas, zum Beispiel, als in einer beinahe druckfrischen Ausgabe von *Bouvard und Pécuchet* auf den fast vierhundert Seiten ein einziger Satz unterstrichen war, »Die Architektur kann lügen«, und wer weiß, warum ich dabei an die Hand von Marcello Soriano denken musste.

Oder eine alte Zanichelli-Ausgabe von Senecas *Tragödien*. Als ich das Buch zur Hand nahm, bewaffnet mit dem unverzichtbaren Bleistift, der über Erinnern oder Vergessen bestimmte, bemerkte ich nicht nur, dass der Text mit sehr festen Strichen markiert worden war, sondern stärker noch fiel mir auf, dass all jene Sätze und Wörter gekennzeichnet worden waren, die ich selbst hätte hervorheben wollen. Es war, als hätte ich ein Duplikat meiner selbst gefunden, einen Zwillingsleser, der mir zuvorgekommen war und diese Seiten mit meinen Augen und meinem Herzen gelesen hatte. Von da an dachte ich darüber nach, wer dieser Mensch aus Timpamara sein konnte, der die Welt auf dieselbe Art betrachtete und abwog wie ich, wer dieser unbekannte Kamerad sein mochte, der Kampfgefährte, der Herzensfreund, denn es gibt verschiedene Arten, seinen Seelenverwandten zu finden, und eine Methode – die wahrhaftigste vielleicht – besteht darin, die Unterstreichungen in Büchern zu vergleichen.

Vor dem Einschlafen dachte ich, dass sich bei einem gelesenen Buch alles um die unterstrichenen Sätze dreht.

Vor dem Einschlafen dachte ich, dass eines Tages vielleicht jemand ein Buch der Bücher schreiben würde, in dem sämtliche markierten Sätze wiedergegeben waren.

Vor dem Einschlafen dachte ich, dass auch der Tod eine dicke Unterstreichung ist, mit deren Hilfe der Große Leser entscheidet, was der Erinnerung wert ist und was in den Tiefen des universellen Vergessens versinken kann.

36

Vier Tage nach Bovalinos Beerdigung
nahm ich zum ersten Mal eine Exhumierung vor.

Die Gemeinde hatte die Bekanntmachung am Anschlagbrett des Friedhofs befestigt, und auf Anweisung Marfaròs hatte ich das Grab mit rot-weißem Flatterband abgesperrt.

Um zehn Uhr trafen der Bestatter und sein Helfer ein, fünf Minuten später begannen die Arbeiter, das Grab zu öffnen. Caramante war bereits vor Ort. Er begriff gleich, was vor sich ging, darum stellte er sein Mikrofon auf und startete die Aufnahme. Auch Elea erschien und stellte sich wortlos neben ihn. Als der Helfer den Zinksarg entsiegelt hatte, hob Marfarò den Deckel an.

Ich rechnete damit, den Geruch des Todes wahrzunehmen, aber nein, vielleicht existiert dieser Geruch gar nicht, nichts existiert, nicht einmal die Seele mit ihrem Gewicht von einundzwanzig Gramm, auch nicht das Gute und das Böse der Menschen, die zusammen weniger als eine Vogelfeder wiegen. Auf dem Boden der Kiste, dem letzten Bestimmungsort der gesamten Menschheit, befanden sich die faulenden Überreste dessen, was einmal ein Mensch gewesen war.

Marfarò und sein Helfer stiegen aus dem Loch und hievten den alten Holzsarg mithilfe von Seilen aus dem Grab.

»Wohin damit?«, fragte ich den Bestatter.

»Wir brauchen einen überdachten, etwas abgelegenen Ort.«

»Hinter dem Abstellraum, da sieht ihn niemand.«

Ich machte Platz für die Arbeiter, die den Sarg dorthin trugen und ihn absetzten.

Als ich zum Grab zurückkehrte, war nur noch Caramante anwesend.

»Astolfo, mein Lieber, danke für diese einzigartige Gelegenheit. Wer weiß, was uns diese Stimmen zu erzählen haben, die jahrzehntelang eingeschlossen waren! Einen besseren Abschluss hätte ich mir nicht wünschen können. Nur noch ein paar Tage, dann gehe ich Ihnen nicht länger auf den Wecker mit meinem Fimmel.«

Inzwischen mochte ich Caramante, und die Vorstellung, ihn nie mehr wiederzusehen, missfiel mir.

»Die Dreharbeiten gehen morgen zu Ende. Noch ein paar Tage, um letzte Materialien zu sammeln, dann ziehen wir weiter nach Sizilien.«

»Wie ist die Sammlung gelaufen?«

»Wollen Sie sich das Band von gestern anhören? Die Spulen liegen dahinten.«

»Setzen wir uns dort drüben hin«, sagte ich und deutete auf ein niedriges Mäuerchen.

Er stellte die Reisetasche ab, schaltete das Tonband ein und reichte mir die Kopfhörer.

»Ich habe die Stelle markiert, an der etwas Interessantes passiert, Minute sechsunddreißig«, sagte er mit Blick in sein Heft und spulte das Band zu besagtem Punkt vor.

»Da ist es, hören Sie zu.«

Anfangs kamen nur Geräusche, Wind und Vögel, alles sehr undeutlich, dann eine Art metallisches Knistern, und plötzlich etwas, das wie eine menschliche Stimme klang, aber verschwommen und sehr weit weg.

»Haben Sie gehört?«, fragte er, als das Band bei Minute siebenunddreißig angekommen war.

»Ja, ich habe etwas gehört, aber es war nicht sehr klar.«

»Ach nein?«

Er griff nach einem zweiten Paar Kopfhörer, verband es mit dem Aufnahmegerät, setzte es auf und spulte das Band zurück. Dieselben Geräusche wie zuvor, dann das Knistern und die mutmaßliche menschliche Stimme. Sofort danach hielt er das Tonband an.

»Haben Sie gehört?«

»Ja, es klingt wie eine Stimme, aber sie ist nicht sehr deutlich.«

»Leiter, Astolfo, die Stimme sagt *Leiter* ... und sie ist sehr gut zu verstehen. Für Sie klingt es undeutlich, weil man für diese Dinge ein geübtes Ohr braucht, man muss Tausende Aufnahmen hören, um sein Gehör zu verfeinern. Aber glauben Sie mir, die Stimme sagt *Leiter*. Hören Sie es sich noch einmal an, mit diesem Filter hier.«

Er drückte auf einen Knopf und spulte zurück.

Wie ein Windhauch tauchte nun Ofelia hinter mir auf, und ich bemerkte sie nur, weil ich Caramante überrascht in ihre Richtung blicken sah.

Ich nahm die Kopfhörer ab.

Sie begrüßte uns, ihre Stimme klang weniger hart als beim letzten Mal. Sie betrachtete das Tonbandgerät, und ich wusste, warum sie näher gekommen war. Ich stellte sie als eine liebe Freundin vor.

»Sie weiß Bescheid«, sagte ich zu Caramante.

Nach diesem Eingeständnis fragte Ofelia geradeheraus: »Nehmen Sie die Stimmen von Toten auf?«

»Nur von denen, die gehört werden wollen.«

Sie senkte den Kopf und fragte: »Darf ich Sie um einen Gefallen bitten? Ich weiß, wir kennen uns nicht ...«

»Signor Caramante ist ein hilfsbereiter Mensch«, sagte ich, um ihrer Bitte Nachdruck zu verleihen.

»Wenn ich dazu in der Lage bin, sehr gern.«

»Könnten Sie versuchen, die Stimme meiner Mutter einzufangen?«

Darauf folgte ein Moment Stille.

»Nun ja, wir können das Tonband in der Nähe ihres Grabs aufstellen und abwarten, was passiert.«

»Und wann können Sie das machen?«

»Wenn Sie wollen, sofort.«

Ich führte die drei zu Emmas Grab, Ofelia erreichte es als Letzte.

»Das ist meine Mutter«, sagte sie und deutete auf das Bild.

Caramante betrachtete es. Die Ähnlichkeit der beiden Frauen schien ihn zu überraschen.

»Wann ist sie gestorben?«

»Ich weiß es nicht«, antwortete Ofelia zögernd und fügte dann leise hinzu: »Vielleicht werde ich es nie erfahren. Ist das für dieses Experiment von Bedeutung?«

»Nein, nein, ich habe nur gefragt, um noch ein paar Anhaltspunkte zu haben.«

Ofelia näherte sich dem Grab und liebkoste die Fotografie.

»Ich glaube, dies ist die perfekte Stelle«, sagte Caramante und stellte die Reisetasche auf den Zementstreifen neben Emmas Grab. Er traf die mir inzwischen vertrauten Vorbereitungen.

»Außerdem steht das Mikrofon hier geschützt«, fügte er hinzu.

Er schlug das Heft auf und machte sich Notizen über den Ort, das Wetter, die Uhrzeit, vergab ein Kürzel. Erst dann setzte er das Band in Bewegung.

»Und jetzt können wir gehen.«

»Wollen wir nicht hier warten?«, fragte Ofelia.

»Nein, lieber nicht, wir könnten die Aufnahme stören. Jedes Geräusch, selbst unser Atem, könnte sie verfälschen.«

Caramante machte Anstalten, sich zu entfernen, und ich folgte ihm. Nach wenigen Metern hielten wir an und drehten uns zu Ofelia um, die stehen geblieben war und die sich drehenden Tonbänder betrachtete. Ich wartete, bis sie in unsere Richtung blickte, und gab ihr ein Zeichen, uns zu folgen. Als sie hinter mir auftauchte, setzten wir unseren Weg fort.

»Funktioniert das denn?«, fragte sie.

»Wenn es immer funktionierte, wäre es Wissenschaft, aber so ist es leider nicht. Ich weiß nicht, was in diesem Moment dort drüben geschieht, ich weiß nicht, was wir auf den Bändern finden werden. Ich habe die Tür einen Spaltbreit geöffnet, aber nicht ich entscheide, wer wann hindurchgeht. Die Natur besteht aus Klängen, die für manche zu hören sind, für andere hingegen nicht ... Aber die Stimmen gibt es, auch jetzt, um uns herum und über uns, wir hören sie nur nicht.«

»Wann erfahre ich, ob es funktioniert hat oder nicht?«

»Übermorgen, wenn ich bis dahin fertig werde.«

»Fertig womit? Kann man die Bänder nicht sofort nach der Aufnahme überprüfen?«

»Nein, erst muss ich sie mir allein anhören, in absoluter Stille, damit ich die Augenblicke ermitteln kann, in denen die Stimme erklingt. Das muss ich mehrmals tun, um danach als Vermittler fungieren zu können. Es ist komplizierter, als man annehmen könnte. Manchmal sind die Wörter oder Sätze klar zu hören, aber häufiger braucht man ein geübtes Ohr. Es gibt gedämpfte Stimmen, Worte, die sehr schnell ausgesprochen werden, plötzliche Wechsel der Sprache. Gelegentlich muss auch die Wiedergabegeschwindigkeit angepasst werden.«

Ofelia verzog enttäuscht das Gesicht. »Übermorgen erst ...«

Ich warf Caramante einen nahezu flehentlichen Blick zu.

»Ich sorge dafür, dass es übermorgen klappt. Das heißt, ich stelle ein paar ältere Aufnahmen zurück und höre sie erst später ab.«

»Am Morgen oder am Nachmittag?«

»Am Morgen«, sagte ich, weil ich dabei sein wollte.

»Aber erst am späten Vormittag, vorher muss ich noch ein paar Aufnahmen für die Arbeit machen«, erklärte Caramante.

»Dann erwarte ich Sie übermorgen am späten Vormittag.«

»Können Sie sich an die Stimme Ihrer Mutter noch erinnern?«, fragte Caramante.

Ofelia senkte den Blick, und ihr Gesichtsausdruck veränderte sich.

Caramante musterte mich mit trauriger Miene. »Ich würde sagen, wir können jetzt wieder zu unserem Ausgangspunkt zurückkehren«, sagte er in munterem Ton, um die Verlegenheit zu überspielen.

Er hielt das Tonband an und spulte zurück.

»Kann ich nicht wenigstens eine Minute davon hören?«

Erneut blickte er mich an. Unter normalen Umständen hätte er niemals zugestimmt, aber weil er sich angesichts der inbrünstigen Bitte schuldig fühlte oder auch nur weil er mir einen Gefallen tun wollte, setzte er sich ein Paar Kopfhörer auf und reichte auch Ofelia eines. »Aber nur eine Minute, mehr nicht.«

Ich habe keine Ahnung, was in dieser kurzen Zeitspanne geschah, die mir sehr lang vorkam, ich weiß nicht, was sich in die Ohrmuscheln meiner Frau schlich, welche Töne ihr Gehör kitzelten, aber ich versuchte, es aus den Verwandlungen ihres Gesichts zu schließen, ich starrte es an in der Erwartung, dass es sich zu einer Maske des Erstaunens verformen würde. Aber dazu kam es nicht. Bei der einundsechzigsten Sekunde hielt Caramante das Band an und nahm die Kopfhörer ab. Ofelia tat es ihm nach.

»Und?«, fragte ich ungeduldig.

Sie sah sich um. »Kaum zu glauben, dass all diese Geräusche, dieses Zischen und Pfeifen und Murmeln um uns herum sind.«

»Wie ich bereits sagte«, bemerkte Caramante und klappte seinen Koffer zu, »lassen sich diese Töne nur durch mechanische Tricks hörbar machen. Jedes Ding auf der Welt erzeugt einen Ton, man muss nur seine Frequenz finden.«

Er hängte sich die Reisetasche über die Schulter und sah sich noch einmal um.»Ich hoffe, dass es funktioniert hat, dieser Ort hier hat den anderen etwas voraus.« Und damit trat er den Rückzug an.

Ich machte Anstalten, ihm zu folgen, aber er hob die Hand und sagte lächelnd:»Ich kenne den Weg, danke.«

»Ob es funktioniert hat?«, fragte mich Ofelia, als Caramante verschwunden war.

»Übermorgen werden wir es wissen.«

Wir bogen ab und blieben vor Emmas Foto stehen.

»Hast du seine Aufnahmen schon einmal gehört?«

»Ein paarmal, bevor du aufgetaucht bist.«

»Und du hast tatsächlich diese Stimmen gehört?«

»Ja, aber es sind keine richtigen menschlichen Stimmen wie unsere, es sind Töne, die Stimmen zu sein scheinen, verschwommen, ziemlich unklar.«

»Männer- oder Frauenstimmen?«

»Es war ein Mann.« Ich lächelte sie an.

»Übermorgen habe ich Geburtstag«, fügte sie ohne besonderen Nachdruck hinzu.»Die Stimme meiner Mutter wäre ein unverhofftes Geschenk.«

Die Glocken schlugen zwölf.»Es wird Zeit für mich, zu gehen«, sagte sie und verzog sich so schnell wie das Echo ihrer Worte.

Noch einmal blieb ich stehen, sah sie in der Ferne verschwinden. Ich dachte an all die Fragen, die ich ihr gern gestellt hätte, die aber Gedanken geblieben waren. All die Fragen, auf die ich mir selbst Antwort geben und damit eine Kette von fantastischen Reaktionen auslösen würde, die die Zeit füllten und genauso existent waren wie offene Tore oder ein Buch, das an einen anderen Platz gestellt wird. Denn das Leben, das wir führen oder zu führen glauben, spielt sich unter den wenigen Quadratzentimetern unserer Schädeldecke ab; all die denkwürdigen einzigartigen Ereignisse unseres Lebens finden in unserem Kopf statt. Das Leben, das wir gelebt zu haben glauben und das wir wiedererlangen dürfen, wenn es an der Zeit ist, Bilanz zu ziehen, dieses Leben hat in der Intimität unserer Gedanken stattgefunden, die den anderen und dem Universum unbekannt sind. Denn wir sind nicht das, was wir erlebt haben. Wir sind das, was wir gedacht, uns vorgestellt, erhofft, gewünscht und vergessen haben. Das Universum wird niemals wissen, wie unsere stille, geheime Existenz tatsächlich verlaufen ist, niemand wird je von unseren geheimen Reisen, unseren Liebesfantasien, von den Hunderten Leben erfahren, die in den unendlichen Universen eines Neurons enthalten sind.

37

Auch Bücher
bringen sich manchmal um, genau wie Menschen.
Ciro di Pers' Gedichte waren zu Sanduhrstaub geworden. Ich
beschloss, als zweites Buch die *Metamorphosen* sterben zu lassen.
Wie es der Zufall wollte, war es das Buch selbst, das sein letztes
Nachwort wählte, und zwar mittels zweier Windböen. Die erste
ließ um siebzehn Uhr sechsundvierzig die Toilettentür zuschlagen,
und ich, der ich erneut in die Lektüre von Apoll und Daphne
vertieft war, fuhr heftig zusammen. Ich stand auf, um das Fenster
zu schließen, und dort angekommen, beschloss ich, einfach an Ort
und Stelle weiterzulesen. Die Lektüre Ovids ließ mich die Zeit vergessen, und auf einmal hörte ich die Kirchglocken achtzehn Uhr
schlagen, sodass ich mir gerade noch die Hände waschen konnte,
ehe ich das Licht löschen und die Bibliothek abschließen musste.
In der Eile ließ ich den Ovid auf der kalten Marmorfensterbank
unter dem angelehnten Fenster liegen. Verspäten würde ich mich
trotzdem, denn bevor ich zum Friedhof ging, musste ich noch bei
Marfarò vorbeischauen.

Kaum sah er mich hereinkommen, gab er mir auch schon die
Tüte, die er auf meine Bitte hin vorbereitet hatte. Er begrüßte mich
mit besorgter Stimme, und ich fragte, ob etwas passiert sei.

»Jetzt sind es schon fünf Tage.« Er klang verärgert.

Ich sagte ihm, dass ich nicht verstand.

»Seit fünf Tagen ist niemand mehr gestorben.«

Für ein kleines Dorf wie Timpamara erschien mir das nicht allzu lang, aber diesbezüglich hatten wir unterschiedliche Standpunkte. Fintore Bovalino war der letzte Tote gewesen. Ich denke, solche Zeiten hatte es auch zuvor schon gegeben, und vielleicht hatte der Bestatter während einer davon beschlossen, seine Nebentätigkeiten aufzunehmen. Schließlich war in dieser Woche nicht nur niemand gestorben, sondern es hatte auch keine Hochzeit, keinen Geburtstag, keine zu entwickelnde Filmrolle gegeben, absolut nichts. Null Einkünfte. Und Marfarò war von Geld geradezu besessen. Ich weiß, was Hunger bedeutet, sagte er hin und wieder, als handele es sich um eine öffentliche Bekanntmachung, und wer einmal Hunger gehabt hat … Halb beendet ließ er den Satz in der Luft hängen, als wäre damit vieles erklärt.

In jenen Tagen trieb sich Marfarò an den Orten herum, an denen sich die ältesten Dorfbewohner aufhielten, in den Bars, in denen sie Karten spielen, oder in der Nähe der Bänke, auf denen sie saßen und mit all dem abrechneten, was sie nicht erlebt hatten. Auf der Suche nach Anzeichen von Schwäche sah er ihnen in die Augen, und manchen fragte er sogar, ob er sich sicher sei, dass es ihm gut gehe. Als er vor Diogene Castroregio stand, der am Vortag einen Infarkt gehabt hatte, sagte er vor lauter Verzweiflung zu ihm, es sei eine Sünde, dass er noch am Leben sei, und Diogene versetzte dem Bestatter einen derart heftigen Stoß vor die Brust, dass dieser auf dem Boden landete.

Bis ich fortging, tat er nichts anderes, als gegen die Langlebigkeit der Menschen zu wettern, und da kam mir der Gedanke, dass es schön wäre, die Geschichte eines Dorfes zu erzählen und aufzuschreiben, in dem die Leute nicht mehr sterben. Früher oder später würde jemand diese Geschichte verfassen. Andererseits war es traurig, sich einen Ort vorzustellen, dem auf einmal der Sinn des Lebens abhandenkam. Denn dies ist eines der großen Paradoxa des Menschen: Der Tod ist es, der dem Leben erst Sinn verleiht. Vom

Tod gehen die Reue und das Gefühl für die Zeit aus, Sehnsucht, Traurigkeit, die Schönheit gewisser Blicke, die sanfte Melancholie mancher Liebkosungen, die Gesten der Liebe, die unbewusst das Gewicht des Verlustes tragen, denn wenn wir jemanden küssen, weil wir ihn wirklich küssen möchten, fürchten wir in unserem Inneren bereits, dass es vorbeigehen könnte, genau darum ist es so schön. Die Möglichkeit könnte verschwinden, wir sind vielleicht nicht mehr in der Lage, zu küssen und zu streicheln, und das sind die Freuden, die bleiben, die Traurigkeit, die nährt.

Den zweiten Schlag erhielt Ovid zu unbestimmter Stunde mitten in der Nacht.

Als ich am folgenden Nachmittag die Bibliothek öffnete, stellte ich fest, dass ich ihn auf der Fensterbank vergessen hatte. In der Nacht hatte es geregnet, das Fenster stand sperrangelweit offen, und auf dem Fußboden hatte sich eine Pfütze gebildet, in deren Mitte, vom Regen durchnässt, die *Metamorphosen* lagen. Ich griff nach dem tropfnassen Buch und betrachtete die verschmierte Druckschrift, Daphne, ertrunken in einem Sturzbach. In diesem Moment dachte ich, dass das Buch seine Todesart selbst gewählt hatte: Triefnass, miteinander verbunden wie die Häute einer Zwiebel, schienen die Seiten die Metamorphose als Rückkehr zum Urzustand zu beschwören. Ich verstand den Wink und schob das nasse Buch in eine Plastiktüte, schloss die Bibliothek eine halbe Stunde früher als üblich und ging zum Blumenladen, um ein Lorbeerbäumchen zu kaufen.

Auf dem Friedhof angekommen, ordnete ich die Pflanze und das Buch auf dem Tisch an, den ich mit alten Zeitungen abgedeckt hatte. Mit einer kleinen Schaufel hob ich den Lorbeer vorsichtig aus dem Topf, und als die Wurzeln vollständig entblößt waren, hielt ich sie unter den Wasserhahn des Brunnens, auf dessen Boden ein Plastikeimer stand. Sobald sie sauber waren, tauchte ich das Buch in das erdverschmutzte Wasser. Das Stämmchen des Lorbeerbaums legte ich auf den Tisch. Ich nahm das nasse Buch und fing an, die ersten sechzehn Seiten herauszureißen, von Phoebus' erster Liebe bis zu dem Lorbeer mit den nickenden Zweigen. Wie um verletzte Gelenke zu verbinden, wickelte ich das Papier um die einzelnen Wurzeln und bemühte mich, nicht zu viel und nicht zu wenig Druck auszuüben, die Suche nach dem rechten Maß, die die wahre Mission des Menschen ist. In diesen Sekunden kam ich mir vor wie der göttliche Jüngling, der unter der Rinde noch die Brust zittern fühlt, und vorsichtig, um sie nicht einzuschneiden oder abzureißen, wickelte ich mehr Papier um die kleinen Wurzeln, so als strömte tatsächlich Blut und nicht Pflanzensaft durch ihre Adern, als besäßen sie eine Haut und keine Rinde, verfügten über Atmung und Puls. Als sämtliche Wurzeln der Pflanze in Ovids nasse Worte gehüllt waren, als der gesamte Wurzelapparat von Papier durchtränkt schien, steckte ich ihn wieder in den Topf und bedeckte ihn mit Erde. Ich goss ihn noch einmal, und während das Wasser die Blumenerde durchnässte, stellte ich mir vor, wie die Worte in die Wurzeln eindrangen und sie mit ihrer Liebe nährten, die umgekehrte Metamorphose, der Lorbeer, der zur Frau wird, Stück für Stück. Ich stellte mir vor, wie sich Vokale und Seufzer im Grün des Chlorophylls auflösten, menschliche Partikeln tragend, wie feine Fasern wieder zu weichen Brüsten wurden und Laubwerk sich in Haare verwandelte, die Zweige in Arme, wie die kleine Baumkrone sich in einem Gesicht auflöste. Als ich am Ende die Pflanze betrachtete, dachte ich, dass Apoll das unglücklichste Schicksal von allen ereilt hatte, denn Daphne hatte wegen des stumpfen Pfeils mit dem Bleikern wenigstens zu lieben aufgehört, er war gnädig, dieser Pfeil, denn die Gleichgültigkeit den Menschen und der Welt gegenüber ist eine Gnade, die gesunde, heilige Gleichgültigkeit, die uns glücklich sein lässt wie jedes unbelebte Objekt, das nichts anderes ist als es selbst, weder

Gedanke noch Erinnerung, weder Bedauern noch Verlangen. Während sie für Apoll eine Tragödie war, die scharfe Spitze, die sein Mark durchbohrte und mit dem Mark den Verstand und mit dem Verstand das Leben, denn nichts ist zerstörerischer als eine unerwiderte Liebe.

Für eine Sekunde kam ich mir selbst wie Apoll vor, denn ich fürchtete, dass in dem Moment, in dem Ofelia endlich mir gehören konnte, ein Fluch sie mir aus den Armen reißen würde.

Am nächsten Tag hatte sie Geburtstag, und ich wollte nicht, dass dieser Tag dahinglitt wie jeder andere. Ich wollte ihr etwas schenken. Blumen, sicherlich, aber auch noch etwas anderes. Was schenkt man einer Frau? Ich hatte so etwas noch nie getan. Ein Schmuckstück? Einen Schal? Ein Parfüm? Jeder Gegenstand, den ich mir an ihr vorstellte, verlor an Bedeutung. Gegenstände stellen eine Verbindung zur Welt dar, während sich alles, was zu Ofelia zurückführte, jeder irdischen Nähe zu entziehen schien.

Ich ließ den Lorbeer im Garten zurück – am nächsten Tag würde ich den richtigen Platz auf der Welt finden, um ihn zu beerdigen – und begab mich zu Fiodoros Grab in der Gewissheit, Margherita dort anzutreffen. Auch sie hatte Apolls trauriges Schicksal ereilt.

»Ich muss bald schließen«, sagte ich, wie um mich zu entschuldigen.

»Jetzt schon? Heute vergeht die Zeit ja wie im Flug«, antwortete die schwarze Braut, die auf dem Marmor saß.

Ich reichte ihr eine Hand, um ihr beim Aufstehen zu helfen.

»Darf ich dich etwas fragen?«

»Was immer Sie wollen.«

»Also ... nehmen wir an, ich wollte einer Frau etwas zum Geburtstag schenken, sagen wir, sie ist ein bisschen älter als du ... was könnte da passend sein? Du zum Beispiel, worüber würdest du dich freuen?«

Margherita lächelte, was nur selten vorkam. »Es ist für die Frau in Schwarz, mit der ich Sie manchmal spazieren gehen sehe, nicht wahr?«

Ich blickte auf den Boden.

»Ihr seid ein schönes Paar.«

»Das sind wir leider nicht.«

»Sind Sie sicher? Wenn man euch so sieht, scheint das Gegenteil der Fall. Manchmal beobachte ich euch, ich weiß, es ist nicht richtig, aber … Sie werden mir verzeihen, ich mache das nur, weil ihr so schön seid. Wie gesagt, ich beobachte euch, und ich habe gesehen, wie dicht sie neben Ihnen geht, wie sie Sie anschaut, und diese Blicke kenne ich nur zu gut.«

»Sie ist eine sehr einsame Frau.«

»Wir sind alle einsam, bis wir den richtigen Menschen finden.«

Ich betrachtete Fiodoros Foto. »Und danach auch wieder …«, fügte ich hinzu und senkte erneut den Blick. »Da du jetzt weißt, um wen es geht, kannst du mich noch besser beraten.«

»Glauben Sie mir, was Sie auch aussuchen, es wird das richtige Geschenk sein, einfach aufgrund der Tatsache, dass Sie es ausgewählt haben, wegen der seltsamen Kombination, die Sie dazu gebracht hat, diesen Menschen mit dem gedachten Gegenstand in Verbindung zu bringen. Wofür Sie sich auch entscheiden, wichtig ist nur, dass das Geschenk Ihnen selbst etwas bedeutet.«

Sie beugte sich vor, um das Foto ihres Bräutigams zu küssen, und gemeinsam machten wir uns auf den Weg zum Ausgang.

»Ist Ihnen inzwischen etwas eingefallen?«

»Ja, ich glaube schon.«

»Dann zweifeln Sie nicht länger, es ist das Richtige, einfach, weil Sie es ausgewählt haben.«

Ich schob die Hand in die Jackentasche. »Hoffentlich habe ich auch das Passende für dich«, sagte ich und reichte ihr ein Tütchen.

Zögerlich griff sie danach.

»Es gehört dir, nimm es.«

Sie öffnete die Tüte. Eine Fotografie.

Margherita und Fiodoro, sie gekleidet wie eine Braut. Sie konnte es nicht glauben, ihr Blick verriet es.

»Du hast gesagt, dass du auch gern ein Foto wie das von Marcello Soriano hättest. Am Tag der Hochzeit habe ich dich fotografiert, weißt du noch? Ich habe auf den richtigen Moment gewartet, es dir zu geben, aber als ich neulich Fiodoros Bild auf dem Grabstein sah, kam mir eine Idee. Darum habe ich mir das Foto abends ausgeliehen, es zu Marfarò gebracht und ihn gefragt, ob es möglich wäre, euch beide zusammenzubringen. Er hat großartige Arbeit geleistet, daran besteht kein Zweifel, ich war selbst überrascht. Ich weiß nicht, welchen teuflischen Trick er angewandt hat, aber er hat es prima hinbekommen.«

Margherita konnte es nicht fassen. »Warum tun Sie das alles für mich?«

Ich schwieg.

Erneut betrachtete sie das Bild und gab Fiodoro einen Kuss.

»Darf ich?«

»Du musst«, versetzte ich lächelnd.

Margherita öffnete das Glas und ersetzte das Bild von Fiodoro auf dem Motorrad durch das neue. Sie trat einen Schritt zurück und betrachtete zufrieden ihr Werk.

»Es ist wunderschön. Wir sehen aus wie ein Ehepaar. Als wären wir gemeinsam begraben, und wer weiß, vielleicht sind wir das ja auch ...«

Sie steckte Fiodoros Porträt in ihre Handtasche.

Als ich mich abwandte, griff Margherita nach meinem Arm. »Ich weiß nicht, warum Sie das gemacht haben, aber ich möchte Ihnen danken. Und ich freue mich für Sie. Diese Frau kann von Glück sagen, und Sie haben ihre Liebe verdient«, sagte sie und machte auf dem Absatz kehrt, um fortzugehen, bestimmt, damit ich sie nicht weinen sah, denn sie musste das Wort nur aussprechen, und schon schnürten die Tränen ihr die Kehle zu, dieses Wort, das wie eine verschlossene Tür für sie war, ein vergessener Traum, ein für immer verpasstes Schicksal.

38

Seit dem Tod meiner Mutter
feierte ich meine Geburtstage nicht mehr. Sie hatte mich morgens immer geweckt, indem sie mir leise ein Geburtstagslied sang, beim Klang ihrer Stimme öffnete ich die Augen. Sie gab mir einen Kuss auf die Stirn und legte mir das Päckchen mit dem Geschenk auf die Bettdecke.

Gleich nach dem Erwachen dachte ich an Ofelia und nahm an, dass auch sie – wie ich ohne Mutter, die mit ihr feiern würde – keinen Wert auf ihren Geburtstag legte. Dennoch wollte ich, dass es ein besonderer Tag für sie wurde.

Das wichtigste Geschenk sollte ihr eigentlich Caramante machen.

Darum beschloss ich gegen halb elf, vor dem Friedhof auf ihn zu warten. Schon Wochen zuvor hatte ich mir vorgenommen, die Friedhofsmauer von außen zu reinigen. Zwar hatte ich die Arbeiter darum gebeten, aber die waren immer beschäftigt, und darum würde ich die Gelegenheit jetzt nutzen. Während ich das Unkraut um die Backsteine herum ausriss, sah ich ihn nach etwa einer halben Stunde mit der unvermeidlichen Reisetasche ankommen. Wir begrüßten einander.

»Und, gibt es gute Nachrichten?«

Seine Miene wirkte unentschlossen.

»Das müssen Sie mir sagen. Ich habe mir die gesamte Aufnahme dreimal angehört, die ganze Nacht lang, und ja, mir scheint, es gibt da etwas, aber es ist ziemlich undeutlich. Vermutlich entspricht es nicht dem, was Ihre Freundin sich erhofft hat.«

Wir gingen in den Lagerraum, und er stellte das Tonbandgerät auf einen Stuhl.

»Da, hören Sie«, sagte er und reichte mir die Kopfhörer.

Das Band lief ein paar Sekunden. Unbestimmte Geräusche, ein Rascheln, dann schaltete er das Gerät aus.

»Haben Sie es gehört?«

Es war schlechter als bei dem Mal davor.

»Nein.«

»Es ist nicht sehr deutlich, aber an einem bestimmten Punkt glaube ich, ein menschliches Flüstern zu hören, auch wenn ich nicht verstehe, was gesagt wird. Versuchen Sie es noch einmal.«

Er spulte das Band viermal vor und zurück, aber vergeblich.

Ofelia würde sehr enttäuscht sein. Ich stellte mir vor, wie sie aufwachte und es kaum erwarten konnte, endlich die Stimme ihrer Mutter zu hören, die an ihrem Geburtstag sogar ganze Sätze sprechen würde. Für einen Moment – nur für einen Moment – geriet ich bei der Vorstellung dieser Begeisterung, die sofort wieder vernichtet werden würde, in Versuchung, sie zu täuschen, Caramante zu bitten, irgendeine Frauenstimme aufzunehmen und sie als Emmas auszugeben. Aber das war nur ein trügerischer Lichtblitz.

Wir gingen hinaus und setzten uns auf ein Mäuerchen.

Nach ungefähr zehn Minuten tauchte Ofelia auf und kam schnurstracks auf uns zu.

»Heute ist übermorgen«, sagte sie, an Caramante gewandt.

»Das Tonbandgerät steht drinnen«, antwortete er und deutete auf die offene Tür des Lagerraums.

»Haben Sie es schon abgehört?«

»Ja.«

Caramante zögerte die schlechte Nachricht so lange wie möglich hinaus.

324

»Ist ihre Stimme darauf?«

»Eigentlich nicht.«

Das schwache Licht, das Ofelias Gesicht erhellte, erlosch.

»Kann ich es trotzdem hören?«

Wir gingen hinein, und er ließ sie das Band abhören. Als Ofelia die Kopfhörer absetzte, war sie enttäuscht.

»Es hat nicht funktioniert. Sie versuchen es doch noch einmal, oder?«

»Natürlich, man muss immer zuversichtlich bleiben.«

»Ich gehe zu meiner Mutter«, sagte sie unvermittelt.

Wir blieben noch ein bisschen in dem Lagerraum, und Caramante sagte, er würde seine Aufnahmen an diesem Tag an der Stelle machen, die Emmas Grab gegenüberlag. »Die Toten hören uns, sie gehen neben uns, spüren unsere Gefühle, und dieses begierige Warten auf ihre Stimmen ist nicht gut. Wenn sie sich mitteilen sollen, müssen sie sich frei fühlen. Morgen versuche ich es noch einmal.«

Ich wartete, bis er gegangen war, und machte mich auf den Weg zu Emmas Grab.

Ofelia saß davor.

»Es tut mir leid«, sagte ich, als ich nahe genug herangekommen war.

»Für einen Augenblick habe ich daran geglaubt, gestern, heute Nacht. Aber als ich eben diese Geräusche gehört habe, einfach nur Geräusche ... Du glaubst auch nicht daran, oder?«

»Vielleicht nicht so sehr wie Caramante, aber es scheint etwas dran zu sein. Ich habe es selbst gehört.«

»Ich will mir nichts vormachen ...«

»Es wäre ein schönes Geburtstagsgeschenk gewesen.«

Sie blickte auf das Foto. »Heute vor vielen Jahren kam ich auf die Welt, aber vielleicht wäre es besser, es wäre nie passiert. Man wird für jemand anderen geboren, nicht für sich selbst, und mein Geburtstag hat mich immer schon daran erinnert, dass es für mich niemanden gab, dass ich kein ausreichender Grund zum Bleiben war.«

Ich wartete, bis die Wirkung dieser Worte verflogen war, dann fragte ich: »Kommst du mit?«

Erneut blickte Ofelia auf Emmas Foto. Eine solche Frage hatte ich ihr nie zuvor gestellt, sie war verblüfft.

»Wohin denn?«

»Wirst du schon sehen.«

Ich reichte ihr die Hand, sie griff danach, ließ sich vom Stuhl hochziehen und folgte mir. Keiner von uns sagte ein Wort. Vor dem Friedhof der Bücher blieben wir stehen. Ich stieß das kleine Tor auf, und wir traten ein. Erstaunt betrachtete sie das Tischchen und die beiden Stühle aus weiß lackiertem Eisen, die auf der Wiese standen, im Schatten des Baumes, unter dem wir uns einige Tage zuvor gemeinsam ausgestreckt hatten. Der Biskuitkuchen stand auf dem Tischchen.

Ich ging darauf zu und zog den Stuhl heraus. »Setz dich.«

Zögernd kam sie näher, um meiner Aufforderung zu folgen.

Ich beugte mich über sie. »Glückwunsch«, flüsterte ich ihr ins Ohr wie einen Weckruf.

»Danke.« Sie seufzte.

Ich nahm ihr gegenüber Platz.

In die Mitte des Kuchens hatte ich eine kleine weiße Kerze gesteckt, die ich nun anzündete.

»Du musst dir etwas wünschen.«

»Ich muss?«

»Du solltest.«

»Ich habe keine Wünsche mehr. Letztes Jahr hatte ich noch welche, aber jetzt ...«

»Die Wünsche vergleichen, die wir von Jahr zu Jahr aussprechen ... es wäre eine Art, das Leben zu messen. Und du wünschst dir wirklich gar nichts mehr?«

»Nein … aber wenn es unbedingt sein muss …«, sagte sie und blickte auf das Wachs, das langsam an der weißen Kerze hinunterlief, »… wenn es unbedingt sein muss, dann wünsche ich mir, das du dich für immer um mich kümmerst, dass du mich nie mehr verlässt und bis zum Ende den geheimen Gründen unserer Begegnung folgst.«

»Aber darum hast du mich bereits gebeten, und ich habe es dir geschworen im Angesicht meiner Mutter. Das ist kein Wunsch mehr, sondern ein Ereignis auf dieser Welt, es geschieht doch längst …«

»Mehr will ich nicht.«

In diesem Augenblick dachte ich, dass nur sehr erfüllte und sehr verzweifelte Menschen keine Wünsche mehr haben.

»Dann puste jetzt.«

Als die kleine Kerze erloschen war, sah sie mich an. »Und was ist dein Wunsch?«

»Ich bin nicht derjenige, der heute Geburtstag hat.«

Ofelia holte ein Streichholz aus der Schachtel, die auf dem Tisch stand, und zündete die Kerze wieder an.

»Was ist dein Wunsch?«

Ich blickte in ihre schwarzen Augen, so tief wie der Ozean. »Derselbe wie deiner. Dich nie mehr zu verlieren, jetzt, wo ich dich gefunden habe.«

»Das ist auch kein Wunsch mehr, ich bin ja hier …«

Ich pustete die kleine Flamme aus, und Ofelia streichelte meinen Arm. »Ich werde immer bei dir sein.«

Ich gab ihr das Päckchen, das ich in der Tasche hatte. »Es ist nicht das Geschenk, das du dir für heute gewünscht hättest.«

Was ich ihr schenkte, war der Spiegel, der in dem Regal im Lagerraum des Friedhofs gelegen hatte. Ich hatte ihn zu Maestro Olivadi gebracht, der ihn repariert und mit einer speziellen Paste die Flecken von dem Glas entfernt und den Bronzerahmen poliert hatte, bis er wieder fast wie neu war. Nun hielt sie ihn in Händen. Sie klappte ihn auf und spiegelte sich in dem Oval.

»Das war doch nicht nötig.«

»Doch, heute ist der Geburtstag des Menschen, der mir am liebsten ist ... Dieser Spiegel ist ein Rat für dich.«

Erneut öffnete Ofelia ihn und betrachtete ihr Gesicht.

»Das da bist du, nur du allein.«

Ich hätte gern weitergeredet und den kleinen Vortrag gehalten, den ich mir in Gedanken zurechtgelegt hatte, um ihr klarzumachen, dass es an der Zeit war, sich von Emma zu lösen, nicht länger ihre Rolle zu übernehmen ... aber wie es häufig verkommt, wenn sich Gedanken in Worte verwandeln sollen, geriet der Mechanismus ins Stottern, denn die aus Blicken und Schweigen bestehende Realität ließ die im Stillen geprobte Rede gleich viel weniger feierlich wirken.

Ofelia wickelte den Spiegel wieder in das Papier ein. Ich nahm ein Messer und schnitt zwei Scheiben von dem Kuchen ab. Zum ersten Mal sah ich sie essen, und durch die alltäglichen Gesten fühlte ich mich ihr noch näher. Ich öffnete sogar eine Flasche süßen Sekt.

»Ich habe noch ein Geschenk für dich.«

Es gibt Fragen, die einen Menschen untergehen lassen wie einen Stein, der in einem Teich auf einem schwimmenden Blatt ruhte, Fragen, die ihn auf den Grund ziehen, wo das Licht verschwindet, wo es keine Formen gibt, wo die Dunkelheit jede Spur von Leben erstarren lässt. Das universelle Gesetz besagt, dass das Gewicht von Körpern beim Fallen zunimmt; das menschliche Gesetz besagt, dass die Lautstärke unbeantworteter Fragen zunimmt, dass sie die Füße beschweren, während sie die Wörter buchstabieren und den Geist untergehen lassen.

Ständig hallte das Warum in mir wider, das Ofelia mir entgegengeschleudert hatte wie einen Fluch, den wahren Fluch, den die

Suche nach Bedeutung darstellt, die wahre Suche, die das Begreifen des Verlassenwerdens ist, das Gefühl, ein Unfall der Vorsehung zu sein, eine Abweichung der Natur, ein Schönheitsfehler.

Niemand konnte Ofelias Frage beantworten, auch Caramante würde keine Antwort finden zwischen den überirdischen Klängen, die er aufzeichnete und die vielleicht nur er selbst hören konnte. Auf seiner kurzen Reise ins Reich des Hades hatte er weder Elea noch sonst jemanden gefunden. Und nichts ist verheerender als eine Frage, auf die es keine Antwort gibt.

Auch ich konnte Ofelia keine geben, und dennoch wollte ich mich mit diesem Gewicht, das sie mir wegzunehmen drohte, nicht abfinden.

»Und?«

»Ich habe über deine Worte von neulich nachgedacht.«

»Welche Worte?«

»Die Geschichte mit deiner Mutter in der Nervenheilanstalt.«

Sie senkte den Blick. Vielleicht war es ein Fehler, auf diese Art mit ihr zu reden, dieses Wort zu benutzen. Ausgerechnet ich, ein Niemand, schlug ihr die Verrücktheit ihrer Mutter um die Ohren.

»Entschuldige«, sagte ich.

»Und was hast du gedacht?«

Vielleicht fragte sie aus Höflichkeit, vielleicht auch, weil sie meine Verlegenheit bemerkt hatte, jedenfalls fragte sie, und ich packte die Gelegenheit beim Schopf.

»Ich glaube, das Krankenhaus ist der Ort, an dem du weitere Antworten bekommen kannst.«

»Ich war bereits dort, ich habe mich erkundigt.«

»Vielleicht nicht auf die richtige Art.«

Sie blickte auf den Boden, vermutlich durchlebte sie jenen Tag in Gedanken noch einmal.

»Ich will nicht mehr dorthin zurück, das schaffe ich nicht ... Und jetzt entschuldige mich, ich muss gehen.«

Ofelia wollte aufbrechen, aber ich berührte sie flüchtig am Arm. »Und wenn ich dich begleite?«

Sie sah mich an, als hätte sie mich eben erst erkannt. »Würdest du das wirklich tun?«

»Ja, natürlich, schon morgen, wenn du willst.«

Sie trank den Sekt aus, stand auf und kam näher. »Danke für alles«, sagte sie, während sie sich vorbeugte, um mir einen Kuss auf die Wange zu geben. »Bis morgen.«

Mein Tag endete mit diesen Worten und damit, dass sie bis zum Ende des Weges ging, wo sie verblasste wie eine ferne, flüchtige Stimme.

39

Am nächsten Tag wartete Ofelia
vor dem verschlossenen Friedhofstor auf mich. Ich erkannte sie
von Weitem und konnte mir die Gründe dieses vorherbestimmten
existenziellen Zufalls sogleich denken.
»Fahren wir jetzt hin?«, fragte sie mich, während ich den Schlüsselbund hervorholte. Sie schien eine andere zu sein als am Tag zuvor.
Inzwischen hatte ich mich an ihre plötzlichen Wandlungen
gewöhnt, an diesen umherschweifenden Schatten auf der Suche
nach dem Körper, an den er sich heften konnte, und dennoch
traf ihre Bitte mich unvorbereitet. Einfach so, zwischen Tür und
Angel. Man muss vorsichtig mit seinen Worten umgehen, wenn
man mit jemandem redet, der wortkarg ist, mit jemandem, der
seine Worte abwägt und sie sorgfältig modelliert, ehe er sie aus-
spricht. Ich dachte, wir hätten uns auf eine Verabredung in den
kommenden Tagen geeinigt und mir bliebe noch Zeit, mich zu
informieren, mich darauf vorzubereiten, meinen Friedhof zu verlassen, die wenigen Quadratmeter meines Universums, Timpamara.
Stattdessen musste ich nun improvisieren.

Sie bemerkte mein Zögern. »Vielleicht hätte ich noch warten
oder dir früher Bescheid sagen sollen, aber ich bin heute in dieser Stimmung, heute und nicht morgen. Vielleicht wache ich in
den nächsten Tagen ohne diesen Mut auf, und der Besuch findet
niemals statt. Lass uns heute Morgen hinfahren, wenn du willst …
Wenn du kannst. Versuchen wir es zusammen. Bitte, sag Ja.«

Sie griff nach meiner Hand und drückte sie, und ich legte meine andere Hand auf ihre, als wollte ich sie einsperren.

Ihre Worte machten mir Mut.

»In Ordnung, gehen wir«, sagte ich, während ich ihre Hand noch immer festhielt.

Beim *tabacchino* kaufte ich die Fahrkarten für den Überlandbus, dann setzten wir uns auf die Bank in der überdachten Haltestelle.

»Möchtest du etwas trinken? Da drüben ist eine Bar. Wir müssen noch zwanzig Minuten warten.«

»Mir gefällt es hier«, sagte sie, die Hände zwischen die Schenkel geschoben, wie um sie zu wärmen, obwohl es nicht kalt war.

»Hast du dir schon Gedanken gemacht?«, fragte sie, zog die Hände wieder hervor und rieb sie.

»Du meinst wegen der Nervenheilanstalt?«

»Ja.«

»Ich war noch nie dort, aber wenn wir erst mal angekommen sind, wird uns schon etwas einfallen.«

Erneut senkte sie den Blick auf ihre Hände.

»Heute Nacht hatte ich einen Traum. Vielleicht bin ich deshalb so unternehmungslustig aufgewacht.«

»Willst du mir davon erzählen?«

»Träume zu erzählen ist langweilig. Nichts liegt uns ferner als die Träume anderer Menschen.«

Ich lächelte.

»Was ist? Sag nicht, dass du dir so etwas gern anhörst!«

»Nein, es ist nur, weil es mir genauso geht, wenn Träume in Büchern vorkommen. Ich glaube, das ist ein Trick, auf den ein Schriftsteller zurückgreift, wenn er einen Rettungsring braucht, denn in einen Traum kann man alles legen, man kann Dinge vorwegnehmen oder erklären, Vorschläge machen oder das Buch um ein paar Sätze verlängern. Darum blättere ich dann einfach um. Es ist wie im Musical, wenn die Schauspieler zu singen anfangen und ich auf meine Schuhspitzen starre und mich frage, wann sie wieder aufhören.«

»Aber was für einen Sinn hat es, sich ein Musical anzusehen, wenn man die Musik nicht mag?«

»Da hast du auch wieder recht. Gehst du eigentlich gern ins Kino?«

»Ja.«

»Wollen wir mal zusammen hingehen?«

»Klar.«

Erneut lächelte ich, und diesmal war ich es, der als Erster ihren Arm liebkoste.

»Es gibt vieles, was ich gern mit dir zusammen machen würde.«

»Ich auch mit dir«, sagte sie und sah mir ins Gesicht.

Darauf folgte Schweigen. Der Wind bewegte die Zweige der Bäume, Euripide Belcastro überquerte gestikulierend die Straße, in der Ferne war das Geräusch zerbrechender Fensterscheiben zu hören, und dann kam der Bus.

Wir stiegen ein.

»Können Sie uns bitte Bescheid sagen, wenn die Haltestelle der Nervenheilanstalt kommt?«

Der Fahrer nickte, und ich folgte Ofelia. Sie nahm hinten im Bus Platz, weit weg von dem Fahrer, der uns im Rückspiegel beobachtete. Sie machte Anstalten, sich auf einen Fensterplatz zu setzen.

»Ich sitze immer hier«, sagte sie und gab damit ein Stückchen ihres Alltags preis.

Ich schaute nach vorn und versuchte, dem bohrenden Blick des Fahrers auszuweichen.

»Dann bist du also wie ich«, sagte sie.

»Wie meinst du das?«

»Du hörst dir auch nicht gern an, was andere geträumt haben.«

»Doch, natürlich interessiert mich das, sehr sogar, aber ich wollte dich nicht bedrängen.«

Sie betrachtete den Himmel, ich sah ihr Spiegelbild in der Scheibe.

»Ich habe von dir geträumt. Ein merkwürdiger Traum, also einer, der stimmt. Ich war gekleidet wie eine Braut, vielleicht wollten wir heiraten, aber wir befanden uns in einem Wald, und dann bist du plötzlich verschwunden. Ich habe dich gesucht und entdeckte dich auf einem Baum. Du hast gelacht und nicht gemerkt, dass der Ast bald abbrechen würde, aber als es so weit war, war ich es, die fiel, ein scheinbar endloser Sturz, und kurz vor dem Aufprall hast du mich in die Arme geschlossen. Danach sind wir weiter durch den Wald gegangen.« Sie schwieg einen Moment. »Vielleicht ähneln unsere Träume denen von Schriftstellern, wir erzählen sie, wenn wir nichts zu sagen haben, ein Trick wie viele andere, um die Zeit und das Leben auszufüllen. Ein Ablenkungsmanöver. Blätter einfach um«, sagte sie mit einem angedeuteten Lächeln im Gesicht.

»Aber es wäre schön.«

»Was denn?«

»Der Traum. Er gefällt mir. Vielleicht hattest du Angst davor, während ich es mir gewünscht habe, wer weiß? Um sich als solche zu erweisen, müssen Tricks sich offenbaren.«

Wieder blickte Ofelia in den Himmel.

»In einem Brautkleid würdest du wundervoll aussehen«, fügte ich hinzu in der Hoffnung, dass sie die Wolkenbank bemerken würde, die sich über unseren Köpfen zu einer Hochzeitsschleppe verdichtet hatte wie eine Segnung, eine Abweichung von der Uneinigkeit zwischen den Wünschen der Menschen und den Antworten des Universums darauf.

Durch die kleinen Fenster des Busses sahen wir in der Ferne das Meer auftauchen, bis wir schließlich daran entlangfuhren. Ein Zeichen dafür, dass wir uns Maravacata näherten, dem Dorf, in dem sich die Nervenheilanstalt befand. Ofelia betrachtete das Wasser, wie Kinder ein Karussell anschauen.

»Ich war noch nie am Meer«, sagte sie. Das erschien mir unmöglich. »Und du?«

»Ich schon.« Als ich ein Kind war, besaßen meine Eltern eine kleine Holzhütte am Strand. Dorthin fuhren wir jeden Sommer, bis meine Mutter starb ...

Sie wirkte wie eine Ohrfeige, die Erinnerung an jene glücklichen Sommer, die irgendwo zusammen mit der Schönheit meiner glücklichen Jahre beerdigt war. Zu schmerzhaft, um sich weiter damit zu befassen.

Als ich das Ortsschild erblickte, sah ich mich aufmerksam um für den Fall, dass der Fahrer uns Bescheid zu sagen vergaß. Um ihn daran zu erinnern, starrte ich ihn ein paarmal durchdringend an. Fast am Ende des Dorfes, als ich bereits befürchtete, die Haltestelle verpasst zu haben, fuhr der Bus rechts ran.

»Wir sind da«, sagte der Fahrer und drehte sich zu uns um.

»Um welche Zeit kommen Sie auf der Rückfahrt hier vorbei?«, fragte ich, bevor wir ausstiegen.

»Das weiß ich nicht, aber da vorn ist ein Fahrplan, sehen Sie einfach nach«, sagte er und deutete auf ein Blatt Papier, das an einem Laternenpfahl klebte.

Wir gingen sofort hin, und der Bus fuhr wieder an.

»Wir können den Bus um zwölf nehmen, wenn wir bis dahin fertig sind«, schlug ich Ofelia vor, die mir jedoch nicht zuhörte, weil sie völlig von der imposanten Größe des Gebäudes in Anspruch genommen war.

Die Nervenheilanstalt von Maravacata kannte jeder in der Gegend. Es gab keine Familie, die nicht früher oder später damit zu tun bekam, sei es wegen eigener oder fremder Angelegenheiten. Die Klinik befand sich am Ortsausgang, in dem Grenzbereich, der normalerweise den Friedhöfen vorbehalten ist, und als ich die Mauern betrachtete, die so hoch waren wie die Schotten eines Überseedampfers, kam es mir vor wie eine moderne Version des

Narrenschiffs, hervorgegangen aus dem Bündnis zwischen Wasser und Wahnsinn.

»Versuchen wir's«, sagte ich und nahm Ofelia bei der Hand, die sich bereits an die schmerzlichen Momente zu erinnern schien, in denen ihr bewusst geworden war, dass sie ein Waisenkind war.

Wir stiegen die imposante Freitreppe hinauf. Auf der linken Seite der Empfangshalle befand sich die Pförtnerloge. Ich ging allein darauf zu und fragte, an wen ich mich wenden sollte, um mich nach einer Angehörigen zu erkundigen, die eingeliefert worden war. Der Pförtner wies mir den Weg zum Archiv, erster Flur links, vorletztes Zimmer rechts, an der Tür hängt ein Schild.

»Hier bin ich schon einmal gewesen«, sagte Ofelia.

Ich klopfte an, eine Stimme forderte uns zum Eintreten auf.

Der Mann hinter dem Schalter schloss die Zeitung, in der er geblättert hatte, und kam auf uns zu.

»Ja bitte?«

Ofelia und ich sahen einander an.

»Wir möchten Informationen über eine Verwandte, die hier untergebracht war.«

»Wenn ich mich recht erinnere, war die Signora schon einmal hier, und wir haben nachgesehen, ohne etwas zu finden«, entgegnete der Archivar und musterte Ofelia.

Erneut überlegte ich, ob sich in ihrer Erzählung womöglich ein Hinweis verbarg, ein wenn auch winziger Anhaltspunkt, der Mann, der sie weinen gesehen, die alte Frau aus der Wäscherei, die Emma wiedererkannt hatte, und schließlich diese Bezeichnung, die Stumme, die Unbekannte, die nie gesprochen hatte. Da hatte ich einen Geistesblitz.

»Und was machen Sie mit den Namenlosen?«

»Verzeihung, wie meinen?«

»Na ja, wie im Krankenhaus. Ist doch bestimmt schon mal vorgekommen, dass jemand eingeliefert wird, der nicht mehr weiß, wie er heißt, oder der einfach nicht spricht.«

»Sicher, aber normalerweise wird so jemand von einem Angehörigen begleitet.«

»Und wenn nicht?«

»Irgendwo müssten wir tatsächlich die Akten der Anonymen abgelegt haben, warten Sie, ich sehe mal nach.«

Der Angestellte öffnete Aktenschränke aus Metall, suchte und schloss, suchte und schloss sie erneut.

»Die haben wir schon lange nicht mehr in die Hand genommen ... Mal sehen, ob mir wieder einfällt, wo wir sie abgelegt haben, wir arbeiten hier zu viert im Wechseldienst.«

Ofelia lehnte den Kopf an meine Schulter.

»Da, die müssten es sein.«

Er stellte eine große Sammelbox aus grauem Karton auf den Tisch. An der Seite stand unter dem Namen der Klinik die Abkürzung NN.

Er öffnete die Box. Sie enthielt ungefähr dreißig Akten.

»Sehen wir uns also eine nach der anderen an. Wenn sie dabei ist, finden wir sie mit Sicherheit, ein Foto bei der Aufnahme ist für alle verpflichtend.«

Auf jeder Akte stand oben rechts der Buchstabe M für männlich oder W für weiblich. Die Akten der Männer legte er beiseite, ohne sie zu öffnen. Die der Frauen schlug er auf und zeigte uns das Foto auf dem Deckblatt jeder Krankenhausakte.

Bei der einundzwanzigsten, wir hatten die Hoffnung beinahe aufgegeben, änderte sich plötzlich alles. Nicht ich, sondern Ofelia war es, die sofort die Frau von dem Foto in der Zeitung erkannte, obwohl sie den Kopf leicht gesenkt hielt und ihr Gesicht zum Teil unter Haaren verborgen war. Sie liebkoste das Bild, und ich bemerkte, dass sie die Tränen zurückhalten musste.

»Wenn Sie sich setzen und alles in Ruhe anschauen möchten«,

sagte der Archivar und deutete auf einen Tisch und ein paar Holz-
stühle.

Gemeinsam betrachteten wir das Foto. Es schien mir nicht die
Emma zu sein, die ich kannte, aber ein Detail erregte meine Aufmerksamkeit – unten im Bild konnte man die zerzausten Haare
eines Kindes sehen, das sie offenbar im Arm hielt.

Die Krankenhausakte bestand aus acht Blättern. Es gab keine
personenbezogenen Daten, aber in der eiligen eckigen Handschrift eines Arztes konnten Ofelia und ich endlich lesen, unter
welchen Umständen die Einweisung der Frau erfolgt war:

*Die Patientin erschien am heutigen Tag spontan, ohne
Begleitung und in einem Zustand offensichtlicher
Verwirrung. Ihre Kleidung und ihr überdurchschnittlich
guter körperlicher Zustand legen nahe, dass sie nicht
in verwahrlosten Verhältnissen lebt.*

*Sie spricht nicht und antwortet nicht auf Fragen.
Auf den ersten Blick handelt es sich um chronischen
Mutismus, der wahrscheinlich auf ein traumatisches
Ereignis zurückzuführen ist. Die Pfleger vor Ort geben
an, sie nie zuvor gesehen zu haben, es handelt sich
also um eine Fremde, die eigens hierhergekommen ist,
um sich selbst einzuweisen.*

Ansonsten gab es keine interessanten Informationen, auf den weiteren Blättern waren nur Änderungen bezüglich der Behandlung
und der verabreichten Medikamente notiert.

Der letzte Eintrag vermeldete den Tod aus unbekannter Ursache.

Ofelia las jedes Wort, als ginge es darum, die Antworten des
Lebens oder die Karte des Schicksals zu entziffern.

Ich blieb die ganze Zeit an ihrer Seite. Ich las mit ihr, blätterte die Seiten um, half ihr, unleserliche Buchstaben und Wörter zu entziffern. Als sie fertig war, blätterte sie zur ersten Seite der Akte zurück und fing an, eingehend die medizinischen Daten zu studieren.

»Es tut mir leid«, flüsterte ich.

»Was denn?«, fragte sie, ohne den Blick vom Papier zu lösen.

»Dass ich dich umsonst hierhergebracht habe.«

»Ist das hier in deinen Augen nichts?« Sie tippte auf das Schwarz-Weiß-Foto. »Es ist alles andere als nichts«, fügte sie hinzu, »alles andere«, und ließ den Blick auf dem linken unteren Teil des Blattes verweilen, wo das Aufnahmedatum vermerkt war.

Als wir das Zimmer verlassen hatten, überlegte ich, ob wir die Recherche vertiefen sollten. »Willst du noch mehr Fragen stellen? Gehen wir in die Wäscherei?«

»Nein«, sagte sie und schüttelte den Kopf. »Glaub mir, Astolfo, es ist gut so. Dieser Akte ist nichts mehr hinzuzufügen.«

Obwohl sie in versöhnlichem, ja nahezu munterem Ton sprach, nahm ich eine Spur von Enttäuschung wahr. Ich hatte ihr vorgemacht, sie könnte wer weiß was finden, und nun verließen wir das Krankenhaus ohne neue Erkenntnisse.

»Wann kommt der nächste Bus?«

»In zwanzig Minuten.«

»Und der danach?«

»In zwei Stunden.«

»Wollen wir den nehmen?«, fragte sie.

Ich überschlug kurz die Zeit. Ich würde die Bibliothek dann eine halbe Stunde später öffnen, eine verzeihliche Verzögerung.

»Wie du willst.«

»Zeigst du mir das Meer?«

40

Von jenem Punkt aus war die blaue Fläche nicht zu sehen, aber man konnte sie hinter der Häuserreihe am Horizont immerhin erahnen. Ofelia nahm mich bei der Hand, und ich spürte, wie fremd es mir war, zu führen, von Natur aus hinkend, daran gewöhnt, zurückzubleiben und mich anderen anzuschließen.

Wir überquerten Straßen, gingen an Häusern vorbei und erreichten schließlich die Strandpromenade. Der Sand war gröber, als ich ihn in Erinnerung hatte.

»Ich möchte mit den Füßen ins Wasser.«

Wir zogen die Schuhe aus. Ofelia hakte sich bei mir unter, und an der Wasserlinie blieben wir stehen.

»Ganz langsam«, sagte sie.

Sie wartete, bis die Welle den höchsten Punkt erreicht hatte, und dann hielt sie den Fuß hinein, um ihn sanft im Schaum der nachfolgenden Welle zu baden. Jedes Mal ging sie ein bisschen weiter hinein, wobei ich sie begleitete, bis wir auf einmal bis zu den Knien im Wasser standen.

Sie blickte auf ihre Füße. »Es ist kalt, aber wenn man sich daran gewöhnt hat …«

Außer uns war am Strand niemand zu sehen.

Nach wenigen Minuten setzten wir uns hin, der Sand klebte uns auf der nassen Haut.

»In all den Jahren, die ich nach ihr gesucht habe, war meine

Mutter hier. Ich habe mir auf der Karte die Entfernung zwischen zu Hause und der Klinik angesehen, ungefähr sechzehn Kilometer. Ich dachte immer, sie befindet sich wer weiß wo auf der Welt, aber nein ... ich hätte nur die Hand ausstrecken müssen. Aber was ändert das schon, die Entfernung spielt keine Rolle.«

Ofelia hatte recht. Manchmal hat es den Anschein, als wären Menschen wie Schlüsselbunde, Knöpfe oder Flugblätter, immer in Reichweite, aber dann verschwinden sie auf einmal wie aus reiner Bosheit.

Als ich ein Junge war, zogen wir im Sommer immer ans Meer, in eine Hütte am Strand. Wie bei einem Pfahlbau war zwischen dem Holzboden und der ebenen Sandfläche darunter etwa ein Meter Platz. In diesen Zwischenraum schlüpfte ich häufig, um zu spielen oder wenn ich mich verstecken wollte. Wenn ich nach oben zwischen die Holzbretter blickte, sah ich die Staubkörnchen, die aus den Ritzen herausfielen und in der Luft glänzten, ehe sie sich mit dem Sand vermischten. Wenn meine Mutter die Balken abstaubte, verschwanden die Körnchen vom Boden, aber nur, um ein bisschen weiter unten wieder zu landen. Sie konnte sie nicht mehr sehen, aber sie existierten dennoch weiter. Vielleicht war dies das Verschwinden, vielleicht auch der Tod: eine andere Dimension, das schlichte Herabsinken in ein tieferes Stockwerk, das Sichverstecken hinter einer Biegung.

Ofelia streckte sich auf dem Sand aus, ohne sich um die Körnchen in den Haaren oder auf der Kleidung zu scheren, kleine Unannehmlichkeiten des Lebens.

Ich zog mir die Jacke aus und legte sie ihr unter den Kopf. Sie schloss die Augen.

Ich blickte aufs Meer hinaus. Seit dem Tod meiner Mutter war ich nicht mehr hier gewesen, denn mein Vater hatte nichts mehr davon wissen wollen, und doch erinnerte ich mich überaus deutlich daran, so als wäre seit damals nur ein einziger Winter vergangen. Dieser salzigen Weite war ich häufig bei meiner Lektüre begegnet, denn manchmal dienen Bücher auch dazu, Empfindungen zu verewigen.

Ofelia schien zu schlafen. Sie sah aus wie ein Mädchen, das nach dem Mittagessen ein Nickerchen am Strand hält, auf einer Lagerstatt aus Kleidern und Handtüchern.

In der Ferne tauchten ein paar Jungs mit einem Fußball auf und begannen zu spielen, bis Ofelia vom begeisterten Schrei eines Jungen geweckt wurde, der ein Tor geschossen hatte. Langsam öffnete sie die Augen, schirmte sie mit dem Arm gegen das Sonnenlicht ab und versuchte, sich zu erinnern, wo sie war, während sie den Sand unter den nackten Füßen spürte und sich die Gegenwart Stück für Stück wieder zusammensetzte.

»Ist es schon spät?«

»Nein.«

Sie sah zu den Jungen hinüber, dann aufs Wasser. »Ich freue mich, dass du es bist, mit dem ich das erste Mal am Meer bin.«

Wir standen auf und gingen langsam zur Bushaltestelle zurück. Der Bus kam pünktlich. Wir setzten uns auf dieselben Plätze wie auf der Hinfahrt, und erneut betrachtete Ofelia die Wolken. Es war, als wollte sie Zeit schinden.

»Anfangs hat sie es geleugnet.«

»Wer?«

»Meine Tante. Anfangs hat sie es abgestritten.«

Sie starrte in den Himmel. Ich stellte ihr keine Fragen, ich wusste, bei ihr war das zwecklos. Sie redete, wann sie wollte und wie sie wollte.

»Als ich nach dem Besuch in der Klinik nach Hause kam, habe ich sie entschlossen zur Rede gestellt. Wusstest du, dass deine Schwester in der Irrenanstalt eingesperrt ist? Hast du das gewusst?«

Ofelia sprach, als wäre die Tante anwesend.

»Ich habe ihr in die Augen gesehen. Sie war ehrlich. Ich sah, wie sie blass wurde. Sie setzte sich, schlug die Hände vors Gesicht und fragte mich, woher ich es wusste. Sie war ehrlich. In diesem Augenblick hätte ich sie alles fragen können. War meine Mutter verrückt? War sie verrückt?«, wiederholte Ofelia und schien sich auch diesmal direkt an ihre Tante zu wenden. »Sie sagte Nein, es habe niemals Anzeichen von Verrücktheit gegeben, aber ich sah in ihren Augen, dass sie mir etwas verheimlichte, und ich fragte sie danach, ich wurde lauter und fragte sie, kann es sein, dass meine Mutter überhaupt nicht krank war? Erst hat sie es abgestritten. Doch dann konnte sie sich nicht mehr zurückhalten. Sie befahl mir, ihr gegenüber Platz zu nehmen, griff nach meiner Hand und fing an zu erzählen. Meine Mutter habe von klein auf eine sehr eigene Art gehabt, in der Welt zu sein. Wie meinst du das, fragte ich sie, und sie meinte, dass sie anders war als die anderen Mädchen, sie war gern allein, sie hatte ihr eigenes Leben, das nur ihr gehörte, mit imaginären Freundinnen, aber das ist normal für kleine Mädchen; wenn sie größer werden, verschwinden solche Hirngespinste wieder. Aber dann ... eines Tages, du warst schon auf der Welt, erklärte sie, diese kindlichen Eigenarten hätten wieder von ihr Besitz ergriffen. Sie war nicht mehr sie selbst. Sie weinte ständig, fürchtete sich davor, dich auf den Arm zu nehmen, weil sie dir wehzutun glaubte. Sobald du zu weinen anfingst, glaubte sie, du würdest gleich sterben. Sie wollte nur noch im Dunkeln leben und niemanden sehen, absolut niemanden. Der Arzt sagte, es handele sich um extreme Erschöpfung, man müsse Geduld mit ihr haben, abwarten, ihr alle Wünsche erfüllen, und das taten wir, aber es nützte nichts. Ein paar Monate vergingen, und dann ... Es war ihr Geburtstag, ihr erster als Mutter. Am Morgen, erzählte meine Tante, schien sie ein anderer Mensch zu sein. Sie fragte nach dir, wollte dich auf den Arm nehmen, dich sogar anziehen. Am frühen Vormittag, als ich in der Küche war und du oben im Zimmer neben ihrem schliefst, wurde es auf einmal merkwürdig still, die Art von Stille, die einer

Katastrophe vorausgeht. Ganz langsam stieg ich die Treppe hinauf und betrat dein Zimmerchen, aber du lagst nicht in der Wiege. Ich erschrak, als ich deine Mutter im Badezimmer ein Lied summen hörte. Ich lief zu ihr. Sie saß über die randvolle Badewanne gebeugt, und du warst fast vollständig unter Wasser, fuchteltest mit Armen und Beinen, schnapptest nach Luft. Ich habe dich ihr entrissen, und nachdem du wieder zu Atem gekommen warst, fingst du in meinen Armen verzweifelt an zu weinen. Du hättest sie beinahe umgebracht, schrie ich sie an, ich wollte sie doch nur baden, sagte deine Mutter und wich zurück, ich wollte nur … und auf einmal veränderte sich ihr Tonfall. Ich hätte sie beinahe umgebracht, beinahe hätte ich sie umgebracht, wiederholte sie immer wieder, und dann lief sie in ihr Zimmer, schloss sich ein und weinte. In jener Nacht, in der Stille dieses Hauses, ist meine Mutter endgültig verschwunden. Ich dachte immer, ich wäre kein ausreichender Grund für sie gewesen, um zu bleiben, aber nein. Meine Mutter verschwand in der Nacht ihres Geburtstags. Und weißt du, was sie nach dem Verlassen des Hauses getan hat?«

»Nein …«, sagte ich und dachte, dass Ofelia es eigentlich auch nicht wissen konnte.

»Sie verließ das Haus, um zu der Nervenklinik zu fahren. Das Aufnahmedatum, das unten auf dem Patientenblatt steht, war der Tag nach ihrem Geburtstag.«

Beeindruckt von ihrer philologischen Begabung, sah ich sie an, verstand aber nicht, inwiefern dies hilfreich für sie sein sollte. Als hätte sie meine Gedanken gelesen, fuhr sie fort: »Aber all das wäre bedeutungslos, hätte sich nicht eine unbekannte Hand die Mühe gemacht, die Umstände des Falles zu präzisieren. Meine Mutter stellte sich spontan dort vor, sie kam mit der Absicht ins Dorf … wie hieß es gleich in der Patientenakte? Mit der Absicht, sich selbst einzuliefern. Sie hat mich nicht verlassen. Ihr war bewusst, was sie mir hätte antun können, und um mich zu schützen, ist sie dorthin gegangen, spontan, sie hat beschlossen, sich für mein Wohl zu opfern, verstehst du? Sie hat das nur gemacht, um mich, ihre Tochter, zu beschützen! Sie hat mich nicht verlassen«, schloss sie mit tränennassen Augen.

Und ich verstand sie, diese verwandte, ebenso verzweifelte und einsame Seele, denn Einsamkeit und Verzweiflung hatte ich vor ihr durchlitten, hatte vor ihr Illusionen und Verstellung durchgemacht, Gefälligkeiten gegen Widrigkeiten ausgetauscht, Abendröte gegen Zwielicht.

Ein schwaches Lächeln war das äußere Anzeichen meines Verstehens – damals und für immer Zeichen einer Beeinträchtigung.

»Gesegnet sei der Tag, an dem ich dir begegnet bin, Astolfo Malinverno, Hüter der Bücher, Friedhofswärter, Beschützer der Besiegten.«

Sie griff nach meiner Hand, küsste sie und führte sie an ihre Brust, wo sie während der gesamten Fahrt liegen blieb wie warmes Brot, das nicht abkühlen soll.

Am Nachmittag in der Bibliothek spürte ich noch den Sand zwischen den Zehen, als ich an Ofelia und ihre Dankbarkeit dachte, die womöglich dabei war, sich in mehr zu verwandeln. Und indem ich die Momente aneinanderreihte, die ich mit ihr erlebt hatte, die Worte und Versprechen und die sich annähernden Körper, kam ich automatisch zu dem Schluss, dass vielleicht auch sie an mich dachte, wenn ich nicht da war, dass auch sie darauf wartete, mir zu begegnen, dass auch Ofelia …

Aber am Morgen danach tauchte sie nicht auf. Vergeblich wartete ich auf sie, und sämtliche Gewissheiten stürzten in sich zusammen.

Als ich am Abend zum Friedhof zurückkehrte, um abzuschließen, war der Zweig am Eingang umgedreht zum Zeichen, dass sie vorbeigekommen war; außerdem stand eine neue Distelblüte vor Emmas Grabstein.

Ich war überzeugt, dass sie in dem Wissen hergekommen war, mir nicht zu begegnen.

Ich ging nach Hause, aß Rührei und legte mich danach sofort ins Bett, denn es gibt sie im Leben, die Perfektion, wenn auch nur selten und aus Versehen.

Auch am Tag darauf tauchte Ofelia nicht auf, aber zum Glück ließ Caramante sich sehen und lenkte mich von meinen traurigen Gedanken ab.

Zum ersten Mal kam er ohne sein Tonbandgerät.

Als er mich sah, begrüßte er mich sofort.

»Wie ist es beim letzten Mal gelaufen?«, fragte ich.

»Nicht so gut. Ich habe mir die gesamte Aufnahme zweimal angehört, aber es war nichts Interessantes dabei. Vielleicht hat Ihr Kollege ja übertrieben«, sagte er und meinte damit Eraclitos Worte.

»Begleiten Sie mich ein paar Minuten?«

Nebeneinander gingen wir den Hauptweg entlang.

»Warum haben Sie heute die Reisetasche nicht dabei? Es ist komisch, Sie ohne zu sehen, fast als ob Ihnen ein Körperteil fehlt.«

»Ich bin nur hier, um mich von Ihnen zu verabschieden, Malinverno. Heute Abend breche ich auf.«

Er sagte es in melancholischem Tonfall, vielleicht hatte er diesen Ort, vielleicht auch meine Gesellschaft schätzen gelernt.

»Wollen wir uns hier hinsetzen?«, fragte er, als wir unter der großen Eiche entlanggingen, die das Ende des ersten Abschnitts markierte.

Wir setzten uns auf das Mäuerchen.

»Das mit Ihrer Freundin tut mir leid. Bis gestern habe ich noch Aufnahmen gemacht, aber selbst wenn etwas dabei wäre, hätte ich keine Zeit mehr, es ihr vorzuspielen. Tut mir leid, dass ich ihr falsche Hoffnungen gemacht und sie enttäuscht habe. Mir war sofort klar, dass die Sache wichtig für sie ist. Ich verstehe sie.«

Caramante blickte zu den Ästen hinauf, aus denen beruhigendes Zwitschern erklang.

»Ihretwegen ist all das geschehen.«

»Wegen wem?«

»Ich hatte immer schon eine Vorliebe für Vogelgesang. Es war im Sommer vor zwölf Jahren. Meine Frau und ich waren in unser Landhaus gefahren. Ein strahlender Frühlingstag. Ein solches Licht hatte ich nur selten zuvor gesehen, durchscheinend, traumähnlich. Und eine Stille, die meiner Meinung nach perfekt war, um den lärmenden Gesang der Vögel aufzunehmen. Ich hatte mein Tonbandgerät dabei, ohne ging ich nirgendwohin. Ich stellte es auf die Fensterbank und ließ die Aufnahme laufen, während ich zum See hinunterlief. Nach dem Abendessen spulte ich im Garten das Band zurück, um mir die Aufnahme anzuhören. Die Stille, der vielstimmige Gesang der Vögel ... und plötzlich hörte er auf, da war etwas wie eine Funkstörung, und ich hatte den Eindruck, auf dem Hintergrundrauschen eine männliche Stimme zu hören, die meinen Namen sagte. All das kam mir seltsam vor. Ich spulte kurzerhand noch einmal zurück und ließ das Band ein zweites Mal laufen, wobei ich das Ohr an die Lautsprecherbox hielt. Ich hörte dasselbe noch einmal: die plötzliche Unterbrechung, das Rauschen, die männliche Stimme, die meinen Namen sagte. Ich rief meine Frau, spielte ihr die Stelle vor, und sie war sehr überrascht. Ich konnte mir dieses Phänomen nicht erklären. Ich wollte es genauer wahrnehmen, darum griff ich zu den Kopfhörern und hörte mir alles noch einmal an. An meinem Gesichtsausdruck erkannte sie, dass etwas passiert war, denn als ich die Stimme auf diese Weise hörte, war nicht nur mein Name deutlich zu verstehen, sondern auch die männliche Stimme selbst schien klarer erkennbar. Sie gehörte meinem Vater, der zwei Jahre zuvor in diesem Haus gestorben war. Das war außerordentlich. Ich dachte an einen Zufall, einen angeborenen Defekt namens Pareidolie. Ich hatte nie an solche Dinge geglaubt, ich war nicht gläubig, ging nicht zur Kirche und hatte mir über Paradies und Fegefeuer nie Gedanken gemacht, aber nun stand ich vor einem Ereignis, das mich zum Nachdenken zwang. Am nächsten Tag wiederholte ich das Experiment, diesmal ohne Ergebnis. In den folgenden zwei Tagen das Gleiche. Vielleicht hatte ich mich getäuscht, vielleicht war das, was ich als Stimme meines Vaters zu erkennen glaubte, nur eine zufällige Kombination von Tönen, eine versehentlich aufgefangene Funkfrequenz. Doch ein Teil meines Selbst war fest davon überzeugt, dass es seine Stimme war. Er hatte sich nicht von mir verabschieden können. Zu jener Zeit arbeitete ich in der Schweiz. Ich bekam einen Anruf, dass es ihm nicht gut ging, und machte mich sofort auf den Weg, aber ich kam zu spät. Zwei Tage später spielte ich meiner Mutter die Aufnahme vor. Sie wurde blass, schlug die Hände vor den Mund und fing an zu weinen. Es ist dein Vater, sagte sie, das da ist dein Vater. Und sie erzählte mir von einem Detail, das sie bislang nicht erwähnt hatte, dass er nämlich bis zum Schluss auf mich gewartet hatte und dass das letzte Wort vor seinem Tod mein Name gewesen war. Genau so hat er ihn ausgesprochen, fügte sie hinzu, genau so, es ist, als riefe er noch immer nach dir.«

Caramantes Augen glänzten, seine Stimme brach vor Rührung.

»Ich liebte meinen Vater, und er liebte mich mehr als alles andere auf der Welt. Ich hätte im Augenblick des Todes bei ihm sein müssen, um ihn zu streicheln und seine Hand zu halten, ihm das Gefühl von Sicherheit zu geben, ihm, der sich vor dem Tod gefürchtet hat, ich hätte ihm Mut machen müssen. Es ist schrecklich, nicht an der Seite der geliebten Person zu sein, wenn sie im Sterben liegt. Diese Stimme, die nach mir ruft ... ich träume jede Nacht von ihr und suche nach ihr an jedem Tag, überall auf der Welt, ich hoffe, dass sie immer noch zu mir spricht, dass sie auf irgendeine Art weiterhin um mich herum erklingt, für immer. Mir gefällt der Gedanke, dass wir nach dem Tod alle zu Stimmen

werden, die sich zu den Klängen der Welt gesellen.« Er stand auf.
»Ich habe Ihnen viel zu verdanken, Malinverno. Die Gespräche mit
Ihnen werden mir fehlen.«

Um mich von ihm zu verabschieden, streckte ich eine Hand aus,
aber er umarmte mich.

»Passen Sie auf sich auf«, sagte er und ging fort.

Ich sah ihm nach, bis er verschwand, und bei der Vorstellung,
dass er nicht zurückkommen würde, fühlte ich mich einsamer als
zuvor. Für diesen Mann war das Aufnehmen von Stimmen dasselbe
wie das Lesen, das Umschreiben von Enden und das Beerdigen von
Büchern für mich: Wir füllten kleine Lücken oder bildeten uns das
zumindest ein, so wie Kinder, die mithilfe von Plastikeimerchen
das Meer trockenzulegen glauben.

41

Wie eine Vision tauchte Ofelia vor dem Tor auf.
Seit unserer Fahrt zur Nervenheilanstalt waren vier Tage vergangen, in denen wir uns nicht begegnet waren.

Als sie mich sah, blieb sie stehen und senkte den Kopf. Sie trug einen langen schwarzen Glockenrock und dazu eine weiße, am Kragen bestickte ärmellose Bluse.

Ich ging ihr entgegen wie einer, der zur Kommunion geht. Die zum Zopf gebundenen Haare brachten zwei Ohrgehänge zur Geltung, dieselben, die Emma auf dem Foto trug. Ofelia hatte alles getan, um genauso zu sein wie sie, und das war ihr gelungen. Noch immer hielt sie den Blick schamhaft gesenkt.

»Du bist wunderschön.«

Sie hob den Kopf. »Bin ich ihr ähnlich genug?«

»Du siehst genauso aus wie sie«, antwortete ich und dachte an den Spiegel, den ich ihr geschenkt hatte und der zu nichts nutze gewesen war.

»Kennst du einen Fotografen?«, fragte sie plötzlich.

Ich dachte sofort an Marfarò und nannte ihr seinen Namen.

»Kannst du mich gleich zu ihm bringen?«

Sie erstaunte mich immer wieder.

»Ja, hoffen wir, dass er da ist.«

Ich schloss den Abstellraum, und wir verließen den Friedhof.

Wegen der schönen Frau neben mir und der Feierlichkeit, die ich in meine Schritte legte, hatte ich dasselbe Gefühl wie damals, als ich

Margherita zu ihrer Hochzeit mit Fiodoro begleitet hatte. Und ein Teil von mir empfand sich als Bräutigam, vor allem als ich mich zu Ofelia drehte und der Wind ihren weiß bestickten Kragen bewegte, während die Hecken und die Wiesenblumen an der Straße blühten und dufteten und die Leute uns folgten wie bei einem Hochzeitszug, wobei aus den Geschäften Orgelmusik erklang. Ich schwelgte in diesem Zustand und besonders in den verwunderten Blicken der Passanten, weil ich mir die neiderfüllt geflüsterten Wortketten vorstellte, die sich miteinander verschlangen. Wegen meiner ungleichmäßigen Schritte berührten unsere Körper sich gelegentlich, und ich tat nichts, um sie voneinander zu entfernen.

Marfarò stand hinter der Theke und retuschierte mit Aquarellfarbe ein Schwarz-Weiß-Foto.

Als er Ofelias strahlendes Gesicht sah, verbarg er sein Erstaunen nicht. Er musterte sie einige Sekunden lang. »Sie habe ich doch schon einmal gesehen!«

Dann betrachtete er auch mich mit derselben ungläubigen Miene, die sich zum Glück nicht in unbequemen Fragen entlud.

»Meine Freundin möchte sich gern fotografieren lassen.«

»Stets zu Diensten«, antwortete er und legte Pinsel und Farben beiseite.

»Wo dürfen wir uns setzen?«

»Hier entlang«, sagte er und ging uns voran.

Im Hinterzimmer hatte er sich ohne fremde Hilfe ein einfaches Studio eingerichtet. Den Hintergrund bildete ein weißes Laken, in der Mitte stand ein Hocker, an den Seiten befanden sich zwei Fotoleuchten.

»Setzen Sie sich«, sagte er zu Ofelia.

»Moment, ich hole nur rasch die Kamera. Helfen Sie mir?«, fragte er dann, an mich gewandt.

Im Geschäftsraum legte er mir eine Hand auf den Arm und flüsterte: »Was geht hier vor? Das ist doch die Frau ohne Namen!«

Ich gab ihm ein Zeichen, die Stimme zu senken. »Es ist die Tochter, sie ähnelt ihr wie ein Ei dem anderen.«

Seinem Blick nach zu urteilen, schien er mir nicht zu glauben. Er nahm die Tasche, und wir kehrten in das Studio zurück.

Ofelia vermied es, uns in die Augen zu sehen, und betastete nervös einen ihrer Ohrringe, als wäre er ein Amulett.

Geremia Marfarò schraubte die Kamera aufs Stativ. »Sehen Sie bitte zu mir.«

Ich sah Ofelia die gleiche Haltung und Miene annehmen wie Emma, und es dürfte ihr nicht schwergefallen sein, die Traurigkeit eines Menschen zum Ausdruck zu bringen, der sein Leben verfehlt hat.

Marfarò kam sich für einen Augenblick wie ein Modefotograf vor. Er machte ungefähr ein Dutzend Aufnahmen, dann kehrten wir in den Geschäftsraum zurück.

»Ich entwickle sie so schnell wie möglich.«

Ofelia hatte es eilig, den Laden zu verlassen, aber auch auf der Straße verriet ihr Gang eine Dringlichkeit, die er beim Herkommen nicht gehabt hatte, und ich hielt nur mühsam mit ihr Schritt. Erst als wir auf dem einsamen Hauptweg des Friedhofs angekommen waren, weit weg von Häusern und Blicken, verlangsamte sie den Schritt.

An Emmas Grab betrachtete ich abwechselnd ihr Porträt und Ofelias Gesicht, und sie wirkten auf mich wie ein und dieselbe Person, die vor einem Spiegel steht.

Ofelia berührte die Ohrgehänge. »Das hier ist das Einzige, das mir von ihr geblieben ist. Das Einzige. Bis auf diese Ohrringe gab es in dem Haus nichts, das ihr gehörte, und wahrscheinlich hat sie sie nur deshalb nicht mitgenommen, weil meine Tante sie in ihrem Nachtschrank aufbewahrte.«

Sie nahm die Ohrringe ab, den rechten zuerst.

»Die hat sie mir zum sechsten Geburtstag geschenkt. Damit hat sie mir die Löcher in die Ohrläppchen gemacht. Sie hat die Haut mit Eis betäubt und die Ohrringe hindurchgestochen, weil sie nadelspitz waren, wie sie sagte, aber ich glaube, sie hat sie benutzt, weil sie ihr gehörten, meiner Mutter, sie wollte mir das Fleisch mit etwas durchlöchern, das ihr selbst gehörte. Immer wenn ich sie anlege, spüre ich wieder diesen alten Schmerz. Es war wie ein Zeichen dafür, dass alles, was mit ihr zu tun hat, Schmerz bedeutet.«

Sie steckte die Ohrringe in eine Tasche ihres Kleides.

»Als ich klein war, stellte ich mich vor den Spiegel und ließ sie hin- und herschwingen wie Pendel. Ich hoffte, sie würden mir einen Rat geben, als hätten sich die Geheimnisse von Mutters Lebens darin kristallisiert wie Insekten in Bernstein, die vielleicht noch atmen und etwas zu sagen haben.«

Ihr Gesichtsausdruck war mehrdeutig, eine Mischung aus Gelassenheit und Leiden.

»Würde es dir etwas ausmachen, mich allein zu lassen, Astolfo?«

»Nein, nein«, sagte ich, verärgert, weil ich es nicht von selbst bemerkt hatte, »ich habe sowieso noch ein paar Dinge zu erledigen.«

Es war wohl das erste Mal, dass sie mich auf diese Art wegschickte, und anfangs war ich enttäuscht.

Ich verlor sie aus den Augen.

An ihrer Stelle tauchte Margherita auf. Das Erste, was mir an ihr auffiel, waren die neuen Schuhe. Bei unseren letzten Begegnungen war die Begeisterung über die Hochzeit erloschen, und sie war wieder so traurig wie zuvor. Ein Leben lang hätte sie auf diese Art nicht durchhalten können.

Ich hoffte für sie, dass sie eines Tages aufwachen und sich anders fühlen würde, von sich aus, ohne besondere Ereignisse, ohne existenzielle Offenbarungen, einfach so, als natürliche allmähliche Entwicklung. Sie würde einen Fuß auf den Boden setzen und sich leichter fühlen, der Boden war weniger kalt, und wenn sie sich im Spiegel betrachtete, würde sie bis dahin unsichtbare Zeichen bemerken. Sie würde mit einer Hand die Haut dehnen, dann in ihr Zimmer zurückgehen und nicht mehr die Kleider vom Vortag anziehen, die sie auf dem Stuhl hatte liegen lassen. Stattdessen würde sie den Schrank öffnen und den vergessenen Lavendelduft einatmen. Und nun diese neuen Schuhe an den Füßen. Die Dinge würden sich ändern, es konnte nicht anders sein. An irgendeinem Tag, ganz unverhofft. Vielleicht sogar an diesem Tag.

Zur abendlichen Schließung kam ich zehn Minuten zu spät. Ich betätigte die Sirene, wartete die vorgeschriebene Zeit ab und machte mich gerade daran, das Tor zu schließen, da sah ich zu meiner großen Verwunderung, wie sich auf der Straße vom Dorf her Ofelia näherte.

Sie kam mir sofort verändert vor, so als hätte sie ihre Traurigkeit abgelegt.

»Was ist passiert?«, fragte ich und legte ihr eine Hand auf den Arm.

»Ich war spät dran und habe den Bus verpasst.«

Ich schwieg.

»Und jetzt weiß ich nicht, wie ich nach Hause kommen soll.«

»War es der letzte Bus?«

»Ja. Keine Ahnung, was ich machen oder wo ich hingehen soll. Kennst du einen Ort, wo ich übernachten könnte?«

Ich streichelte ihren Arm. »Du kannst mit zu mir kommen. Das heißt, wenn du willst, wenn du nichts dagegen hast.«

»Ich will dir keine Schwierigkeit machen.«

»Das tust du nicht, glaub mir.«

Dankbar sah sie mir in die Augen.

»Dann gern.«

Ich schloss das Tor und hoffte, dass sie nicht sah, wie mir die Hände zitterten.

»Gehen wir.«

Ich versuchte, meine Gedanken zu ordnen. Wo sollte sie schlafen, welche Decken würde ich ihr geben, hatte ich ein Extrakissen, und was würde ich kochen?

»Magst du Eier?«

»Was immer du willst. Abends esse ich nur wenig.«

Vor dem Haus standen Costanza Ceresia und Isotta Zagarise und tuschelten. Als sie mich sahen, flüsterten sie noch eifriger miteinander, doch als ich aufschloss und Ofelia eintreten ließ, verstummten sie und begrüßten mich dann so verblüfft, als hätte sie der Schlag getroffen.

»Hast du gesehen, wie sie uns angestarrt haben? Wer weiß, was die denken.«

»Das spielt doch keine Rolle.«

Zum ersten Mal überhaupt betrat eine Frau mein Haus, und auf einmal kam mir alles, worauf mein Blick fiel, traurig und vernachlässigt vor: der Teppich aus Weidengeflecht, die Hausschuhe, deren Nähte sich gelöst hatten, der Stuhl mit dem ausgefransten Kissen darauf.

Ich ließ sie in der Küche Platz nehmen.

»Setz dich. Das Badezimmer ist da vorne rechts, sag Bescheid, wenn du etwas brauchst. Es ist nicht viel, ich weiß, aber ich habe immer allein gelebt.«

Ofelia setzte sich auf den Stuhl an der Wand. Ich nahm ihr gegenüber Platz. Noch nie war ich dermaßen aufgeregt gewesen. Sie sah sich um, als wollte sie mich mithilfe der Spuren, die überall im Haus verteilt waren, besser kennenlernen.

»Wusste ich doch, dass du ein ordentlicher Mensch bist.«

Da hielt es mich nicht länger auf dem Stuhl.

»Möchtest du einen Tee?«

»Nein, danke. Kann ich ins Badezimmer gehen?«

»Natürlich, einen Moment nur …«

Ich sah nach, ob alles in Ordnung war, nahm ein sauberes Handtuch heraus, legte es auf das Waschbecken, versteckte meine allzu abgenutzte Zahnbürste und bat sie herein. Als sie die Tür abgeschlossen hatte, drehte ich eine Runde durchs Haus, um mich zu vergewissern, dass alles in Ordnung war. Emmas Foto stand auf dem Nachttisch, und ich legte es rasch in die Schublade. Ich nahm die gebrauchten Laken vom Bett und warf sie in den Schrank. Schließlich feuchtete ich meine Haare an und kämmte sie mit Wasser aus dem Hahn in der Küche glatt.

Als sie aus dem Bad kam, hatte Ofelia sich die Haare zusammengebunden.

»Wie möchtest du die Eier?«

»Ist mir egal.«

Während ich am Herd stand, drehte ich mich gelegentlich um und sah sie an, und ich empfand ein neuartiges Glücksgefühl, denn ich konnte kaum glauben, dass sie hier war, in meiner Küche, und dass ich für sie kochte. Nicht einmal in meinen anmaßendsten Träumen hatte ich mir eine derart vertraute Szene ausgemalt. Ich würde mich sehr schnell daran gewöhnen. Sie verfolgte meine Handgriffe mit einer Gelassenheit, die ich von ihr noch nicht kannte, und das bestärkte mich in dem Gedanken, dass dieser gemeinsame Abend nicht der letzte sein würde, im Gegenteil, als ich die Gasflamme ausschaltete, wagte ich die Vermutung, dass der verpasste Bus vielleicht nur ein Vorwand war, um bei mir zu bleiben, um zu sehen, wo ich wohnte, wer ich war, um endgültig zu verstehen, ob ich der Mann ihres Lebens sein konnte oder nicht. Jeder Handgriff musste sitzen, vor allem aber musste ich mein Hinken überspielen. Schweigend saßen wir einander gegenüber und aßen.

Nachdem ich ihr etwas Bier ins Glas gegossen hatte, sagte sie: »Es ist wirklich ein Glück für mich, dass ich dich kennengelernt habe.«

Ich senkte den Blick. »Ofelia …«

»Wir beide sind einander sehr ähnlich. Wirklich. Das wusste ich vom ersten Moment an. Zwei verwandte Seelen begegnen sich nicht und entdecken erst danach, dass sie dieselbe Wahrnehmung haben. Die Wahrnehmung selbst ist es, die sie überhaupt erst zusammenführt.«

Sie stand auf, um den Tisch abzuräumen, aber ich bestand darauf, mich später selbst darum zu kümmern. Ich stellte das Geschirr in die Spüle und nahm wieder Platz.

»Möchtest du einen Kaffee?«

»Nein, danke, ich bin müde.«

Sie stand auf und setzte sich aufs Sofa.

»Ich schlafe hier. Mir reicht eine Decke. Ich schlafe gern auf dem Sofa.«

»Aber ich habe das Bett schon gemacht, da hast du es bequemer.«

»Lieb von dir, aber ich möchte wirklich gern hier schlafen.«

Auf dem Regal neben dem Sofa standen reihenweise Bücher. Sie griff nach dem, das am Anfang stand, die Gedichte von Pessoa. Es war eines meiner fünf Lieblingsbücher. Der Portugiese war am Tag meiner Geburt gestorben, und diesen Zufall hatte ich als eine Art Seelentestament interpretiert. Ich sah zu, wie Ofelia darin blätterte, und mir gefiel die Vorstellung, dass ihre Fingerabdrücke auf dem geliebten Papier zurückbleiben würden.

»Würdest du mir vorlesen? Komm, setz dich zu mir.«

Ich stand auf.

Sie gab mir den Gedichtband, legte den Kopf auf die Lehne des Sofas und schloss die Augen.

»Bevor ich anfange, hole ich dir die Decke und das Kissen.«

Als ich zurückkam, fand ich sie in derselben Position vor. Ich legte die Sachen auf der Armlehne ab.

»Wenn dich das Licht stört, kann ich es ändern.«

Ofelia nickte, und ich löschte das Licht und schaltete eine Lampe neben den Büchern ein, die ich so ausrichtete, dass sie die Buchseiten beleuchtete. Ich betrachtete sie, ihr zur Decke gerichtetes Gesicht, das halb im Schatten lag, die leicht geöffneten Lippen, und zum ersten Mal verspürte ich das Verlangen, sie zu küssen, herauszufinden, wie der Atem einer Frau duftete. Für einen Moment war ich sogar versucht, zur Tat zu schreiten, aber eine kleine Bewegung ihres Armes reichte, um mich von diesem Vorhaben abzubringen. Ich konnte den Blick nicht von ihr lösen. Innerlich sagte ich mir immer wieder, dass mein zerknautschtes Leben sich gelohnt hatte, wenn sie der Preis dafür war, die Hand, die die Falten glatt streicht.

»Bitte, lies mir vor«, flüsterte sie kaum hörbar und schloss erneut die Augen.

Ich öffnete das Buch und fing an, die Gedichte vorzulesen, gleich mit dem ersten, *Lass uns fortgehen, mein Geschöpf, fort nach Anderswo, die Zeit dort ist ein Moment der Freude, das Leben ein gestillter Durst, die Liebe wie ein Kuss, wenn dieser Kuss der erste ist.*

Noch einmal blickte ich auf ihre Lippen. Sie zitterten. Ofelia schlief, nahm tiefe Atemzüge. Anfangs hielt ich mich zurück, aber dann dachte ich, dass jeder Ort Anderswo ist, und mit verwegener Langsamkeit näherte ich mich ihr, leise, bis ich ihren Atem spürte, noch ein bisschen weiter, bis meine Lippen die ihren berührten, ich ihren Duft einsog ... um mich dann wie durch ein Wunder geheilt wieder zurückzuziehen. Sie schien nichts bemerkt zu haben. Ich klappte das Buch zu, und Ofelia lehnte, immer noch schlafend, an meiner Schulter. Reglos saß ich da und kostete den Kontakt gründlich aus, und in diesen Sekunden spürte ich, dass die Liebe, die besungen und erzählt und beschrieben wird, nichts ist im Vergleich zu der, die man im Leben empfindet. Ungefähr eine Stunde lang saß ich dort, dann stand ich behutsam auf, wobei ich sie festhielt, um sie sanft auf das Sofa sinken zu lassen. Ich schob ihr ein Kissen unter den Kopf und deckte sie bis zum Hals zu. Sie schlief, schien zu träumen. Ich holte mir einen Stuhl und setzte mich vor das Sofa, um sie noch einmal anzusehen. Irgendwann stand ich auf, schloss die Küchentür, um sie nicht zu stören, und ging ins Bett.

Ich bekam nur wenig Schlaf, denn ich erwachte beim ersten Tageslicht. Gern wäre ich wieder zu Ofelia gegangen, aber es war noch früh, und sie sollte sich noch ein bisschen ausruhen.

Ich hatte nichts zum Frühstück da, deshalb wartete ich bis sieben und ging zum Bäcker hinunter, um warmes Gebäck und Milch zu holen. Wieder zu Hause angekommen, öffnete ich die Küchentür, langsam, ganz langsam.

Ofelia war verschwunden.

42

Ich stellte die Sachen auf den Tisch
und trat intuitiv ans Fenster, um auf die Straße zu schauen. Vielleicht war sie aus Schamhaftigkeit gegangen, wollte sich an diesem Ort nicht bei Licht sehen lassen; vielleicht musste sie den Bus erwischen und so schnell wie möglich nach Hause fahren, weil ihre Tante um diese Uhrzeit womöglich schon die Carabinieri gerufen hatte.

Ich betrachtete die zerwühlte Decke auf dem Sofa und ging darauf zu. Auf dem Kissen lag ein Haar von ihr, ich nahm es zwischen zwei Finger und schnupperte daran. Dann legte ich mich auf die Kissenwiese, als wäre mir kalt, und deckte mich zu, wie sie sich zugedeckt hatte. Ich schloss die Augen und dachte an den Kuss.

Irgendwann wurde die Erinnerung nahezu schmerzhaft. Ich stand auf, aß zwei *biscotti*, trank ein Glas kalte Milch, und dann ging ich zur Haustür, wo ich nach den Schlüsseln für den Friedhof greifen wollte.

Sie waren weg. Das war doch nicht möglich. Ich bewahrte sie immer dort auf; sobald ich das Haus betrat, legte ich sie auf den kleinen Teller aus Ton. Und wenn sie nicht dort waren, konnte das nur bedeuten, dass sie jemand mitgenommen hatte. In diesem Augenblick ging ein Ruck durch meinen Körper. Ohne zu zögern, eilte ich zum Friedhof, und während ich meine halbierten Schritte verlängerte und mir mit einer Hand das Bein hielt, um den Schmerz zu lindern, dachte ich, dass Ofelia vor der Heimfahrt sicher nur ihre Mutter grüßen wollte. Das Tor stand offen, die Türflügel waren angelehnt. Bestimmt war sie bei Emma. Nach drei Schritten machte ich abrupt halt. Die Tür der Leichenhalle stand halb offen, dabei war ich mir sicher, dass ich sie am Vorabend abgeschlossen hatte.

Langsam ging ich darauf zu und streckte eine Hand aus, um die Tür vollständig zu öffnen. Ich erblickte die Liege aus Metall, die mitten im Raum stand.

Darauf lag Ofelia.

Sie schien zu schlafen, so, wie ich sie am Abend zuvor zurückgelassen hatte, wäre da nicht ihr rechter Arm, der herunterhing wie ein abgebrochener Ast.

Ich lief zu ihr, rüttelte an ihrer Schulter, suchte nach ihrem Puls und legte ein Ohr auf ihre Herzgegend. Um besser hören zu können, schloss ich die Augen, jetzt fängt es wieder an zu schlagen, ja, jetzt fängt es wieder an …

Ich rief ihren Namen, während ich sie heftig schüttelte. Das konnte doch nicht sein, das war einfach nicht möglich … Mit einem Gefühl der Machtlosigkeit sah ich ihr ins Gesicht; es war so schön, dass es lebendig wirkte, so schön, dass ich mich beinahe täuschen ließ.

Ich drückte sie an meine Brust und fing an zu weinen; immer fester drückte ich sie an mich, als wollte ich den letzten Tropfen Leben aus ihr pressen.

Es war zu spät. Sanft ließ ich sie wieder auf den Metalltisch sinken. Ich liebkoste ihre Haare, die Wangen, und als ich mich über sie beugte, um sie auf die Stirn zu küssen, als ich die kalte Haut an meinen Lippen spürte, glaubte ich zu sterben.

Ich musste mich setzen. Dabei stieß mein gesunder Fuß gegen etwas, das daraufhin über den Boden rollte, ein dunkles Fläschchen wie für ein Arzneimittel, aber ohne Etikett. Ich hob es auf und roch daran. Nichts. Ich betrachtete es im Gegenlicht, ein paar Tropfen waren noch übrig geblieben. Ich setzte mich.

Ich hatte alles missverstanden, ihre Gesten, die Worte … jetzt lag sie auf diesem Tisch, und ich musste mich um sie kümmern. Mich kümmern … das hatte Ofelia gemeint mit dem Schwur, an den ich mich nun halten musste: ihr Begräbnis. Ich musste bei klarem Verstand bleiben, den Schmerz unterdrücken, die Tränen abwischen, ein anderer als ich selbst werden. Ich musste die Dinge in Ordnung bringen, als wären Handlungen Bücher, die man in ein Regal stellt. Natürlich konnte ich ihren Leichnam nicht nackt und bloß in einem Schiebegrab in der Mauer bestatten oder ihn in der Erde vergraben. Ich brauchte einen Sarg. Als Erstes tauchte Marfaròs Gesicht vor meinem inneren Auge auf, aber den konnte ich kaum mit derselben Selbstverständlichkeit um einen Sarg bitten, wie ich ihn um Fotografien bat. Hilfe suchend sah ich mich um, bis ich an der Anschlagtafel des Friedhofs die alte Bekanntmachung des Bürgermeisters über die Frist für Bestattungen erblickte. Alle Ereignisse und Gegenstände und Gedanken der Menschheit sind miteinander verbunden. Ein speziell für mich angefertigter Sarg, das hölzerne Gewand eines wegen Zersetzung entfernten Leichnams. Die Totenbahre von der Exhumierung hatten wir hinter dem Geräteschuppen im Schutz der Regenrinne und der jahrhundertealten Äste einer Pappel stehen lassen. Sie war nicht in besonders gutem Zustand, müsste aber noch funktionieren.

Ich nahm die Schubkarre, die spezielle mit den verlängerbaren Griffen.

Obwohl der Sarg leer war, wog er schwer. Ich legte den Deckel beiseite und hievte den Sarg auf die Karre. Zweimal kam sie ins Wanken, sodass er hinunterfiel, zum Glück aber heil blieb. Dann lud ich den Deckel auf. Der war leichter, aber als ich alles zum Geräteschuppen transportierte, mit müden Armen und schmerzendem Bein, auf dem platten Reifen, der über jede Stufe, jeden Stein, jede

Fuge holperte, wurde mir bewusst, dass ich meinen Schwur ohne Hilfe nicht halten konnte. Selbst wenn ich die Leiche in den Sarg bekäme, könnte ich ihn auf keinen Fall allein transportieren. Ich brachte ihn in den Lagerraum und ließ ihn dort stehen. Ich brauchte Hilfe, wusste aber nicht, wen ich fragen sollte; die Zeit verging, und die Stunde der Friedhofsöffnung rückte immer näher. Zunächst musste ich den Leichnam verstecken, darum griff ich zu einer der zahlreichen Decken, die im Geräteschuppen lagerten. Aus Marfaròs Erzählungen wusste ich, dass Leichen eine kalte Umgebung brauchen, um den Prozess der Verwesung zu verlangsamen, aber ich hatte keine andere Wahl, und außerdem würde sie nur kurze Zeit dort bleiben müssen. Ich deckte Ofelia von den Füßen aufwärts zu, wie ich es nur wenige Stunden zuvor auf dem Sofa getan hatte, die gleiche Handlung für die Liebe und für den Tod. Ich ging langsam vor, wie wenn ich die Streichung meiner Frau aus dem Katalog der Lebewesen hinauszögern wollte. Die Decke bedeckte ihre Brust, die ich aus Schamgefühl zu berühren vermied, dann die Haut an ihrem Hals, weiß wie ein Blatt Papier, und die Wange, die vor dem Einschlafen an meiner Schulter geruht hatte, den Mund, den ich nur ein einziges Mal berührt hatte und nun noch einmal spüren wollte. Ich küsste sie in dem Bewusstsein, dass es das letzte Mal war, dann deckte ich sie endgültig zu. Der Körper war auch unter der grünen Decke zu erkennen. Darum breitete ich weitere Decken aus und legte ein Kissen darauf, um die menschliche Silhouette zu verschleiern. Ich würde den Raum abschließen, damit ihn niemand betreten konnte. Um ganz sicherzugehen, verhängte ich mit den übrigen Stoffresten die Fenster zum Hauptweg.

Ich öffnete das Tor fünf Minuten früher als sonst.

Während ich noch überlegte, wer mir bei dem Begräbnis helfen könnte, hielt ich, von menschlicher Ernüchterung übermannt, vor Emmas Grab an. Und dort erlebte ich eine Art Erleuchtung.

Die Beschaffenheit der Welt gibt einem häufig ein, was zu tun ist.

In diesem Fall erledigte dies der Zwischenraum zwischen Emmas und dem benachbarten Grab. Ich erinnerte mich an den Tag, an dem ich auf dem grauen Staub auf diesem Streifen Zement Zeichen gesehen hatte, die einem ausgestreckten Körper zu entsprechen schienen, wie wenn sich jemand dort hingelegt und geschlafen hätte, womöglich Ofelia, die eine Nacht neben ihrer Mutter verbracht hatte, um ihr unbekannte Gewohnheiten eines Kindes auszuprobieren. Eine Eingebung. Alle Anzeichen liefen in diesem natürlichen Raum zusammen, der auf einen Leichnam zu warten schien, ein kleines weißes Viereck, das gefüllt werden musste. Unverzüglich machte ich mich wieder ans Werk. Ich ging noch einmal zum Geräteschuppen, lud das Material auf die Schubkarre und kehrte zum Grab zurück. Dort füllte ich den Zwischenraum mit Backsteinen aus und hoffte, dass die rituelle Natur meiner Handlungen dem Denken förderlich sein würde.

Erneut dachte ich an Marfarò. In Anbetracht unserer Gewohnheiten, vor allem aber wegen seiner Tätigkeit würde er mich vielleicht verstehen, wenn ich ihm die Geschichte erzählte. Vermutlich würde er Fragen stellen, mir am Ende aber helfen. Unsicher war allerdings, ob und wann er herkommen würde, und mir blieb nur wenig Zeit. Was ich vorhatte, musste ich noch an diesem Abend erledigen, während der Friedhof geschlossen war.

Ich hatte den Kalk verbraucht, also ging ich los, um neuen anzumischen, und um schneller fertig zu werden, folgte ich nicht dem Weg, sondern nahm eine Abkürzung zwischen den Grabsteinen hindurch. Ich ertappte mich dabei, dass ich an dem Graben entlanglief, der Eleas fehlgeschlagene Ewigkeit feierte. Auf einmal kam mir die Erleuchtung. Ich begab mich zum Grabmal der kleinen Artemisia, und da saß er, der verhinderte Cyrano, und versuchte, mit seinen Schuldgefühlen fertigzuwerden.

Ich ging zu ihm und legte ihm eine Hand auf die Schulter. Neugierig sah er mich an.

»Ich brauche dich!«

Er drehte sich ganz zu mir um, und ich sah den Widerschein meines Gesichts in seinen dunklen Augen.

»Komm, ich zeige es dir!«

Er bemerkte meine mit Zement beschmutzten Hände und Kleider.

»Komm schnell rein«, sagte ich, während ich die Tür zur Leichenhalle öffnete und hinter uns sofort wieder schloss.

Wir gingen in die Mitte des Raumes und blieben links und rechts von dem Metalltisch stehen. Ich sah ihm in die Augen, dann zog ich eine Decke nach der anderen weg, bis ich bei der letzten ankam. Vorsichtig hob ich eine Ecke an und zeigte ihm das Gesicht.

Elea reagierte auf unerwartete Weise. Er schlug beide Hände vors Gesicht und fing an zu schluchzen, ein Verhalten, das ein stärkeres Band zwischen ihm und Ofelia annehmen ließ, als ich vermutet hatte.

»Sie hat sich vergiftet. Ich habe sie heute Morgen hier gefunden.«

Er trat näher heran und streichelte sie sanft.

»Wart ihr Freunde?«

Er nickte.

»Noch ein Grund, mir bei der Beerdigung zu helfen.«

Elea sah mich zweifelnd an, und wer weiß, was ihm durch den Kopf ging. Vielleicht fragte er sich, warum ausgerechnet ich sie beerdigen sollte. Hatte sie keine Familie? Und warum musste alles so schnell und heimlich geschehen? Vielleicht blitzte in seinem Kopf sogar der Gedanke auf, dass ich etwas mit ihrem Tod zu tun hatte, dass ich ihn verursacht, sie womöglich sogar selbst getötet hatte und jetzt die Spuren verwischen wollte.

»Ich muss es tun, Elea, sie hat mich darum gebeten, sie hat alles vorbereitet«, sagte ich mit bebender Stimme.

Er nahm die Brille ab und begann erneut, mich durchdringend

zu mustern, um die Wahrheit herauszufinden. Zum ersten Mal
sah ich seine Augen. Sie waren so tiefgründig und schwarz, dass
sie mich einschüchterten.

Erneut nickte er, setzte die Brille wieder auf und blickte mich
an in der Erwartung, dass ich ihm sagen würde, was er zu tun habe.

»Erinnerst du dich an den Sarg von der Exhumierung? Heute
Abend, wenn der Friedhof geschlossen ist, werden wir sie darin
beerdigen.«

Ich bedeckte Ofelias Gesicht, breitete die restlichen Decken
über ihren Körper, und dann gingen wir hinaus. Für den Rückweg
zu Emmas Grab nahm ich weiteres Material mit. Elea lief hinter
mir her. Irgendwann gab er mir ein Zeichen, stehen zu bleiben. Er
deutete auf seinen Graben, bot mir an, sie darin zu bestatten.

»Nein, Elea, das hätte sie nicht gewollt.«

An Emmas Grab angekommen, sagte ich: »Hier, neben ihrer
Mutter.«

Elea schien nicht weiter überrascht, und wer weiß, was Ofelia
ihm noch alles gestanden hatte, Dinge, die ich nie erfahren würde.

»Hat sie dir von ihrer Mutter erzählt?«

Er nickte.

Eifrig machten wir uns an die Arbeit. Er reichte mir die Backsteine an, und ich mauerte. Wir verschlossen die hintere Seite und
machten uns dann an die Abdeckung.

Es war kurz nach zwölf Uhr mittags. Das Ergebnis war nicht
perfekt, würde aber ausreichen. Ich ließ ein paar Backsteine und
Zement liegen, weil wir sie brauchen würden, um das Grab zu
verschließen. Zu mutlos, um ihm ins Gesicht zu sehen, verabschiedete ich mich von Elea. »Wir sehen uns heute Abend zur Sperr-
stunde.«

Ich wollte nach Hause gehen, aber als ich die Leichenhalle
betrat, beschloss ich, bis zur Öffnung der Bibliothek dort zu bleiben, in Ofelias Nähe.

Ich setzte mich, lehnte den Kopf an die Wand und legte die Füße auf einen zweiten Stuhl. Alles war vorbereitet. Ich konnte mich einen Augenblick ausruhen, durchatmen, mich dem Schmerz hingeben, weinen.

Sie hatte alles bis ins Detail geplant. Noch bevor sie mich kennengelernt hatte, noch während sie mich von Weitem beobachtete, hatte sie diesen Plan gefasst. Sie hatte mich ausgeforscht, sich um mich gekümmert, mit mir gesprochen, damit sie und ich schließlich auf diese Art zusammen sein würden. Ihre Zuvorkommenheit, die Aufmerksamkeiten, die Bitte, für immer bei ihr zu bleiben, all das führte in dieses Zwielicht des Todes. *Von diesem Augenblick an war ihr Leben nur noch ein Lügengewebe, in das sie ihre Liebe hüllte wie in Schleier, um sie zu verbergen.* Ich empfand einen Anflug von Zorn, aber der ging schnell vorüber. Sehr schnell sogar, er wurde vom Schmerz förmlich hinweggefegt. Das Trommeln einer Amsel an der Fensterscheibe. Ich hatte Liebe mit Tod verwechselt, denn Wörter bedeuten zwar sich selbst, aber häufig auch noch etwas anderes. Sie hatte alles bis ins Detail geplant, hatte beschlossen, dort in der Leichenhalle zu sterben, um mir die Aufgabe zu erleichtern, um mich nicht unnötig schuften zu lassen, um mir das Gefühl von Nähe zu geben.

Ich war verzweifelt. Mir blieb die Luft weg. Was würde aus meinem Leben werden, wenn ich von nun an jeden Tag aufstehen und zum Friedhof gehen musste, ohne die Hoffnung, sie jemals wiederzusehen?

Mich, der ich nie schlief, überfiel eine Müdigkeit, so unerbittlich, als hätte ich ein Schlafmittel genommen. Ich schloss die Augen und schlug sie erst eine Stunde später wieder auf.

Ich hatte keine Lust, zur Bibliothek zu gehen, erhob mich aber trotzdem. Ich vergewisserte mich, dass alles in Ordnung war, dann verschloss ich die Tür der Leichenhalle.

Es war ein Nachmittag voller Unruhe und Schmerz. Ständig

blickte ich auf die Wanduhr und gab den Besuchern nur kurz angebunden Antwort.

Ich schloss die Bibliothek eine halbe Stunde früher als sonst und ging zum Friedhof zurück.

Elea war bereits dort. Gemeinsam betraten wir die Leichenhalle. Um zehn nach sechs betätigte ich die Glocke, um die Schließung zu verkünden. Ich wartete, bis alle gegangen waren, bat Elea jedoch, eine Runde über den alten Bereich des Friedhofs zu drehen und nachzusehen, ob noch Nachzügler unterwegs waren.

Einige Minuten später trafen wir uns wieder am Tor. Wir waren allein, und ich schloss ab.

»Fangen wir mit dem Sarg an.«

Wir gingen in den Geräteschuppen und hoben den Sarg hoch, ich auf der einen, er auf der anderen Seite. Wir brachten ihn in die Leichenhalle, dann holten wir den Deckel nach. All diese Tätigkeiten bereiteten mir Kummer und Qualen. Ich entfernte die Decken von Ofelias Leichnam. Ich sah ihr ins Gesicht, das so schön war wie zuvor, und spürte, wie mir eine Hand die Kehle zudrückte. Auch Elea war bewegt. Als ich ihm ein Zeichen gab, ihre Beine anzuheben, tat er es mit zitternden Händen. Ich ergriff sie bei den Schultern, und zusammen legten wir sie in den Sarg, den ich mit einer grünen Decke ausgekleidet hatte. Damit sie hineinpasste, musste ich ihre Beine leicht beugen und ihr die Arme auf der Brust verschränken. Als sie so dalag, betrachteten wir sie eine Weile.

»Es ist so weit«, sagte ich.

Wir hoben den Deckel hoch und legten ihn auf den Sarg.

»Kannst du mit einem Lötkolben umgehen?«

Elea bejahte. Geduldig machte er sich daran, die Zinkteile zusammenzulöten. Mit übermenschlicher Kraft hievten wir das Ungetüm auf die Schubkarre, wobei wir Bretter als Hebel benutzten. Der Reifen war beinahe platt. Elea schlug vor, die Karre zu schieben, und ich sollte an der Seite gehen und den Sarg stützen, damit er nicht hinunterfiel. Etwa alle fünf Meter blieben wir stehen. Ein paarmal löste ich ihn ab, aber mit meinem unvollständigen Bein fiel mir das Schieben schwer. Wir brauchten fast eine Viertelstunde bis zu Emmas Grab. Während Elea sich ausruhte, holte ich das Transportgerüst. Es war laut, und ich hoffte, dass in diesem Augenblick auf der Straße niemand vorüberging.

Mein Freund war wieder zu Atem gekommen.

»Eine letzte Kraftanstrengung noch«, sagte ich.

Wir stellten den Sarg auf das fahrbare Gerüst, das ich auf die Höhe des Zwischenraums einstellte, dann schoben wir ihn gemeinsam ins Innere des geschlossenen Raumes.

»Wir haben es geschafft«, sagte ich mit kraftloser Stimme und lehnte mich mit der Schulter an Elea, der noch erschöpfter war als ich.

Ich wartete einige Minuten, bis das Gefühl in meine Arme zurückgekehrt war, dann holte ich die Backsteine, rührte den Zement an und begann, sorgfältig den vorderen Teil der Begräbniszelle zuzumauern. Siebenunddreißig Ziegel, die Hälfte dessen, was für meine Mutter gebraucht worden war, genügten, um Ofelia aus der Menschheit zu tilgen. Am Ende verputzte ich alles. Und in dem Augenblick, in dem ich die Kelle in den Eimer fallen ließ, brach ich in unkontrolliertes Schluchzen aus. Elea versuchte gar nicht erst, mich zu trösten. Wenn der Schmerz ausbricht, muss man ihn komplett herauslassen, das wusste er.

Schließlich standen wir vor dem Tor, und es war, als könnten wir uns nicht mehr trennen, als hätte uns das Geheimnis dessen, was wir gemeinsam getan hatten, für immer miteinander vereint.

Als er gegangen war, vermisste ich ihn wie einen Bruder.

43

Als Elea fort war, legte ich die Kette vor das Tor, blieb selbst aber auf dem Friedhof. Ich setzte mich in die Leichenhalle, wo mir sehr bald klar wurde, dass ich nicht still sitzen konnte. Ich brauchte Bewegung, also spazierte ich aufs Geratewohl die Wege des Friedhofs entlang, einzig und allein mit dem Ziel, mich zu verausgaben und den Schmerz zu lindern. Mit glänzenden Augen ging ich weiter, blieb an jedem Grab stehen und begegnete auf diese Weise dem Blick von Marcello und seiner nichts ahnenden Braut, dem Erdhaufen von Parghelìas Hund, Ahabs Bein, Coriglianos Marmortafel ohne Foto und hatte dabei das Gefühl, einer von ihnen zu sein. Hin und wieder hielt ich an, wischte mir die Augen und ging dann weiter. Ich würde gehen, bis ich vor Müdigkeit zusammenbrach, denn dies war die einzige Möglichkeit, im Schlaf auch Ruhe zu finden, Erinnerungen und Schmerz zu dämpfen, mit Haut und Haaren ausgelöscht zu werden. Nicht einmal die Dunkelheit hielt mich auf. Ich ging weiterhin auf und ab, bis der Schmerz im Bein stechend wurde und jeder meiner Schritte von Wehklagen begleitet war, bis ich mir auf die Lippe biss und den Geschmack von Kupfer wahrnahm. Mir fiel ein, dass dies nicht das erste Mal war, dass das Gleiche viele Jahre zuvor schon einmal beim Tod von Catena, meiner Mutter, geschehen war, beim Tod von Vito, meinem Vater. Auch damals war ich gelaufen, bis der körperliche Schmerz so stark war wie der seelische, bis mein Bein versagte und ich in mich zusammenfiel wie ein leerer

Sack, wie ein senkrecht gestelltes Stück Holz, wie eine Krücke, die niemand hält. Ich betrat die Familienkapelle. Notturno nicht, ihm war meine rituelle Erschöpfung erspart geblieben, denn ich hatte ihn nie kennengelernt, ich hatte ihn nur in seiner Abwesenheit geliebt, was nicht dasselbe war.

Ich legte das Ohr an die Marmortafel meiner Mutter, schloss die Augen. *Jetzt fängt es wieder an zu schlagen, jetzt fängt es wieder an* ... Ich stürmte hinaus.

Ofelia war nicht mehr da, und ich war verloren. Mein Schmerz verhielt sich proportional zu meiner Illusion, sie für immer besitzen zu können.

Aber diesmal konnten mich nicht einmal die Schmerzen im Bein ablenken, darum rieb ich während der Stationen meines persönlichen Golgathas die Stirn an der Rinde von Kiefern oder schlug mit den Fäusten auf Mauern ein, bis mir die Hände bluteten. Das letzte bisschen Energie verbrauchte ich bei Einbruch der Nacht auf dem Heimweg, die Wunden von der Dunkelheit versteckt. Die Rechnung ging genau auf, denn sobald ich mich aufs Bett geworfen hatte, schlief ich ein, angezogen, schmutzig und blutend wie ein Märtyrer, mit Schmerzen in allen Muskeln und Gliedmaßen, in jedem Wimpern- und Herzschlag.

Beim Aufwachen tat mir alles dermaßen weh, dass ich nicht aufstehen konnte. Das Sonnenlicht fiel zum Fenster herein. Ich betrachtete meine mit Blut, Erde und Baumrinde beschmutzten Hände, berührte das Bein, das zu brennen, den Rücken, der auf die Matratze genagelt schien. Vergeblich versuchte ich, mich aufzurichten, und wusste nicht, ob es am Körper selbst oder an den erlebten Qualen lag.

Zum ersten Mal seit meiner Ernennung zum Friedhofswärter blieb der Friedhof geschlossen. In solchen Fällen war es Aufgabe des Beamten Cornelio Benestare, mich zu vertreten, und nach ein paar Stunden würde sicherlich jemand sehen, dass das Tor noch geschlossen war, zur Gemeinde gehen und Bescheid geben.

Wer weiß, fantasierte ich, vielleicht würden sie Melicuccà anrufen und ihm sagen, dass er zurückkommen konnte, gern auch in Teilzeit, und ich stellte mir vor, wie er in Marfaròs Ape zum Friedhof fuhr, wo ihm der Gemeinderat unter dem Beifall der wartenden Witwen seine Rolle samt ritueller Schlüsselübergabe zurückübertrug. Aber mich interessierte gar nichts mehr, von mir aus sollte es geschehen, denn inzwischen wollte ich nicht mehr auf den Friedhof zurückkehren, es sei denn, um mit Notturno Verstecken zu spielen oder mich neben Vito zu setzen, um mir von einem Logenplatz aus den *Vater Goriot* anzusehen oder mich zu Catena zu legen, die Augen zu schließen und mir von ihrer Stimme sämtliche Geschichten der Welt erzählen zu lassen.

Mich interessierte gar nichts mehr, denn Ofelia war nicht mehr da, Ofelia war tot. Ich fühlte mich wie betrunken oder stellte mir zumindest vor, dass man sich so fühlte, wenn man sehr viel getrunken hatte. Es klingelte an der Tür. Ich hielt den Atem an, wollte niemanden sehen. Erneutes Klingeln. Ich blieb still liegen, bis ich das Geräusch sich entfernender Schritte hörte. Dann nahm ich all meinen Mut zusammen, trat ans Fenster und sah den Gemeindediener fortgehen. Ich rief ihn nicht zurück, im Gegenteil, ich wartete, bis er um die Ecke gebogen war, ehe ich die Fensterläden schloss und mich wieder ins Bett legte.

Weder an diesem noch am folgenden Tag stand ich auf.

Mein Verantwortungsbewusstsein hatte sich in Luft aufgelöst. Der Friedhof und die Bibliothek waren mir völlig egal, sollten sie doch verschlossen bleiben wie mein Herz, verrammelt und verriegelt. Ich wechselte zwischen Weinen, Nachdenken, Erinnern, Träumen, dann wieder zwischen Weinen, Bereuen, Nachdenken und Träumen. Am nächsten Morgen tauchte der Gemeindediener ein weiteres Mal auf und klingelte fünf Minuten lang. Vielleicht hatte der Bürgermeister ihm Angst gemacht, wenn du mir diesen *disgraziato* von Malinverno nicht herbeischaffst, schicke ich dich an seiner Stelle auf den Friedhof, und darum würde er den ganzen Morgen weiterklingeln, und ich konnte es nicht ertragen, denn in dem dunklen Zimmer war das Schrillen der Klingel unerträglich laut. Darum stand ich auf, öffnete das Fenster und sagte, es ginge mir nicht gut, ich hätte Fieber.

»Sie leben also noch«, antwortete der Gemeindediener, »wenigstens das. Wissen Sie, der Bürgermeister ist überzeugt, dass Ihnen etwas zugestoßen sein muss. Wichtig ist nur, dass Sie leben, um den Rest kümmert er sich, hat er gesagt.«

Ich schloss das Fenster, ohne das Ende seiner Rede abzuwarten, und ging wieder ins Bett. Auf dem kurzen Weg dorthin wurde mir schwindelig, mir zitterten die Beine, und ich musste mich an der Wand abstützen, um nicht hinzufallen. Ich war so schwach, dass ich nach wenigen Minuten die Augen schloss und wieder einschlief. Offenbar träumte ich von dem Gemeindediener, denn ich hörte es noch immer an der Tür klingeln, und für einen Moment glaubte ich, es wäre nur ein Traum, aber das war ein Irrtum. Es hatte tatsächlich ein weiteres Mal geläutet. Vielleicht war es der Bürgermeister oder der Arzt, den er geschickt hatte, damit er nach mir sah. Mir platzte fast der Schädel, und meine Augen brannten, aber ich raffte mich auf und sah aus dem Fenster.

Durch das dunkle Glas seiner Brille hindurch blickte mich Elea an. Ich sagte nichts, schloss das Fenster und legte mich wieder hin. Nicht einmal ihn wollte ich sehen. Aber nach ungefähr zehn Minuten überwältigten mich die Schuldgefühle diesem Mann gegenüber, den ich wegen unseres Geheimnisses als meinen Bruder betrachtet hatte. Also stand ich auf und ging, mich an der Wand entlangtastend, zur Haustür.

Als hätte er meine Gedanken gelesen und die Zeit des Zauderns mit eingerechnet, stand Elea bereits wartend davor. Ich ließ die Tür offen stehen, und er kam ins Haus gefegt wie unsichtbarer Staub.

»Es geht mir nicht gut«, sagte ich nur, während ich mich mühsam wieder zum Bett schleppte. Elea stützte mich und führte mich hin. Im Halbdunkel sah ich, wie er nach dem Stuhl vor dem Schreibtisch griff und sich neben mich setzte. Dann ging er in die Küche, wo ich ihn mit Töpfen und Tellern hantieren hörte, und kurze Zeit später kam er mit einer Portion weißem Reis zurück. Ich hatte keinen Hunger, aber die Klarheit seiner Handlungen brachte eine Autorität zum Ausdruck, der ich mich nicht widersetzen konnte. Er öffnete die Fensterläden einen Spaltbreit, half mir, mich auf dem Kissen aufzurichten, und nötigte mich, zu essen und zu trinken. Worte waren überflüssig. Am Nachmittag ließ er mich ruhen und kam am Abend wieder, als ich ein wenig zu Kräften gekommen war.

»Morgen sehen wir uns auf dem Friedhof«, sagte ich, während er meinen Teller in die Küche trug, und dieser Satz sorgte dafür, dass Elea halbwegs beruhigt fortgehen konnte.

Am nächsten Morgen tat ich alles nur widerwillig: mich waschen, mich anziehen, zum Friedhof gehen. Der schmerzende Körper war meine geringste Sorge. Was mich viel mehr erstaunte, war die Welt, die mich umgab und intakt war ohne jedes Zeichen von Trauer, gleichgültig der Tatsache gegenüber, dass Ofelia gestorben war, dass Menschen überhaupt seit Jahrtausenden sterben mussten. Auch das Öffnen des Tores kam mir seltsam vor, so als beteiligte ich mich an der Gleichgültigkeit des Universums, indem ich meine Gewohnheiten wiederaufnahm und in die alltägliche Umlaufbahn eintrat. Dazu hatte ich kein Recht, ich musste weiterhin Ofelias Tod bezeugen.

Gleich darauf traf Elea ein, um sich zu vergewissern, dass ich tatsächlich gekommen war. Er winkte mir zu und verschwand hinter den Grabsteinen. Alles war unverändert: die Menschen, die mit Blumen hereinkamen, die Witwen mit Tränen in den Augen, die unterdrückten Schluchzer. Es gab nur einen Ort auf diesem Friedhof, auf der ganzen Welt, an dem ich Spuren der Verwandlung finden würde, aber ich hatte nicht die Absicht, dorthin zu gehen. Es war eine epochale Verschiebung der Umlaufbahn meines Lebens. Zum ersten Mal ging ich nicht zu Emmas Grab, denn ich wollte auf keinen Fall auch Ofelias Grab sehen.

In der Nacht war etwas Merkwürdiges geschehen, das hatte ich bereits beim Aufwachen bemerkt. Der Schmerz der vorangegangenen Tage war noch da, aber er hatte sich verändert, hatte nachgelassen und sich in eine Art unterschwellige Wut verwandelt. Weil ich benutzt und überlistet worden war, weil ich nichts anderes gewesen war als ein Mittel zum Zweck, weil ich selbst unwissentlich zu diesem Tod beigetragen hatte.

Ofelias Worte und Blicke waren gespielt gewesen, damit die finale Show gelingen möge. Sie hatte mich getäuscht, um mich in der Hand zu haben, und nie zuvor hatte ich mich derart gedemütigt gefühlt, nicht einmal, wenn ich als Kind wegen meines Hinkens verspottet worden war.

So verging der Vormittag zwischen wütenden Gedanken und nachlassendem Schmerz, zwischen Ressentiment und Verlangen, bis ich nicht mehr wusste, ob die Wut ein Produkt meiner Gedanken oder eine natürliche Immunabwehr des Körpers gegen den Schmerz war, eine Vernarbung der Seele.

In der Bibliothek änderte sich nichts an meinem Gemütszustand, im Gegenteil. Die Wiederholung der immer gleichen Handlungen kam mir künstlich vor, und noch schmerzlicher war die Feststellung, dass meine Welt, dieses Reich der Fantasie, das mich mein Leben lang beschützt hatte, mir Balsam und Heilmittel gewesen war, gegen den Schmerz und die Wut nichts auszurichten vermochte. Gleichgültig betrachtete ich die Bücher in den Regalen, das Ausleihregister, sogar meine drei Herzensbücher, die ich auf den Schreibtisch gelegt hatte in der Absicht, sie demnächst sterben zu lassen. Die Erinnerung an meine jüngsten Gedanken zum richtigen Sterben entlockte mir ein bitteres, sarkastisches Lächeln. Sie kamen mir vor wie ein Kinderspiel, und ich hörte auf, darüber nachzudenken, denn das Aufdecken der Karten hätte die Fiktion eines vergeblichen Lebens gezeigt. Ich öffnete das Buch, das oben auf dem Stapel lag, Mark Aurels *Selbstbetrachtungen,* und begann, wahllos darin zu lesen, aber es war sinnlos, die Worte vermochten gegen die Wunde des Körpers nichts auszurichten.

Es war eine Erleichterung, erst die Bibliothek und dann den Friedhof abzuschließen.

Die folgenden Tage verliefen genauso.

Ich erwachte, ohne etwas zu erwarten. Der Zorn hielt an, aber der Gedanke, dass ich Ofelia nicht mehr sehen würde, war wie ein Schleier, der die Welt verdunkelte.

Manchmal wäre es besser, es nicht zu kennen, das Glück. Ein mittelmäßiges Leben ohne Erschütterungen und Schläge zu führen, durch Desillusionierung gezähmt. Wunder täten gut daran, nicht zu geschehen, denn wie soll man sich verhalten, wenn sie vorüber sind?

Jeder Winkel des Friedhofs, jeder Duft, das Licht, jeder Sektor erinnerten mich an meine Frau, und Erinnern tut weh. Ohne Erinnerung gäbe es keinen Schmerz.

Es war, als hätte ich weitere Zentimeter meines Körpers verloren. Nie hatten die immer gleichen Gesten, die immer gleichen Worte, die ständig wiederholten Handlungen schwerer auf mir gelastet als in jenen Tagen. Und dennoch lebte ich weiter.

Man gewöhnt sich an alles. An Einsamkeit und Schmerz, an den Wechsel der Jahreszeiten, an die scheinbare Langsamkeit der Zeit, an Freunde, die weggehen, an verblassende Erinnerungen, feuchte Wände, an die Stille auf den Straßen, den heimtückischen Luftzug vom Fenster her, an die Faulheit der Muskeln, das blendende Licht im Sommer, an Sehnsucht und Traurigkeit, an eine Liebe, die zu Ende geht, und an schwache Aromen auf fadenförmigen Papillen. Man gewöhnt sich an alles, sogar an den Tod.

Jedes Ereignis, das uns bei seinem Auftreten zu groß erscheint, um es zu ertragen, wie ein Felsbrocken, der das zerbrechliche Boot sinken lässt, und uns im Augenblick des Erlebens zu zerquetschen, auf jeder Zelle des Körpers zu lasten scheint, jedes Ereignis fügt sich früher oder später in die banalen Tatsachen des Alltags ein. Das Verlassenwerden steht neben der Ölflasche, die Verzweiflung liegt zwischen den Hemden in der Schublade, die Traurigkeit schiebt sich zwischen die Bücher im Regal. Und auch der Tod des Menschen, den wir lieben, der Tod, der Tränen und Gedanken erschöpft, das Ereignis, das die Zeit anzuhalten, jedes Morgen auszulöschen und die Zukunft abzuschaffen scheint, dieser Tod, der unser eigener zu sein scheint, unser Herz, das stehen bleibt ... auch der Tod ist irgendwann erschöpft und schwach, auch er wird zum quietschenden Griff, zum Knauf eines Kleiderbügels, zu einer verlorenen Socke, einer Sternschnuppe, gesehen im letzten Moment. Man gewöhnt sich an alles, auch an den Tod.

44

Wie groß war meine Überraschung, als zwei Wochen nach Ofelias Tod an einem Vormittag, so eintönig wie jeder andere, Isaia Caramante vor mir stand.

»Astolfo«, sagte er und kam auf mich zu, um mich zu umarmen. »Ich bin auf der Durchreise. Wir waren zu weiteren Aufnahmen in Sizilien, und auf dem Rückweg nach Rom habe ich beschlossen, einen kleinen Umweg zu machen und bei Ihnen vorbeizuschauen.«

»Eine gute Idee, wirklich, ich freue mich sehr.«

Wir schienen alte Freunde zu sein, und vielleicht waren wir das ja auch.

Er erzählte mir von seiner Arbeit, fragte mich nach meiner, behauptete, die Legende von Skylla und Charybdis sei wahr, denn er habe während der Fahrt durch die Meerenge den Rekorder eingeschaltet gelassen, und herausgekommen sei eine Sinfonie von Stimmen, alle traurig, fügte er hinzu, eine Sinfonie aus den Stimmen Schiffbrüchiger.

»Leider habe ich die Aufnahme nicht dabei, sonst hätten Sie es mit eigenen Ohren hören können.«

Das wiederholte er mehrfach, wie wenn er nicht wagte, den wahren Zweck seines Besuchs anzusprechen. Endlich gab er sich einen Ruck.

»Aber eigentlich bin ich aus einem anderen Grund zurückgekommen.«

Ich musterte ihn neugierig.

»Wissen Sie noch, wie Ofelia mich gebeten hat, die Stimme ihrer Mutter aufzunehmen?«

»Natürlich.«

»Wie geht es ihr übrigens?«

Seine Miene wirkte besorgt, so als wüsste er etwas, das ich nicht wusste.

Um meine Verlegenheit zu verbergen, senkte ich den Blick. »Es geht ihr gut, sie kommt nicht mehr so häufig hierher wie früher, aber es geht ihr gut.«

»Das ist das Wichtigste! Damals hatte ich kein Glück, aber in den Tagen darauf – ich glaube, ich hatte es Ihnen gegenüber angedeutet – habe ich das Aufnahmegerät mehr als einmal laufen lassen, möglichst gut getarnt natürlich, wie immer. Und ich hatte Glück.«

Er holte eine Kassette aus der Jackentasche.

»Die ist für Sie. Sagen wir, ich bin extra hergekommen, um sie Ihnen zu geben, als eine Art Dank. Ich bin mir sicher, es wird Sie interessieren.«

Ich nahm das Teil in die Hand. Es schien eine normale Musikkassette zu sein.

»Manchmal sind es nicht nur die Stimmen der Toten, die die Wahrheit sagen.«

Er lächelte.

»Aber jetzt verabschiede ich mich wirklich von Ihnen, und zwar zum letzten Mal.«

Er drückte mir die Hand und ging fort.

Regungslos blieb ich stehen und sah ihn aus meinem Leben verschwinden, diesmal mit der Gewissheit, dass es für immer war.

Ich betrachtete die Kassette. Zu Hause hatte ich nichts, um sie abzuhören, auch in der Bibliothek nicht. Dann fiel mir das Regal in der Leichenhalle ein, der alte Kassettenrekorder, der in einer transparenten Plastiktüte neben der Sanduhr mit di Pers' Asche lag. Die Tüte war völlig eingestaubt. Das Kabel fehlte, und das Batteriefach war leer.

Ich ging nach Hause, nahm die Batterien aus dem Radio in der Küche, legte sie in den Kassettenrekorder ein und drückte auf die Pfeiltaste. Die Rädchen fingen an, sich zu drehen. Ich nahm die Kassette aus der Hülle und legte sie ein, um sie mir anzuhören. Das Band setzte sich in Bewegung. Der Ton war nicht perfekt, hin und wieder gab es Störgeräusche, aber ich hörte etwas. Zuerst Naturgeräusche, wie es sie bereits zuvor in Caramantes Aufnahmen gegeben hatte, aber dann erklang auf einmal eine menschliche Stimme, klar, rein und unverwechselbar.

Ofelias Stimme.

Ich zuckte zusammen. Im Geist sah ich sie an Emmas Grab stehen und diese Worte sprechen wie ein Gebet, eine Beichte, einen laut geäußerten Gedanken. Mit geschlossenen Augen versuchte ich, mir ihr Gesicht vorzustellen, ihre Miene, die Gesten. Es fiel mir schwer, und das jagte mir einen Schrecken ein … dieses allmähliche Verschwinden menschlicher Züge.

Dank Caramante würde wenigstens ihre Stimme in meinem löchrigen Gedächtnis hängen bleiben, anstatt zu verwässern oder ganz zu verstummen, dank Caramante würde ich die Stimme meiner Geliebten für immer bei mir tragen. Ich hörte das Band so häufig, dass ich schließlich jedes Wort, jede Pause, jedes Schweigen, jedes Brechen ihrer Stimme, jeden Schluchzer auswendig kannte.

Nun ist alles bereit. Ich bin bereit. Es hat nicht viel gefehlt, und ich hätte mein Versprechen gebrochen, hätte dem Leben und diesem Mann nachgegeben, den du kennst und den ich gern besser kennengelernt hätte. Astolfo, der Wächter über die Toten, der zu den Herzen der Lebenden zu sprechen vermag.

Für einen Moment habe ich überlegt, dich ihm zuliebe zu verlassen, meinen Schmerz von seinen Aufmerksamkeiten auslöschen zu lassen, mir eine andere Existenz auszumalen. Aber ich kann nicht.

Obwohl er das Risiko eingegangen ist, sich um mich zu kümmern, obwohl ich Dinge empfunden habe, die ich dir nicht sagen kann – die Angst vor dem, was mich erwartet, ist entsetzlich, denn dein Blut fließt in meinen Adern, und deine bösartige Verrücktheit ist kurz davor, auch in mir auszubrechen.

Ich spüre, dass das Schlimmste kurz bevorsteht. Meine Hände zittern, die Kopfschmerzen zwingen mich zur Bettruhe, ich fange an, seltsame Stimmen zu hören und die Kontrolle über meinen Willen zu verlieren.

Dies ist der richtige Augenblick. Ich glaube, die erste und zugleich letzte unbeschwerte Zeit meines Lebens liegt hinter mir.

Die Versuchung des Lebens kann gegen die Wahrheit des Todes nichts ausrichten. Wie sagt Astolfo? Manchmal können wir wählen, auf welche Weise die Dinge zu Ende gehen sollen. Und ich möchte eine Wahl treffen.

Mein Leben ist zu tief in Einsamkeit versunken. Und es würde noch tiefer darin versinken, wenn ich dir nicht folgte.

Wer zurückbleibt, wird mich hoffentlich verstehen und mir irgendwann verzeihen.

Meine Wut löste sich sofort in Luft auf. Diese Worte waren mein Trost und meine Rettung. Ofelia hatte mich nicht an der Nase herumgeführt, oder besser gesagt, sie war nicht mit einer bestimmten Absicht auf mich zugekommen, sondern hatte ihre Entscheidung erst später getroffen, als wir uns bereits kannten ... ihre Worte bewiesen es ...

Ein starkes Schuldgefühl überkam mich, weil ich daran nicht

gedacht, weil ich sie im Stich gelassen und meinen Schwur gebrochen hatte.

Etwas Wichtigeres hätte Caramante mir nicht hinterlassen können. In der Nacht träumte ich von Ofelia, was seit ihrem Tod nicht mehr vorgekommen war.

Am nächsten Tag erwachte ich mit dem Wunsch, sofort zu ihr zu eilen. Es kam mir vor, als wären Jahrhunderte vergangen, seit ich zuletzt auf diesen Wegen gewandelt war. Alles sah genauso aus, wie ich es zurückgelassen hatte, alles bis auf ein Detail.

Vor den Gräbern von Emma und Ofelia lag Kaschtanka, der schwarze Hund.

Zum ersten Mal war er auf dem Friedhof, ohne einen Trauerzug zu begleiten.

Ich sah ihn von der Seite, er posierte wie eine Sphinx, die Zunge hing ihm aus dem Maul, sein Blick war auf den Grabstein gerichtet. Als er meine Schritte hörte, drehte er sich um und sah mich an wie ein unbedeutendes Element des Universums, dann richtete er den Blick wieder auf den Grabstein. Er kam mir vor wie ein Wächter, ein Hüter, ein Gefährte.

Ich näherte mich ihm und dachte, er würde weglaufen, aber er rührte sich nicht einmal vom Fleck, als ich ihn versehentlich mit dem lahmen Fuß streifte.

Ich war dermaßen bewegt und dankbar, ich liebte Ofelia so sehr, dass mir Tränen über die Wangen liefen. Ich wollte sie um Verzeihung für meine Abwesenheit bitten, dafür, dass ich meinen Schwur gebrochen hatte, mich immer um sie zu kümmern, dass ich ihren Worten keinen Glauben geschenkt hatte. So etwas würde nicht mehr vorkommen, nie wieder.

Ich nahm den Metallrahmen aus der mitgebrachten Tüte und schlug einen Nagel in den Zement, um ihn zu befestigen. Aus der Jackentasche holte ich die letzte Fotografie von Ofelia, vom Tag vor ihrem Tod, als sie beschlossen hatte, sich wie ihre Mutter verewigen zu lassen, und schob das Bild in den Rahmen. Sie war wunderschön. Ich küsste sie. Lange.

Ich betrachtete die beiden Grabsteine, die in jeder Hinsicht übereinstimmten. Vielleicht war das der Grund, warum Ofelia den Stein der Mutter nie hatte schmücken wollen, keine Marmorplatte, keinen Namen hinzugefügt hatte als Andeutung, dass sie eines Tages Seite an Seite ruhen würden, die perfekte Übereinstimmung, weil die Natur das Identische vorsieht, zwei passgenaue Blätter, zwei gleichförmige Blumen, die deckungsgleichen Kristalle zweier Schneeflocken.

Noch immer lag der Hund regungslos da. Die ganze Zeit blieb er liegen, auch noch, als ich wegging. Und da kam mir ein seltsamer Gedanke, und zwar dass er seit dem Tag dort lag, an dem ich beschlossen hatte, nicht mehr zu Ofelia zu gehen, dass er meinen Platz eingenommen und das Versprechen an meiner Stelle erfüllt hatte.

Diese sonderbare Idee tauchte am nächsten Morgen erneut auf, als ich den Hund an derselben Stelle vorfand, als hätte er sich auch in der Nacht nicht bewegt. Die Dankbarkeit, die ich in diesem Augenblick empfand, zeigte ich ihm, indem ich ihm Wasser brachte. Durstig trank er die behelfsmäßige Schüssel aus. Vermutlich hatte er auch Hunger, darum holte ich Zwieback aus dem Lagerraum und zerbröselte ihn auf einem kleinen Teller. Gierig fraß er alles auf. Mich überkam das Bedürfnis, ihn zu streicheln. Sein Fell war sehr weich, ganz anders, als bei einem Streuner zu erwarten. Er spürte meine Hand und drehte sich zu mir, die Schnauze voller Krümel. Einen Moment lang musterte er mich, dann fraß er weiter. Ich streichelte ihn noch eine Weile. So ging es auch am folgenden Tag. Ich kaufte ihm Hundefutter, füllte es in zwei Metallnäpfe, die ich stehen ließ, und gab ihm von nun an täglich zu fressen und zu trinken. Der Hund hielt sich immer an derselben Stelle auf, schien sie zu bewachen, offenbar auch nachts, denn wenn ich das Tor schloss, sah ich ihn nicht herauskommen. Wie zum Beweis, dass er seinen Posten nie verließ, blieb er von nun an den Begräbnissen fern, sehr zum Erstaunen der Leute, die sich an seine Anwesenheit längst gewöhnt hatten.

Nur ich wusste, wo er war, und vielleicht noch die wenigen anderen Menschen, die in diesen abgelegenen Winkel des Friedhofs vordrangen. Inzwischen war ihm meine Gesellschaft nicht mehr gleichgültig. Wenn er mich in den Weg einbiegen sah, begann er, mit dem Schwanz zu wedeln, und senkte den Kopf, als warte er auf meine Liebkosungen.

Etwa zwei Wochen später geschah etwas Außerordentliches.

Nachdem ich Ofelias Foto geküsst hatte und wieder auf dem Hauptweg war, hatte ich das Gefühl, dass mir jemand folgte. Ich drehte mich um und sah, dass Kaschtanka aufgestanden war. In all den Tagen hatte er sich in meiner Anwesenheit kein einziges Mal erhoben. Er blickte mich an. Vielleicht hatte er noch Hunger, vielleicht wollte er sich von mir verabschieden. Ich ging weiter. Nach drei Schritten drehte ich mich erneut um. Er folgte mir mit dem gleichen wiegenden, zögernden Gang, mit dem er die Trauerzüge begleitete. Wenn ich stehen blieb, blieb auch er stehen, wenn ich weiterging, setzte er sich wieder in Bewegung. Als ich den Geräteschuppen betrat, um ein paar Vasen zu ordnen und dann abzuschließen, blieb er vor dem Schuppen sitzen.

Ich ging vor ihm in die Hocke und streichelte ihn.

»Was ist los, Kaschtanka? Hast du keine Lust mehr, allein zu sein?«

Er drängte den Kopf an meine Hand, um sie stärker zu spüren.

Ich steuerte auf den Ausgang zu. Er folgte mir, blieb aber innen vor dem Tor stehen. Ich schloss ab. Durch die Gitterstäbe hindurch starrte er mich an, reglos und ungeduldig, so als forderte er mich auf, ihn ebenfalls herauszulassen. Ich öffnete das Tor, und er verließ den Friedhof.

Auf der Straße lief er mir nach wie ein Schatten oder als wäre er mit einem Seil an meinem Körper befestigt.

Wir kamen an Brancaleones Haus vorbei, und beim Gedanken an den Besuch, den Kaschtanka ihm kurz vor seinem Tod abgestattet hatte, glaubte ich, dass auch ich bald sterben würde, dass mein Herz in wenigen Stunden zu schlagen aufhören würde wegen eines ihm innewohnenden Herstellungsfehlers oder weil es überraschend aussetzte, wer konnte das wissen? Im Grunde war Kaschtanka seit seinem Auftauchen mit dem Tod einhergegangen wie ein echter Seelenbegleiter, denn das waren Hunde von jeher, Zerberus, Garm, Anubis, der hundsköpfige Mensch, oder Peek, der die Toten der Maya durch die überirdischen Prüfungen Xibalbás geleitete.

Vielleicht kündigte Kaschtanka meinen Tod an, darum achtete ich beim Überqueren der Straße nunmehr besser darauf, wohin ich die Füße setzte, und vermied es, unter Balkonen oder Fenstern entlangzugehen.

Als ich zu Hause den Schlüssel ins Schloss schob, legte sich der Hund abwartend vor die Stufe. Kaum öffnete sich die Tür, spurtete er vor mir ins Haus. Noch immer unentschlossen, was ich tun sollte, sah ich ihn in derselben Pose wie auf dem Friedhof in der Küche vor dem Sofa liegen. Ich werde sterben, dachte ich, und kam mir fast wie Fintore Bovalino vor, der bemerkt, dass er das Haar an seinem Arm verloren hat. Ich werde sterben.

Auf welche Art könnte ein Mann wie ich sterben? Was wäre der angemessene Tod für mich? Ich dachte an den Satz, den Marfarò in meinen Grabstein meißeln würde, an mein retuschiertes Foto, aber dann fiel mir ein, dass ich gar keine Bilder von mir besaß, dass das einzige womöglich ohne mein Wissen aufgenommen worden war und sich bereits auf dem Friedhof über dem Vor- und Nachnamen meines Zwillings befand. Ich dachte, dass Marfarò sich gewiss die Mühe machen und mein Porträt zeichnen würde.

Von jenem Tag an waren der Hund und ich unzertrennlich. Sehr bald begriffen die Timpamaraner, dass Kaschtanka nun zu mir gehörte. Manche freuten sich, dass er nicht verschwunden war, andere sahen etwas Bösartiges in dem seltsamen Paar aus einem Tier, das den Tod brachte, und einem Menschen, der die Toten begrub.

45

Mehr als einen Monat nach Ofelias Tod
wurde die Gleichförmigkeit meiner Tage durch eine zweistufige
Aktion unterbrochen.

Die Wirkung der ersten Stufe verpuffte rasch, als ich etwa eine
Stunde nach der Öffnung entdeckte, dass der Zypressenzweig
umgedreht worden war, wie Ofelia es zu tun pflegte, um mir zu
signalisieren, dass sie vorbeigekommen war.

Für einen Moment ließ ich mich täuschen, aber es war eine
dieser bewussten und gewollten Illusionen, denen wir uns manchmal hingeben, um den Geschmack des Unmöglichen auszukos-
ten.

Ich ging hin und drehte den Zweig wieder in die richtige Richtung.

Die zweite Stufe zündete kurz darauf, einhundertsiebzig Meter
Luftlinie von der Friedhofsmauer entfernt, an Ofelias Grab, wo ich
erneut eine Distelblüte fand.

Alles war wie beim ersten Mal, dieselbe Vase, dieselbe Neigung,
derselbe Abstand vom Stein.

Eine Distelblüte für Emma, vielleicht auch für Ofelia.

Ich fühlte mich verloren und fing an zu zittern.

Ich verstand nicht, was vor sich ging.

Offenbar hatte ich mit meinen Vermutungen falschgelegen. Für
einen Moment glaubte ich, Ofelia sei zurückgekommen, habe den
Zweig umgedreht und eine Blume mitgebracht.

Dann gebot ich diesen Gedanken Einhalt. Schließlich hatte ich sie wenige Wochen zuvor selbst bestattet.

Nicht sie hatte die Distel dort hingestellt.

Keine der Disteln war jemals von ihr dort hingestellt worden. Davon war ich wie selbstverständlich ausgegangen und hatte sie deshalb nie danach gefragt.

Auf diese Weise hatte ich auch die Tatsache interpretiert, dass ich während ihrer Anwesenheit auf dem Friedhof keine dieser blumigen Hinterlassenschaften mehr gefunden hatte.

Nun aber hatte ich die Gewissheit, dass sie es nicht gewesen war, und das konnte nur eines bedeuten: Es gab noch eine Person auf der Welt, die ihre Geschichte kannte, und das musste die Tante sein, bei der Ofelia gewohnt hatte, Emmas Schwester.

Gleich darauf kam mir ein Gedanke, der mich erschauern ließ: Die Frau wusste nicht, dass ihre Nichte tot war. Sie konnte es nicht wissen. Ich malte mir aus, wie sie am Fenster saß, nachdem sie die Vermisstenanzeige aufgegeben hatte, wie sie auf die Straße blickte und hoffte, nicht noch einmal das gleiche Drama erleben zu müssen. Dieses Mal hätte sie es nicht ertragen, denn sie liebte Ofelia wie ihre eigene Tochter. Bis zu diesem Zeitpunkt hatte ich daran nicht gedacht. Die arme Frau musste es erfahren, aber ich hatte nicht einmal einen Namen, um mit der Suche zu beginnen. Obwohl ... wenn sie es gewesen war, die den Zweig umgedreht hatte, wenn sie hergekommen war, musste sie es auf irgendeine Art erfahren haben. Vielleicht hatte ihr Ofelia bei der Heimkehr nach unseren Begegnungen von mir, von uns, von diesem Detail erzählt, vielleicht war die Tante an diesem Morgen gekommen, um ihre Nichte hier zu suchen, weil sie sie nicht mehr gesehen hatte, und beim Betreten des Friedhofs hatte sie den Zweig umgedreht, als wollte sie eine Bresche der Intimität zwischen uns schlagen. Dann hatte sie das Grab ihrer Schwester gesucht und dort ... Ofelia gefunden, aber anders, als sie es sich vorgestellt hatte ... Ich war durcheinander, und um wieder klar denken zu können, musste ich abwarten, ob die Frau vielleicht zurückkommen würde. Die Distel war eine Tatsache, die Position des Zweiges hingegen führte ich auf ein Naturereignis, auf den starken Wind zurück.

Bis es zur Begegnung kam.

Aber es war nicht Ofelias Tante, sondern ein Mann.

Ich sah ihn zufällig an einem Donnerstagnachmittag, weil die Bibliothek aufgrund von Erdarbeiten geschlossen war. Wahrscheinlich wusste er das nicht und glaubte deshalb, er würde mir nicht über den Weg laufen. Ich befand mich gerade auf einem Kontrollgang wegen geplanter Exhumierungen, da sah ich ihn in den schmalen Weg einbiegen und sich Emmas Grab nähern, in der Hand etwas, das er an der Hüfte versteckte. Er blieb stehen, bückte sich, um nach einem Gegenstand zu greifen, und genau in diesem Moment tauchte ich zu seiner Rechten auf, in der Sekunde, in der er die Distel in die Vase aus Glas steckte. Überrascht hielt er inne. Wir blickten uns direkt in die Augen. Dann richtete er sich auf, und ich ging einen weiteren Schritt auf ihn zu.

Prospero Altomonte, der Müller, war größer, als ich ihn in Erinnerung hatte.

»Sie sind das also.«

»Verzeihung, wie meinen?«

»Der die Disteln hier hinterlässt.«

»Warum? Darf man keine Blumen mehr auf den Friedhof bringen?«

»Das dürfen Sie, Altomonte, selbstverständlich, aber normalerweise macht man das nur bei Menschen, die man gekannt hat.«

Er sah mich fragend an, denn für ihn war ich das fehlende Teilchen.

»Kommen Sie zur Sache.«

»Kennen Sie diese Frau?«

Er verbarg nicht sein Erstaunen ob meiner Beharrlichkeit. »Warum stellen Sie mir all diese Fragen? Ich verstehe das nicht.«

»Ist Ihnen nichts Besonderes aufgefallen?«

»Doch«, sagte er und betrachtete Ofelias Foto. »Die beiden scheinen ein und dieselbe Person zu sein.«

»Sie ist die Tochter.«

Inzwischen gab es nichts mehr zu verbergen.

Der Müller trat auf das neuere der beiden Fotos zu und betrachtete es aus schmalen Augen. »Sie hieß Ofelia, nicht wahr?«, fragte er und sprach den Namen so langsam aus, als ließe er sich nur Buchstabe für Buchstabe erfassen.

An meinem Erstaunen erkannte er, dass er ins Schwarze getroffen hatte.

»Kannten Sie sie?«

»Wann ist sie gestorben? Wann wurde sie beerdigt?«

Ich antwortete mit den Worten, die ich mir nach der Nacht der Beerdigung zurechtgelegt hatte: »Die Familie hat sich für eine Beisetzung im kleinsten Kreis entschieden, keine Anzeige, kein Trauerzug.«

Er blickte auf die beiden Fotografien und verglich sie miteinander.

»Dann kannten Sie also auch diese Frau?«

»Ja, obwohl ich ihr nie begegnet bin.«

»Jetzt bin ich es, der nicht versteht.«

»Die Kreise, die das Leben zieht, sind immer wieder verblüffend. Wenn nur meine Frau noch lebte ... es kommt mir fast vor wie ein Wunder«, sagte der Müller.

»Das müssen Sie mir erklären.«

Mit dem Ärmel seines weißen Overalls trocknete er sich die Stirn, wobei sich feiner Mehlstaub auf seine Wimpern legte. »Morgen. Kommen Sie morgen zu mir nach Hause.«

Am Abend, als der Friedhof geschlossen war, ging ich bei Bouvard & Pecuchet vorbei und kaufte eine Flasche Kaffeelikör.

Am nächsten Morgen nutzte ich einen Moment, in dem es auf dem Friedhof ruhig war, um zur Mühle zu gehen.

Der Lärm der Scheffel war ohrenbetäubend; es hatte keinen Sinn, nach dem Müller zu rufen. Dennoch trat ich ein. Altomonte hielt einen Sack unter das Mahlwerk. Er trug eine Brille, die ihn zusammen mit dem weißen Overall wie einen Flieger aussehen ließ. Er erblickte mich und gab mir ein Zeichen, noch einen Moment zu warten. Als er die Maschine ausgeschaltet hatte, nahm er die Brille ab, legte sie auf einen Haufen Putzlumpen und bedeutete mir, ihm nach draußen zu folgen. Im Gehen klopfte er sich den Staub ab und hinterließ dichten Nebel in der Luft.

Im Garten angekommen, atmete ich endlich wieder durch.

»Setzen Sie sich, ich komme gleich zu Ihnen«, sagte er und deutete auf einen Stuhl, der im Schatten stand.

Altomonte ging ins Haus. Ich sah mich um. Die Gegenstände trugen die Patina der Verlassenheit, wie sie den Häusern von Menschen anhaftet, die allein alt werden und denen es bereits schwerfällt, sich um den eigenen klappriger werdenden Körper zu kümmern. Sehr bald kam der Müller mit einer Tasche zurück und setzte sich neben mich. Er holte einen gelben Umschlag, eine Flasche kaltes Wasser und zwei Gläser heraus, die er auf das niedrige Eisentischchen vor uns stellte.

»Die ist für Sie«, sagte ich und reichte dem Müller die in Papier eingewickelte Flasche.

»Das war doch nicht nötig.«

Er stellte den Likör auf den Boden, goss Wasser in die Gläser und leerte seines in einem Zug.

Er öffnete den gelben Umschlag. Darin lagen Fotografien. Er setzte die Brille auf und begann, sie durchzublättern, bis er fand, wonach er suchte.

»Hier, das ist Ofelia«, sagte er und reichte mir auch schon das Bild.

Es war eine alte Schwarz-Weiß-Aufnahme. Darauf war eine Frau im Kittel zu sehen, die eine Stoffpuppe im Arm hielt und völlig verängstigt in die Kamera schaute.

Ich verstand nicht. Mit etwas Fantasie mochte die Frau Ofelia ähneln, aber das Foto war zu alt.

»Das da ist Ofelia«, sagte Prospero und deutete auf die Puppe.

Hätte nicht aus jedem seiner Worte tiefer Ernst gesprochen, ich hätte geglaubt, dass er mich auf den Arm nehmen wollte.

»Ofelia …«, wiederholte er so gedehnt wie am Vortag.

»Die Puppe hieß Ofelia?«, fragte ich, während ich hingerissen die Frau betrachtete, die sie an sich gedrückt hielt.

Emma war nicht wiederzuerkennen. Sie schien eine andere Frau zu sein als die, die ich auf dem Foto am Grabstein bewundert hatte. Ihr Kopf war rasiert, sie war abgemagert und wirkte verängstigt. Ich betrachtete sie noch immer und konnte einfach nicht fassen, dass es sich um dieselbe Person handelte, und doch war da dieser Name, Ofelia …

Hilfe suchend blickte ich Prospero an, der sich gerade ein weiteres Glas Wasser einschenkte.

»Ich werde Ihnen die Geschichte einer Frau erzählen, deren Namen ich nie erfahren habe. Erinnern Sie sich an die Kreideschrift? Der Name … Emma, glaube ich … Haben Sie ihn an das Grab geschrieben?«

»Nein«, log ich.

»Wie auch immer, da es der einzige Name ist, der je für sie benutzt wurde, können wir sie meinetwegen so nennen. Emma.«

In diesem Augenblick kam mir ein seltsamer Gedanke. Auch ich hatte Emmas wahren Namen nie erfahren. Ofelia hatte ihn mir nicht gesagt, und ich hatte sie nie danach gefragt. Für mich jedoch war diese Identität so fest mit ihr verknüpft, dass ich keinen anderen Namen mehr akzeptiert hätte.

»Meine Frau, Gott hab sie selig, war in der Nervenheilanstalt in

Maravacata beschäftigt. Eines Tages kam eine Frau dort an. Sie war allein, und meine Frau führte die Aufnahmeprozedur durch. Sie erzählte mir, dass die neue Patientin einsam und abwesend wirkte, sie wiederholte sinnlose Sätze und hielt die Puppe umklammert wie auf dem Foto. Sie wurde aufgenommen, obwohl man nichts von ihr wusste, weder ihren Vor- noch ihren Nachnamen oder woher sie kam. Sie war aufgetaucht wie aus dem Nichts. Von der Puppe trennte sie sich nie. Sie kümmerte sich darum wie um ein Kind, kämmte, umarmte und wiegte sie und nannte sie Ofelia. Zu jener Zeit ... das heißt nein, nicht nur zu jener Zeit ... Also, meine Frau konnte keine Kinder bekommen, wir haben ja auch keine, und dieses Verhalten rührte meine Frau. Sie schloss Emma in ihr Herz, versuchte, mit ihr zu reden, ihr ihre Geschichte zu entlocken und sich um sie zu kümmern, aber außer diesem Namen, Ofelia, sagte sie kein Wort. Dann bekam sie epileptische Anfälle, und sie gaben ihr Medikamente. Eines Tages trugen die Ärzte meiner Frau auf, ihr ein Medikament zu spritzen, weil sie die Einzige war, die sich ihr nähern konnte. Emma bekam eine schwere Krise mit hohem Fieber, Wahnvorstellungen und ständigem Erbrechen. Fünf Tage lebte sie in dieser Hölle, und dann starb sie, die Puppe an sich gedrückt, in den Armen meiner Frau, die sich für diesen Tod verantwortlich fühlte. Niemand hat je den Grund für diese Reaktion auf das Medikament herausgefunden, aber Tatsache war, dass meine Frau es ihr gespritzt hatte. Sie kam nicht mehr zur Ruhe, und als Emma in einem anonymen Grab auf dem Friedhof der Nervenheilanstalt beigesetzt werden sollte, bot sie an, sich um eine ordnungsgemäße Bestattung zu kümmern. Sie erzählte es mir sofort, sagte, sie fühle sich schuldig und wolle ihr wenigstens ein würdiges Begräbnis ermöglichen, was wohl ihre Art war, um Verzeihung zu bitten. Und das taten wir. Wir kümmerten uns um alles und brachten sie hierher auf den Friedhof von Timpamara, zusammen mit ihrer Puppe. Wir hatten keinen Namen und keine Daten, abgesehen vom Todesdatum, aber was hat es für einen Sinn, nur das auf einen Grabstein zu schreiben? Unter den wenigen Gegenständen in der kleinen Tasche, mit der Emma in die Klinik gekommen war, befand sich ein Foto von ihr als junger Frau. Und nur dieses Foto brachten wir auf dem Grabstein an. Meine Frau wurde ihre Schuldgefühle niemals los, aber durch die Pflege des Grabes ließen sie sich ein wenig besänftigen.«

»Also waren Sie es, der sie dort bestattet hat.«

»Ja … jetzt kann ich es ja sagen. Es handelte sich nicht um ein offizielles Begräbnis. Ich war ein guter Freund des damaligen Friedhofswärters, Eraclito Ferruzzano, und er hat mir einen Gefallen getan.«

Wie wünschte ich mir, Ofelia wäre da und könnte diese Worte hören und erfahren, dass ihre Mutter sie immer bei sich gehabt, dass sie sie geliebt hatte. Da kam mir ein Geistesblitz. »Sie haben ihr alles erzählt!«, rief ich erschrocken. »Wann war das?«

»Ich erinnere mich nicht genau, vor etwas mehr als einem Monat, glaube ich.«

Ich rechnete nach: wenige Tage vor ihrem Tod.

»Tatsächlich habe ich sie schon früher gesehen, ich war zum Grab gegangen, um wie üblich eine Blume hinzubringen. Ich sah sie davorstehen und blieb auf Abstand. Noch zweimal kam ich nachmittags wieder, und jedes Mal war sie da. Schließlich war ich so neugierig, dass ich zu ihr gegangen bin. Die Ähnlichkeit war so groß, ich musste sie einfach fragen. Wir unterhielten uns, ich erklärte ihr, wer ich bin, was ich getan hatte, warum ihre Mutter sich an diesem Ort befand.«

»Sie haben ihr wirklich alles erzählt? Auch das, was Sie mir gerade gesagt haben?«

»Natürlich. Sie hat mich mit Fragen bombardiert, und als ich ihr von der Puppe namens Ofelia erzählte, die die Mutter immer bei sich getragen hatte und die mit ihr beerdigt worden war, brach sie in Tränen aus.«

»Darf ich Ihnen eine letzte Frage stellen?«

»Was immer Sie wollen.«

»Warum haben Sie ausgerechnet eine Distel zum Grab gebracht?«

»Weil meine Frau mir gesagt hatte, dass Emma Disteln mochte. Sie hatte im Krankenhaus immer Sträuße daraus gebunden und sie auf ihren Nachttisch oder ans Fußende des Bettes gelegt. Sie gefielen ihr, und da dachte ich, dass es die passendsten Blumen für sie sind.«

Die Einfachheit dieser Erklärung verblüffte mich. Monatelang hatte ich Vermutungen angestellt, alle möglichen Symbole und versteckten Bedeutungen darin gesehen, diese Pflanze erforscht, Legenden ausgegraben, und nun bekam ich die einfachste und entwaffnendste Antwort, die man sich denken kann. Emma mochte Disteln.

Punkt.

Das Exemplar des Don Quijote, das mir die Lehrerin Gioconda geschenkt hatte, lag noch auf dem Schreibtisch in der Bibliothek. Ich hatte das Buch nicht weggeräumt, vielleicht weil Altomontes Geschichte, die sich mit diesem Roman überschnitten hatte, noch nicht erledigt war. Aber jetzt, ja jetzt, war dieses Kapitel definitiv abgeschlossen.

Auch vollkommene Bücher, ja sogar diese, waren nur unter Vorbehalt perfekt.

Wenn es einen Punkt gibt, bei dem Schriftsteller nur selten versagen, dann ist es die Wahl des Todes ihrer Figuren. An vielen anderen Stellen können sich Mängel verbergen: ein schwaches Adjektiv, eine wirkungslose Beschreibung, geschraubter Satzbau, ein unwahrscheinlicher Dialog, aber wenn sie sich das Ende ihrer Figuren ausdenken, scheitern sie fast nie. Hätte Don Giovanni anders sterben können, als Tirso de Molina es sich ausgedacht hat? Und war er nicht perfekt, der Selbstmord von Treplev, der sich erschoss, nachdem er die Manuskripte verbrannt hatte, oder auch der von Romani, der sich vor einen Zug warf?

Hin und wieder traf ich allerdings auf einen Papiertod, der dem Leben der Figur nicht gerecht wurde, wie einer der falschen Tode, die im Leben vorkommen und in denen sich eine Art höherer Zerstreutheit bemerkbar macht. Manche Tode auf dem Papier ließen einen abgelenkten Autor vermuten.

Die realen Tode konnte ich nicht ändern, die papierenen hingegen sehr wohl, die konnte ich umschreiben. Und das tat ich bei Don Quijote.

Aufgrund einer Melancholie, die sich in ihm entwickelte, weil er besiegt worden war, bekam er sehr hohes Fieber.

Nach mehr als sechs Stunden Schlaf wachte er auf, aber er war nicht mehr er selbst. Er leugnete die nebligen Schatten der Unwissenheit, in die ihn die verabscheuenswerte Lektüre von Ritterbüchern gehüllt hatte, erklärte das Ende des genialen Don Quijote de la Mancha und die Wiederauferstehung Alonso Quijanos, Erzfeind von Amadís de Gaula. So schlug Don Quijotes letzte Stunde, und unter dem Mitleid und den Tränen seiner Umgebung starb er eines natürlichen Todes.

Es passte einfach nicht zum Rest. Über Hunderte von Seiten hatte der Ritter von der traurigen Gestalt ein fantastisches Leben geführt und außergewöhnliche Abenteuer bestanden, in seinem Geist natürlich, wo auch sonst, in diesem kleinen Raum, in dem sich unser aller wahres Leben abspielt, hatte er gegen Riesen, so groß wie Windmühlen, gekämpft, den Spiegelritter besiegt, Mambrin gewaltsam den Helm vom Kopf gerissen und die hungrigen Löwen erschreckt, das geflügelte Pferd geritten und die Wunder der Höhle Montesinos kennengelernt. Und nun starb er wie ein normaler Mensch, denn *die größte Torheit, die ein Mensch in diesem*

Leben begehen kann, ist, daß er mir nichts, dir nichts stirbt (…) steht aus dem Bette auf und wir wollen uns auf das Feld begeben, als Schäfer angezogen, wie wir verabredet hatten (…) Wollt Ihr aber aus Verdruss darüber sterben, daß Ihr überwunden seid, so schiebt nur die Schuld auf mich (…) Ihr werdet ja auch außerdem wohl in den Ritterbüchern gelesen haben, daß es etwas Gewöhnliches ist, daß ein Ritter den andern aus dem Sattel hebt, und daß, wer heute besiegt wird, morgen der Sieger ist.

An diesem Punkt musste sich Quijotes Leben ändern, und hier begann ich, den neuen und stolzen Tod des Ritters von la Mancha zu schreiben:

Don Quijote hörte die Worte des getreuen Sancho und hieß ihn näher zu kommen, denn er wollte ihn ein letztes Mal umarmen. Doch als er bei ihm saß, flüsterte der getreue Diener ihm ins Ohr:
»Schick nur alle hinaus, mein tapferer Ritter.«
Als sie allein waren, holte Sancho den ersten Band von Amadís de Gaula aus seiner Tasche. Quijote sah es und wandte sich ab, wie wenn er den Teufel selbst erblickt hätte.
»Mein Herr, hiermit nahm alles seinen Anfang, wir wollen doch nicht, dass es umsonst gewesen sei. Erhebt euch von diesem Bette, denn der tapfere Sancho hat die unbezwingbare Rosinante gesattelt und bewaffnet.«
Quijote kniff die Lider zusammen, wie um einer Versuchung zu widerstehen.
Der Stallbursche hielt ihm das Buch vors Gesicht, und als der Kranke einatmete, war es, als drängten all jene Rittergeschichten wieder in ihn ein; sie besetzten seinen kranken Geist und brachten ihn unvermittelt zur Besinnung.
Als er die Augen öffnete, erkannte er den Knappen.

»Meine Rüstung, Sancho!«

Sie verließen das Haus durch die Hintertür, nachdem sie den Haupteingang verriegelt hatten, gingen in den Stall, und ihre Flucht wurde erst bemerkt, als Don Quijote in der Ferne einen Auferstehungsschrei ausstieß.

Und so zogen die beiden Narren gemeinsam los zu neuen Abenteuern, denn keine Niederlage ist schlimmer als Verzicht.

»Nach Montesinos, mein Freund.«

Dort lebten sie noch einige Monate, bis sie gemeinsam starben, Sancho zuerst und dann Quijote, um durch diesen Tod die Wahrhaftigkeit ihres eingebildeten Lebens zu bestätigen.

Noch befeuert von Fantasie, schrieb ich sofort auch die Todesanzeige, die ich später bei der Zeitung aufgeben würde:

Während ihres letzten tapferen Kampfes fielen am gestrigen Tag der getreue Sancho, König abgelegener Inseln, und Don Quijote, der edle Ritter von La Mancha. Letzterer trat der ganzen Welt entgegen und versetzte sie in Angst und Schrecken. Sein Schicksal war es, verrückt zu leben und noch verrückter zu sterben. Die Trauerfeier findet morgen um 15 Uhr in der Sankt-Acarius-Kirche in Timpamara statt.

46

Manche Tode waren unerklärlich.
Jemand starb ganz plötzlich, einfach so. Es hatte weder Krankheiten noch Unfälle gegeben, das Herz funktionierte so gut wie alle anderen Organe, die Anzahl der Lymphozyten war tadellos, der Blutdruck im Normbereich, der Mensch rauchte und trank nicht, hatte weder Diabetes noch zu viel Cholesterin im Blut, er führte kein stressiges Leben, und auch in seiner engeren und weiteren Verwandtschaft hatte es Derartiges noch nicht gegeben. Dennoch starb er früher als die Todgeweihten, die Neunzigjährigen, die Raucher, die rückfälligen Kranken, die Kinder von Infarktopfern. Ein durch die Konstitution, durch eine innewohnende Schwäche, eine angeborene Zerbrechlichkeit bedingter Tod. Wie ein fallendes Blatt. Eine Zelle.

Auf Zellen kam ich wegen eines naturwissenschaftlichen Buches, das ich in jenen Tagen vor der Papierpresse gerettet und gelesen hatte. Zellen, darauf programmiert, zu sterben. Wissenschaftliche Bezeichnung: Apoptose.

Ich wusste nicht, dass es einen speziellen Namen gab für Blätter, die sich von Zweigen, oder für Blütenblätter, die sich von Blumenkronen lösten. Doch tatsächlich bezeichnete ein griechisches Wort genau dies und nur dies, ein Wort, das erdacht worden war, um die Sterbegeste eines sich ablösenden lebendigen Teils zu bezeichnen. Müssten wir nämlich jedes Mal ein neues Wort prägen, um die Details der Welt zu bezeichnen, jede Ablösung, jede Trennung, jedes Verschwinden, so würden die Wörter niemals ausreichen. Apoptose also.

Im Körper gibt es Zellen, die Selbstmord begehen, schon bei der Entstehung sind sie aufs Sterben programmiert, und im ersten Moment erschien mir das unerhört, auf schmerzliche Weise außergewöhnlich.

Zum Beispiel unsere Gliedmaßen: Der menschliche Embryo weist die Andeutung von Händen und Schwimmfüßen auf wie Prachttaucher oder Röhrennasen. Damit die Finger sich herausbilden können, müssen die Zellen, die die Schwimmhäute bilden, absterben, mehr noch, sie müssen sich suizidieren. Das sind apoptotische Prozesse: In einem erwachsenen menschlichen Organismus sterben jeden Tag ungefähr siebzig Milliarden Zellen ab. In einem Jahr entspricht die Masse der ausgetauschten Zellen der Masse des Körpers selbst. Letztlich sind Tote und Lebende einander immer gleichwertig, denn es ist das Gesetz der Ausgewogenheit, das die Welt regiert. Der Freitod der Zelle ist für das Leben unabdingbar, denn er erlaubt eine ausgewogene Konstruktion. Auf diese Art funktioniert es auch bei den Menschen, denn vielleicht ist der plötzliche Tod mancher Leute, der unbekannte Tod, für den es keine Erklärung gibt, genau das: die aufs Überleben gerichtete Programmierung der gesamten Spezies.

Es handelt sich sozusagen um die Ziehung eines Loses, und ich fand es traurig, dass es keine Frage des Verdienstes ist, dass allen neunhundertneunundfünfzig Zellen des Fadenwurms *Caernorhabditis elegans* bereits eine Lebens- und Todesposition zugewiesen ist, einfach so, aus einer Laune heraus. Und vielleicht ist es bei uns Menschen genauso.

Aber die Apoptose bedeutete zugleich, dass eine lebende Zelle es geschafft hatte, dem Selbstmord zu entgehen.

Ofelia nicht, ihr war das nicht gelungen. Ich betrachtete ihr Foto und dachte an die Perfektion ihres Körpers, an die Vollkommenheit des Organismus, an ihre schönen Augen, und ich konnte nicht glauben, dass sich hinter diesem Zauber Hunderte und Tausende selbstmörderischer Zellen verbargen, dass diese Schönheit sich dem stillen, vorprogrammierten Opfer von Lebensportionen verdankte, dass in dem Moment, in dem ich sie am letzten Abend geküsst hatte, eine Zelle im Sterben lag, unsichtbar für das menschliche Auge in einem Zwischenraum der Existenz operierend.

Während sie den Kontakt zu den angrenzenden Zellen verlor, nahm sie eine kugelförmige Gestalt an, das Chromatin und das Zellskelett wurden abgebaut, der Kern zerfiel, und bereits im Sterben begriffen, strebte sie auf das letzte Stadium zu, um von nekrophagen Fresszellen verschluckt zu werden. All das geschah in jenem Augenblick auch in meinem Körper, im Körper jedes Lebewesens.

Seit ich entdeckt hatte, wer die Disteln am Grab zurückließ, war beinahe ein Monat vergangen, und während ich zum Friedhof ging und meine hinkenden Schritte in den Straßen zwischen den schweigenden Häusern widerhallten, dachte ich, dass vielleicht auch ich darauf programmiert war, Unkraut zu werden, bereit, von einer Sekunde zur anderen entwurzelt zu werden, falls das Gesetz der Apoptose für jede Dimension galt, sei sie zellulär, menschlich oder universell.

Der Himmel war bedeckt, und mein Bein hatte wieder zu schmerzen begonnen. Als ich, wie immer mit Kaschtanka an meiner Seite, durch das Tor ging, fielen kaum merklich die ersten Regentropfen. Von der Marina her rollte trockenes Donnergrollen heran, dann kam ein kalter Wind auf, der in alle Richtungen blies. Innerhalb kürzester Zeit verfinsterte sich der Himmel, während auf dem Gelände der Papierfabrik Schwärme von Papier aufstiegen und davonflogen.

Dann setzte starker Regen ein, der auf der Haut schmerzte und mich zwang, in den Lagerraum zu flüchten. Die wenigen Passanten suchten Schutz, wo immer sie konnten, unter dem Vordach einer Kapelle oder unter einem Baum. Ich wartete darauf, dass der Regen aufhörte, aber schon eine Stunde später sahen die Wege aus wie Sturzbäche. Es war Mittag, und ich beschloss, mich trotz allem auf den Heimweg zu machen. Ich spannte den Schirm auf, doch nach zwei Metern hatten Wasser und Wind den Stoff abgerissen, und übrig blieb nur das metallene Skelett. Ich ging zurück zum Lagerraum, zog mir den Regenmantel über und kam schließlich komplett durchnässt zu Hause an.

An jenem Tag setzte in Timpamara eine biblische Sintflut ein, das heißt, die Wasser nahmen die Erde in Besitz. Drei Tage und Nächte lang regnete es ununterbrochen, aber es war der Regen von vierzig Tagen, denn das Land stand kurz vorm Verschwinden. Überschwemmte, versunkene Straßen, überflutete Keller und Häuser. Alle möglichen Gegenstände trieben durch die Straßen wie Äste im Fluss, vor allem aber Blätter, überall Blätter, Hunderte, Tausende Seiten, die von der Papierfabrik her wie Schnee auf das Dorf fielen. Geschäfte, Schulen und Büros wurden geschlossen, überall setzte die Stromversorgung aus, der Tag wurde zur Nacht. Der Große Leser markierte die Dinge der Welt und entschied, was es wert war, aufbewahrt und erinnert zu werden, und was in den Tiefen des menschlichen Vergessens versinken konnte.

Ich verließ das Haus nicht mehr, und der Friedhof blieb geöffnet. Drei endlos lange Tage.

Erst am vierten Tag hörte der Regen auf, beim abendlichen Glockenschlag, so unverhofft, wie er eingesetzt hatte, und eine blendende Sonne beleuchtete die in den Straßen zurückgebliebenen Trümmer. Timpamara sah aus wie eine seit Jahrhunderten verlassene Geisterstadt in den Bergen im Landesinneren. Alles war von dem Schlamm bedeckt, den das Wasser von den Feldern und aus den Bergen herangespült hatte. Die Menschen strömten auf die

Straßen wie Lebenslängliche nach der Begnadigung, ein wirres Gezeter aus Flüchen und Schuldzuweisungen setzte ein.

Auch ich trat aus dem Haus.

Das Spektakel der Zerstörung war eine kleine Erinnerung an die Unsicherheit der menschlichen Existenz; wir bauen Häuser, die uns ewig vorkommen, und dann reichen ein paar Regentage, um alles zu zerstören, nicht einmal ein Erdbeben muss es ein.

Gefolgt von Kaschtanka, ging ich sofort zum Friedhof. In jenen Tagen kam ich zu der Überzeugung, dass er für immer bei mir bleiben und sich vielleicht mit mir beerdigen lassen würde, nach dem Vorbild der Alten, die zusammen mit den Menschen extra zu diesem Zweck getötete Hunde beisetzten, damit diese sie durch die unbekannten Straßen des Jenseits geleiten sollten.

Ich hatte geglaubt, dass ich innerhalb der geweihten Mauern Timpamaras alles unversehrt vorfinden würde, wie wenn dieser von der Ewigkeit beschützte Ort kein Teil der Welt und darum deren Wetterkatastrophen nicht ausgeliefert wäre. Stattdessen sah ich umgestürzte Bäume auf Grabsteinen liegen, Marmortafeln waren zerbrochen, überall lagen Äste und Blätter herum, kaputte Vasen, beschädigte Fotografien, und an den tiefsten Stellen waren aus dem gelockerten Erdreich sogar ein paar geweihte Knochen wiederaufgetaucht. Beim Gehen achtete ich sorgfältig darauf, wohin ich trat.

Mein Bücherfriedhof war verschwunden. Das grüne Netz war zerstört, die Pflanzenetiketten nicht mehr zu sehen, die gemarterten und vermischten Bücher lagen irgendwo unter den zahlreichen Erdhaufen, vielleicht sogar neben wiederauferstandenen Schienbeinen und Kieferknochen. Ich hatte ihnen einen angemessenen Tod bereiten wollen, aber letztlich ist es immer die Natur, die über das Ende der Dinge entscheidet.

Die Gemeindearbeiter würden viele Tage brauchen, um ein Mindestmaß an Normalität wiederherzustellen.

Die Leute liefen zwischen den Grabsteinen umher wie nach einem Bombardement, sie sprangen über Pfützen und Trümmerhaufen, und auch mir gelang es nur mit Mühe, die Gräber von Emma und Ofelia zu erreichen. Erleichtert stellte ich fest, dass wenigstens die Gesichter dieser beiden verschont geblieben waren.

Marfarò tauchte mit seiner Ape auf. Betrübt sah er sich um, brachte aber dennoch genug Energie für einen Scherz auf: »Wenn man Dinge beerdigen könnte, wäre ich heute Millionär geworden«, sagte er, als er mir entgegenkam. »Es sieht aus, als ob im ganzen Land Krieg herrschte. Du musst dir ansehen, was in der Papierfabrik passiert ist: ein Strom von Papier, der sich bis ins Tal ergießt.«

Kurze Zeit später kam der Bürgermeister in Begleitung mehrerer Ratsmitglieder vorbei, um die Schäden zu begutachten. »Malinverno, versuchen Sie sich für ein paar Tage zu arrangieren, so gut es eben geht. Das Dorf hat Vorrang. Ach, und übrigens, haben Sie die Bibliothek gesehen?«

Ich schüttelte den Kopf, dort hatte ich noch nicht vorbeigeschaut. Der Bürgermeister antwortete, indem er den Blick senkte und eine passende Geste machte, die nichts Gutes erahnen ließ.

Den ganzen Vormittag über half Elea mir, die versperrten Wege von Erde und Trümmern zu befreien.

Ich war nicht hungrig und beschloss, sofort zur Bibliothek zu gehen. In den Tagen der Sintflut hatte ich mir große Sorgen gemacht, und nun ließ mir die Geste des Bürgermeisters keine Ruhe.

Schon am Beginn der abschüssigen Straße überkam mich eine schreckliche Vorahnung, denn ich sah das Erdreich und das Geröll, die sich am Ende der Piazza angehäuft und die Brüstung des Denkmals unter sich begraben hatten. Ich wusste nicht, ob ich weiter hoffen oder mich sofort mit der Katastrophe abfinden sollte.

Die Bibliothek von Timpamara existierte nicht mehr.

Am tiefsten Punkt des Dorfes gelegen, an dem die wichtigsten Straßen zusammenliefen, war sie von Strömen aus Wasser und Schlamm überflutet worden. Die beiden Türen waren aus den Angeln geflogen, und drinnen überzog ein Teppich aus Schlamm den Großteil der Bücher. Es war, als sähe ich eine Szene, die ich mir zuvor ausgemalt hatte, denn ich hatte gespürt, dass es dazu kommen würde. Ich sank auf die Erde, in den Schlamm, und fing lautlos und ungesehen an zu weinen. Meine Bibliothek war nicht mehr da. Verschwunden waren meine Bücher, meine Notizen, die Jahre, die ich zwischen diesen Mauern verbracht hatte. Alles begraben, für immer. Die Bücher waren nicht wie der Stuhl oder der Schreibtisch oder die anderen Gegenstände, die wir hinaustrugen und zu säubern begannen, damit die Erde und die Flecken verschwanden, die Ereignisse ausgelöscht wurden, als hätte es sie nie gegeben. Denn Bücher sind keine Gegenstände, sie ähneln eher Menschen als Dingen. Papier ist nicht wie Plastik oder Metall. Die Flecken bleiben für immer an ihm haften, sie dringen in die Fasern ein und ersetzen sie, das Papier zerreißt, und es gibt keine Stiche, mit denen man es wieder zusammennähen könnte, es gibt keine Antibiotika, mit deren Hilfe sich Antikörper entwickeln ließen. Mir halfen gutwillige Herzen und fleißige Hände: Elea natürlich, der mich in jenen Tagen auch in die Bibliothek begleitete, dann mein alter Schulfreund Plutarco Sanigneto, der verwaiste Hundehalter Marcantonio Parghelìa, der alte Brognaturo, dem ein Bein fehlte, und sogar Mopassàn.

Nach und nach setzte sich der Friedhof neu zusammen. Die umgestürzten Bäume wurden entfernt, die zerstörten Grabsteine ersetzt und die Pfade gesäubert, aber der Anblick des Niedergangs und der Zerstörung jener Tage ging mir dennoch nicht mehr aus dem Kopf. Auch jetzt, neun Jahre später und nachdem ich weiterhin das Sterberegister aktualisiert und Emma und Ofelia Disteln ans

Grab gebracht habe, denke ich voller Unruhe, dass alles von vorn losgehen könnte, sobald ich in der Ferne Wolken sehe und vom Meer her Donner grollen höre.

Was die Bibliothek betrifft: In dieser Hinsicht war nichts mehr zu machen. Nach Angaben des Gemeindeingenieurs hatte das Gebäude Strukturschäden erlitten und musste gesperrt werden.

Ich ließ alle Bücher, egal, ob intakt oder nicht, zum Friedhof bringen.

Die irreparabel beschädigten beerdigte ich alle zusammen in einer Reihe von Sammelgräbern, die ich an der Stelle aushob, an der sich der Friedhof der Bücher befunden hatte. Erneut machte ich mich daran, die Grabstellen einzuzäunen. Die unversehrt gebliebenen Bücher – es waren annähernd einhundert – brachte ich in Kisten im Geräteschuppen unter. Anfangs hatte ich erwogen, sie für einige Zeit mit zu mir nach Hause zu nehmen, aber das kam mir vor wie eine Kapitulation, wie eine Auslöschung der bloßen Idee einer Bibliothek. Wenigstens diese sollte überleben, den Trümmern der Erde zum Trotz; es sollte einen Ort geben, an dem die Bücher weiterleben und sich den Menschen anbieten konnten. Darum überlegte ich, wo ich sie unterbringen konnte.

Marfarò half mir. Ihm hatte ich anvertraut, dass ich unbedingt ein wenig Platz brauchte. Falstaff, Stammvater der Familie Roccadineto und vor einigen Jahren in die Schweiz emigriert, hatte sich eine Kapelle bauen lassen und dem Bestatter zum Zweck der allgemeinen Instandhaltung die Schlüssel anvertraut.

»Wenn du willst, kannst du die Bücher dort unterbringen. Die Familie kommt erst im Winter aus der Schweiz zurück, du hast also ein paar Monate Zeit, um eine bessere Lösung zu finden.«

In der Kapelle war es behaglich. Gegenüber dem Eingang befand sich ein kleiner Altar aus ockerfarbenem Marmor mit einer Glasfront davor, auf der die wundersame Vermehrung von Brot und Fisch dargestellt war. Die sechs leeren Grabnischen, drei rechts und drei links, waren perfekt als Regale geeignet. Ich legte ein paar alte Kastanienbretter auf den Zement und holte nach und nach die Bücher herbei. Wie um die Idee der universellen Ordnung aufrechtzuerhalten, die man an diesem abgeschiedenen Ort atmete, ordnete ich sie nach Größe in den Nischen an. Ich nahm ein altes, noch unbeschnittenes Friedhofsregister und benutzte es als neues Ausleihregister. Wie ein Messbuch legte ich es auf den Altar unter dem Kruzifix-Fresko. Auf ein Blatt Papier schrieb ich in Blockschrift die Öffnungszeiten, die mit denen des Friedhofs übereinstimmten.

Eine einzige Sache blieb noch zu tun. Ich holte eine kleine hölzerne Tischplatte, einen Pinsel und schwarzen Lack aus dem Geräteschuppen. Ich schlug einen Nagel in eine Säule des Gittertors am Eingang, unterhalb der Marmorplatte mit der Inschrift *FRIEDHOF*, und unter dem zufriedenen, unsichtbaren Blick von Elea dem Wiederauferstandenen schrieb ich in Großbuchstaben darauf:

GEMEINDEBIBLIOTHEK OFELIA MALINVERNO

Denn wenn es das Schicksal der Bücher ist, zu sterben wie Lebewesen, werden auch die Menschen, sobald sie zu atmen aufhören, nichts anderes als Geschichten sein.

Dank

Ich danke Piero Ferrante für den Artikel, durch den ich von Timpamara erfuhr.

Marcello Sestito für seine Reise nach Japan.

Olimpio Talarico dafür, dass er mir Marfarò vorgestellt hat.

Valerio Millefoglio danke *für den unbedingt notwendigen Zeitraum*.

Andrea, Ada, Riccardo und der Familie von Nutrimenti für den gemeinsam zurückgelegten Weg.

Ich danke Francesco, Cassandra und Penelope für die schlichte Tatsache ihrer Existenz.

Zu guter Letzt danke ich meiner Frau Rosy. Für sie reicht die Widmung dieses Buches nicht aus, denn ohne sie hätte es Malinverno nicht gegeben. Astolfo verdankt sein Leben ihren Ratschlägen, ihrer Lektüre, ihren Worten und Bildern, vor allem aber der Tatsache, dass sie da war, immer und in jedem Fall, sogar wenn das Vergessen die weißen Zwischenräume zu verschlingen drohte.

Literaturverzeichnis

Falls deutsche Übersetzungen vorlagen, wurde daraus zitiert. Ansonsten eigene Übersetzungen.

Cervantes, Miguel de. *Leben und Taten des scharfsinnigen Edlen Don Quixote von La Mancha.* Frauenfeld: Huber 1945. Nach der Übersetzung von Ludwig Tieck, Hg. Walter Widmer.

Collodi, Carlo. *Pinocchio.* München: C. Bertelsmann Jugendbuchverlag 2005. Übersetzung: Charlotte Birnbaum, Illustrationen: Don-Oliver Matthies.

Flaubert, Gustave. *Bouvard und Pécuchet.* Berlin: Rütten & Loening 1980 (³1991). In der Übersetzung von Georg Goyert.

Flaubert, Gustave. *Madame Bovary.* München: Hanser 2012. Hg. und Übersetzung: Elisabeth Edl.

Proust, Marcel. *Auf der Suche nach der verlorenen Zeit, Bd. 10.* Frankfurt/M.: Suhrkamp 1979. Übersetzung: Eva Rechel-Mertens.

Rostand, Edmond. *Cyrano de Bergerac.* Berlin: Hofenberg 2016, (E-Book). Übersetzung: Ludwig Fulda.

1. Auflage 2023

Titel der Originalausgabe: *Malinverno*
Die Originalausgabe erschien 2020 bei
Giangiacomo Feltrinelli Editore, Mailand
© Giangiacomo Feltrinelli Editore, Milano
© Domenico Dara
Veröffentlichung in Zusammenarbeit mit
Piergiorgio Nicolazzini Literary Agency (PNLA)
All rights reserved
Aus dem Italienischen von Anja Mehrmann
© 2023, Verlag Kiepenheuer & Witsch, Köln
Alle Rechte vorbehalten
Covergestaltung Sabine Kwauka
Covermotiv Jean Baptiste Camille Corot,
The Gardens of Villa d'Este, Tivoli, 1843 (oil on canvas)
© Bridgeman images / Jean Baptiste Camille Corot
Gesetzt aus der Palatino Nova Pro
Satz Wilhelm Vornehm, München
Druck und Bindung GGP Media GmbH, Pößneck

ISBN 978-3-462-00581-3

Eine Zeitreise in ein längst vergessenes Italien

Der Postbote von Girifalco ist ein wunderschöner, leiser Roman über das Leben und Lieben in den Zeiten, als man noch Briefe geschrieben hat.« *WDR4 Bücher*

»Eine Sprache, die an die Leichtigkeit Giovanni Vergas und José Saramagos erinnert« *Corriere della Sera*

Ein Dorffest in Italien, ein Zirkus und die Magie der Wünsche

Domenico Dara

Der Zirkus von Girifalco

Roman

KiWi

Im Dörfchen Girifalco sind Alt und Jung in heller Aufregung, die Weggegangenen kehren für ein paar Tage zurück, um gemeinsam mit den Dagebliebenen das alljährliche Fest zu Ehren des Patronatsheiligen San Rocco zu feiern. Als sich ein mysteriöser Zirkus nach Girifalco verirrt, kommt Bewegung in das Dorfleben und für unmöglich gehaltene Hoffnungen scheinen sich plötzlich erfüllen zu können.

Leseproben und mehr unter www.kiwi-verlag.de